▲当代学人文库

杨尚懂 著

POETIC CHINA

以诗铸魂,作新斯民
修身、齐家、利国、和天下
大观识通,可久可大
开放包容、兼美兼爱、克谐以中、乐群利物

代 序

解读中国文化的众妙之门

——读《诗意中国》

就我们大家所熟悉的、常用的解读中国文化的方式方法而言，一般来说，用儒家学说或道家学说者最多，用释家眼光解读者亦有之。这样做起来比较方便，也比较容易构成语境系统。而本书作者杨尚懂先生没有采用上述方式，他选择了诗，即从"诗意"的门径来解读中国文化的精神。这在我看来，实在不是一件易事。而更让人感到新异的是，作者不仅是从诗的门径进入中国文化精神的庭院，而且还要以经典的诗作文本，作为某种中国文化精神的轴心意向，来追寻此一文化精神的元典精义及其特殊价值，这无疑增加了解读文本的难度，也给自己对文本的解读添加了"限制"，但同时也为作者体悟出文本中更为深广的寓意提供了契机。本书中一系列富有创见的观念的提出，应是明证。在作者一系列颇有自己心会的观念中，最能给我的思考带来启发的，是"非儒传统"、"伊人主义"和"贤人文化"以及作者所采用的追根寻源的研究方式。

从中国诗词观照中国文化中的"非儒传统"，大概是最为明晰的路径了。对此，不少有识之士都有过一些不同凡响的认识。中国传统诗论中关于诗的起源的论述，就显示出这方面的端倪。比如关于"诗言志"与"诗缘情"的不同论述，关于《诗经》与"楚辞"所延续的诗论精神的论述，等等。但是，人们对这些问题的认识，往往仅停留在诗本身的本体价值与风格的认识层面，而对其所体现出的文化精神和人的主体意识则认识不足。对中国诗性文化中一直存在着的"非儒传统"，则更是鲜有人在"大文化"的视野中进行观照，也极少有人认识到这里有一个前后贯穿、绵延不绝的"传统"。作者对这一问题的研究，是应给以充分重视的。我认为，这一问题的提出并非空穴来风，而是它本来就存在于中国的诗性文化之中，且源远流长。对此，本书作者在"辞章之学与非儒传统"一节中有着很有个性的论述，并做了一些追根寻源的工作。也许，作者对此观念的论述还需做一些更为系统、更为深入的阐释，但是，这些更为深入系统的研究工作也许并不是可以由本书作者一人来完成的。本书作者在此能把这一问题提出来使其显化为一个值得深入研究的话题，其价值已不言自明了。也许，随着对中国诗学和中国文化中的非儒传统的深入研究，我们会更为清晰地了解到中国诗学和中国文化中的人性精神，了解到中国诗学和中国文化中蕴含的人性的丰富性和复杂性，更能体会到中国诗学和中国文化的温度。

与上一问题相关的，是作者在书中提出的"伊人主义"。对于这一问题，我与作者有着共同的感受。在我的阅读经验里，似乎有这样一种感觉，即在中国古典诗词里，但凡丽人，其面目似乎都有一些可疑，由此延展下去，但凡诗中出现对女性的爱慕之情，这"爱情"似乎也并不可靠。因了诗中的丽人并非真为丽人，诗中的爱情也就失去了性别的向度，这也正应了中国的一句古语："皮之不存，毛将安傅。"对于这种诗歌现象，许多论者都有所论及。这中间，包括对《诗经》的第一首诗《关雎》的争论。有人说此诗微言大义，也有人说此诗就是在表述男女之情。争来争去，最终还是莫衷一是。这让我想起文章写作以及书法创作第一笔往往决定一篇文章一幅字的总体风格的说法，也让我想起西方现代心理学家荣格的原型学说。中国诗歌的这个开篇之作，把中国式的爱带入了爱与理性互通的语境，或者说，这种美人与理想互为关联的爱，成了中国诗歌表达爱的一个"原型"，使得其后诸多此类题材的诗作，似乎都带有这种原型的影子。而从另外一个角度讲，当此种表述方式积淀成为一种文化心态之后，一种文化传统也就因此形成了，这也许正是本书作者把"秋水伊人"的意象以及与之相关的诗作的价值取向归纳为"伊人主义"的因由。正如作者在书中所表述的那样：

> 《蒹葭》这首诗在一般层面上可视为爱情诗，当作爱情诗来阅读和欣赏；在更高维度的思想和精神层面，却是不畏任何艰难险阻而执着于对心中理想、情怀或抱负的苦苦追求。正如屈原所言："路漫漫其修远兮，吾将上下而求索。"至于作者心目中的理想、情怀或抱负具体指的是什么就不得而知了，但正是这种不具体的"抽象"，呼应了"所谓伊人"的空灵和灵

活性，使之成为一种特定的共情符号和隐喻，对读者或受众而言反而可以产生各自对号入座的艺术效果。

作者对《蒹葭》一诗的解读是准确精到的。作者在此所说的"共情符号"、"隐喻"以及那些"不得而知"的共鸣，从另一个角度来讲，就是接受美学所指的"空筐结构"。也就是说，当一个文学作品、艺术作品具有了形而上的审美张力之后，这种审美张力就似一个美丽的"空筐"，读者可以依着审美感悟的导引，把自己的各种感悟——也就是此书作者所说的那些"不得而知"的东西——放进这个空筐里，而这个放的过程，正是读者与原作者共同创造这个作品的过程。如果说这个"空筐"的象喻合理的话，那么，本书作者所说的"伊人主义"，也正是中国诗人创造的一个具有原型价值意义的审美空筐，中国历代诗人和读者也都参与了这个审美创造的过程并使之成为一种文化传统。在这个传统的传承过程中，中国历代诗人和读者，依照自己的感悟和人生经验，一次次感受蒹葭摇动的秋水，也一次次创造出形态各异的伊人。因此，说中国的诗性文化中有一个"伊人主义"，也许并不为过，但就我个人的认识层面而言，我则更倾向于用"伊人情结"这个概念。

这里，我还想说一下作者在本书中提到的"贤人文化"。与其他章节的论述相比，作者在"贤人文化"一章中的论述是比较系统、比较深入的。作者对贤人文化深刻精辟的见解，大家从书中都可读到，在此不再赘述。我要强调的一点，则是作者对当前贤人文化式微的忧虑。作者在行文中说："世事变迁以及对'贤'的文化内涵重视不足，导致贤人文化有所式微和失落。"接下来，作者引经据典，对贤人文化在中华文明历史进程中的作用进行了论述，也对社会生活中"劣币驱逐良币"、"社会风气日渐沉沦"、"贤踪无迹可踵"的现象表达了自己深深的忧虑。对此，我是高度认同的。作为一个有良知的知识分子，也许，我们无力改变积弊已久的社会现象，但是，我们也决不能对社会的病痛视而不见。把问题提出来，也许正是我们的职责所在。因此，我与本书作者共通着声气，想要提醒大家对我们优秀的文化传统即富有诗性的贤人文化给以足够的重视。

对于此书中的诸多学术观念，我其实是有诸多感触的。由于篇幅的关系，在此不一一列举。此外，我还想要提到两点，即作者重视的"文本体悟"的思维方式和追根寻源的研究方法。之所以要提出这两点，是因为觉得它们的确对我有所触动,觉得这两点对我们的日常阅读和学术研究会有切实的帮助。重视对文本的体悟,可以从文本中得到独有心会的观念,而不至于人云亦云。本书作者行文中的诸多观点,应该都得益于他的这种阅读方式和思维方式。其中一些观念虽然并不稳妥,但观念与文本之间基本都能自洽,这应该是值得赞赏的。而对自己提出的观念进行追根溯源的探索研究,并且皆追溯其在经典文献中的出处与原义,这种研究方法使得作者的诸多新异观念得以持之有故,这也是值得我们效法的。

关于这本《诗意中国》,其实可说的话题很多。中国诗歌是中国文化的核心,也是中国文化精神的精髓。本书作者从"诗意"的门径进入中国文化的厅堂,应该说是真正找到了解读中国文化的众妙之门。因此,我期待作者的研究能够更加深入,相信作者会在此学术方向上取得更丰硕的成果。

诗人、评论家

2020 年 11 月 28 日

目　录

代序：解读中国文化的众妙之门 ………………………… 单占生

第一章　以文悟道 ……………………………………………（1）

　第一节　辞章之学与非儒传统 ………………………………（1）

　　　　　心灵之桥，桥于桥　和苏子瞻《陌上花》

　第二节　伊人主义 ……………………………………………（14）

　　　　　蒹葭叠言　伊人主义

　第三节　作新斯民与先忧先觉 ………………………………（22）

　　　　　以大救小

第二章　人生的规模与生态效应 ……………………………（37）

　第一节　辞达之妙——气韵与语境效应 ……………………（38）

　　　　　和而不流　叶氏春秋

　第二节　含蕴之美 ……………………………………………（47）

　第三节　心富而乐 ……………………………………………（53）

　　　　　快与慢　说文　青春是最美丽的诗行

　第四节　积善成德 ……………………………………………（61）

　　一、人生是一种规模 ………………………………………（62）

　　二、正确的态度 ……………………………………………（64）

　　三、诚心静气的浸入式的状态 ……………………………（64）

　　四、精诚无己 ………………………………………………（65）

　　　　　宇宙之王——道之叠言　道场——道之叠言

　　　　　掌灯人——题长信宫灯

第三章　贤人文化 ……………………………………………（72）

　第一节　贤人文化的早期形态 ………………………………（73）

　第二节　成贤的文化自觉及其可久可大性 …………………（78）

　　　　我愿意
　第三节　可久可大 …………………………………………………（86）
　　　一、"度"的哲学——知识与智慧的差别 …………………（87）
　　　二、中华元典中的日用知识及其哲学化的抽象 ……………（89）

第四章　可久可大之强大维度 ……………………………………（94）
　第一节　儒、道、《诗经》、楚风之维度 ……………………（94）
　第二节　楚汉之际与汉承楚风之维度 ………………………（103）
　第三节　唐风宋韵之嬗变 ……………………………………（109）

第五章　精神园林 …………………………………………………（132）
　第一节　唐代现实理想主义 …………………………………（137）
　　　一、大唐风韵 ……………………………………………（138）
　　　二、无端之问 ……………………………………………（154）
　　　　小桥流水人家
　第二节　怡红快绿之唐宋诗韵 ………………………………（161）
　　　一、怡红快绿之文化蕴藉 ………………………………（161）
　　　　元春——怡红快绿
　　　二、以诗铸魂 ……………………………………………（171）
　　　　以诗铸魂，作新斯民
　　　三、辩证观山思想 ………………………………………（179）
　第三节　大观园之诗意叙事 …………………………………（190）
　　　一、王熙凤与秦可卿 ……………………………………（191）
　　　二、大观园题对额与改题 ………………………………（201）
　　　　葛覃叠言
　　　三、桃花诗社与上巳节文化 ……………………………（229）
　　　　陆唐启示　兼美兼爱，万物相宜　红楼群芳赞
　第四节　永远的希望和理想 …………………………………（247）
　　　　叠题张若虚《春江花月夜》　春风

第六章　卓立此春 …………………………………………………（257）
　第一节　人生的生态效应序 …………………………………（258）
　第二节　卓立此春 ……………………………………………（262）

第三节　战荆州……………………………………………（264）

第四节　南山吟……………………………………………（267）

第五节　江城行……………………………………………（271）

第六节　庚子木棉歌………………………………………（274）

第七节　探花辞……………………………………………（277）

第八节　樱许之地…………………………………………（279）

第九节　春天的筏子缓缓而来……………………………（284）

第十节　中国孩子，武汉…………………………………（288）

主要参考书目……………………………………………（297）

后记一……………………………………………………（299）
　　　　　春汛　青春中国颂

后记二……………………………………………………（305）

第一章　以文悟道

众所周知，诗词是中华传统文化的重要组成部分。但要较好地理解中华诗词，不能仅限于其本身，还需要有大文化观、大历史观、大社会观、大文学观等观念。这样，通过诗词来解读中国，我们将会得到许多不同于以往的认知，感受到更为丰富而深美闳约的美感和美事。这正是本书试图阐释的"诗意中国"的重要所在。

那么，我们需要一个怎样的大文化观、大历史观、大社会观、大文学观呢？不妨从中华元典《诗》《书》《易》（亦即《诗经》《尚书》《周易》）开始，并且随着论题的展开而进一步拓展，以至于《史记》、四书（儒家典籍《大学》《中庸》《论语》《孟子》）、楚辞、唐诗、宋词的传承、含蕴与互证等，用今天的话来说就是"文史哲美"相结合。其中，《诗》代表文学及有关的中华早期传统诗学和美学思想；《书》代表中华早期政治学包括思想、历史事件及其实践；《易》代表中华早期传统哲学，包括涵括广泛的天道、地道、人道，以及由此而来的天人合一的现实或具体的表现形式。

中华文化素有"文以载道"的传统，亦即先贤所悟到的"道"就隐藏于文体和行文之中，并且成为中华文明的观念世界和意义世界的重要所在。这样一来，如何理解寓于文中之"道"就成了一个非常值得探讨的论题。

第一节　辞章之学与非儒传统

辞章之学或曰辞章学，可以理解为一门关于文学作品创作和思想理念及哲思的表达的学问。例如《诗经》常用的创作方法"赋比兴"，就属于辞章学的范畴。又如有相同或相似思想寄托的作品，受人文惠及性影响，通过不同的文体或体裁、语言样式和形态所作的各种个性化表达，即可以让人们从中领略到摇曳多姿、风格各异却殊途同归的艺术风貌等，故应注意其含蕴上的同源性、一致性与表达的多样性和丰富性。

"含蕴"一词近似于传统常用的"蕴藉",取意于"其蕴若含",亦即把"含"前置以增强主动性和动词性意蕴,行文上有时还会与"蕴含"、"蕴藉"一起交错使用。除此而外,接下来文中使用"含蕴"一词,还有强调阐述对象在文化源流上具有较强密合度以及与传统审美和美学上的含蓄美相衔接的用意,以图使之与人文惠及性影响、人文价值的富集优势等达成一种关联性较强的语境。

譬如政治生态的"人民性"①(包括人民立场和人民情怀),这是一个现代语汇,但我们却可以从古老的中华元典(因其并非儒家独有的典籍,故称为中华元典)《尚书·尧典》中发现它最早的辞章学样式:

> 帝曰:"咨!四岳(帝尧对臣属——主要是那些来自各邦国的辅助大臣的称谓),汤汤洪水方割,荡荡怀山襄陵,浩浩滔天。下民其咨(天下黎民百姓都在哀叹他们遭遇的不幸和生活的艰辛),有能俾乂(你们有谁能够去帮助治理和救助他们)?"

奇妙的是,如果我们寻求《离骚》中"长太息以掩涕兮,哀民生之多艰"这句诗更早的思想渊源的话,其实就可以上溯到《尚书·尧典》这句话。也就是说,从思想属性来看,它们是相同的,都对人民生活的艰难深表同情与关怀,蕴含着行为主体对人民的深厚情怀,只是前者采用的是记事叙事方式,后者采用的是楚辞的抒情方式。就源流和时间性而言,后者无疑受前者的人文惠及性影响。而相类似的情况我们还可以在《论语·颜渊》中看到:

> 哀公问于有若曰:"年饥,用不足,如之何?"有若对曰:"盍彻(税率:收成的十分之一)乎?"曰:"二(十分之二),吾犹不足,如之何其彻也?"对曰:"百姓足,君孰与不足?百姓不足,君孰与足?"

有子与鲁哀公的这段对话,一方面反映了当时当权者的权力任性,另一方面则反映了有子在政治生态上的民本主义和人民情怀,同时还告诉了鲁哀公作为统治者什么叫"足"、什么叫"不足",具有简洁明了的说理性特征。

同理,以此来考察中国古代文学作品的话,不难发现这其实是一条数千年来一直延绵不断的文脉,例如人们耳熟能详的唐代白居易的《卖炭翁》、宋代范仲淹的《岳阳楼记》、清代郑板桥的《墨竹图题诗》等,都有其相应的思想性含蕴。

在《尚书·尧典》上述引文之后,还有这样的对话:"帝曰:'咨!四岳。

---

① 该语在钱钟书《宋诗选注》中亦有使用。

朕在位七十载，汝能庸命，巽朕位（你们谁能够继任我的帝位）？'岳曰：'否德忝帝位（我们的德行那么卑微，哪能配得起如此重要的大位）。'"其大体意思就是：帝尧说，我在位已经七十年了，年事已高，你们哪位可以继任？辅臣们说，我们的德行都那么卑微，看来没有谁可以胜任这个大位啊。据文本记载，后来这些辅臣推荐了在民间颇具声望的舜。经过一番历练和考察，舜接任了帝尧的帝位，就是帝舜。帝舜之后就是治水立下大功的大禹，之后继位的是大禹的儿子启。启建立了夏朝，中国古代历史也由此进入了王朝时代。而后经历商朝、周朝，至公元前221年，秦始皇以郡县制取代之前的邦国和分封体制，建立了大一统的中央集权，并由此开启了延续两千多年的中国古代社会历史的新纪元。在这两千多年的历史舞台上，儒家思想一直具有举足轻重的地位和作用，于是有学者将中国古代社会称为儒教社会。

那么，道家的态度又是怎样的呢？对此，《道德经》的几段话可供参考：

圣人云："受国之垢，是谓社稷主；受国不祥，是为天下王。"正言若反①。

故贵以身为天下，若可寄天下；爱以身为天下，若可托天下②。

圣人常无心（"常无"但并非毫无），以百姓之心为心。善者吾善之，不善者吾亦善之（因其不善而使之从善），德善；信者吾信之，不信者吾亦信之（因其不信而使之为信。用现今的话来说就是"以问题为导向"，转而克服它、改进它、完善它），德信。圣人在天下，歙歙焉，为天下浑其心，百姓皆注其耳目，圣人皆孩之（圣人把他的人民当作自己的孩子那样来看待、来爱护）③。

故失道而后德，失德而后仁，失仁而后义，失义而后礼。夫礼者，忠信之薄，而乱之首④。

由《尚书·尧典》上述文字以及有关古史传说来看，我们不妨认为能够胜任"天下王"者，具体指向其实就是帝尧、帝舜和大禹，只有他们最具备这样的德性和德行，包括个人的资质、才干和人民情怀。那"失道而后德，失德而后仁，失仁而后义，失义而后礼。夫礼者，忠信之薄，而乱之首"又该如何理解

---

① 《道德经》第78章。
② 《道德经》第13章。
③ 《道德经》第49章。
④ 《道德经》第38章。

呢？这句话反映的其实是夏商周三代王朝采用的父子继统制——所谓"礼"的核心内涵，众多在位者和当权者都未能"德位相配"，与当时的贤能在位的政治生态常常背道而驰。由此我们不难发现，这里所指的"道"，具体指向就是夏朝建立之前的尧舜世代的帝位继统制，讲究的就是德位相配。父子继统制虽然非常讲究"德"，同时还强调臣属对统治者的仁和忠，从而减少德不配位隐含的不足和风险，但起根本性作用的还是"礼"。这样一来，如果都为自己而争权夺利，那么"礼"的规范性作用是很难实现的，尤其是在那个仍然非常讲究血缘关系和世卿世禄的宗法社会，把以父子继统制为核心要义的"礼"视为"乱之首"也就不难理解了。进一步说，自夏后启开始，中国古代社会尤其是政治生态发生了巨大的历史嬗变，并表现为国家最高权力的继统制从德位相配转变成父子相承，从而把氏族、家族的小社会观凌驾于天下国家的大社会观之上，进而造成各个王朝你方唱罢我登场的循环更迭之中，成其"其兴也勃焉，其亡也忽焉"的内在历史机制，千百年来主宰着中国古代社会历史的命运和兴衰。

这时再来看儒家所谓"祖述尧舜，宪章文武"①的话便不难发现，儒家和道家既有交集又有不同，交集就是大家都"祖述尧舜"，但道家不赞同甚至反对"宪章文武"，因为周文王、周武王所走的路线是父子继统制的"礼"制，而非尧舜之道。道家只认同"祖述尧舜"而不赞许"宪章文武"是有其历史和现实的依据的②。进而可以发现，儒家的基本思想由中华元典衍生而来，与其他学派相比，更多表现为思想含蕴与价值取向的维度差别。这样的差别其实就是春秋战国百家争鸣的具体情节，由此产生不同的观点和人文表达，各成其为某某家。故总体上来看，不同学派就是一群中国孩子，虽然有争吵、闹意见，但仍然是在中华文明这一屋檐下自立门户，都是《尚书》等中华元典思想的支裔流布，既有其同又有其不同或互补性，故不宜过度地割裂。或如司马迁所言："《书》缺有间（失散）矣，其轶乃时时见于他说。非好学深思，心知其意，固难为浅见寡闻道也。"③

---

① 《中庸》。

② 所谓"德不配位"，实质上就是个人拥有的资源富集优势支配权和裁量权高于或大于自身的人文富集优势。《易传》曰："'鼎折足，覆公餗，其形渥，凶。'言不胜其任也。"从人的社会性来看，职位越高，所含蕴的社会性和人民性越大，社会责任随之越大，个人才干的富集优势需要与之相称而越大。但从嫡长子继统制或由此而来的长子文化来看，这恰恰是二律背反的。

③ 《史记·五帝本纪》。

同样让人欲罢不能的是，屈原作为战国时的著名人物，并不属于哪一家哪一派，历史上也没有把他归入哪一家哪一派，却因其文学成就而对后世影响深远。从前面的讨论来看，他同样深受中华元典的影响，并且对其中的一些重要思想做了非常卓越的情景和文学化转化。这样一来，如何来看待和定义屈原，就成为一件很有意义的事情。

那么，从辞章之学的角度来看，与先秦诸子相比，屈原有什么特别之处呢？通过前文的阐述我们应当已经有了一些朦胧的感觉，即无论是《尚书·尧典》的几句话还是屈原的那句诗，与诸子作品倾向于以演绎说理为主相比，最明显的不同就是都比较注重抒情和情理兼容。很显然，《尚书·尧典》这种笔法并非孤例，例如"纳于大麓，烈风雷雨弗迷"，叙述的就是帝尧历练舜，让他的治国才干更加富集、更具优势的举措，并以此表达舜的聪明睿智。而循此思路，我们还可以发现，这种笔法或辞章之法在《尚书》中其实俯拾皆是。相比之下，先秦诸子的作品则更多地表现出说理性的基调，抒情性和情理兼容则多少有所失落，但作为行为主体，其情怀在客观上却有情不自禁的显现。故总的来看，先秦诸子无论各自的观点如何不同，实际上都同处中华文明的屋檐下，作为一群有情人争论如何把这个国家和民族治理得更好而已。有鉴于此，我们不妨把传统所言的孔孟儒家称为狭义儒家，把比较注重情景结合并通过诗词文赋等文学作品来寄寓其思想哲思和价值取向的作者称为广义儒家，或者直接称为非儒传统；如果以学派相称的话，称之为本源（或"元典"）学派亦未尝不可，其特征就是以情为本进而追本溯源以寻求其思想真谛所在——正如屈原在《离骚》中所言："路漫漫其修远兮，吾将上下而求索。"

通过上述阐释，我们不难体会到传统所谓的"微言大义"，亦即言辞的形态和形式虽然平淡短小，但由于它触及某一思想的实质和核心要义，关乎一定社会甚至一个国家或民族的文运、命运和政治生态的基本样态与走向，其意义就不能简单以数量的多少来衡量了。譬如精金美玉与泥沙不可相提并论，因其品质绝不相类。这说明言辞拥有的思想高度、境界及含蕴殊为重要，品鉴时也需要有相应的历史眼量和别识尺度，慎思之、明辨之。

由此我们不难得到这样的基本判断：儒家"祖述尧舜，宪章文武"的基本意义就在于，现实生活中，儒家把尧舜世代的基本政治制度——国家权力继统制表述为"大同社会理想"，亦即《礼记·礼运》所阐述的"大道之行也，天下为公，选贤与能，讲信修睦。故人不独亲其亲，不独子其子；使老有所终，壮有所用，幼有所长，矜寡、孤独、废疾者皆有所养；男有分，女有归。货恶其弃于地也,不必藏于己;力恶其不出于身也,不必为己。是故谋闭不兴,盗窃乱贼而不作。"与此同时,作为具有显见的实用和功利倾向的现实主义者,儒家在现实中则转向拥护和维护文武之道。正如孔子自言:"文王既没,文不在兹乎!""周监于二代。郁郁乎文哉,吾从周。"故其所志与着意确乎朗然可见。

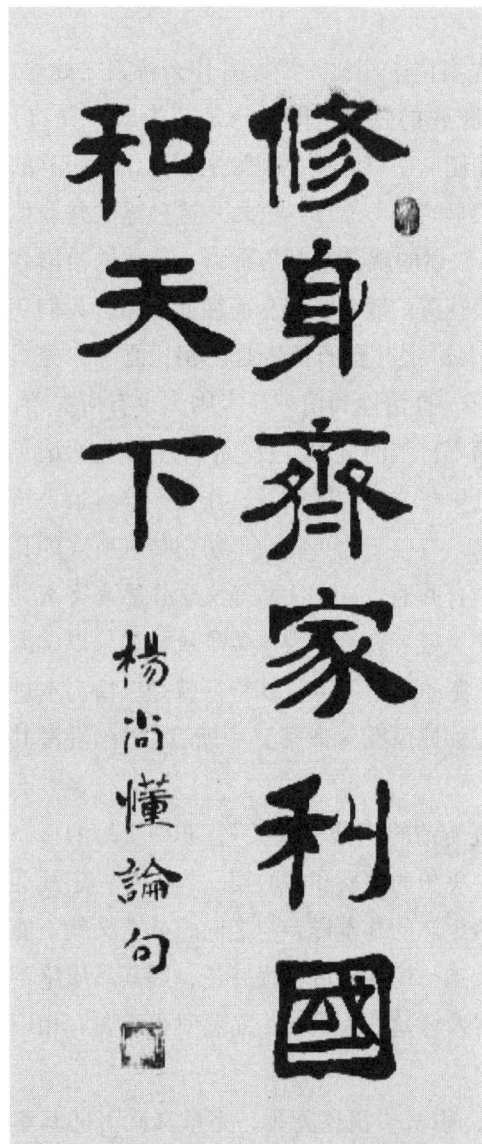

周初,由于继位的成王年幼,经周公摄政之后形成"嫡长子继统制",其基本理路和价值倾向就是"修身、齐家、治国、平天下"。但它在现实中有其昂贵性,并非谁都能够穿着得起,因而最终剩下的大多是比较浓厚的功利主义色彩,其人民性和人民情怀则时隐时显。故而把"修身、齐家、治国、平天下"改成"修身、齐家、利国、和天下",或许对社会成员来说更具现实适用性,由此可以获得更为广泛的现实意义。例如,近现代的实业救国、科学救国等,都是一些实实在在的君子之道,不宜对历史文本做过于教条的理解和解读。那么,这意味着什么呢?意味着传统儒家虽不乏自命不凡,在现实实践中却难免陷于仁而无方的困境。而这与帝尧之于人才的培养与成长多方锻炼和考察亦即讲究"仁而有方",亦如"纳于大麓,烈风雷雨弗迷"所反映的讲究专而多能的治国才干在德位相配上的富集优势,可谓相去甚远。

我们还需要思考的是,社会历史是动态发展的,随着社会的发展和进步,专业化程度越来越高,社会的系统性和规模也越来越大,人的社会化程度也随之越来越大,个体作为社会人是很难做到样样皆能的。这样,如果个体之能能够做到一善万有的话,那么离传统文化所说的圣贤君子应当就不会太远了,实可

一善万有

戊戌冬日 丁颖瑞书

谓人有不同力，各从不同事，故成不同业，乃有世间繁华。而所谓一善万有，其含蕴的思想内涵其实就是孔子师徒这番对话的基本要义："子贡曰：'如有博施于民，而能济众，何如？可谓仁乎？'子曰：'何事（何止）于仁，必也圣乎！尧舜其犹病诸（仍有其不足）！夫仁者，己欲立而立人，己欲达而达人。能近取譬，可谓仁之方也已。'"① 除此而外，"一善万有"所关顾的还包括，国家在公职上的设置和供给与入职的需求是有较大出入的，故有一定的竞争性，而个人价值最大化的实现未必只有此途。如果将个人价值最大化的实现只限于此途的话，不仅过于狭隘，与社会实际的广度和厚度也是不符而相违和的；个人倘若偏执于所谓"修身、齐家、治国、平天下"这样的人生规划和从政之途的话，甚至是有害的。历史上，有的所谓怀才不遇，或者一旦不得意就觉得谁都欠他的，不能说与此类传统观念过于狭隘、浮泛以至于误导所引起的遮蔽无关。

道家则主要倾向于以"圣人常无心，以百姓之心为心"② 作为基本思想理路的民本主义，拥有明显的人民性和人民情怀，并且对现实中的"嫡长子继统制"有所抵触。在道家的观念中，国家最高权位和公权力的行使不仅要德位相配，更重要的是不能为自己谋取私利而是用来为社会和民众谋福祉，因而在某种意义上，这与其说是一种美差，毋宁说是一种苦差。如果过于功利或者以逐利为目的

---

① 《论语·雍也》。倘若以此为尺度，当代杂交水稻之父袁隆平、作物遗传育种专家卢永根，不亦圣乎！而如今正在开展的精准扶贫与精准脱贫工作，同样是超越古圣先贤的伟大圣举。

② 当代中国的核心执政理念例如"为人民服务"、"人民对美好生活的向往就是我们的奋斗目标"等以人民为中心的执政理念，与《道德经》所阐述的人民性和人民情怀其实有着非常深厚的渊源，而更早的渊源就是《尚书·尧典》所记述的帝尧执政时的人民性和人民情怀。如果说古今有什么不同的话，那就是制度的保证和执行力。这同时还说明，与没有相比，拥有好的思想理念固然难能可贵，但再好的思想理念，倘若缺乏制度保证和执行力，也只能是一种抽象的文本理念。现代社会，人们讨论政治时常常纠缠于形式而忽视了本质。如果说政治存在什么本质属性的话，除了这种人民性和人们情怀，真不知道还能给出什么样的更具实质性的阐释。

的话，就难怪《红楼梦》的作者借宝玉之口斥之为"禄蠹"了。在文学上，道家则产生了以庄子为代表的批判现实主义和以玄道为进路的双重文学风调。故道家虽然常常以"老庄"并言，思想内蕴和表现却颇为复杂。以《道德经》作为基本持守者，仍不失为现实社会生活的积极介入者，甚至勘透世道仍然不减对生活的热爱①；以《庄子》作为基本持守者，要么表现为批判现实主义者，要么表现为清净玄言，要么二者兼而有之，比较注重个人精神生活及其质量的提升，这在魏晋名士中尤为明显。

基于自身的叙事和抒情性色彩，屈原及其《离骚》所展现的政治生态的人民性和人民情怀无疑是比较浓郁的，甚至可以说，屈原和《离骚》对《尚书·尧典》尤其是前面引用的两小段话的思想内蕴和精神情感的继承应当是最全面和最完整的。进一步

人有不同力各从不同事故成不同业了有世间繁华

杨尚懂论句

丁颖瑞书

---

① 倘若从个体才干的富集优势以及周道之嫡长子核心制度安排来看，我们就不得不反思《论语》中以下这样的记录："南宫适问于孔子曰：'羿善射，奡荡舟，俱不得其死然。禹稷耕稼，而有天下。'夫子不答。南宫适出，子曰：'君子哉若人，尚德哉若人。'"（《宪问》）"子曰：'君子谋道不谋食。耕也，馁在其中矣；学也，禄在其中矣。君子忧道不忧贫。'"（《卫灵公》）"长沮、桀溺耦而耕，孔子过之，使子路问津焉。长沮曰：'夫执舆者为谁？'子路曰：'为孔丘。'曰：'是鲁孔丘与？'曰：'是也。'曰：'是知津矣。'问于桀溺，桀溺曰：'子为谁？'曰：'为仲由。'曰：'是鲁孔丘之徒与？'对曰：'然。'曰：'滔滔者天下皆是也，而谁以易之？且而与其从避人之士也，岂若从避世之士哉？'耰而不辍。"等。

说，屈原和《离骚》的那两诗，表面看只是对前一句话的诗化，实质上还蕴含着下一段话所引发的更深潜的忧思（例如贤人常常不得其位等），故读来总能让人从内心深处产生深深的共鸣。当然，屈原的思想来源显然不限于此，其个人经历和阅历本来就比一般人丰富得多。所以，司马迁做了这样的评价：

> 离骚者，犹离忧也。夫天者，人之始也；父母者，人之本也。人穷则反本，故劳苦倦极，未尝不呼天也；疾痛惨怛，未尝不呼父母也。屈平正道直行，竭忠尽智以事其君，谗人间之，可谓穷矣。信而见疑，忠而被谤，能无怨乎？屈平之作《离骚》，盖自怨生也。《国风》好色而不淫，《小雅》怨诽而不乱。若《离骚》者，可谓兼之矣。上称帝喾，下道齐桓，中述汤武，以刺世事。明道德之广崇，治乱之条贯，靡不毕见。其文约，其辞微，其志洁，其行廉，其称文小而其指极大，举类迩而见义远。其志洁，故其称物芳；其行廉，故死而不容。自疏濯淖污泥之中，蝉蜕于浊秽，以浮游尘埃之外，不获世之滋垢，皭（洁白、干净）然泥而不滓者也。推此志也，虽与日月争光可也①。

司马迁这一评价无疑是极高的，尤其是"推此志也，虽与日月争光可也"，甚至高于他在《史记·孔子世家》借用《诗经》"高山仰止，景行行止"对孔子所做的评价。为什么会这样？比较一下孔子和司马迁各自对《诗经》的不同见解，或许有助于理解个中的原因：

> 子夏问曰："'巧笑倩兮，美目盼兮，素以为绚兮。'何谓也？"子曰："绘事后素。"曰："礼后乎？"子曰："起予者商也，始可与言诗已矣。"②

> 夫《诗》《书》隐约者，欲遂其志之思也。……《诗》三百篇，大抵贤圣发愤之所为作也。此人皆意有所郁结，不得通其道也，故述往事，思来者（冀望后来者予以激活与活化）。③

司马迁认为，无论《诗经》还是《尚书》，都隐含着先贤们的诸多思想和思考，鉴于历史和现实的局限，他们只能把自己的所思所想和希望寄托给后来者。如屈原在《湘夫人》一诗的结尾所言："捐余袂（袖子）兮江中，遗余褋（指

---

① 《史记·屈原贾生列传》。
② 《论语·八佾》。
③ 《史记·太史公自序》。

环）兮澧浦。搴汀洲兮杜若，将以遗兮远者。时不可兮骤得，聊逍遥兮容与。"而孔子与其弟子子夏关于《诗经》的对话则引向以"礼"解《诗》之路，并且成为汉儒以至后世许多注家注疏《诗经》的基本理念。从他们的实践情况来看，这一路径无疑含有极大的局限性，在某种意义上甚至把《诗经》学引入了歧途，使得唯上与崇实发生疏离甚至成为两途。

所以，总的来看，孔子对《诗经》学无疑有其不可磨灭的贡献，但也应注意，他的个别言论对后世起着一定的误导作用，有其相应的历史和个人局限性，故不可一是而尽是之、一否而尽否之。实际上，孔子本人已经表明自己的个别认识和言论存在一定的过失，如"加我数年，五十以学《易》，可以无大过矣"①。从孔子对《易》的态度及其受益和自我超越来看，中华元典蕴含的智慧无疑是深美闳约的，且在认识上存在一个自卑而上的过程。由此可见，人类对事物的认识存在一定过程性的内在规律。唯其如此，方能达到"美要眇兮宜修"之效。司马迁对孔子和屈原的评价对后世来说具有这样的意义：比较之下，屈原作品中的思想蕴含和人文价值的富集优势还有不少有待我们进一步认识和挖掘。

另外，细味范仲淹《岳阳楼记》这段话，其中的卓越人格和家国情怀无疑也是非常富集的：

> 嗟夫！予尝求古仁人之心，或异二者之为，何哉？不以物喜，不以己悲；居庙堂之高则忧其民，处江湖之远则忧其君。是进亦忧，退亦忧，然则何时而乐耶？其必曰"先天下之忧而忧，后天下之乐而乐"乎！噫！微斯人，吾谁与归？

而在众多先贤中，能够如此忧国忧民而富有深厚家国情怀的，其最相仿佛者则非屈原莫属。作为一面精神旗帜，范仲淹这种进退忧乐思想不仅直接影响了整个北宋的士大夫人文情感和思想襟怀，甚至成为此后许多知识分子的精神坐标。

宋后，中华民族虽然受到朝代和世事变迁所带来的诸多影响，精神气质有所低迷，但到清初，面对清廷统治者文字狱的迫害与祸害，又有学人通过《红楼梦》及其人物塑造和情景刻画，对数千年之久的传统文化进行了一次史诗般的综合。例如林黛玉又称潇湘妃子，其爱哭泣的角色形象及其洁净守正的精神气质，不仅直接承继了屈原及其"长太息以掩涕兮，哀民生之多艰"的人文蕴藉和情怀，甚至还寄寓着对尧舜之世君臣皆注重自身德位相配的刻骨铭心之爱及其精神

---

① 《论语·述而》。

诉求，而这未尝不与屈原《湘夫人》一诗"帝子降兮北渚，目眇眇兮愁予。袅袅兮秋风，洞庭波兮木叶下"所表达的刻骨铭心之爱及其精神诉求相呼应。故《问菊》一诗有"孤标傲世偕谁隐，一样开花为底迟"之叹，而该诗尾联"休言举世无谈者，解语何妨片语时"，则似乎指向《春秋左氏传》所极力维护的君父主义即以"君君，臣臣，父父，子子"为核心理念和价值指向的"礼制"①，以及开篇所衍生的"红颜祸水"论给中国古代社会带来的极为不利的影响，是以《红楼梦》发出了"千红一哭，万艳同悲"的慨叹。从中我们不难理解《红楼梦》提出"怡红快绿"观，及其所含蕴的更大包容性的和谐共生思想，以至于"美人之美、美美与共"的精神情感共同体意识的价值指向（具体维度上则以隐喻形式提醒人们要关注及重视陶渊明和苏轼在中国思想史和文学文化史上的贡献及其重大历史意义）。所谓"怡红快绿"者，还含有作者更偏向于"绿"亦即竹子的常色调所隐含的"气节"之美和"风骨"之美的偏爱。其思想价值意蕴，如《诗经》所云："瞻彼淇奥，绿竹猗猗。有匪君子，如切如磋，如琢如磨。"②又或苏轼所言："竹寒而笑。""宁可食无肉，不可居无竹。无肉令人瘦，无竹令

---

① 《论语·为政》："齐景公问政于孔子。孔子对曰：'君君，臣臣，父父，子子。'公曰：'善哉！信如君不君，臣不臣，父不父，子不子，虽有粟，吾得而食诸？'"需要仔细思考的是，"君君，臣臣，父父，子子"，大体意思就是：做君主的要有做君主的样子和本分，做臣子的要有做臣子的样子和本分，做父亲的要有做父亲的样子和本分，做儿子的要有做儿子的样子和本分。这是一句比较中肯的话。另一方面，如果孤立地来看这句话，就难免出现各有各是的扭曲和变形。故总的来看，这句话要与《大道之行》结合起来互为关照，亦即每个人既要有自爱的一面，又要有大爱的一面，唯其如此，个体方能从"小我"走向"大我"，并且因此拥有比较丰满而立体的人生。反之，如果唯我独尊、损公肥私、害人利己，无论其地位高低，都会走向群体和社会的对立面。但毋庸讳言的是，历朝历代由于缺失相应的刚性制度约束，国家统治者尤其是君主、帝王们唯我独尊，把国家公权力当作满足私欲的工具，在个人或小群体利益至上的驱动下，最终都走向了群体与社会的对立面，因丧失其应有的人民性而走向历史的终结。这种"礼制"或君主帝王制度与文武之道已经相去甚远，甚至发生了根本性的异化和质变。这或许就是孔子所谓"知我者以《春秋》，罪我者以《春秋》"的困境所在吧。相应地，《春秋左氏传》也不应全然看作《春秋》的本意。毕竟，历史上真正能够践行大道或王道的君主帝王少之又少。当然，无论古今中外，只要把君权与国家公权力合而为一，都难免陷入这样或那样的权力困境。

② 《诗经·卫风·淇奥》。

人俗。人瘦尚可肥，士俗不可医。"①

　　这时，如果回想后人对秦朝灭亡原因的申说，我们很容易想起两句话，一句是"天下苦秦久矣"，一句是"楚虽三户，亡秦必楚"。相较之下，后一句话蕴含着更真切的中华传统文化的真谛。为什么这样说？因为荆楚大地和楚辞一直传承着中华传统文化中主情文化（家国情怀、人民情怀都根源于情、都根植于情，实可谓"一枝一叶总关情"）这一根脉，而正是这一文化根脉成了秦朝统治者刻薄寡恩、薄情寡义的真正克星。相应地，我们不得不做出这样的判断：唯有对楚辞文化这种真性情存有必要的理解和认知，对中华文明和中华传统文化的理解和认知才是比较完整而确切的，进而才能真正读懂中华大地这个多情的国度。

　　如此看来，中华传统文化可谓源远流长，同时也宏富而复杂。奇妙的是，无论是大文学观还是辞章之学，不仅客观存在于中华传统文化之中，通过它以及相关理念的构建，甚至可以从千头万绪中把某些弥足珍贵而延绵数千年之久的中华文脉一线贯通，而且有其互为旁证或不证自明的历史实在性，其丰富性则可以随着问题的深入和展开逐渐呈现出来。简言之，不外实事求是而已，是其是，不是其不是，是中求是。这也说明心灵之桥的搭建非常重要而富有意义。而对于思想性、书写对象和价值取向相同的有关作品，我们不妨称为叠言体，例如所附笔者《和苏子瞻〈陌上花〉》，由此不难理解不同作品的内在同一性及其形式和表达上的丰富性和多样性。

---

①　"竹寒而笑"出自苏轼《与可画竹木石赞并引》，其文曰："竹寒而笑，木瘠而寿，石丑而文，是为三益之友。"后者则选自《于潜僧绿筠轩》。《红楼梦》申言宝玉与黛玉之间的"木石前盟"，其灵感应受苏轼此间所言的人文惠及性影响，并由此上溯至《诗经》和屈原之《湘君》和《湘夫人》，而后再上溯至尧舜之际的精神契约。而所谓尧舜之际的精神契约，在《道德经》中成为这样的论述："受国之垢，是谓社稷主；受国不祥，是为天下王。""故贵以身为天下，若可寄天下；爱以身为天下，若可托天下。""圣人常无心，以百姓之心为心。"这中间的文脉含蕴，实可谓一语而有数千年绵长气韵。故所谓"木石前盟"者，一个殊为重要的维度就在于提醒读者，当如苏轼《文与可画筼筜谷偃竹记》所引文与可之言"此竹数尺耳，而有万尺之势"而读之。概言之，亦可谓"楚风可大，楚风可长"。

心灵之桥，桥于桥[①]

2018年8月22日

倘若形同虚设
桥就是一道望穿秋水的风景
甚至是一段不可逾越的距离
清晰地告诉人们
你在这一边　他在那一边

河边的房子　那错落有致的窗
不仅仅便于阳光空气的出纳
不仅仅便于星辉月韵的端详
还是一座座不休不眠的码头
让心扉敞开　供心灵摆渡
在四季之余　在空间之外
让不系之舟　来去自由

桥于无形　未尝不是一种
更高的境遇　更高的境界
子曰："君子和而不流，强哉矫。"
愚曰："心灵之桥，桥于桥。"

[①] 笔者的诗文，有时会署名"yang's. 小时候"，发到同学或朋友群之中。

> ### 和苏子瞻《陌上花》
>
> "陌上花开蝴蝶飞,江山犹是昔人非。遗民几度垂垂老,游女长歌缓缓归。"苏轼《陌上花》共三首,此其一。序云每年春,吴越王妃都回临安娘家,吴越王思之,遗书曰:"陌上花开,可缓缓归矣。"苏轼任职杭州时,当地人以此为歌,苏轼感其情致温婉,遂以其意作新词。
>
> > 钱王念妃迟迟回,却教陌上缓缓归。
> > 含思如水情似蕾,年年花开不须催。
>
> 如果把第三句改成"思如水,情似蕾",这首诗就很像《渔歌子》的体式了,亦可谓有一陌二花之美:
>
> > 钱王念妃迟迟回,却教陌上缓缓归。
> > 思如水,情似蕾,年年花开不须催。

第二节 伊人主义

《诗经》中虽有十五国《国风》,却没有来自诗歌文学尤为发达的楚国的篇什。在中国古代文学与文化史上,这一点未免让人遗憾。其中的原因比较复杂,但跟楚人"不服周"的文化态度或许有或多或少的关联。然而,正如它在后世所显现出来的巨大影响力那样,历史明白无误地告诉我们,纵然曾遭忽视,却从未因此忘记。有鉴于此,作为后来者,把《楚辞》看作楚国的"国风"亦未尝不可。

前文引用司马迁对屈原和《离骚》的评价,让我们对中华传统文化有了更为真切的认识和理解。这里不妨进一步阐释《诗经》之《蒹葭》和《楚辞》之《湘夫人》,或许同样能够让我们得到不少的收获。

蒹 葭

蒹葭苍苍,白露为霜。所谓伊人,在水一方。溯洄从之,道阻且长。溯游从之,宛在水中央。

蒹葭萋萋,白露未晞。所谓伊人,在水之湄。溯洄从之,道阻且跻。溯游从之，宛在水中坻。

  蒹葭采采，白露未已。所谓伊人，在水之涘。溯洄从之，道阻且右。溯游从之，宛在水中沚。

  "蒹葭"在常用语中就是指芦苇。秋天，芦苇开花后，无论是阳光下还是月色中，总是呈现出一片浩茫的景象。远远望去，一簇簇芦苇在风中时起时伏，宛如佳人戴着白头巾再略施妆容的背影，行迈迟迟，婀娜多姿。故诗中虽然不曾由此着笔，"蒹葭苍苍，白露为霜"，却可以通过人们在日常生活中得到的常识，引发绵延的通感效应。正是这种比兴蕴含着的潜意识，使得接下来的"所谓伊人，在水一方"，不仅不让人觉得突兀，反而显得文从字顺、自然流畅。

  需要注意的是，诗中的"伊人"在实景中并不存在，是触景生情、从心中生发而来的视觉上的幻象，这也是诗中接下来使用"宛在"这个词所产生的语义效果——似有而实则没有、预期与现实有错落或者并不一致，而意境上却能起到萦回的反衬作用，就像一面镜子中明明可以看见人，却无从找到"她"从何投影而来。是以所谓"伊人"，毋宁说是这样的场景唤醒了沉睡于作者心目中的心仪对象，包括心目中的理想、情怀或抱负等，是作者心目中的理想、情怀或抱负的实在性的具象化呈现。由此而来的好处就是，表达上获得了语词使用和意境经营的便利，为进一步的情景化抒写和环节展开提供更大的空间和选择上的可能，并且在语境上营造了一种虚实相生的复合结构。这样，经过一番百转千回、循环往复的描摹和叙述，不仅"伊人"的形象显得充盈饱满，作者不懈的追求和为此付出的艰辛也得到了较好的表达；《蒹葭》则成为托物言志和借景抒情的经典之作，整体上散发出一股意蕴悠长的含蕴之美。

  总体而言，《蒹葭》这首诗在一般层面上可视为爱情诗，当作爱情诗来阅读和欣赏；在更高维度的思想和精神层面，却是不畏任何艰难险阻而执着于对心中理想、情怀或抱负的苦苦追求。正如屈原所言："路漫漫其修远兮，吾将上下而求索。"至于作者心目中的理想、情怀或抱负具体指的是什么就不得而知了，但正是这种不具体的"抽象"，呼应了"所谓伊人"的空灵和灵活性，使之成为一种特定的共情符号和隐喻，对读者或受众而言反而可以产生各自对号入座的艺术效果。这使得该诗在言辞之学上既有思想和情感的艺术价值，又有精神情感的艺术价值。基于《蒹葭》这首诗所具有的典范意义，我们不妨把这种艺术表达方式称为伊人主义。为了便于对叠言体进行更好的说明，笔者创作了一首《蒹葭叠言》。同样，笔者所创作的《最诗心》和《咏蝶》，也应当有助于说明伊人主义在文学作品中的具体形态及其多样性。故总的来看，自古以来，中华民族就是一个有梦想的民族，一个一直追逐自己文化梦想的民族，并且在追逐梦想的过程中持续地丰富与完善自己，迸发出许许多多感天动地的中国故事，创造出举世罕见的人间奇迹和丰功伟业。

蒹葭叠言

2018年9月29日

蒹葭苍苍　白露为霜　　　　　　唯水魄为柔肠
所谓伊人　在水一方　　　　　　唯高洁而清扬
心怀遥遥之执望　　　　　　　　唯霜露　能养其神光
只为你结露凝霜　　　　　　　　唯秋月　能同皓其芒

有翠竹之气节　　　　　　　　　蒹葭苍苍　白露为霜
有芝兰之苍苍　　　　　　　　　执子之手　共赴其望
言花非花　言草非草　　　　　　蒹葭苍苍　白露为霜
言草不蔓　言花不芳　　　　　　执子之手　同皓其芒

伊人主义

在中华传统文化中，"伊人主义"亦可谓"伊人情怀"，其中的"伊"或"伊人"既可以是"她"或者"他"，也可以是"家"、"国"以至于"天下"，甚至可能上述诸种心绪兼而有之。笔者曾写有一首《最诗心》，或许有助于理解这种情怀或"伊人主义"的诗意表达。

去日浩远梦犹新，瀚流奔涌风相迎。
江山万里常寄意，唯念君时最诗心。

还有一首《咏蝶》，也有类似意蕴：

方寸殷勤游牧野，千原万陇作飞花。
等闲高枝随风舞，但觅新红旧时她。

让人感觉意犹未尽的是，当时的秦国处于周朝西部边陲之地，相对于中原地区还比较落后，有许多思想和观念有待启蒙和开化。在这样的社会人文环境中，有谁拥有那么高蹈的文学修养和艺术才华写就如此经典的作品呢？对于这个问题，从有关的史料中去寻找蛛丝马迹应当是很有意义的。据先秦典籍和《史记》的有关记载，秦穆公和秦孝公之时，秦国都曾经面向中原地区公开大量招纳贤才，实际上也有不少中原地区的贤能之士得到很好的任用，其中有一位人们耳熟能详的人物，就是秦穆公用五张羊皮换来的著名的五羖大夫百里奚。但秦穆公晚年时却以"非其罪而罪之"，这应当是帝王使用的权谋之术和政治把戏，借故或以莫须有之罪而罪之，目的在于避免大臣影响力过大可能导致的尾大不掉。这样，百里奚或者类似百里奚的贤能之臣因失意而通过隐喻的方式抒发其心中郁结，创作这首诗就在情理之中了。另一个可能的情况是，由于秦国的暴虐，某些已经入仕的贤能之士感到理想破灭，为消解胸中块垒而创作此诗。

那些入秦的贤能之士，最初或许对秦穆公和秦孝公抱有极大的期许，认为他们堪比尧舜，后来却发现其才能和道德水平与尧舜相比还是有较大差距的。贤能之士置身于此岸，而对历史彼岸的心仪对象产生了无限的爱慕之情，进而通过隐喻的方式，一唱三叹地抒发自己的精神情感和价值诉求，这也算是对心理郁结的不错的纾解。这样一来，我们对诗中的"所谓伊人""宛在水中央"所含有的恍惚迷离的意境，以及此间的距离感所产生的审美和美学效果，应当能心领神会并得到更加深切的感悟。而经过此番阐释，不妨再来看《道德经》这几句话："上士闻道，勤而行之；中士闻道，若存若亡；下士闻道，大笑之。不笑不足以为道。故建言有之：……道隐无名。夫唯道，善贷且成。"[①] 或许能得到某种意义上的恍然大悟而发出会心的一笑吧。

荀子曰："积土成山，风雨兴焉；积水成渊，蛟龙生焉；积善成德，而神明自得，圣心备焉。"[②] 从该诗巨大的人文内在规模来看，《蒹葭》应当是周秦之际某位历经世事沧桑、心境已归平静的高士，偶尔受到灵感的触发而创作的一篇经典之作，含有宏富的思想思辨和独特的哲思，故把它视为一篇优秀的哲理诗也是可以的。或许正因如此，它成了人们追求理想和美好生活与未来的精神恋曲，千百年来生生不息，"天不限其高而地不掩其远"。

诗中的"道"字，如"道阻且长"、"道阻且跻"、"道阻且右"，当其时的

---

① 《道德经》第41章。
② 《荀子·劝学》。

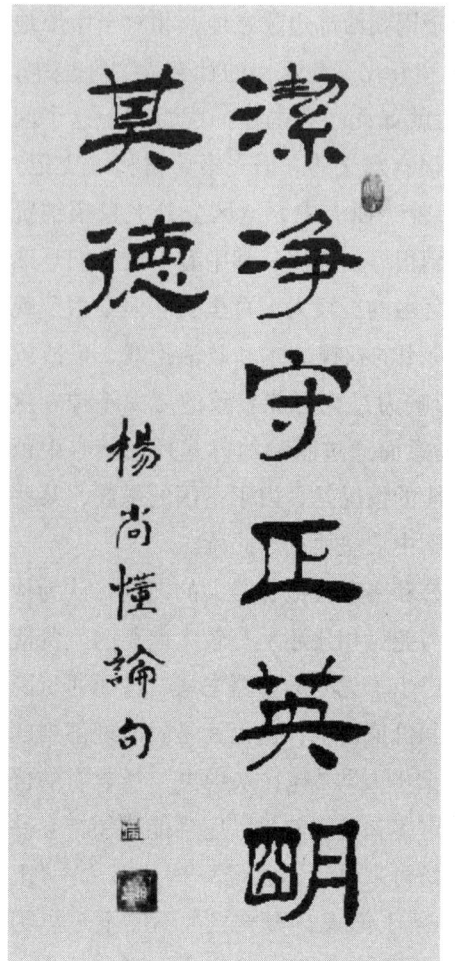

辞章之学和大文学的语境，应当还较多处于"道路"之"道"这种形而下的层面，而没有完全上升到道家产生之后的高度抽象的哲学层面，但又正处于哲学化的过程之中。在《左传》中，记有百里奚这样一句话："行道有福。"① 这里的"道"字也正处于哲学化的过程之中。值得注意的是，这里"道"已经有了"善"的意蕴，故转换成"行善有福"，其含义也是高度重叠的。由此可知，这首诗应当创作于春秋时期较早的年代，或许就是秦穆公当政时或稍微靠后。

那么，《蒹葭》是否还蕴含着某些有待进一步揭橥的诗学思想呢？鉴于传统的"兴、观、群、怨"过于简单，对于作品的思想价值意蕴和精神层面的诠释也有所不足，这里不妨用"洁净守正，英明其德"②来概括。进而言之，"洁净守正，英明其德"更明显地含有中华传统文化的"三立"之说③以及文以载道的思想和精神诉求，同时也较好地蕴含了司马迁所言："夫《诗》《书》隐约者，欲遂其志之思也。……《诗》三百篇，大抵贤圣发愤之所为作也。此人皆意有所郁结，不得通其道也，故述往事，思来者。"

---

① 《左传·僖公十三年》。
② 习近平总书记于 2018 年 10 月 23 日到清远英德考察调研，这一背景激发笔者思考，得"以清激浊，英其德也"之句。英德是笔者的家乡，28 日把这句话发到同学群里面，"洁净守正，英明其德"就是由此发展而来的。这对本书的基本立意的确立非常重要，实际上也成为本书的中心思想。
③ 《左传·襄公二十四年》："太上有立德，其次有立功，其次有立言，虽久不废，此之谓不朽。"践行这种理念的人，是用一生来爱这个世界都还觉得不够的人，所以他们要遗爱于世。

湘夫人

帝子降兮北渚，目眇眇兮愁予。
袅袅兮秋风，洞庭波兮木叶下。
登白薠兮骋望，与佳期兮夕张。
鸟何萃兮蘋中？罾何为兮木上？
沅有茝兮澧有兰，思公子兮未敢言。
荒忽兮远望，观流水兮潺湲。
麋何食兮庭中？蛟何为兮水裔？
朝驰余马兮江皋，夕济兮西澨。
闻佳人兮召予，将腾驾兮偕逝。
筑室兮水中，葺之兮荷盖。
荪壁兮紫坛，播芳椒兮成堂。
桂栋兮兰橑，辛夷楣兮药房。
罔薜荔兮为帷，擗蕙櫋兮既张。
白玉兮为镇，疏石兰兮为芳。
芷葺兮荷屋，缭之兮杜衡。
合百草兮实庭，建芳馨兮庑门。
九嶷缤兮并迎，灵之来兮如云。
捐余袂兮江中，遗余褋兮澧浦。
搴汀洲兮杜若，将以遗兮远者。
时不可兮骤得，聊逍遥兮容与。

《湘夫人》和《湘君》同属于《九歌》，是上下关联的姊妹篇，一般将《湘君》置于前，《湘夫人》继其后。按比较流行的说法，《湘夫人》和《湘君》都是当时楚国的"祭祀之歌"，由屈原在当地民歌的基础上创作而成。《湘夫人》祭祀的神明就是帝舜的妃子娥皇和女英，她们都是帝尧的女儿，故诗中称之为"帝子"；相应地，《湘君》祭祀的就是帝舜了。

需要说明的是，"目眇"或"眇目"在后世常作"眼瞎"解。但从该诗的整体意境而言，这似乎说不通。如果按时至今日仍然保留大量古汉语元素的客家话或粤语来解，"目眇"或"目眇眇"，其语义是因伤感或委屈而泪目（眸子滚动着泪水而视觉模糊）的样子。另外，《湘君》和《湘夫人》在排序上确实有前后之别。这两首诗有极为相似的结尾，但《湘君》倒数第二段却是"朝骋骛兮江皋，夕弭节兮北渚。鸟次兮屋上，水周兮堂下"。诗中的"北渚"（江北近岸的小沙洲）是湘君自南往北的抵达之地，实际上就是湘君和湘夫人预先约好的会合之地。时间上，他们各自抵达北渚是有较大的先后错位的。这不难理解，在远古时代，相隔千山万水，路途遥远，即便约定了某日某时，也难免有个先来后到。从《湘君》这句"桂櫂兮兰枻，斲冰兮积雪"来看，湘君抵达北渚的时间是冬季。而湘夫人抵达的时间是秋天。奇妙的是，正是抵达时间的先后错位，反为各自心理的复杂变化提供了情感抒发的自由度，由此也带来了戏剧性效果。这很好地说明了这两首诗的创作是经过精心设计的。另外，对大化催逼下时不我待的时间性的表达，《离骚》已经有了典范性的书写，如："日月忽其不淹兮，春与秋其代序。惟草木之零落兮，恐美人之迟暮。"也就是说，从《楚辞》的辞章之学和大文学的语境来看，诗中蕴含的生命意识观是相通的。

在艺术上，与《蒹葭》采用比兴的笔法不同，《湘君》和《湘夫人》都是赋的笔法，开门见山。但《湘君》和《湘夫人》还有各自的不同，《湘君》第一段以自言自语开始："君不行兮夷犹，蹇谁留兮中洲？美要眇兮宜修，沛吾乘兮桂舟。"其大意是：你是不是犹犹豫豫还没有出发，又是不是因为谁在某个水中的沙洲逗留太长时间？但我还是赶紧化妆好自己的仪容，乘舟驶向中流急水处好快快赶路。如果把《湘君》和《湘夫人》各自的第一段四句当作整首诗的"引子"，或想象对方在一旁所做的旁白甚至不见其人而耳闻其声，或者借鉴《蒹葭》一诗的"宛在性"，以表达湘君和湘夫人的心理活动以及相互间心灵相通的情景，或许更便于解读和理解。如果把时间尺度稍做延伸的话，我们还会发现，《红楼梦》叙述林黛玉和贾宝玉二人在贾府初次见面时，相互间都有"似曾相识"的描写，这里的艺术手法就可以追溯到《蒹葭》这种"宛在性"的含蕴。而这中间的艺术运思可谓一跃千年，或如刘勰所言："思接千载，视通万里。"①

《湘夫人》一诗并不描写事前的情况和赶路的过程，一开始就以仙子一般的仪态、御风凌波之姿降临北渚，而眼神和面容都显得非常忧伤。需要注意的是，"袅袅"一词常用来描写日常生活中的炊烟，诗中用来描写秋风，其实可以理解为借助人们熟悉的炊烟以获得相应的通感效应，使得无形的秋风通过炊烟来强化其可视性或视觉效果，进而以辽阔的洞庭水波和非常具体的树叶飘落，来刻画其大中见小的背景。但"袅袅兮秋风，洞庭波兮木叶下"作为背景的同时，也是一种侧写，实际上还反衬和强化了起笔的"帝子降兮北渚，目眇眇兮愁予（让我愁）"的画面感和灵动性，使得其衣袂飘飘的丰神俊秀之美更令人印象深刻。

---

① 《文心雕龙·神思》。

在文学史上，如此简约而传神之笔无疑是极为少见的，实可谓经典中的经典。后世的众多作品，曹植的《洛神赋》、李白的《梦游天姥吟留别》可谓这种妙笔神品中的优等生，在白居易和苏轼的个别作品中也显示出了类似的笔力。

那么，屈原是不是曾经非常用心地研读过《蒹葭》呢？答案是肯定的。甚至可以说，屈原或许是第一个深得《蒹葭》神髓的中国古代文学大家。为什么这样说？因为《离骚》的诗句"路漫漫其修远兮，吾将上下而求索"、"亦余心之所善兮，虽九死其犹未悔"，就可视为《蒹葭》一诗试图表达或传达的思想和精神意旨的含蕴，而屈原以更加凝练的两联诗将之提炼出来。他还通过《湘夫人》一诗的"佳期"，以及大化催逼下时不我待的时间性——如《湘君》的"时不可兮再得"和《湘夫人》的"时不可兮骤得"，来强化自身的使命感和心中的无奈与焦虑。进一步说，湘夫人和湘君之间刻骨铭心之爱，含蕴的正是屈原心目中的苦苦追求的"伊人"——其实就是屈原对尧舜之世君臣皆注重其"德位相配"的清明美政之爱。时不我待的时间性的赋入，更显现出一种自我生命意识的焦灼与无力感，进而加深了"思来者"或寄希望于来者的期冀。而这未尝不是"离骚"之"犹离忧"的基本要义和重要维度所在。在后世，对此有着透彻理解并感同身受的就包括《红楼梦》的作者，故而他借林黛玉（号"潇湘妃子"）《问菊》一诗发出了"孤标傲世偕谁隐，一样开花为底迟"[①] 的慨叹。同样，林黛玉的《葬花吟》也含有类似的甚或更加浓烈的自我生命意识的焦灼与无力感，就不足为奇了。由此观之，司马迁说：

> 夫《诗》《书》隐约者，欲遂其志之思也。……《诗》三百篇，大抵贤圣发愤之所为作也。此人皆意有所郁结，不得通其道也，故述往事，思来者（冀望后来者予以激活与活化）[②]。

> 《国风》好色而不淫，《小雅》怨诽而不乱。若《离骚》者，可谓兼之矣。上称帝喾，下道齐桓，中述汤武，以刺世事。明道德之广崇，

[①] 《问菊》："欲讯秋情众莫知，喃喃负手叩东篱。孤标傲世偕谁隐，一样开花为底迟？圃露庭霜何寂寞，鸿归蛩病可相思？休言举世无谈者，解语何妨片语时。"另外，《红楼梦》对尧舜世代的文化情怀，是通过对《离骚》和《湘君》《湘夫人》思想和艺术的继承来呈现的。笔者作有《云梦行》一诗，或许多少有助理解其中的思想艺术蕴藉："浩渺云梦泽，氤氲洞庭天。潇湘与沅资，轩然赴前盟。相知无近远，有情山水连。袅袅起秋风，碧波荡紫烟。帝子降北渚，目眇九嶷巅。苍苍意绵绵，郁郁结千千。千古犹相梦，梦醒反不见。萧萧斑竹情，离忧安能免。"

[②] 《史记·太史公自序》。

治乱之条贯，靡不毕见。其文约，其辞微，其志洁，其行廉，其称文小而其指极大，举类迩而见义远。其志洁，故其称物芳；其行廉，故死而不容。自疏濯淖污泥之中，蝉蜕于浊秽，以浮游尘埃之外，不获世之滋垢，皭（洁白、干净）然泥而不滓者也。推此志也，虽与日月争光可也①。

实可谓斯言不诬，诚可信也。

第三节　作新斯民与先忧先觉

"作新斯民"改自苏轼任知制诰时替朝廷所拟《王安石赠太傅》之"作新斯人"。考其所本，当从《尚书·康诰》"作新民"转化而来，而苏轼做此改动，当有使该短语之语义更加显豁明朗之意。因"人"的概念级次要大于"民"，而"民"是从属于"人"的内在结构和群体，再加之"先觉觉后觉"②乃传播学规律，故而笔者把"作新斯人"改成"作新斯民"。

基于对"先觉"又从何而来的思考，笔者以为以"先忧"作为"先觉"的内在生成机制是可行的，这可以在日常生活和实践中得到验证，故以"先忧先觉"来阐明"先觉觉后觉"的实在性，相较之下应能让人明白其更为基础性的意义。

进而以此思考范仲淹《岳阳楼记》"先天下之忧而忧"这句话，或者这句话的生成依据"予尝求古仁人之心，……不以物喜，不以己悲；居庙堂之高则忧其民，处江湖之远则忧其君。是进亦忧，退亦忧"，不难明了其中就蕴有"先忧先觉"的内生机制。故而这种以身许国的古仁人，不仅成为他人生心仪的对象，而且还被视为自己生命价值归属的同路人。如果我们从大文学观的角度来看，范仲淹这一思想理念和人生价值取向，是有其历史文化渊源的，甚至可视为《道德经》这一思想观点"故贵以身为天下，若可寄天下；爱以身为天下，若可托天下"③的范氏个性化表达。换言之，"先天下之忧而忧，后天下之乐而乐"不仅

---

① 《史记·屈原贾生列传》。
② 《孟子·万章下》："伊尹曰：'何事非君？何使非民？'治亦进，乱亦进。曰：'天之生斯民也，使先知觉后知，使先觉觉后觉。予，天民之先觉者也；予将以此道觉此民也。'"
③ 《道德经》第13章。

可以使自己拥有"先忧先觉"的先机，也是现实社会生活实践的重要方法路径，甚至是以身许国而报效国家、将个人的命运与国家命运结合在一起的重要表现形式。相应地，小我可以在大我之中得到最大化的呈现与实现，因而这样的人生是非常值得期许和追求的。而这样的人生观和价值观，我们不妨称为"以大救小"观。与历史上的一些自内而外的小社会观相比，"以大救小"观可谓一种自外而内的大社会观。譬如"孝、悌"，用于家庭家族之中，对于构建群体的亲敬伦理关系无疑是非常有用的；在更大的社会群体中，采用"友爱"、"兼爱"、"兼善"、"与人为善"等就会比较妥帖。故前者可视为小社会的伦理价值观，后者则可视为大社会的伦理价值观。这说明，随着人的社会化程度越来越大、所处的社会地位越来越高，所需要拥有的大社会观和大社会情怀也要越来越多；相应地，人们对诸如公平、公正、法律面前人人平等之类的社会价值也越来越看重。进一步说，环境的潜在作用使得每个人或多或少都有一定的小社会观和大社会观的潜在意识，关键在于考虑具体问题时能否兼顾或适当平衡它们的共在性，从而在更理性的尺度内不至于使思考和判断走向偏激和极端。故"兼有"之于健全人格的养成不仅显得殊为必要，也是个体与群体之间达成理性平和与和谐共生的内在要求。这或许就是行为哲学例如人们早已熟知的与时俱进、与时偕行等所蕴含的道理吧。

很显然，《岳阳楼记》之所以在当时和后世影响那么大，皆因它是范仲淹忧国忧民的家国情怀所凝聚而来的，能够引发人们强烈的共情和共鸣。而上述对事物认识的"先忧先觉"内生机制和"以大救小"观以至于"小社会观"和"大社会观"，都是笔者经过长期思考，从文本中诠释而来的思想意蕴。那么，从辞章之学的角度来看，还有什么值得我们关注和学习的呢？这时，我们通览全文不难发现，"览物之情，得无异乎"在整篇文章中发挥着一柱擎天、中流砥柱的作用。这句话如一道闸门，接下来的"阴风怒号，浊浪排空"、"上下天光，一碧万顷"等叙述，都缘此而来，并且为"不以物喜，不以己悲；居庙堂之高则忧其民，处江湖之远则忧其君。是进亦忧，退亦忧"以及"先天下之忧而忧，后天下之乐而乐"等名言的登场，预先做了文意和气韵的铺垫。不然的话，这些名言难免显得孤高无援，或言而不文而行之不远。这应当也是陆机"诗缘情而绮靡，赋体物而浏亮"[①]所传达的道理吧。

---

① 陆机《文赋》。文中的"体物"亦"体物之情"的简化。

以大救小

范仲淹在《岳阳楼记》一文中所持有的文化观，显然没有拘泥于儒家传统和视角，而是一种更宽阔的大文化观、大历史观、大社会观、大文学观。就中华传统之君子与士大夫精神而言，《岳阳楼记》可谓自秦汉以来的一座思想精神高峰，堪与《周易·文言》的"天行健，君子以自强不息"、"地势坤，君子以厚德载物"相媲美。相应地，其人生价值和意义的可及性亦非一般人所能及。

在思想方面，历经魏晋以及唐朝诸多先贤的思想激荡与融合，中华传统文化的人文气质已经有了更加丰富的内蕴与更加宏大的规模，是以能产生《岳阳楼记》这样的鸿文。而文中弥足珍贵的不仅仅是"先天下之忧而忧，后天下之乐而乐"的字面含义，其中的"先忧"，其实蕴含着"先觉"的思想意蕴与价值指向，或者说通过"先忧"与"先觉"建立了更为直接的内在有机关系，可称为"先忧先觉"思想法则与机制。盖所谓洞察先机、首创、原创或创造，以至于"己欲立而立人，己欲达而达人"者，莫不发端于此、立足于此、成乎于此，实乃千古不磨而惠及古今的絜矩之道、君子之道。在现实社会生活中，这一思想意蕴也为范仲淹主持"庆历新政"提供了思想学理和道义上的精神支撑。

该文作于"庆历新政"因保守势力的强烈反弹已告失败之后。正因如此，文中的"不以物喜，不以己悲"，不仅隐含着《周易》"中正以观"的思想意蕴，以及屈原"哀民生之多艰"的精神情感，更应理解为其卓越人格的显现和自勉，同时也暗指保守势力不应醉心私利而害公器、持禄自欢，应以居国之位而谋国之事为重。这样，"先天下之忧而忧，后天下之乐而乐"就顺理成章了。《岳阳楼记》其实就是在"阴风怒号，浊浪排空；日星隐曜，山岳潜形"的政治背景下写成的警世之文。文中着重对洞庭湖一春一秋景观进行描写，不由让人联想到屈原在《离骚》中所言"日月忽其不淹兮，春与秋其代序。惟草木之零落兮，恐美人之迟暮"的心境，进而不难明了，文中所谓"古仁人"，至少包括屈原在内或者以屈原为榜样，且是其重要的价值指向。

同时,《岳阳楼记》所谓"进亦忧,退亦忧"的思想,可谓生命意识的一种新觉醒,甚至对传统所谓"先己而后及人"等观念有所颠覆。这种颠覆蕴含着"以大救小"的价值理念以及新路径、新格局、新担当与新气象,丰富与增进了人们对于国家作为精神情感共同体的思想意识和价值认同,对中华传统文化人文精神的构建具有独特的贡献。

如此看来,《岳阳楼记》与其说是一般意义上的文学作品,毋宁说是一篇文以载道、寓情于理而情理融通、融文学性与思想性于一体的经典政论之文,其思想与文意笔法更明显是《礼记·礼运》和孟子之风的承扬,亦可谓《中庸》"率性"与"诚"说之具体践履。赞曰:文之义,广矣,大矣。然世有不二之文者,何哉?曰:"无斯人则无斯文,有斯人然后有斯文。"斯文也,唯一人之文也,人而弗能二,此其不二者也。

"以大救小"的基本含义就是以天下以及胸怀天下之大我来救济具体之小我。这中间的学理包括《道德经》所言:"是以圣人后其身而身先,外其身而身存。非以其无私邪,故能成其私。"其义相当于"先公而后私"或"大道之行,天下为公",通俗一点说就是"天下都好了,作为共同体之中的个体或成员又焉能不好",因而有其内在的辩证性与辩证关系。而文中的天下观,其实就是"以公为尊"、"以人为本"、"以民为本"的大道和命运共同体意识,以及屈原"哀民生之多艰"的精神情感。忧患意识则更多源于《周易》以及《周易》"既济未济"的辩证思辨。很显然,这种思想理念和精神追求,与当时的家天下帝制政治是互有排斥而不能完全相洽的,而后者无疑难以满足人们对社会善治的需要。这同时还说明,儒家思想无论是在孔子之时还是在孔子之后,一直都有争鸣。宋代也有思想争鸣,而且远非一般想象那样波澜不惊。例如,程朱理学倾向于保守,但理学的各派也互有分歧因而聚讼纷纭。

所以,如果说一般知识(或工具理性)有助于人的观察力、领悟力、判断力、表达力、创造力等行为能力、效率及质量的提升的话,那么较优的价值理念和价值观(价值理性)不仅有助于人就进、退、取、予、守等行为取向做出正确的选择,并且直接或间接影响到个体、群体、组织、社会、民族和国家以至于一个文明的精神状态与潜能的充分发挥。

如此看来，虽然"情"字只是众多文字之中的一个，其所指却能够作为人的内生动力，显示出人类生命意识的本源所在。这也是情的独特之处。如果我们把"览物之情，得无异乎"改成"览物之爱，得无异乎"，就显得文不从而意不顺了。这从一个侧面提醒我们，不仅爱缘情而生，"情"的表达范围和表达能力也要远大于"爱"。进而不难明了，以"仁"或"仁者爱人"的仁学思想为基础的孔孟儒家，跟这里所言的非儒传统，根本区别就在于一则以仁爱为基础，一则以情为基础。孔孟儒家倘若不吸收非儒传统的长处，难免陷入孤高无援或者仁而无方的困境。我们还可以进一步认识到，无论是"先天下之忧而忧，后天下之乐而乐"还是"先忧先觉"，它们所本皆缘于情，实可谓"怎一个'情'字了得"。故无论是《岳阳楼记》还是非儒传统，其中所蕴含的辞章之道，都可以套用《道德经》的话来说明："道隐于情。夫唯情，善贷且成。"①

《康诰》的创制有其现实政治背景。公元前1046年，周朝取代殷商，建立新一代王权，成为代表中国这个古老国家的最高政治权威。但周朝建立之初政治还不稳定，尤其是武王逝世后，成王继位，因年幼而由周公摄政，引发不小的猜忌，于是商纣王之子武庚联合管叔、蔡叔发动叛乱。《康诰》就是周公东征平定之后，封文王之子、武王同母幼弟康叔于卫，所专门制作的文诰（政治训辞、训令）。文诰内容颇为丰富，是周朝建政之初的一篇重要政治文献，对后世社会影响可谓既深且远，大体上体现了周朝统治者如下治国理政方略：

1. "惟天命不于常"（治理国家的使命并非只限定于某个人、某个姓甚至某个宗族，故要有戒惧敬畏之心）；

2. "明德慎罚（德法兼用，但要以美好的德行感化为先）"、"不敢侮鳏寡"，"若保赤子，惟民其康乂"（要像爱护孩童那样爱护百姓，并且让他们过上安定舒适的日子）；

3. "求闻由古先哲王，用康保民"（遵循圣哲遗训、任用贤能，以确保民众的安居乐业），孝友知敬；

4. "我闻曰：'怨不在大，亦不在小；惠不惠，懋（勉力）不懋（怨言不在大小，有怨言也不见得是坏事，要以此关注哪些该做好而没有做好、该勉力为之没有勉力为之）。'已！汝惟小子（你要知道自己年轻，还有许多事理需要磨砺），乃服惟弘王（但别忘了你的职责使命

---

① 这或如《礼记·乐记》所言："是故情深而文明，气盛而化神，和顺积于中而英华外发。"

就是光大祖上文王的伟大德行),应保殷民(爱护与治理好殷商遗民),亦惟助王宅天命(这也就是帮助成王并巩固上天赋予我们周族人的使命了),作新民"等。

从上述文献可知,周初统治当局不仅拥有广阔的大社会观,同时还拥有深厚的人民性和人民情怀。而这也是他们告诫殷商遗民不妨参详其典册(《尚书·多士》:"惟尔知,惟殷先人有典有册。"),以此来说明周代殷商具有其政治的合理性与合法性的重要原因。

需要注意的是,周朝统治者执政之后治平天下,所依靠的可不仅仅是武力和各种政治训诫,他们在以文化人、作新斯民方面也是卓有建树的,例如《诗经》中的《关雎》,就是其中的典范之作:

关 雎

关关雎鸠,在河之洲。窈窕淑女,君子好逑。
参差荇菜,左右流之。窈窕淑女,寤寐求之。
求之不得,寤寐思服。悠哉悠哉,辗转反侧。
参差荇菜,左右采之。窈窕淑女,琴瑟友之。
参差荇菜,左右芼之。窈窕淑女,钟鼓乐之。

《关雎》是《诗经》的第一首诗,如果仅看字面,许多现代读者很容易将其解读成比较纯粹的爱情诗。倘若联系作品的社会历史背景,就会发现情况当比想象的复杂得多。从写作技巧来看,该诗使用的是典型的比兴手法,开篇隐含着春暖花开、鸟儿鸣春、河中与洲上植物繁茂的景象,进而引入"在河之洲"以及这种场景下"淑女"和"君子"曾经有过的生活画面,并由此引发情感的追忆。这样的场景对许多成年人而言并不陌生,引起众人的情感共鸣并被视为爱情诗也就不足为奇了。但如果考虑到诗中的乐器,尤其是"钟"和"鼓"在上古社会一般用于宗庙和殿堂上,这首诗与其说是一首爱情诗,毋宁说是一首嫁娶婚庆时配合礼乐使用的乐歌。也就是说,诗歌开始的比兴其实是一种隐喻,寓意男女到了谈婚论嫁的年龄,要寻找对象结婚、生儿育女了,这其实是中华文化中的重要元文化——"崇效天,卑法地",亦即以自然为师的重要体现。同时,整首诗洋溢着爱而嫁之、爱而娶之、以及有关的情感追忆与祝福兼而有之的氛围,显现出夫妻恩爱的家庭生活以及琴瑟和谐的美好与需要担当的生活责任。《关雎》诗中的这种情形,反映的应是周朝建政之初甚至周族人更早的生活风貌与祥和的社会状况,是周族人对人生、对生活、对春天的重要态度,也是周族人对人生、对生活、对春天的重要表态。

　　作为《诗经》的第一首诗，《关雎》自然还有它的社会风教作用。无论是作为贵族婚庆的乐歌，还是作为一般人家婚庆的乐歌（即使没有伴乐，读一读或心中默念也能感受到其韵律的和谐和内容的美好），它都能够通过其高超而综合的艺术魅力，持续唤醒并一代接一代地潜移默化着人们的精神情感——不仅不要忘记过去的美好，而且要努力去维护这样的美好，使其一直延续下去。这样，在日常生活中耕耘自己和对方的心灵与情感世界，对于夫妻、家庭的和谐与美好，对于社会的和谐与美好，无疑都是大有裨益的。故而无论从哪个角度来看，《关雎》都是中华文明历史演进过程中一首极为重要的风俗与生活诗歌。如果说《关雎》代表人类不能没有的生活状态，那么《蒹葭》则代表人类不能失去的精神状态，是人类生活和人类文明弥足珍贵的基本样式与人文经典，它们可谓《诗经》三百零五篇中的诗王。

　　相较之下我们不难发现，《康诰》侧重的是思想政治理念，注重于政治价值观和价值取向的阐发；《关雎》主要表达的则是贵族婚姻的礼仪形式，礼仪上除了歌咏这首诗，应当还有别的乐歌和舞蹈。重要的是，《关雎》背后还有一整套祭天敬祖、送亲迎亲等各种礼仪形式与活动①，可谓一种内容特别丰富的集体文化生活。而且，由于它循环往复的仪式感，个体能够在成长过程中逐渐感受到生命的本质和意义所在。《关雎》还很好地反映了周族人以至于周朝的一个极为重要的风俗习惯和价值理念，即"洽比其邻，婚姻孔云"②。我们的祖先很早就已认识到近亲结婚对后代繁衍不利亦即"同姓不婚"的道理，进而与不同族群进

---

　　①　当时，周朝设有学官供民众学习礼仪，《诗经》中的诗歌也都是配乐的乐歌，可供人们学习和传唱，这对于个人文化修养的雅化无疑发挥着非常重要的养成作用。例如《国风·周南·桃夭》："桃之夭夭，灼灼其华。之子于归，宜其室家。桃之夭夭，有蕡其实。之子于归，宜其家室。桃之夭夭，其叶蓁蓁。之子于归，宜其家人。"就可以作为婚庆中一起唱颂的乐歌。在现实生活中，《国风·郑风·野有蔓草》："野有蔓草，零露漙兮。有美一人，清扬婉兮。邂逅相遇，适我愿兮。野有蔓草，零露瀼瀼。有美一人，婉如清扬。邂逅相遇，与子偕臧（我愿与你永结相好）。"它是可以用于表达情感和爱意的流行歌。又如《国风·卫风·硕人》："硕人其颀，衣锦褧衣。齐侯之子，卫侯之妻，东宫之妹，邢侯之姨，谭公维私。手如柔荑，肤如凝脂，领如蝤蛴，齿如瓠犀，螓首蛾眉，巧笑倩兮，美目盼兮。硕人敖敖，说于农郊。四牡有骄，朱幩镳镳，翟茀以朝。大夫夙退，无使君劳。河水洋洋，北流活活。施罛濊濊，鳣鲔发发。葭菼揭揭，庶姜孽孽，庶士有朅。"诗歌不仅展现了新娘貌若天仙的端庄美丽，还有庄重盛大的送迎场景。

　　②　《诗经·小雅·正月》。

行通婚，同时借以改进相互之间的关系，表达敬意与爱戴。这样一来，婚姻自然就成了一件不可小觑的大事。各种礼仪形式不仅赋予婚姻以丰富的人文内涵、人之为人的庄重性，也使其成为个体生命的质量和人生的责任得以提升的重要标志。所以，总的来看，若不论物质条件和技术能力的变化，周朝创建的"礼乐文明"水平之高无疑是后世社会一直没有达到的。因此，历朝历代中，周朝不仅对中国人影响最为深远，而且是让中国人最为怀念的朝代之一。以此理解所谓"诗书传家"或"书香门第"的价值和意义，应当是一个不错的切入口。

我们由此不难发现，"以礼解诗"对于理解《诗经》固有的价值和社会功能来说是有很大的局限性的，难免让人有捡了芝麻失却西瓜之憾。《诗经》中的淑女、君子指的是有教养的人，而有教养不仅是贵族也是一般民众的偏好，是人们所共同向往的。故而这首诗更根本的社会教化作用和意义还在于鼓励人们成为有教养的人，是对人们向好向善的精神激励，可视为周朝在国家和社会治理中春风化雨、作新斯民的具体反映。

那么，周朝的"礼乐文明"为什么没有比较好地延续下来呢？其原因非常复杂，而以下几个方面无疑殊为重要：其一，技术的进步（例如铁器工具和牛耕、施肥技术的发明和运用）对原有生产生活方式的极大改变，相应的制度创新与制度安排的缺失；其二，后世统治者缺乏周初统治者那样的政治责任感、使命感和担当精神，持禄自欢，丧失初心，如《诗经》所云"靡不有初，鲜克有终"[①]；其三，国民教育与国民政治素质和文化修养过于功利化，因而缺乏相应的政治责任感、使命感和担当精神；其四，诸如外部环境的变化等。而更为根本的原因应当是这种政体及其体制机制问题。

很显然，政体问题是一个殊为宏大而复杂的问题，却又是周朝以至于整个中国古代社会所共有的根本问题。我们不妨再讨论一下周初的另一篇重要政治文诰《尚书·酒诰》，该文诰的直接对象仍然是康叔。

康叔封地卫，是原殷商治下的核心区域。殷商末期，这里的贵族酗酒成风。酿酒需要大量粮食，造成一般民众粮食匮乏，民生凋敝、怨声载道在所难免。有鉴于此，周公对康叔加以诫勉，以免其沾染旧习，也就在情理之中了。文诰以文王遗训作为核心，或许是为了增强权威性，却成为其重要特色。需要着重关注的正是文王这一遗训：

> 文王诰教小子有正有事（文王告诫，凡我子孙后代以及那些负责家

[①] 《诗经·大雅·荡》。

邦事务的执事们）：无彝酒（你们不要太经常饮酒，尤其不要耽于饮酒而贻误正事）。越庶国（至于封地在王国直辖之外的各邦国君侯）：饮惟祀（只有祭祀时可以小饮），德将无醉（但仍要把限制在不至于醉的程度）。

显然，"德将无醉"这个短语把"德"（个人的品行操守）与饮酒关联起来，故而会衍生出更高价值维度的引申义：良好的道德修养就是不让自己的行为与公共规范和行为准则陷入冲突之境（这与当下所言的"底线意识"和"底线思维"是相通或近似的）。从中我们不难明了，这其实是一种"借酒以明德"的立言阐释方式，在辞章之学中有以小见大的典型意义，并且客观反映出"先忧先觉而作新斯民"的思想和精神指向。但进一步思考，当时周公如此语重心长地教导后辈，还蕴含着怎样的良苦用心？这其实就是周朝统治者晓谕殷商遗民的为何周会取代殷商的道理——"天命靡常"、"唯德是辅"。用今天的话来说就是"德位相配"。这道理可谓说得再简单明了不过。问题是，当时的嫡长子继统制和分封制以及世卿世禄制度无法确保这一价值理想总是能够实现，因而它们有着现实实践的必然性缺陷，有时甚至可能是致命的。譬如，当权者无论其年纪、个人能力和道德修养，因其位而拥有的政治伦理可以超越一般世俗的伦理，又因政治伦理或社会伦理而超越事实真理性的决断与裁量权等，都是这种体制在现实中必然遭遇的困境。实际上，如果我们转换一下表达方式，将这种制度困境表达为下面的模式，更能一目了然了：

创业式：父兄的豪杰与贤能的高赋能结构。守成式：子弟的平庸与贤能的低赋能结构。

这正如《尚书·尧典》关于帝尧试用、考察舜的德行和能力的记载："纳于大麓，烈风雷雨弗迷。"这种人生赛跑，是每个人必须努力应对的零起跑和接力跑，不会有得自遗传的德行和能力。诸如家庭优渥的生活条件等资源富集优势并不等于能培养出最好的选手。有鉴于此，为了能更好地说明问题，我们不妨做如下分析和演绎。

德行是每个人都不能缺席的零起跑，我们可称为 A 类跑，不能由别人代步，故群体中难免会出现这三种情形：一般的 A，较一般差的 A^-，较一般要优的 A^+。

能力是在前人原有基础上的接力跑，我们可称为 B 类跑。对个体而言，可能跑得不如前人或同时代的人，因为力有不逮，跟不上节奏；但也可能比前人或同时代的人跑得更快，拥有自己的加速度。故群体中同样会出现三类情形：一般的

B，较一般差的 B⁻，较一般要优的 B⁺。

与此同时，随着社会的进步，专业化发展水平越来越高，个体在能力上除了一般意义的 B 类的接力跑之外，还有特长类的 C 类跑。在群体中同样会呈现出一般的 C，较一般差的 C⁻，较一般要优的 C⁺；并且 C 常常与 B 相加或综合，凸显出其能力比较优势，或者 A、B、C 有机相结合，从而拥有更为综合而优秀的人文富集加速度优势。

此外，无论是在历史上还是现实中，我们都会发现或多或少存在一种不讲规矩、横冲直撞等的 D 类跑。这种情况不仅会扰乱许多人的节奏和加速度优势，实际上也是社会失序和混乱的重要根源。

上述分析和演绎，我们不妨称之为跑步理论。从经济学角度来看，这是一个关于人才和组织以及人的成才和成贤的效率性理论，只是分析对象已经超出经济学范畴，着重用于说明人是如何成才以至于成贤的。故而这里还须稍做说明：一般意义上的"加速度"，指的是不同时段的速率变化，但这里还含有这样两个维度的考虑：其一，从较长的时间尺度来看，人类社会的发展呈现出一种加速度的基本态势；其二，这里比较看重的并不是加速度本身，而是加速度优势，亦即主要指向特定对象拥有的潜能或者将自身的潜能不断提升，并且在需要时将之释放出来的效果，拥有一般性的常态和必要时的超常态。而这样的事物存在性本身就拥有一种含蕴之美。相应地，含蕴之美对理解和阐释中华传统文化诸如辞章之法、诗词和其他文学艺术作品以至于个体的文化性格的内蕴和美学偏好，也是很有意义的。又如，在某个时程上，有的人用半个小时，有的人要用一个小时，有的人可能用更多的时间，而对于缺少相应条件和能力的人来说则是不可能完成的事①。

---

① "时程"这一理念来自这样的思考：钟摆的晃动呈现出一个扇面。在这个扇面中，越往外的部分，其跨度就会越大，但所用的时间却是一致的。例如"滴答"这一秒钟，越往外的时程其速率就越高，反之则越低，故而蕴含着一种辩证的正反律。在自然生态上，正如唐代大诗人白居易《大林寺桃花》所言：人间四月芳菲尽，山寺桃花始盛开。也就是说，同一种树木或花卉，在平地和山上的时程是有差别的。推而言之，倘若以此来思考社会生态和经济社会发展的话，可用"时程"这个理念来理解和解释的对象无疑是非常丰富的。而细细想来，"时程"理念还可进一步衍生出"高时程"或"高时程工作"、"低时程"或"低时程工作"以及"时程的可及性"和"高时程的赋能与平化时能"等理念。很显然，以此来理解较优加速度优势，无疑也是一个比较简便的方法。如果要体验一下这种时程的速率差异，去荡秋千或者测试一下秋千，就可以得到很好的实证。当然，如果喜欢的话，还可以用"时程"去思考宇宙空间的非均衡或不对称性以至于黑洞的有关问题。

此外，如果对比一下儒家的思想理念，我们不难发现，儒家传统是比较注重个体在 A 类方面的教育的，目的在于个体成人的完成。这一点，其基础性意义和作用不可低估，但也不应过于拔高。进一步我们还可以发现，为什么儒家传统不能仅限于《论语》《孟子》之学——主要倾向于个体的成人之学，还需要加上《大学》《中庸》之学——侧重于个体的成才成贤之学。尽管如此，所谓"四书"（《大学》《中庸》《论语》《孟子》），总体而言还是较为注重于个体的成人之学的；也就是说，在语义上，个体的成才成贤取向并不十分明朗，并且缺乏较好的事例来进一步予以说明，尚未上升为一种比较系统和成熟的理论。

对于孔孟儒家思想，我们首先需要持有的观点是，在当时的现实生活中，孔子是以一名兴办私学的教师身份出现的，他的思想也是在教学活动以及个人的不断学习中才逐渐产生和形成的。有鉴于此，我们可以说《论语》第一篇的第六句话"子曰：弟子入则孝，出则弟，谨而信，泛爱众，而亲仁。行有余力，则以学文"不仅是孔子成人思想的重要表达，也是他教学和教育活动的基本立足点和出发点。更进一步，孔子最初教授弟子的更多是一种谋生手段；至于如何教育弟子成才成贤，在其思想中是比较缺乏的。实际上，设想孔子最初甚至稍后就拥有这样的思路不仅不现实，对孔子而言也是一种不切实际的要求和期望。从战国时孟子批判墨家和杨朱的一些言论来看，当时影响较大和比较流行的学派反而是墨家和杨朱学派，而不是儒家。故而比较可信的是，在教授学生的过程中，孔子才逐渐走向成才成贤之路，并最终成为春秋时期具有一定影响力的思想家。这一点，正如他自己所说："十室之邑，必有忠信如丘者焉，不如丘之好学也。"① 又或："叶公问孔子于子路，子路不对。子曰：女奚不曰：其为人也，发愤忘食，乐以忘忧，不知老之将至云尔。"② 又或："吾十有五而志于学，三十而立，四十而不惑，五十而知天命，六十而耳顺，七十而从心所欲不逾矩。"③ 这样，在孔子自觉成才成贤的过程中，他的一些思想和言论，不时招来别人的指正甚至嘲笑也就不足为奇了。在《论语》的记录中，这样的情况也有不少。上述两点基本认识，应当有助于我们更好地理解为何孔子的思想缺乏系统性，同时也有助于我们理解孔子乃至整个儒家思想和儒家传统所具有的相对局限性和狭隘性。也正因如此，对儒家思想和儒家传统，我们才需要有一个比较客观理性的态度。总的来

---

① 《论语·公冶长》。
② 《论语·述而》。
③ 《论语·为政》。

看就是：不可一是而尽是之，不可一否而尽否之。

这从一个侧面说明，理解和读懂中华传统文化，不能局限在儒家传统以及有关的思想理念上。需要更进一步关注的是，在古代的社会人文环境下，中华传统文化的魅力、韧性和生命力，就在于她对个体成人的一般性和成才成贤的最大可能性都能予以较好的关照和满足。故而这里试图通过个体的成才成贤的内蕴分型和个体拥有的人文富集加速度优势（或简称为"加速度优势"）来进行阐释和界说。

通过上述阐释我们不难发现，相比之下，创业时的精英结构应是较优或最优的高赋能结构；守成时由于条件与环境比较优渥，后世子孙沉浸于资源富集优势中，上进心和努力不足，在群体和事业上难免成为短板，并因此成为一种次优的低赋能结构。而以次优的低赋能结构继承或替代最优的高赋能结构，不仅表面上会显得力有所不逮，在现实中还会引发个体的小社会观与众人的大社会观的矛盾和激荡，造成离心离德。是以从较长的时间尺度来看，次优结构最终难免成为短板多于长板的溃散结构。不知这是不是孔子发出这一喟然长叹的原因："不怨天，不尤人，下学而上达，知我者其天乎！"[①] 无论如何，总的来看，所谓"德将无醉"者，更多的是对这种政治体制和制度安排尽其人事的一种救赎办法而已，实可谓明知不可为而为之。故而不难想见，孔子所谓的"克己复礼，天下归仁"[②]的思想理念，显然就暗含或预先假定"礼"是一种业已完善因而无需改进的制度安排，其根本的价值指向其实就是"君君，臣臣，父父，子子"这种国家层面的君权至上和家庭层面的父权至上的君父主义核心理念。在两千多年的历史岁月中，历代帝王心照不宣，将之视为天生带来的护身符，爱之有余，宝之有加。但实践证明，事实并非如此，它的灵性并非总是管用。在现实社会生活中，这种思想理念和制度安排一旦丧失其人民性和人民情怀，就不仅会随之丧失其社会根基，也会因其极端的自私自利和无情无义而被人们唾弃，实可谓"以史为鉴知兴替，沧海桑田者寻常"。

由此我们不难意识到，人的行为活动往往是一定制度环境、思想理念和人文环境影响下的结果。相应地，无论是制度环境还是思想理念和人文环境，都有其义理上的独立性并发挥着独特的作用和意义，不是技术或物质条件所能简单取代的。所谓的制度环境、思想理念和人文环境，无不根源于人的创新认知活动。创

---

① 《论语·宪问》。
② 《论语·颜渊》。

新认知活动对于制度环境、思想理念和人文环境的演进及其更加理性化、文明化的塑造拥有着根本性的意义和作用,因而需要以更好的社会观、历史观、文化观和价值观来予以看待。同时还需注意,某些思想理念和制度安排暗含着压抑与损害人的主体性与知性化的教条僵化问题(须知,主体性乃向创造性延伸与转化的必要基础)。

在中国古代漫长的社会历史进程中,基于次优结构的长时间存在成为历代王朝的一种天经地义般的自觉,故而称之为"长子文化"亦未尝不可。而从周族人建立周朝之前的情形来看,无论是周文王还是周武王,都不是长子或嫡长子。相应地,对于创业时的精英结构则不妨称为"才子文化"。在这里,我们看到的更多是中华民族在历史演进过程中的优秀加速度优势。而且,这两种文化形态随着国家的社会化日益扩大,不仅存在于上层社会(尤其是王室,其实就是君权及其继统制高于任何世俗权力的君父主义理念),也存在于或泛化于中下层社会;既有其现实中的共时性存在,又有其相互迭代的历时性存在。进而我们不难认识到,正是长子文化以小凌大(小社会的低位法的规则高于大社会的更优化规则,进而造成小社会选择凌驾于大社会更优选择之上)的内核结构,成为历史长河中深刻地影响中国古代社会历史兴衰与变化的内生机制。故从"继统制"或君父主义这一点来看,非儒传统才应当是中华元典的真正大统。如此而来,要较好地理解和解读中华文化和中华文明,就不应局限于较狭隘的儒家传统或思想理念上,而应持有一种大文化观、大历史观、大社会观,如此方是正道、大道①。很显然,这同时也是有效解决文思,使文意免于迟疑不定或自相矛盾的必由之路。

应当说,对于父子相承这种政体和制度的致命缺陷,《尚书》的编纂者应当是心中有数的。是以司马迁说:"夫《诗》《书》隐约者,欲遂其志之思也。……《诗》三百篇,大抵贤圣发愤之所为作也。此人皆意有所郁结,不得通其

---

① 让人感到饶有兴味的是《红楼梦》中那个异常聪明和泼辣的王熙凤,她没念过"书"并且还说自己不会作什么"湿(诗)"的"干"的,其角色的文化意蕴值得我们认真思考和解读。

道也，故述往事，思来者。"① 他或者他们是其中的觉悟者和清醒者。汉高祖刘邦以及汉武帝刘彻与司马迁同样有此觉悟，故有"子不类父"的经典言说②。

之后，在唐代，韩愈也是这种觉悟者和清醒者中的一位，故《师说》拥有这样更注重人格平等、有道则尊、以贤为贵的非儒传统师道观："故无贵无贱，无长无少，道之所存，师之所存也。"③ 这对于破除传统文化中某些思想观念过度压抑人的主体性与知性化的提升、促进经济社会发展的加速度优势的形成，无疑有其独特的赋能作用和意义。刘禹锡与韩愈同处一个时代，也是一位彻悟者和清醒者，从他的作品《蜀先主庙》可见其一斑：

　　天地英雄气，千秋尚凛然。势分三足鼎，业复五铢钱。
　　得相能开国，生儿不像贤。凄凉蜀故伎，来舞魏宫前。

白居易与刘禹锡是同朝好友，他显然也感悟到了在这种制度的危害以及约束

---

① 《史记·太史公自序》。当然，即便是孔子在世之时，也还是有一些清醒者的，如《论语·微子》这一则记录："楚狂接舆歌而过孔子曰：'凤兮凤兮，何德之衰。往者不可谏，来者犹可追。已而已而，今之从政者殆而。'孔子下，欲与之言，趋而避之，不得与之言。"后来，李白将此写入诗中，即《庐山谣寄卢侍御虚舟》所言"我本楚狂人，凤歌笑孔丘"。李白身上散发出来的无疑更多是非儒传统。那么，《红楼梦》对王熙凤及其女所作的判词："凡鸟偏从末世来，都知爱慕此生才。""偶因济刘氏，巧得遇恩人（汉朝建立后陆贾用儒礼树立刘邦的天子威仪、汉武帝独尊儒术）。"会不会是其寓意所指呢？值得深思。《史记·孔子世家》："孔子欣然而笑曰：'有是哉，颜氏之子！使尔多财，吾为尔宰。'"又《孟子·万章下》："孔子尝为委吏矣，曰'会计当而已矣'。"或即凤姐自言的"铜商"之喻。刘姥姥三进大观园而接受凤姐托孤，或许暗示着长子文化历经西汉、东汉、蜀汉而一而再再而三的致命缺陷因而不足为训的问题。实际上，《红楼梦》持有的非儒传统是显而易见的，它所触及的不少地方就是长期被儒家撂荒的内容。很显然，非儒传统的撂荒在客观上持续弱化着中国古代社会发展的加速度优势。故而秉持更宏大的大文化观和大文学观，便不难发现《红楼梦》在中国近现代史上的启蒙意义。

② 接下来有此卓见者当属陶渊明，他的《责子》诗就是这方面的以小见大、以家事而寓言国事与世情的典范作品："白发被两鬓，肌肤不复实。虽有五男儿，总不好纸笔。阿舒已二八，懒惰故无匹。阿宣行志学，而不爱文术。雍端年十三，不识六与七。通子垂九龄，但觅梨与栗。天运苟如此，且进杯中物。"故陶渊明极度张扬其嗜酒个性，实有直击儒家嫡长子继统制软肋的深潜思考及醒喻世人的文化学意味。

③ 韩愈《师说》这一颇具现代意义的理念无疑是他提出"不平则鸣"的重要思想基础。宋代，范仲淹承扬这一文脉，情感浓度甚至有所加大，并且有这样一则名言："宁鸣而生，不默而死。"（范仲淹《灵乌赋》）欧阳修赞美他"其事上遇人，一以自信，不择利害为趋舍"，这未尝不是其重要含蕴所在。而现代社会所谓"言论自由"，大概也不过如此吧。

下，谁都难免成为其殉葬品，是以通过《长恨歌》来翻转当时人们对"李杨（唐玄宗李隆基与杨玉环）爱情"的评价。到宋代，范仲淹和苏轼应当都领悟与体味到了其中滋味，这也是他们的作品能够如此通脱和超越的原因之一。再往后，有这种彻悟和清醒意识的，明显当属《红楼梦》的作者。这不仅表现在林黛玉角色设计的文化蕴藉和有关诗文上，脂砚斋批注云"书未成，芹为泪尽而逝"应当也是这种彻悟的隐约表达。还好，经历漫漫长路，伴随着对这种政体和制度的跨越，中国社会也随之进入了现代社会的历史新纪元。

第二章　人生的规模与生态效应

　　自然界有自然生态，人类有人类的社会生态，以及作为社会生态基础的个人（或个体）生态和群体或族群生态。而个人或个体生态实际上就是个人或个体的人生，包括成长及其与他人和社会的互动所生成的样态。与处于自然生态下的人类相比，处于社会状态之中的人类是有众多不同的。其不同表现为，自然人（原人）处于自然环境中依靠的主要是肢体能力，而处于人文环境中的人类实际上已是社会人，不仅得到近亲比较好的照顾与呵护，还直接或间接得到群体和社会在生存与生活方面的经验、知识、技能、思想观念、文学艺术和基础设施等带来的各种福利的关照，并由此形成个体的社会性以及由自身人文环境惠及性影响所潜移默化而来的潜意识和共情——在特定条件激发下产生共鸣甚至成为相应的显性意识。另一方面，由于个体的生长环境、兴趣和努力存在诸多不同，不同个体的社会性特征又会有诸多不同。由此我们不难明了，所谓个体，实际上就是由共情社会性与自身的个性化社会性交互生成而来的生命体，客观存在着一个不断成长和生成的动态过程，个体的人文内在规模也由此日益形成和扩大，其生态则呈现出内生性与交互性的各种样态和效应。简言之，人类是一定的观念和意义的携带者，并由此生成自身的时能响应、活动选择、行动效率和效果。故而人类之所以能够从自然界中脱颖而出，靠的并不是自身的自然属性，而是社会属性和社会性及因此获得的更多的知识、技术以至于思想理念等的赋能和人文富集加速度优势。与此同时，无论是个体还是社会或所处人文环境都处于变化的过程之中，并互相生成、互为影响。鉴于问题的复杂性，接下来将就辞达之妙、含蕴之美、心富而乐等方面做一些探讨。这些探讨要表达的，主要是一种以艺术和审美来看待人生的价值观和人生观。

第一节　辞达之妙——气韵与语境效应

苏轼《答谢民师推官书》中有这样一则文论："孔子曰：'言之不文，行而不远。'又曰：'辞达而已矣。'夫言止于达意，即疑若不文，是大不然。求物之妙，如系风捕影，能使是物了然于心者，盖千万人而不一遇也，而况能使了然于口与手者乎！是之谓辞达。辞至于能达，则文不可胜用矣！"可见，"辞达"指的是为文运思臻于极高明而妙绝之境。至于何以能之，这里不避浅陋，尝试释之。

中国古代文坛上有"一字师"的雅传，北宋陶岳《五代史补》和南宋计有功《唐诗纪事》都记载了这件事。故事讲的是，唐代诗人郑谷诗文写得非常好，其《鹧鸪》诗尤为出名，故被称为"郑鹧鸪"。他有个和尚朋友叫齐己，也很喜欢写诗。有一次，齐己带着《早梅》诗去请教郑谷。郑谷看后，将"前村深雪里，昨夜数枝开"的"数枝"改成"一枝"，使得文合其理，前后相贯，"早梅"之意豁然而出。不难想见，当时的齐己，看到这么一个字的小小改动，在"噢"的一声中所得到的顿悟与快慰。而一个字恰如其分的使用，竟使得整首诗的诗意尽显，于是"人以郑谷为一字师"。

> ### 早　梅
> 〔唐〕齐己
>
> 万木冻欲折，孤根暖独回。前村深雪里，昨夜一枝开。
> 风递幽香出，禽窥素艳来。明年如应律，先发望春台。

那么，这反映了怎样的事实呢？我们可以说，一方面，这反映了人类的同类性，亦即人同此心、心同此理的"同理心"；另一方面，则反映了不同个体之间在努力和才情上的差异性。同时这还说明了，一个人要想拥有更多的快乐感、幸福感和获得感，首先要在精神上拥有相应的内在性知识规模和鉴赏力。方寸之间，毫厘之别，其客观主动的致动性足以让人产生获得感，产生相应的快乐；言辞之间的巧妙呼应足以生成特定的语境，并通过主体的会意产生心灵和精神情感的愉悦。同样，基于同理心，虽然不是创作主体，也可以通过自身的理解和认同感，产生相应的共鸣，得到解悟上的感动和击节之悦。这还很好地说明，古诗词以至于古典文学对于培养和提高人们的人文素养、语言的辨识力和鉴赏力是非常有意义、非常有帮助的。

"炼字"是创作古诗词的一个重要要求，某个或少数几个字的巧妙使用，就足以使整首诗的语境通过气韵的呼应而产生姿容婉丽、活色生香、顾盼流波的艺术效果，有的诗词也因其一字之妙而获得赞赏并广为流传。由于文学创作的这种特征，"一字师"成为古代文坛常传常新的一段佳话。例如南北朝诗人陆凯的《赠范晔》：

折花逢驿使，寄与陇头人。
江南无所有，聊赠一枝春。

这是生活叙事感和画面感都很强的一首诗，体现出言辞之美、情致之美与含蕴之美的三位一体和有机统一，具有非常典型的言辞艺术营造。

首先，"折花"这种日常行为与恰好遇到"驿使"（古代传递官方文件和书信的信使）巧妙结合起来，进而自然引出下一句诗。但这首诗之所以成为经典之作，还在于下一联诗的出彩表达，"先抑"——"江南无所有"，接着是"后扬"——"聊赠一枝春"，这是其一。

更让人感动的显然不是"先抑后扬"的笔法，而是"聊赠一枝春"这句诗。它把"春"或"春色"这种日常生活中熟悉而抽象的常识，通过之前"折花"之举的铺垫，自然引申成具象化的如花朵一般的"一枝"，从而生动地实现了从"花"向"春"的巧妙转换，如变戏法似的，咫尺之间变幻出小中见大的含蕴之美。不知这是不是《道德经》所言的"建德若偷"，——"偷"或可理解为后世所言的园艺上的"移花接木"之法；这与"立德、立言"之意相通，不同的是这个短语含有其方法论意义（亦即怎样通过文字工具去立德或立言，使其价值和意义不仅有利于当下，亦有利于后人）的维度与取向。

但无论如何，从中我们不难理解，诗的艺术特征即情致之美、含蕴之美都是借助言辞之美来完成和实现的，从而达成言辞之美、情致之美和含蕴之美的巧妙融合。辞章之法就是先赋而后比，赋比兼有，文从字顺，雍雅有致，故成其为一首妙手偶得、可遇而不可求的经典之作。

在其艺术魅力的人文惠及性及其客观致动性衍生而来的艺术审美溢出效应的影响之下，后世诗歌创作中这类作品并不少见。以下两首的笔法含蕴或许是较为接近的，其一是宋代宋祁的《玉楼春·春景》：

东城渐觉风光好。縠皱波纹迎客棹。绿杨烟外晓寒轻，红杏枝头春意闹。　　浮生长恨欢娱少。肯爱千金轻一笑。为君持酒劝斜阳，且向花间留晚照。

其二是宋代叶绍翁（南宋江湖派诗人）的《游园不值》：

应怜屐齿印苍苔，小扣柴扉久不开。
春色满园关不住，一枝红杏出墙来。

很显然，宋祁的《玉楼春·春景》和叶绍翁的《游园不值》对南北朝陆凯的《赠范晔》的笔法皆有效法与传承，体现出艺术创作在主体个性化作用下的丰富性和多样性，各有各的特色，都非常难得。宋祁的"红杏枝头春意闹"，叶绍翁的"春色满园关不住，一枝红杏出墙来"，在语词选择与运用上都有因其洗练而小中见大的含蕴之美，堪称古典诗词中"炼字"与辞达之妙的教科书式作品。但相比之下，陆凯的作品不仅有先驱的意义，在气韵、情致和格局等人文富集优势方面都要拔乎其萃，高于宋祁和叶绍翁，而且在"赋比兼有"方面，宋、叶的作品显见其赋而失诸比兴。

很显然，好诗与好文有其共通和共同之处，这就是文字之间含有的一种天然的语境效应。也就是说，意境和语境之间存在一个是否相匹配的问题：语态是否能够把心中（脑海中）的意态（意念或灵感）理想而完整地呈现出来，实现语态与意态的高度吻合或匹配，从而使意态、语态的有机结合生成比较极致的情景和意境。反之，纵然有很好的意态，没有恰当的语态使之表达出来，较为理想的情景和意境就难以生成。进而言之，即便遇到或拥有了很好的奇点（机遇），如果没有相应的对策使之产生较理想的效应，结果也不会如愿以偿。这也就是传统所谓的"心中有而口中无（笔下无）"的困境所在，或者"说人所未说，言人所未言"的过人之处。例如，"早梅"就是一种意态（意念或灵感），但它还含有一定的朦胧性以及多样化向度的特征。

在文学艺术创作上，语境效应确实是一个重要的因素，在具体的创作过程中有其基本的理路可遵循，并表现为这样一种艺术范式：意态—语态—情景—语境—意境。语态以及由此而来的情景把朦胧性意态及其可能性的多种向度予以具象化，转化为最佳的语境和意境，而思想、情怀、价值和精神追求则是通过语态、情景、语境和意境营造出来，或者寓于语态、情景、语境和意境之中。所以，意态（或意念）初始时可能比较朦胧而简单，语态、情景、语境和意境则是把意态的内蕴深化或挖掘出来。情景则是一定语态的结果，并由此生成语境和意境，代表语态向语境和意境转化的渐进和变化过程。情景最终完全形成时，整体的言辞气韵、情致与语境和意境亦可谓浑然一体了。相比较而言，语境还有一定的语态和情景的具象性及其痕迹，意境则是语境的综合效果，最抽象也最玄妙，实可谓只可意会不可言传，却又是一定作品最华贵的穹顶、美之所在。例如"早梅"，"数枝"和"一枝"以及有关的表述，就是意态通过具象化的语态和情景而显现出其语境和意境，美学意蕴由此而来，进而成为一种可解读、可欣赏、可诠释的艺术形态。简言之，朦胧而简单的意态（意念）还称不上艺术。只有通过语态营造出来相应的情景、语境和意境，意态（意念）才能升华成为艺术，而语态对特定意态的情景化、语境和意境的生成以及艺术性的实现，其重要性不待言而可知。

相应地，阅读和欣赏作品时，你记住的可能是文字，但让你想记住的却是其中的美感，让你享受的其实也是其中的美感。那么，作品之美的重要性赋能便不言而喻了。作品的义理、哲理也是如此。这从一个侧面说明，读书为什么要强调"理解"。只有理解了，才算是"知其味"；如果不理解，所谓读书，要么事倍功半，要么只能算白读。正因如此，才会有"人莫不饮食也，鲜能知味也"的名言。这说明要品尝到上好的味道，确实需要一些本事和本钱，而这些本事和本钱实质上就是个体拥有的人文富集加速度优势。

意态要获得恰如其分的语态和语境，也不是一件容易的事情，因为语和境之间需要相生相形、相得益彰，还需要"境得其语、语得其境"的辩证统一。合则一体，偏则有隔。就如《早梅》，"早"与"一枝"可谓无隔，"早"与"数枝"便有隔。"一枝"和"数枝"的差别就是意境和语境效应上的差别，是高格与庸常或一般化的差别。就如才子和佳人，不仅要相遇相知，还要心灵和志趣相通相投，才能意蕴相成、琴瑟和谐。

艺术或艺术表达与主体的现场审美活动是有所不同的。现场的主体审美活动，有的人或许喜欢只开一枝的早梅，有的人或许更喜欢开了数枝的早梅，这只是具体的个体偏好。但针对"早梅"这个对象的艺术表达，"一枝"肯定好于"数枝"，而不能说"数枝"好于"一枝"。这是艺术的意境对语境和语言运用的内在的要求和规定。倘若可以无所约束而任意选择，失去了度的容许范围，那么艺术就不成其为艺术了。当然，具体情况还要视诗中意境而定。为此，笔者在《和哲学》一书中提出了这样的文学美学观："知其性，识其情，和其意，合其度，悦其美，尚其德。"可以与这里所言的"语境效应"相互勘验或一起使用。由此不难理解中国文学传统的重要特征及其自身独特的生成路径、文以载道的价

41

值诉求，而这是不宜以所谓纯文学的尺度来做简单揣度的。

同样重要的是，文学艺术的创作在于审美价值高度的实现，长度或润饰要服务于审美价值高度的实现。审美价值高度包括思想、精神和艺术的高度。品高为上，体量次之，量为质服务。换言之，在具体创作上，每个字、词、句的创设和运用，都是人生内在性规模的结晶，是特定对象的最佳意态表达，可谓字字风光、句句拥列。《易》曰："憧憧往来，朋从尔思。"天朋地友齐聚一堂，意态丰美，不亦悦乎？而诗歌作为一种文学艺术形式长盛不衰，与它作为语言之精粹是分不开的。

风光拥列

一个人内在性规模所孕育而来的才情和才气及其人文富集加速度优势，毕竟需要有相应的出口。在客观上，齐己的这次请益之行为郑谷的才情和才气提供了一个出口，甚至在齐己的激发性影响下，成就了郑谷的一字师之名，实可谓益友间互有助益。老子曰："善人者，不善人之师；不善人者，善人之资。不贵其师，不爱其资，虽智大迷。是谓要妙。"[1] 孔子曰："不耻下问。""有朋自远方来，不亦乐乎？"其实都是很有道理的。益友间的助益足以使人的内在性规模与外在性规模相资相生，个体间的非均质性差异相形相依，进而让人的精神生活、生命质量得到改善和提升，可谓心富知足，免于低俗[2]。在机缘巧合下，以至于有所创制和发明。

---

[1] 《道德经》第27章。

[2] 在古典诗词中，有不少关于友情的书写，读之常让人觉得暖心，并得到许多无形的精确情感慰藉，这应当就是文学的共情性给人以人文关怀的具体体现吧。这里不妨选三首诗作来诠释其具象化生活形态，从中感受孔子所言"有朋自远方来，不亦乐乎"的艺术魅力，以及朋友相知相遇所带来的精神情感的愉悦和诗意表达。杜甫《客至》："舍南舍北皆春水，但见群鸥日日来。花径不曾缘客扫，蓬门今始为君开。盘飧市远无兼味，樽酒家贫只旧醅。肯与邻翁相对饮，隔篱呼取尽余杯。"刘禹锡《酬乐天扬州初逢席上见赠》："巴山楚水凄凉地，二十三年弃置身。怀旧空吟闻笛赋，到乡翻似烂柯人。沉舟侧畔千帆过，病树前头万木春。今日听君歌一曲，暂凭杯酒长精神。"白居易《问刘十九》："绿蚁新醅酒，红泥小火炉。晚来天欲雪，能饮一杯无？"

《道德经》有这样一句话："知我者希，则我者（效法我的人）贵。是以圣人被褐而怀玉。"① "圣人被褐而怀玉"显然是一个隐喻，意思是圣人穿着粗布做的衣服却身怀美玉，而美玉可视为高贵的思想和精神情怀。笔者想找一句话来与之相匹配，但一直未能找到。于今看来，"心富而乐，心富之乐"大体上能够与之相匹配。老子这里所言之圣人，其实就是寻求"外素心富"之人，也就是"心富为上，外荣次之"。那么何以心富？修身进德而已。故心富亦德富，德富亦心富。

"一字师"这个故事如此出名，一个重要的原因就在于，中国诗词的"炼字"传统，在这里得到了很好的呈现，有其时代性、规律性的代言意义。具体而言，就是在思想和艺术的高度上具有时代性的典范意涵。恰如其分的字、词可以让整首诗的精神顿出、活色生香，实际上就是语境与意境的生成问题。同样重要的是，作诗为文时需要"诚"。面对难题时固然让人百般无奈、苦苦思索，而心中的期许一旦得到落实之后的快慰和愉悦又是难以言表的。这一点，成功者最懂，正如陆游所言："绝知此事要躬行。"② 可谓"行可为师"。王国维对此亦深有感味，并且有这样的言说和赞叹：

夫人积年月之研究，而一旦豁然悟宇宙人生之真理；或以胸中惝恍不可捉摸之意境，一旦表诸文字、绘画、雕刻之上，此固彼天赋之能力之发展，而此时之快乐，决非南面王之所能易者也。③

而这对于没有深切体会的人来说，或许会觉得有些夸张。但人类文学艺术史上，所谓杰作，无不经过"梅花香自苦寒来"的艰苦磨砺，无不拥有卓越的人文富集优势，即便是霎时间创作出来的作品，如果没有此前巨大的人文内在规模的持续积累，无疑也是难以想象的。正因如此，它们成为人类共同的精神财富，成为人类共同的心灵零花钱，滋养着人类一直向前，走向更加光明的未来。

笔者偶见一幅天鹅图，兴之所至，创作出《和而不流》一诗。诗歌借"天鹅"意象，并暗用"子在川上曰'逝者如斯夫！不舍昼夜'"为所托之物，反映笔者对"和而不流"与"与时俱进"的思考，即通过文学和情景化的笔法来抒

---

① 《道德经》第70章。
② 陆游《冬夜读书示子聿》："古人学问无遗力，少壮工夫老始成。纸上得来终觉浅，绝知此事要躬行。"这是陆游为文写诗的亲身体会与经验，实际上也是文学艺术创作的一种方法论。
③ 王国维《论哲学家与美术家之天职》。

写传统的某些价值理念，以图达成理性与感性的有机糅合。其中，"和而不流"兼有"和而不同"及"不随波逐流"的意涵。也就是说，"和而不流"与"与时俱进"（或与时偕行）这两个短语，在实践上是有其对应的现实语境的，需要因应对待，不可一概而论。虽然这是一首现代诗，但自感其中的个别用笔及语境营造有类乎古典诗歌的风格，读者不妨以大文学观和大社会观来细加体味，或许也能产生一定的共鸣和审美意趣。

和而不流

2018 年 10 月 12 日

一只天鹅浮在时间上面思考
就像她平时浮在水面上那样
月光犹如精神之羽翩翩而下
孔子的河流在下面勤勉奔跑
不知道他究竟为何而叹息
几只鸟慌慌张张飞掠而过
仿佛啄食时受了惊吓的样子

鹅想　此时此刻的众生　应当
都是这条河流上的芸芸乘客
像河上的波涛那样忙忙碌碌
像河上的波涛那样涌流不息

但世界又是有那样多的河流啊
有的比较宽广　有的比较狭小
有的比较湍急　有的比较舒缓
有的如一首豪迈奔放的抒情诗
有的婉约低眉而抑郁　寻寻觅觅
有的浑浩流转　若哲人瀚然沉思
有的如一个古老传说　神奇瑰丽

天鹅淡淡地瞄了世界一眼　忽然
戛然长啸一声　恍然有所悟
君子和而不流　其此之谓乎

《和而不流》这首诗还含有笔者这样一个意图，就是结合传统文化固有的"文以载道"，转而反其道而行之的"以文悟道"这一论题，对"哲学的文学化和文学的哲学化的转化"这个立意所做尝试性的实践。但愿所作不至于太难看。

当然，毋庸讳言的是，这首诗并没有试图去表达孔子"川上之叹"的维度——时间失而不复从而自感时光易逝催人老的生命意识的焦虑感。而从更宏大的宇宙观来看，这其实就是在"大化"（万物皆有生老病死的共因）催逼下，个人的人生理想无从实现而将要归零，从而自内心深处发出的喟叹。实际上，这种生命意识的焦虑感对于此后中国传统文人的影响是既深且大的。在某种程度和意义，这反过来也极大地激发了中国传统文人对自身加速度优势的努力追求，并通过成才成贤来尽可能地规避自身生命价值和意义的归零风险。而古典诗词和文学作品中所谓的"伤春悲秋",或多或少、或隐或显都蕴含着这种大化催逼下的生命意识的焦虑感。在文学创作上,屈原在《离骚》中的表达,"日月忽其不淹兮,春与秋其代序。惟草木之零落兮,恐美人之迟暮",早已成为经典①。在唐诗宋词中,孟浩然这首《春晓》,也是其中的典范之作:

> 春眠不觉晓,处处闻啼鸟。
> 夜来风雨声,花落知多少。

又如李清照的这首《如梦令》,亦复如此:

> 昨夜雨疏风骤,浓睡不消残酒。试问卷帘人,却道海棠依旧。知否?知否?应是绿肥红瘦。

简而言之,对人生的价值和意义难免零落和归零风险的感慨,进而产生的生命意识的焦虑,是中国古典文学中一个尤为深沉的抒发和寄寓大类。相应地,以此理解和解读有关作品的气韵和语境也是较为恰当的。

---

① 《生年》:"人生百年途,昼夜行行如。当知有所为,概可不荒芜。"这是笔者解悟《离骚》上述诗句而来的一首小作品,其中也有"子在川上曰'逝者如斯夫,不舍昼夜'"的用典。通过它来理解人生是一种主观主动和客观主动的有机辩证统一,应当是有所助益的。与此同时,或许还可以进一步加深对中华文化在历史演进过程中的生成性与生生之道的理解。同样有意义的是,我们不难发现,个体的生存史和觉悟史与一定族群或社会乃至于人类的生存史和觉悟史存在着巨大的时间性落差,并客观地显现出个体从自然人向社会人转变,不仅需要通过努力学习来完成,还需要通过努力实践来适应。倘若要有所发明创造的话,需要付出更多的努力更不待言。

叶氏春秋

2018年11月7日

  带着千般寄语，树叶一片一片落下。似乎要去告诉脚下的土地一些什么，是一度春秋的光阴竟然如斯色彩斑斓的喜悦，还是恋恋不舍的离情别恨？

  之后，落叶与大地一起进入了冬眠，静静地等候着第二年春风的到来，大地再次复苏。落叶的精神丢掉旧壳，有如曾经的记忆，顺着根脉重新回到枝头。在和煦的阳光下，发出翠嫩的惬意。而一个冬天的憋屈就不算什么了。如果此时，腋下再长出一朵花来，那更是美事一桩啊！也许会的，只是那花儿还没有醒过来而已。因为记忆中还有这样一位同窗。

  叶子偶尔与春风、鸟儿呢喃细语，轻轻说道："朋友们，我又回来了，还记得我吗？"春风和鸟儿们想了想，是啊，确实有一段时间没有见过了，不知这些时日你去哪儿了？叶子心想，这倒是个不能轻易告诉人的私密，于是神秘地笑了笑，什么都没有说，像个仕女，婷婷袅娜，迎风而立。但又觉得这像是去年秋天，自己给自己寄出的一封信，借春风顺便捎带过来，醒来时刚好寄到，而且是免费的。这让叶子窃喜。而后暗自品味当时的心情，既有点酸又有点悲。所谓吃一堑长一智，今后再遇到什么霜啊、雪儿的事，天则不可逾，还是道法自然的好，给他一个灿烂的笑脸就是了。最要紧的是睡上一觉，醒来时又看到长出一个新的自己来。

  而秋天来了就睡，春天来了就醒。一年只睡一次、只醒一次。消费的都是大自然馈赠的阳光、雨露和土地的清芬，别无多求。不知这是不是，花草树木长寿而长盛不衰的原因？

第二节 含蕴之美

"蔚然深秀"出自欧阳修的名作《醉翁亭记》:"环滁皆山也。其西南诸峰,林壑尤美,望之蔚然而深秀者,琅琊也。"让人觉得新奇而感动的是,杨绛先生竟然用"蔚然深秀"来形容她最初与钱锺书约会的感觉。其境虽不能至,亦无缘得见锺书先生一面,然而读过他的书,面对其博学多才的底蕴,那蔚然深秀之感,不免扑面而来。而人之可以拥有的人文气质、观感与美学效能,亦可见一斑。究其原因,乃人蕴于其内的人文规模与气度,能随其行止,自然散发出独特的精气神,而成其客观主动而使之如此,进而使人感知其静水流深、岳立山河而风光拥列的人文富集优势的美学魅力。简言之,杨绛言钱锺书之"蔚然深秀",讲的就是一代学人钱锺书身上的人文气质所散发的含蕴之美,可谓人有大章、朗朗可读。

欧阳修是北宋大文学家,《醉翁亭记》是他的代表作。表面上看,《醉翁亭记》是一篇写景美文,文辞生动,气韵悠然婉转,深得辞章之法,文中创制的一些词句也成为后世的成语,其人文惠及性影响不可谓不大。但究其根本,该文侧重于抒发其心中抑郁及政治和人生的价值取向。是以名虽一亭,文则含蕴有加。故此,若要理解其基本立意和思想主旨,对欧阳修写这篇文章的背景做些了解是很有必要的。

宋仁宗庆历五年(1045),范仲淹、韩琦、富弼等推行的政治改革运动亦即历史上著名的"庆历新政"失败,众人随后遭贬。欧阳修是这次新政的积极支持者,加之受亲戚犯事连累,故遭权臣排斥,被贬谪到滁州(今安徽省所辖)任知州。《醉翁亭记》是欧阳修任滁州知州第二年(1046)所作。巧的是,范仲淹创作《岳阳楼记》也在这一年,而且注明时间为"时六年九月十五日"。《醉翁亭记》却没有注明具体写作时间。那么,对后世影响都非常巨大的北宋文坛著名"两记",写作时间究竟孰先孰后?这确实一个让人饶有兴味的问题。

从文章的"实写"与"虚写"来看,欧文写的是自己游历的亲身感受,属于"实写";范文则源于朋友之前的请托,据说是看着画作写成的,并非经过现场感受,因而属于"虚写"。从文章结构来看,"两记"皆四段,欧文的第二、第三、第四段的起词分别是"若夫"、"至于"、"已而",范文则分别是"若夫"、"至若"、"嗟夫",让人觉得"两记"不会为同时所作,而是一前一后,多少有映照之意。从格局和精神境界来看，范文优于欧文，而且他们秉持的文化观也有大小之异。具体表现为，欧文较着意于含蕴孟子"与民同乐"之念，较偏向于儒家传统与视觉的小文化观（因为同乐易而同忧难）；范文则直追帝尧"怀山襄陵"之忧而含蕴屈原"哀民生之多艰"之思，可谓仁而多方①，是一种并不局限于儒家传统与角度的大文化观。那么，这意味着什么呢？意味着范文暗含顺带提醒欧阳修之意，乐不可至于醉。故写作时间上，欧文应早于范文；从大文化与大文学观而言，范氏亦大于欧阳氏，而此时范氏57岁，欧阳氏39岁，范氏年长欧阳氏18岁，故欧阳氏的修为和眼量有进一步成长和精进的空间，也是自然的事，实可谓一时之学而需终身之修。这中间的道理不难明了，唯其修，方能得其厚；唯其厚，方能更好负重载物。

  为什么这样说呢？因为从中华传统文化固有的大文化观和大文学观来看，《尚书·酒诰》所言"德将无醉"，实为文人士大夫都要有所敬畏的一种道德操守和精神境界。欧阳修却以"醉翁"名其亭，作文曰"醉翁亭记"，于时实属暌违犯忌，未免有授人以柄之虞。是以范氏此番美意，欧阳修当心知肚明。而由此寻思欧阳修建"丰乐亭"，作《丰乐亭记》以记之，并注明日期为"庆历丙戌六月"，甚有刻意之嫌。而观其文，颂声虽多却气韵凝重，似有不得已而为之之意，与《醉翁亭记》笔意流畅颇异。而后，又于几百步之遥，因其高而建"醒心亭"，特嘱其门生曾巩于庆历七年八月十五日作《醒心亭记》，文中有言："或醉且劳矣，则必即醒心而望"云云，其救瑕去疵之心隐然可见。

  《易》曰："君子终日乾乾，夕惕若厉。"（君子总是持续进行修德进业，小心谨慎地反省不足，日思夕虑地思考与化解风险隐患）这应当可以成为比较和衡量"两记"的人文富集优势与高下的重要尺度。范仲淹之优长在于他事前事中皆持有"乾乾惕厉"之心，忧思敬慎；欧阳修之可贵体现在事后知其不足而力

---

① 例如，《岳阳楼记》中最著名的句子"先天下之忧而忧，后天下之乐而乐"，就非一时之思而得，而是年轻时已有的思想心得和志向。这一点，欧阳修在《资政殿学士户部侍郎文正范公神道碑铭并序》中有记："公少有大节，……慨然有志于天下。常自诵曰：'士当先天下之忧而忧，后天下之乐而乐也。'其事上遇人，一以自信，不择利害为趋舍。其所有为，必尽其方，曰：'为之自我者当如是，其成与否不在我者，虽圣贤不能必，吾岂苟哉？'""公知开封府。……为百官图以献，曰：'任人各以其材而百职修，尧舜之治不过此也。'""其艰其劳，一其初终。"又，清代名臣林则徐之诗"苟利国家生死以，岂因祸福避趋之"，应由欧阳修此文称赞范文正公"一以自信，不择利害为趋舍"之人文惠及性影响而来。是以范仲淹的思想和家国情怀的溢出效应，对于当世以至于对此后中国文人士大夫和知识分子影响之巨，由此不难想见。

补之。是以"美要眇而宜修"者，欧阳公然其义也。因之不难体味，此间非执意贬损欧文的价值和意义，而在于印证含蕴之法，用于分辨文人和文章之间人文惠及性影响，实有某些不足为外人道之微妙镜鉴，故有其独妙之处。进而明乎先贤立言之敬慎，确有"战战兢兢，如履薄冰"、瑕疵必审之心路历程，乃成千古传诵之典。《诗》云："瞻彼淇奥，绿竹猗猗。有匪君子，如切如磋，如琢如磨。"① 其义亦复如此。

作为北宋文坛领袖，欧阳修不仅有接续唐代古文运动之功，文体亦有政论、游记、文论、杂文和笔记等为数不少的篇什。就文辞和情致的含蕴之美而言，《醉翁亭记》作为其代表作，固有其宜。然曾巩《醒心亭记》云："若公之贤，韩子（韩愈）殁数百年而始有之。今同游之宾客，尚未知公之难遇也。后百千年，有慕公之为人而览公之迹，思欲见之，有不可及之叹，然后知公之难遇也。"可知《醉翁亭记》多少仍不足显欧阳修之贤。欲见欧阳修之贤，或莫如《泷冈阡表》一文。

该文为其先父墓道之铭文，乃欧阳修晚年作品，较为集中地体现了他本人成长和仕宦过程中所持守的为人处世之道。故姑且不论其为文运笔精纯老到之法，文中所重之二道，一则可称为仁孝之道，一则可称为洁净守正之道，足堪垂范后人。

欧阳修四岁而孤，所谓仁孝之道，即文中所言："'夫养不必丰，要于孝；利虽不得博于物，要其心之厚于仁。'吾（欧母）不能教汝，此汝父之志也。"可视为其父之遗教。

洁净守正之道，由欧阳修萃取其母日常之言而成，可视为母之教："吾儿不能苟合于世，俭薄所以居患难也。""其后修贬夷陵，太夫人言笑自若，曰：'汝家故贫贱也，吾处之有素矣。汝能安之，吾亦安矣。'"

统而言之，若能终生持守此二道，非必能富贵，当可除灾祛难。正因如此，文末自云："而幸全大节，不辱其先者，其来有自。"有学者云：欧阳修贬谪夷陵时所萃取其母之语，实则含蕴范仲淹"不以物喜，不以己悲"之语义，以表其心之所志。窃以为是。还需注意，无论是范仲淹还是欧阳修，他们对个人的小社会观和大社会观的持守与平衡，都足堪垂范后人。而所谓含蕴之美，应是更为重要的题中之义。

在中国古典文学中，讲究含蕴之美可算是一种显见的传统，拥有含蕴之美的

---

① 《诗经·卫风·淇奥》。

作品俯拾皆是。这中间，刘禹锡的《陋室铭》可谓深得其髓：

> 山不在高，有仙则名。水不在深，有龙则灵。斯是陋室，惟吾德馨。苔痕上阶绿，草色入帘青。谈笑有鸿儒，往来无白丁。可以调素琴，阅金经。无丝竹之乱耳，无案牍之劳形。南阳诸葛庐，西蜀子云亭。孔子云：何陋之有？

《陋室铭》这篇短文，文辞顺达，气韵悠然，读之朗朗上口，言辞之美自不在话下。但更为值得重视的是刘禹锡所持有的大文化与大文学观，以及在该文所申明的对个人道德操守和精神气质的珍视，以及对"德将无醉"亦即个人良好的道德修养就是不让自己的行为与公共规范和行为准则陷入冲突之境的深潜含蕴，可谓刘禹锡自觉成贤过程中拥有的独特人文富集加速度优势的自然呈现。对许多人而言，其魅力就在于让人读而有"虽不能至，心向往之"的审美共情。

刘禹锡世称"诗豪"，才华横溢，是拥有巨大人文富集优势的一代大才，《旧唐书》言其"诚一代之宏才"[1]。但他的仕途却甚为坎坷，年轻时曾因"永贞革新"失败而长期贬谪外放，后来被朝廷召回长安，又因难以忍受朝堂权臣和官场的污浊，有所讥讽，引来权臣侧目和排挤，于是再遭贬谪至安徽和州。在和州，可叹的是当地官员亦颇为势利，居然把他的住所一再更换，而且周遭环境一次不如一次。《陋室铭》就是在这样的背景下创作的。

这篇铭文虽不足百字，要比较好地解读其思想和精神含蕴却并非易事。首先注意的是该文使用的笔法，如起笔时接连使用三个排比，实际上却是一种类比，即传统所说的比兴。故而它的奥妙犹如《诗经》的《关雎》，通过鸟鸣于河中沙洲上所发出的啾啾求偶之声，引申出诗的主旨和指向——"窈窕淑女，君子好逑"。相比之下，《陋室铭》是通过一座山之所以有名气并非因为它有多高而是因为有仙家驻留，某处水之所以有灵气不是因为它有多深而是因为有龙出入其中，从而引出我的住所虽然是一间陋室也会因为我居住过而德裕流芳。从中不难想见，刘禹锡此间袒露的个人性情，亦如欧阳修赞扬范仲淹那样："其事上遇人，一以自信，不择利害为趋舍。"

如果我们对"斯是陋室，惟吾德馨"的阐释到此为止，应当也差强人意。但如要使语义的分量与结尾所引孔子之语"何陋之有"（原话是"君子居之，何陋之有"）达成较好的平衡与匹配，仅此而止就会多少显得分量不足。如果熟悉

---

[1] 苏轼曾感叹刘禹锡的《竹枝词》"此奔轶绝尘，不可追也"。实际上，刘禹锡或许是司马迁之后为数不多的真正比较透彻读懂了中国古代历史的人之一。

《尚书·酒诰》的话，就不难联想到这句话也有用典，"德馨"一词来自《酒诰》："德馨香祀，登闻于天。"① 大意是："用酒来祭天，酒自有的德性——馨香就会自发升腾而起，直达天庭，让居住在那里的神明都能闻到。"此句表达的是比较原始的语义，亦即先民因对上天或天神的敬畏而献祭的文化内涵。对于刘禹锡而言，"德馨"则表达了他情愿以身殉道也不愿与排挤打击他的那些权臣官员同流合污的人生价值追求和精神气概。而他的底气和自信其实就是，自己一直坚守着"德将无醉"这种道德标准——于德无亏——对人们共同遵守的世间公共规范和行为准则不曾越雷池半步。这样的精神气魄，对于那些心怀龌龊的鄙陋之徒而言，不啻一种精神上的极大蔑视。

但是"君子多乎哉？不多也"。现实中，刘禹锡自己埋头奔跑，可能已经到达极少人能够抵达的高度和境地，并使得自己的思想理念和价值取向以至于所拥有的加速度优势不时陷于孤高不群之境。那么，他如何使自己"德不孤，必有邻"呢？这其实就是该文接下来的言说："苔痕上阶绿，草色入帘青。谈笑有鸿儒，往来无白丁。可以调素琴，阅金经。无丝竹之乱耳，无案牍之劳形。"他的这种生活处境和样态，不仅不孤，甚至是一种心身和精神上的逍遥与自在。何况，历史上著名的先贤如诸葛亮和扬雄，也是这样度过自己的人生低谷的，甚至大家高山仰止、景行行止的孔子也是如此。换言之，其德不孤，不仅现实中不孤，具有出类拔萃和物以稀为贵的卓越人格与高尚精神道德情操，精神上更是不孤。

故总的来看，《陋室铭》可谓一篇熔铸文史哲美于一炉的经典之作，博厚精微。不仅气魄宏大，言辞精美，思想纵贯千古而文脉灿然流注，同时还蕴含着中国古代士人的基本精神追求和人格特质，实可谓一篇含蕴高蹈的关于卓越人格和高尚精神道德情操的宣言，凛凛然有其百折不挠的精神风骨，是以千百年来流传不衰，精神气韵与情感温度不减。世间非无君子，盖君子隐于谦而已。

---

① 刘禹锡《秋词》："自古逢秋悲寂寥，我言秋日胜春朝。晴空一鹤排云上，便引诗情到碧霄。"由此也可以找到其言辞气韵、精神情感和思想灵感的渊源，并隐约可知刘禹锡曾对《尚书》学下过一番苦功。因此，《蜀先主庙》一诗能够显现出对周朝长子文化致命之弊的深刻理解，就不能简单认为是一时间兴之所至的结果了，而是基于他深厚学养所做的诗意表达。《秋词》一诗的情致，更确切的注脚或许是孔子这个慨叹："不怨天，不尤人，下学而上达，知我者其天乎！"（《论语·宪问》）在当时那样的制度和人文环境下，除了向天申说自己的心声和块垒，恐怕难有更好的抒发途径。至此，对"天才"或"圣贤"的意义，我们或许可以增添更多一重的理解。

在撰写本书的过程中，随着问题探讨的深入与展开，偶尔还会受有关文气、语感和灵感的触动，不由创作一些诗歌和短文，例如下面两首"咏菊"诗：

风闲园篱香，羽野芦花扬。
逐凉秋绽放，收取天半苍。
漫将精神气，扶起月晕黄。
相瞻洵相惜，心意暗自芳。

　　天外有天曰重阳，
　　花中有花看菊黄。
　　高明欲晓青冥见，
　　露珠拾得一夜香。

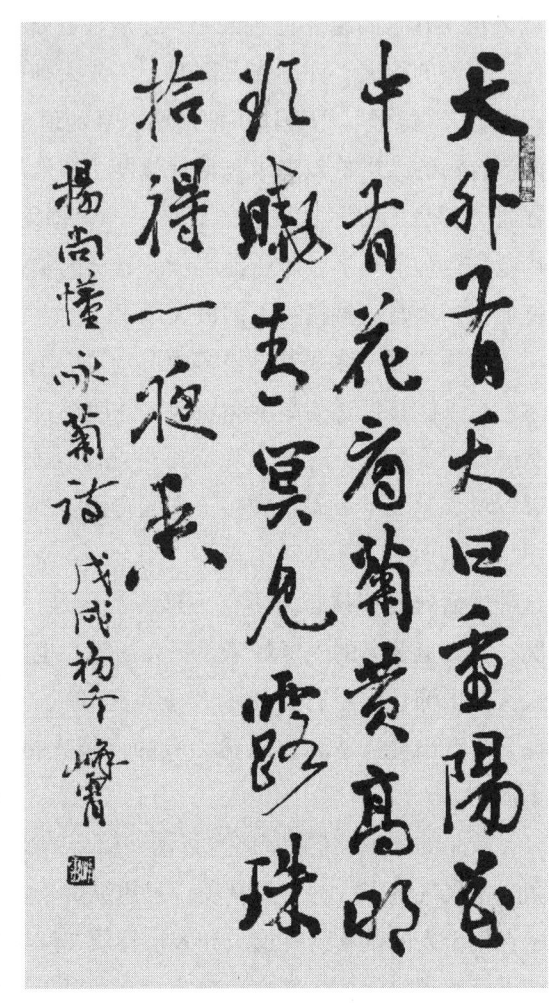

自觉在言辞和精气神上都有一定的含蕴之美。第二首绝句，笔者觉得较为满意①，窃以为是自己对先贤的长期企慕和探索所得来的一方天许之地。基于这样的理念，之后还作了一首小诗《露》，并写了一个小序：

　　露于《诗》有"清扬婉兮"之美，后人亦有"甘露"之誉。然吾爱其"只争朝夕，不负韶华"之禀赋，更爱其凝神聚气，若道之布施，德

---

① 少年时，曾在节假日里通宵达旦、聚精会神地读自己心仪之书。那时，一切是那样的怡然静谧，而快乐不会阑珊，想奔就跑。这倒很有一番"露珠拾得一夜香"那种浑圆饱满、精神奕奕的内在气韵。笔者写出这首诗，觉得有些喜不自胜，这应当是其中的重要原因。从"同理心"的角度来看，这首诗蕴含着许多人相同的生活底蕴，因而应当有比较普遍的心理基础以及相应的审美空间和审美效应。由此观之，由于客观主动性的实存性，"文能养心"绝非虚言。进而言之，日常生活中蕴藏着广阔的人生美学空间，关键在于怎样把它挖掘出来。

之潜行，往来于天地间，聚天地之精以示人之风度，故咏之①。

  珠含三秋艳，朝呈一夜心。
  月白红叶里，岁寒更冰清。

  这首诗所想反映的就是古典诗词的言辞、思想和价值观的含蕴之美。其言辞采用的是白描，思想和价值观含蕴的其实就是孔子此言："岁寒，然后知松柏之后凋也。"② 从用典和作品的审美意趣角度来看，其间还关涉到王昌龄《芙蓉楼送辛渐》："洛阳亲友如相问，一片冰心在玉壶。"

第三节　心富而乐

  从范仲淹、欧阳修和刘禹锡身上不难让人意识到，中国人有着道的信仰，受着仁的教化以及由此而来的人文环境的熏陶，有一种近乎天性转而驰而不息去追求其自身规模化人文内蕴的人生观，因而可视为自身文化根性自动生成的结果。相应地，在道家和儒家各自的思想体系中，也有各自的模式化言论和语式，例如道家的"尊道贵德"，儒家的"修身、齐家、治国、平天下"、"见贤思齐"等。在潜移默化中，这种人生观和文化话语模式，还进一步促成了人们学无止境的意识，以及"以一当十"甚至"以一当百"的人文富集优势观。这里蕴含着一种重要观念，即通过学习、修身，个体的内在性规模不仅会越来越大，在不知不觉中还会发生飞跃性的变化，成就自身独特的优秀加速度优势。而在现实中，"朝为田舍郎，暮登天子堂"的华丽转身，就是这种人生价值从可能性转变为现实性的例子。

  这意味着人生拥有一种动态的生态美学效应，如传统所言"文如其人"或"人如其文"，可视为一种从艺术角度来看待和审美人生的人生价值观。这种生态美学效应源自人的规模变化，是人从自然的或先天的状态，通过主观主动转化成为客观主动的养成和结果。就如花圃里的植物，从小小的种苗状态，经过风吹雨打，长成一畦美丽动人而富有吸引力的鲜花那样。或如一汪清泉，在流淌过程

---

  ① "只争朝夕，不负韶华"为习近平总书记2020年新年贺辞中的一句话，感觉加进序中，这首诗的精神气韵方可说透，而且宛若天成，无形中为该诗增彩不少。细细想来，此亦可谓新年伊始收到的意外礼物，故此标明。

  ② 《论语·子罕》。

中不断吸收细流涓注,而成为小溪,而成为小河,以至于成为江河那样,浩浩然向远而深、风光拥列。总体而言,人的规模变化主要表现为内在性规模变化和外在性规模变化。人文内在性规模的变化主要是知识、思想、人生观、价值观、生命质量等精神属性的增长,外在性规模变化主要是物质财富和物质生活所需要的生活资料物质属性的增长以及个体的社会角色和社会地位的成长、变化等。

从人的生物属性来看,为了生命的可持续发展,基本的物质生活资料的满足是必不可少的,人也由此得到相应的享受和满足感。然而,物质生活给人们带来的满足感包括快乐和幸福感有其局限,并表现为物质生活带来的满足感达到一定峰值时,将会呈现边际效用递减效应,以至于物质生活继续提升所带来的满足感为零。这种效应在日常生活中并不难得到检验。例如一顿饭食,开始时得到的满足感是比较高的,但吃饱之后再吃,不仅生理上有其极限性的约束,实际上也无法提升此前所得到的快感。

物质生活的这种局限性表明,人的满足感在物质生活得到较大的满足之后,如要进一步从质的方面得到提升,就需要从精神方面着手。客观上,这要求人的规模增长除了外在性的增长之外,还必须有内在性规模增长。而且,鉴于外向性物质资源的稀缺性约束,内在性规模增长的空间要远大于外在性规模增长的空间。与此同时,由于存在更丰富的多元性选择,内在性规模增长遇到的同质性竞争也相对较少。所以,人生的内在性规模增长的可能性远大于外在性规模增长。

但让人尴尬的是,从现实和经验来看,在路径的选择上,更多的人优先选择外在性规模增长,而不是内在性规模增长,从而持续地挤压心灵的空间,降低灵商成长的可能性。其中的原因可谓纷繁复杂,通过显性的或显示性相对较高的外在性规模增长,确证自身的存在价值,亦即眼见为实的心态,应当是人类的一种共同的心理偏好,以至于成为一种成见。受到这种成见的指引和规制,人们常常陷入自设的困局而不能自拔。有鉴于此,如何通过人生美学纾解这种困局,就成为一个亟待解决的哲学课题。人虽然有情,但要保持情感不随时间衰竭,精神总能获得比较丰沛的快乐和幸福,无疑需要拥有良好的心灵致动性。这就不仅需要

快与慢

2018 年 10 月 30 日

现代化是坐着过山车来的
刻不容缓　让人难以回味
我不知道轻　究竟是什么
但我知道　任何重的东西
只要足够快　就会轻轻飘起
连感觉的那种分量　都没有

趁人不注意时　我便荡舟而行
尽情阅读春暖花开的每个细节
看花儿打个哈欠　让人口齿留香
看花冠缓缓张开　时间也那样
缓缓打开　每时每刻　都如此绚烂
我想　即便时间正在落英缤纷
那漫不经心的草地　或者流水
也会让一掠而过的快　后悔不已

如果在外面不得不快　那就回家吧
茶叶尚存　春山的气息　秋天的岚
一壶清茶　足以让人生　芬芳四溢
轻和重　快和慢　变和永　各归各位

拥有良好的兴趣，还需要较好的对人和事物的理解能力和欣赏能力。这不是拥有丰富的物质生活和巨大的物质财富所能替代的，因为精神的高贵与喜乐远胜于浅陋的物质富足。颜回穷陋之乐："子曰：'贤哉回也！一箪食，一瓢饮，在陋巷，人不堪其忧，回也不改其乐。贤哉回也！'"① 和"孔颜乐处"②，实质上就是精神富足引发的心富之乐。

故此，人文内在规模的累积、持续扩大及结构的多样化，不仅有助于个体对事物的敏感性的提升，也有助于交叉性和综合性的灵感及想象力的生成。也就是说，心灵原点的致动性的发生需要一定空间和事物的规模性存在。而人生的人文内在规模累积到一定程度的时候，就会在不自觉之中生成某些自己都感到莫名其妙的意念、意境或感慨。这就是人的人文内在性规模的有机化反应。一天夜里，笔者偶然看到一幅画，便写了一首无题诗，或许有助于说明这一点：

吟哦缘谁起？烟岚暗自生。
诗到情深处，梦中人心惊。

有时，梦中似乎听到非常遥远的声音，因而醒来，不知自己处在怎样的状态，醒乎？梦乎？抑梦中之醒？或醒而犹梦？这倒有一些"不知周之梦为胡蝶与，胡蝶之梦为周与"的味道。

若以德性论之，实乃人之人文内在性规模，于其内相聚而和，是以有生生之息，显于意识，不思而有。其类有嫣然而成者，有勃然而发者，有循诱而出者。不疾而速，不行而至。亦如《周易》所言："憧憧往来，朋从尔思。"

从心理或生理角度来看，个体的加速度优势是否存在一个原初的起步点，可能是一个让人既觉迷茫而又富有魅力的问题。在传统文化中，战国时宋玉的《风赋》说："风起于青蘋之末。"如果以此说明心灵原点的致动性的发生，需要一定空间和事物的规模性存在的规模效应，也许是非常具体而生动的。相应地，个体的敏感性、灵感和想象力的生成也是如此。就像"蝴蝶效应"那样，敏感性本身也有敏感之翅，灵感和想象力本身也有灵感之翅和想象力之翅。正因如此，在敏感性、灵感和想象力的生成上，信息的内在融合中，或受到外部性信息的刺激，规模较大者就会拥有相应的自在优势。诗歌以及其他的艺术门类，将有助于

---

① 《论语·雍也》。
② 苏轼《上梅直讲书》：轼每读《诗》至《鸱鸮》，读《书》至《君奭》，常窃悲周公之不遇。及观《史》，见孔子厄于陈、蔡之间，而弦歌之声不绝，颜渊、仲由之徒相与问答。夫子曰："'匪兕匪虎，率彼旷野'，吾道非邪，吾何为于此？"颜渊曰："夫子之道至大，故天下莫能容。虽然，不容何病？不容然后见君子。"夫子油然而笑曰："回，使尔多财，吾为尔宰。"夫天下虽不能容，而其徒自足以相乐如此，乃今知周公之富贵，有不如夫子之贫贱。夫以召公之贤，以管、蔡之亲，而不知其心，则周公谁与乐其富贵？而夫子之所与共贫贱者，皆天下之贤才，则亦足以乐乎此矣！

个体的"灵商"得到有效训练和强化。实可谓尺寸之翼,而有千里之阔;万仞之高,不如一双奋飞之翅。如此看来,一个民族的灵感、对事物的敏感性和想象力如果受到弱化,其灵商和创造力的衰退将是必然的。

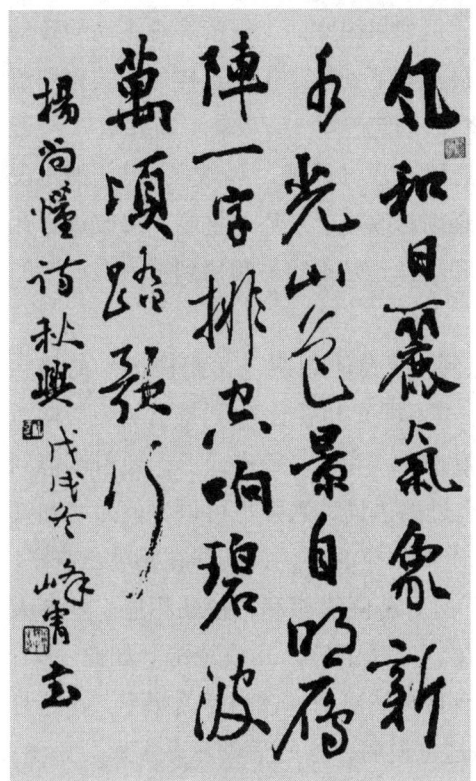

写完前面这段话,文思稍觉凝滞,于是搁下休息,看了几篇散淡闲适的短章,创作了《秋兴》这首诗。这种审美意识的产生无疑需要相应的审美空间,并由此生成联动的关联意象和动态空间的美学效果。

秋 兴

风和日丽气象新,
水光山色景自明。
雁阵一字排空响,
碧波万顷踏歌行。

创作《秋兴》时,"景自明"是首先出现的意念,与此时的节气相契合,明显含有当前正值秋天,天高气爽而景色分明的自然境况。而感到值得去创作,更看重的是它与《中庸》"自诚明"的意蕴有相契之处。这就是创作这首诗的最初动机。这里面,"风光拥列"在潜意识中发挥着怎样的作用便不得而知了(追本溯源,或许与一直以来都那么喜欢范仲淹的《岳阳楼记》而受其潜移默化的人文惠及性影响有关)。从诗歌艺术性的角度来看,后两句尤其是最后一句,自我感觉是最好的。想一想真的很奇妙,本来想写一首哲理性的诗,实际上却写成了写景的诗。当然,如果仔细体味,这首诗也有其内在的思想和精神的蕴含,还可以结合相应的思想情景加以运用。但无论如何,所谓"身不由己",有时并不仅仅意味着受外部条件的限制以及自己人文内在规模所拥有的心灵零花钱的制约,那微妙的沉默者①的客观主动性的作用也不可小觑,可谓"在必然性之外,可能性正默默成长"。这也反映了个体的创作,所受到的人文惠及性影响往往是多源、多维度和综合性的,要完全说清楚各种错综复杂的关涉关系并不容易。但如果因此而无视其客观主动的致动性作用和意义,无疑又是枉顾事实的。从最初写到最终生成这样的样式,用语也几经变化。例如"雁阵"最初是"雁影","排空响"最初是"连翼响","万顷"最初是"十里","碧波"原来是"清波"后又改成"晴波",但仔细考虑一下,节奏感或音韵效果不够理想,于是逐渐修改成了最后的样子。修改过程让笔者有所感悟:如果没有经过这一番思考和选择,是不容易领悟到古人在汉字的使用上所下的功夫的。

例如,"碧波万顷"当时并非没有想到,只是不想跟《岳阳楼记》的语句(至若春和景明,波澜不惊,上下天光,一碧万顷)相叠合②。"排空响"最初写成"连翼响",是不想显现出《秋词》的痕迹:"晴空一鹤排云上,便引诗情到碧霄。"但最终还是没办法。不用他们使用过的语词,勉强也可以,但力度和气势就会显得弱,韵味上也显得意犹未尽。用上相应的字词,其浑在感就出来了。例如"雁阵"与"碧波"的动态性,上下前后若同律相和,钟鼓相应,妙合天成;而"排空响"与"踏歌行"接续前韵,上呼下应,几成绝配。如此一来,力的规模集群优势与美的规模集群优势不仅展现了出来,在相互关照下,竟然有一种怡然而浩浩之势、时程与程式之美。这也说明,好的语境可以自成其意境。这确乎出人意料。笔者还觉得,这本来就是已经存在的东西,自己只不过是把它

---

① 这里,笔者把《道德经》最高层面和维度的道,称为"微妙的沉默者",所据就是《道德经》开篇这段话:"道可道,非常道;名可名,非常名。无名,天地之始;有名,万物之母。故常无,欲以观其妙;常有,欲以观其徼。此两者,同出而异名,同谓之玄。玄之又玄,众妙之门。"道在这个层面和维度的意义就是暗中悄悄地触动你一下,或如熟人至亲之间正式说话前常用的语气词"哎",只起提醒一下的作用。虽然这个"微妙的沉默者"并没有告诉你些什么,但如果没有这个"哎"的提醒,你就可能会错过一些弥足珍贵的东西。或许这就是道家那么注重"静"、儒家那么注重"诚",而当今人们那么注重兴趣及其培养的重要原因吧。

② 当然,这或许还跟此前一个多月写的一首小诗《豪雨》有一定的绵延关系:"洪涝中 我梦见大禹/他用那把古老的锸/将我思想的洪流疏通/于是 我汪洋而下 不湍不急/浑身洋溢着一碧万顷的豪情/风过来 我轻轻举起舒缓的浪意/鸥鸟翔集 我准备了鲜美的宴饮/奔上大海的行程上/心里总踊跃着 鱼儿无限的欢欣。"这首诗写作的机缘是那天广州降下豪雨,回家时看到巷子里的水居然有溪流流动的态势;同时也可视为尝试书写生态文明建设的诗。

从窖藏中拿出来而已。而诗的创作的最高境界，或许可以化用一句广告词来说："我们不创作诗，我们只是大自然的搬运工。""踏歌行"一词的出现，有赖于前一句的"响"的使用和铺垫。当时已知暗用了李白的《赠汪伦》："李白乘舟将欲行，忽闻岸上踏歌声。"而用拟人化的方法来描写"水波涌动"，景语霎时成为情语，景语散发出浓浓的情意，情与景一举而得，便觉这首诗有自己的亮点及客观主动性的魅力，值得认真去进一步润饰。于是，经过一番斟酌，实现了整体上的谐和，可谓"雍容而美"。

因为是国庆长假，《秋兴》一诗是晚上写的，那天一大早却写了《说文》。"雍容而美"就是这篇文论小品的用语。一天之内，一早一晚，写出自己觉得不错的一文一诗，确实使自己快意盎然，可谓文能养心。尤其是这首诗，体量虽小，却是天朋地友相聚而欢，故读之恍若心灵在歌唱，内外和鸣，风光拥列，心自富而意自足。生命意识中归于沉寂的身心愉悦与满足感从心底活跃起来，可以说诗能够让你的身心年轻，诗能够让你的心灵舞蹈。这时，谁能说人不出门，心里就没有水光山色、家国河山呢？换言之，"风光拥列"既可以是自然景观和人物给予的审美感受，又可以是诗文给人的审美感受。就其本质而言，就是客观主动的致动性与致动效应使然。进而言之，人们对待灵商、对待灵商思维，让自身的生命意识在寻常生活中获得丰满，需要有"非诚勿扰"的心态和诚意，需要拥有沉心静气的浸入式状态。又如《青春是最美丽的诗行》，虽说这首诗是对个体生命历程中青春阶段的美好记忆的描述，但创作时如果没有相应的精神状态也是难以表达出来的。当然，这首诗未必尽人皆喜，但诗中某些情景和精神状态，无疑是具有一定的共情性的。

通过上述创作感想笔者试图说明，个体的知识结构及其人文内在规模增长，是可以借助功利性的教育和学习而达成的。但结构的多样性应当与个体的兴趣结合起来，不然就容易产生千人一面的现代工业主义般的结果。诗歌只有一首或者只相当于一首，文章只有一篇或者只相当于一篇，即使如何美妙绝伦，也会让人觉得过于简单而不够丰富多彩。功利性过强必然导致的高度趋同化、同质化或千人一面，无疑是应当尽量避免的。兴趣的可能结果有其客观的功利性，但引起人的兴趣的原因绝不是它的功利性。本质上，兴趣是特定对象的客观主动性对个体的吸引力的结果，是个体自我生命意识觉醒的重要显示，并由此引发的人的内在性规模增长。它与功利性引发的人文内在规模增长肯定有相当程度的不同。而在人生中，它大体上展示了"你是谁"的基本内涵。

说 文

2018年10月7日

　　文之为文，因其有托。若无托，盖语词而已，亦如工具箱之工具。是以文因其托而著，文理贯于其中，心性寄于其内。

　　文之著，莫过于得托风景名胜，然非只形于风景名胜之美。风景名胜固有其自然之美，若无文，亦如山野之花，失之文而无趣。故风景名胜之所以成其为风景名胜，文之功不可小觑。

　　文之用，皆因文能聚其精而绘其神，卓然成章，而人之审美寓于其间。文而有饰，饰须得体。从容润溉，气韵横生。情意得其度而谐和，雍容而美。是以文领其美，而人望之，章之所美，悦然于心。此所以文足以传景，而景足以传文，文景相宜而更彰也。

　　同理，环境的客观主动性对于人的人文内在规模增长的作用也值得重视。所谓不学而能，就在于环境的客观主动性对人的潜移默化的作用和影响。同时，无论是教育还是环境影响，人的人文内在性规模增长都有着生成路径的差别，亦即浅表化和深度化所产生的厚度的不同。这说明，如果主观主动性与兴趣相结合，那么人的态度和状态就能够自然而然或自动趋向于至诚的状态，而无需外部性施加过多的压力。其效果就如一汪清泉，吸纳沿途的细流涓注，自然会向远而深、风光拥列了。

　　总之，如果说每个个体都是一篇自撰的叠言体，那么以兴趣写成的往往会比以功利写成的精彩，因为兴趣更能显示人的自然而然的自然性，以及自然而然的生命意识的觉醒。这也很好地说明了，为什么那些让人一见如故、一见倾心的好作品，常使人有前世今生的灵魂相遇之感。就如一粒种子仰望天空时，忽然遇到一滴雨水，然后悄悄发芽，并且对雨水感恩不已。但天空却说，不用谢，我也不是特意为你而下，只是恰好遇到你并且对你有用而已。但对种子而言，这却是上天最好的馈赠，让它有一方属于自己的天许之地，生长着，且心中充满快意。或许，这就是《道德经》所言"道法自然"的奥义所在吧。

青春是最美丽的诗行

2018 年 10 月 11 日

躺着能看见太阳升起
不知这算不算是违规
却知那是久违的时光
天朗气清　春光正好
清晨　你贴着窗的脸
就像那刚升起的朝阳

青春与春光相伴而行
风景成为一种背景
青春是最美丽的诗行
迷离的雾　阴郁的风
遮不住心中那份明丽
挡不住向远而行的期冀

漫山遍野的果木山花
是如此的宁静而殷勤
开花的跳舞的酿蜜的
纷纷践行各自的性灵
蝶儿于飞　蜜蜂和鸣
青春无拦　想奔就跑

歌声是最曼妙的春光
心灵雀跃　步履轻轻
阳光像浪花那样溅起
你披着一层神秘的光
仿佛刚刚降临的神明
旷野弓着背隐伏而行

第四节　积善成德

所谓"积善成德",其中的"善"可以理解为供人类共生的资源和价值,而"德"就是"善"的集合。作为行为主体,人就是这个集合的载体,如传统所说的"人为道器(人是道的器皿)"。这个集合也就成为个体的人文富集加速度优势的重要来源渠道。那么,人怎样积善呢?可以说,与人为善就是一种积善方式。除此而外,养成良好的生活习惯和生活方式也可以成为一种重要的积善方式。还可以通过持续的学习,吸取前人和他人的知识、善言善行等,不断增加和提升自己的修养和教养,这同样是非常重要的积善方式。由此我们不难理解,人是一种规模,并且主要体现在人的教养和修养日积月累而逐渐增加和扩大上。这样一来,所谓人是一种规模,很重要的一点就是人生是一种规模,这种规模富有时间性、实践性和动态性等特征。

劝学（节选）

荀 子

君子曰：学不可以已。青，取之于蓝，而青于蓝；冰，水为之，而寒于水。木直中绳，輮以为轮，其曲中规。虽有槁暴，不复挺者，輮使之然也。故木受绳则直，金就砺则利，君子博学而日参省乎己，则知明而行无过矣。

吾尝终日而思矣，不如须臾之所学也；吾尝跂而望矣，不如登高之博见也。登高而招，臂非加长也，而见者远；顺风而呼，声非加疾也，而闻者彰。假舆马者，非利足也，而致千里；假舟楫者，非能水也，而绝江河。君子生非异也，善假于物也。

积土成山，风雨兴焉；积水成渊，蛟龙生焉；积善成德，而神明自得，圣心备焉。故不积跬步，无以至千里；不积小流，无以成江海。骐骥一跃，不能十步；驽马十驾，功在不舍。锲而舍之，朽木不折；锲而不舍，金石可镂。蚓无爪牙之利，筋骨之强，上食埃土，下饮黄泉，用心一也；蟹六跪而二螯，非蛇鳝之穴无可寄托者，用心躁也。

荀子这里论述的主要是，学习之于人的重要性。人之所以为人的特质与卓越性，就在于"善假于物"的广泛学习和深度学习，如果持之以恒，效果还会越来越大——知识具有累积性与规模化效应。正因如此，学习不仅能够让人源于自然又超越自然，而且可以"青出于蓝而胜于蓝"，不断地超越自我、超越别人、超越任何学习的对象。

一、人生是一种规模

正如荀子所言："学不可以已。"一个人的人文内在规模是可以计量和分析的。例如，基础教育除外，一个人如果能够每天花3个小时来阅读思考甚至有所研究，一年就是1095小时。与每天只花一小时或半小时的人相比，短期内可能不会有太大的区别；一旦把时间拉长至十年、二十年、三十年，甚至更长的时间，不难观察到两种规模出现的惊人差距。那么，这种规模性差距有意义吗？肯定有意义。不然的话，所谓教育、所谓教养和修养就没有意义了。当然，还需要注意知识结构的多样性、丰富性，以及量与质的差别，注意不能以量代质，注意机械记忆与意的感知、融通亦即理解基础上消化吸收的差别，以及在一定规模之后产生的有机化觉悟和能力提升的变化。此间结合荀子《劝学》中的某些论述来理解，应当有所裨益①。如果通过个体之所以拥有自己的加速度优势来理解，想必就更加简明扼要了。推而言之，千百年来，中国之所以一直拥有强劲的加速度优势，并非凭空得来的。一方面，它是中国社会自古以来崇文重教传统的自我生成所致；另一方面，则是自身文化性格的集聚反映。

自古以来，儒家倡导修身齐家，其价值取向就在这里，并且成为中华文明数千年连绵不断的韧性和特征。所谓人生是一种规模，只是在语式上将其进行了转化，使其理念在义理上得到更清晰的观照而已。至于如何获得较好的人文内在规模，借鉴一下古人做学问的态度与状态应当是有所助益的。

中国古代典籍中，儒家经典《中庸》是一篇非常重要的文献。综观其文，多少还有弥补《论语》中孔子思想体系性不足的意图。其中最突出的部分就是提供了一条如何才能使人类对事物的认知变得可能的思想路径和进路。显然，这已经超越了教与学的层面，属于哲学的认识论层面了。《中庸》与其说是一篇文章，毋宁说更像有关方面的文献汇编，总体上内容比较驳杂，这里只讨论其重点。

《中庸》开篇第一句话"天命之谓性，率性之谓道，修道之谓教"，试图将"天命、性、道"叠合为同义性概念，为下文的作为"天之道"的"诚"，以及"人之诚"结合起来，从而实现以"诚"代"道"的概念转换，或者至少把"诚"推高至"道"的层面，作为事物和宇宙的本体。但从论述来看，这种努力并未达到其预期目的。所以，无论是"中庸"或"中庸之道"抑或"诚"，其内

---

① 需要注意的是，无差别的时间由于运用上的个性化差别还会产生诸多不尽相同的效果。一般而言，时间对人的赋能在青少年时期是最有意义和价值的，因为在这个时期掌握的技能对个体一生的影响最关键、最深远。这个道理，历史上不少人有过相应的诗意表达。唐代诗人王贞白的"读书不觉已春深，一寸光阴一寸金"（《白鹿洞二首·其一》），设喻可谓浅白易明。与此相类，苏轼的《春宵》"春宵一刻值千金，花有清香月有阴。歌管楼台声细细，秋千院落夜沉沉"，同样表达了时间和光阴的宝贵。但苏轼这首诗还揭示了这样的世情：富贵人家由于过度娱乐，未能把大好时光用于提升自身的修养和赋能上，其后辈在这样的氛围中成长也令人生忧。故总的来看，我们常说中华传统文化有着独特的生命力和韧性，它拥有丰富而深刻的人生哲学应当是很值得关注的一个原因。

蕴都无法取代或者等同于"道",最大也只能说"几于道"。它的弥足珍贵之处在于哲学认识论层面,亦即"人类对事物的认知如何才能变得可能的思想路径和进路"。这种认识论共分为两个层次:一个是做学问的态度,一个是做学问的状态。二者需要得到较好的统一,亦即光有正确的态度不行,有正确态度而缺乏相应的状态也不行。总的来说就是要有一种博诚的健康心态。

二、正确的态度

在中华传统文化中,《中庸》这种态度,无论对于求学还是做学问甚至是做事,都非常重要。

> 博学之,审问之,慎思之,明辨之,笃行之。有弗学,学之弗能,弗措也;有弗问,问之弗知,弗措也;有弗思,思之弗得,弗措也;有弗辨,辨之弗明,弗措也;有弗行,行之弗笃,弗措也。人一能之,己百之;人十能之,己千之。

它在客观上要求人们摒弃狭隘的学派门户之见,摒弃以自我为中心的傲慢和偏见。同时它还要求,人们要有学不到家绝不罢休的决心和志向,并为此付出超出一般人的努力,即"人一能之,己百之;人十能之,己千之"。

显然,要把学问做好、做到家,只有态度是不够的,还需要一种专心致志的状态。这就是《中庸》接下来阐述的另一个重要观点:"诚"——一种沉心静气的浸入式的状态。可谓诚则心安,心安而求则心富,心富则知足。

三、诚心静气的浸入式的状态

《中庸》曰:

诚者,天之道也;诚之者,人之道也。诚者,不勉而中,不思而得,从容中道,圣人也;诚之者,择善而固执之者也。

自诚明,谓之性;自明诚,谓之教。诚则明矣,明则诚矣。

唯天下至诚为能尽其性。能尽其性,则能尽人之性。能尽人之性,则能尽物之性。能尽物之性,则可以赞天地之化育。可以赞天地之化育,则可以与天地参矣。

故至诚如神。诚者自成也,而道自道也。诚者,物之终始。不诚无物。是故君子诚之为贵。诚者，非自成己而已也，所以成物也。成己仁也，成物知也。性之德也，合外内之道也，故时措之宜也。

故至诚无息。不息则久，久则征，征则悠远，悠远则博厚，博厚则高明。博厚，所以载物也；高明，所以覆物也；悠久，所以成物也。博厚配地，高明配天，悠久无疆。如此者，不见而章，不动而变，无为而成。天地之道，可一言而尽也。其为物不贰，则其生物不测。天地之道，博也，厚也，高也，明也，悠也，久也。

诚之于人为什么那样重要呢？打个比方，镜子之所以能够照见万物，是因为镜子有足够纯净的质地。诚之于人就如镜子之所以能够照见万物，可谓中华传统文化个体实现天人合一状态的一种絜矩之道和进路。

显然，《中庸》是关于儒家思想体系的一种学理阐释，也是儒家的为学和学问之道的一次总成，亦可谓思想的基础理论。仔细体味其基础性和根本性意义，其哲学价值的人文惠及性影响与效应要高于《大学》，当列于《大学》之前而不是之后。

四、精诚无己

中华文明源远流长，从未间断，这是我们经常听到的一句话，并且已被许多考古发现所证实。接下来我们将通过对"仁"和"道"的诠释，窥到一些非常的古老信息。这对于理解和解释人类社会的发展性、人类文明的发生，也是有所裨益的。

作为中华传统文化的两个关键的基因密码，"道"和"仁"的意蕴玄远浑厚，但长期以来的诸多解释，总让人觉得未能透彻而有意犹未尽之感。正如前文所展示的，以"灵性"和"灵商"来对"道"进行诠释，似乎是打开其"微妙沉默者"奥义的一把金钥匙。接下来将主要对仁以及仁与诚的内在关系做相应的诠释，以期达到同样的效果。

仁，最一般而通行的含义就是"爱人"，但参考孔子对仁的诸多解答，似乎又远不止此。那么，除了孔子有明确指认的各种含义之外，仁还有怎样的意蕴？这里的观点就是《中庸》所谓的"诚"，通俗一点说就是"心态端正"。也就是说，仁也是一种状态，或者说是特定的良好态度与状态合而为一的状态，也是一种致道的恰当方式。

传统上，"仁"还有"二人"的解释。从字的构型来看，这没有什么错，但对于理解其意蕴则无法提供更多有益的信息。让人觉得不可思议的是，在众多汉字中，巫师的巫字也含有"二人"的结构，其含义就是巫师作为媒（故巫师又称为神媒），实现对神意的沟通或传达，而巫师作法时无疑是要非常虔诚的。从这一角度来看，所谓的"仁"的意蕴，实际上隐含着上古时代巫文化的某些残痕——不诚不信，不诚不灵，合而言之，"不诚无物"。相应地，"道"也是如此。这说明通过"灵性"或"灵商"诠释"道"和"仁"的某些意蕴，是一种恰当的打开方式。

应当说，这里还隐含着这样一个重要论题：先民们或人类的原始思维是一种怎样的思维模式？通过前文的阐述，我们可以给出这样的回答："灵商思维。"它有如下特点：

①多点而自成一体；②随机而灵活；③跨时空；④非线性。

可谓"在必然性之外，可能性正默默成长"。这与我们前文阐述的叠言体的产生方式其实是一致的。正如老子之言："古之善为道者，微妙玄通，深不可识。……孰能浊以静之徐清？孰能安以动之徐生？保此道者，不欲盈（不自满）。夫唯不盈，故能蔽而新成。"[①] 可以说，人类的历史发展性源于人类自身的原始思维，亦即"灵商思维"；相应地，人类的早期文明可称为"灵商文明"。与其他文明形态相比，它的重要特征就是对人的精神和心灵的人文惠及性影响是浸入式和浸润性的，它对人类文明有着独特的价值。这既是人类的奇妙所在，又是人类文明的奇妙所在。无论人类文明发展到怎样的程度，灵商文明仍然是人类文明的底色，仍然是人类不可丢失的底蕴。不然的话，人类将难免背叛自我，走向自己的反面，走向过度物欲化的境地。我们不难由此理解，在中华文化系统中，"道"作为一种信仰，自古以来就是其根本所在。

精诚无己，或者说精诚的无己化状态，是个人的灵商或者沉默之我处于高度觉醒或被高度激发的状态，主观主动和客观主动高度合一，是以能够以无己而成其有己。个体在这种状态中实现了物我两忘的精神的高度自治，进入庄子所言的"物化"而实际上就是"道化"而纯粹的精神之境，成其为孟子所言的"天民"，如《中庸》所言："至诚如神。"整个身心只想做好某一件事而已。这种状态亦如孔子所言："唯仁者能好人，能恶人。"[②] 可谓"仁其仁而已"。

---

① 《道德经》第15章。
② 《论语·里仁》。

> ## 宇宙之王
> ### ——道之叠言
>
> 2018年9月28日
>
> 骑着青牛　漫寻那不可捉摸的灵光
> 一切渴望　仿佛都在远方存放
> 一切未知　仿佛都在幽深处密藏
> 然而　稍稍收回想象
> 低头就能看见那　生生不息的希望
> 供你驱使的就是那　行稳致远的思想
>
> 而让你举目远眺的那个"在"
> 其实就是永恒的宇宙之王
> 子曰："道不远人。"
> 斯亦宇宙之王　就在你身上
> 是灵性　是心智　是心灵　是悟性
> 合而言之　亦即道　亦即宇宙之王

有趣的是，这种状态下的时间存在模式与日常生活的情形会有所不同，就像一个人沉浸于一本特别喜欢的图书那样，不知不觉已经过去很长一段时间。孔子就有这样的个人体验："叶公问孔子于子路，子路不对。子曰：女奚不曰：其为人也，发愤忘食，乐以忘忧，不知老之将至云尔。"① 当然，这样的浸入式情景，由于环境和条件的局限与制约，在许多人的人生中更多是片段，孔子则是将其贯穿了自己的一生。

传统上有这样一种观念："做学问先学做人。"《中庸》这种关于做学问的态度和状态表明，这样的态度和状态，也是做人所应有的。所以，它既是在教导人们如何做学问，又是在教导人们如何做人，可谓"博诚人生"。这或许是《中庸》成为经典的根本价值所在。进一步说，任何人拥有这样的态度和状态，其人

---

① 《论语·述而》。

生规模一定不会小,并且拥有相当丰盛而可观的心灵。由此也可以知道,灵商是可以经由后天来加以塑造的。

通过前面的分析,我们不难得出"灵商文明"的基本进路和存在性特征:基于自身的灵商优势而具有创造性优势,是人类成其为人类的本质特征。但人类的创造性优势表现为这样一种基本进路:个体的创造因其典型性而具有公共性和代表性意义,并通过人文惠及性影响而获得群体性、族群性和社会性的规模化的价值和意义的呈现。进而言之,由于兴趣和自身的持续努力,某些个体对事物的认知具有的先知先觉的人文富集加速度优势,这种比较优势不仅激发了自身的创造性,还会通过人文惠及性影响得到群体或族群的"同理心"(人类的同质性使得人们对特定事物具有人同此心、心同此理的表现)的响应,并使得自身的灵商和心灵得到同质性的浸润,而群体或族群则由此获得自身的公共性和共同性的文化文明特征。这可以称为贯穿于人类发展史和人类文明的一般性原理。

道　场
——道之叠言

2018年9月28日

场上,篮球架永远在场,而又永远是局外之人。无人在场时,它淡然自在,独与风月相唱和。有人在场时,投中者,自幸其运;投不中者,叹息机会擦肩而过。而参与者,或上下翻腾其姿,或悫然规避而过,或啸聚围堵,或弹跳传送,汹汹然,涌涌然,涛涛乎乐于其间。然若无一空悬之的,规约束其行止,则万般索然矣。此间,道其有之乎?其无之乎?曰:"有者有之,无者无之。"而道亦空然若瞎。

灵性属于人的精神范畴,主要是指人对某些事物具有较高的敏感性、领悟力和想象力,它是人具有灵感、心灵、心智和悟性等先天和后天禀赋的重要基础,是思想、意识、认知力的重要居所,是一种一体多赋的结构。所以,人除了有智商、情商之外,应当还有灵商,灵感、想象力应当就是灵性和灵商所管辖的领域。进一步说,某些人之所以拥有较好的灵感、想象力、口才、表达能力和写作能力,灵性和灵商应当起着非常重要的作用。这里不妨举例言之。

在苏轼的众多词作中,《水龙吟·次韵章质夫杨花词》是非常出名的一首,但正如标题的提示，这首词的灵感源于章质夫即章楶的《水龙吟》。

> 似花还似非花，也无人惜从教坠。抛家傍路，思量却是，无情有思。萦损柔肠，困酣娇眼，欲开还闭。梦随风万里，寻郎去处，又还被、莺呼起。　　不恨此花飞尽，恨西园、落红难缀。晓来雨过，遗踪何在？一池萍碎。春色三分，二分尘土，一分流水。细看来不是杨花，点点是、离人泪。

这首咏物词约作于元丰四年（1081），苏轼因"乌台诗案"被贬黄州的第二年，因而可视为苏轼用自己的血泪浇注而成的一朵生命之花（亦可谓苏轼以自己的血泪浇注出来的一株苏氏绛珠仙草。鉴于《红楼梦》受苏轼的人文惠及性影响颇大，故本书设想"绛珠仙草"的灵感来源及其中的重要含蕴，亦未尝不受苏轼这首词的激发）。章楶是苏轼的同僚好友，他的词作《水龙吟》如下：

> 燕忙莺懒芳残，正堤上杨花飘坠。轻飞乱舞，点画青林，全无才思。闲趁游丝，静临深院，日长门闭。傍珠帘散漫，垂垂欲下，依前被风扶起。　　兰帐玉人睡觉，怪青衣、雪沾琼缀。绣床渐满，香球无数，才圆却碎。时见蜂儿，仰黏轻粉，鱼吞池水。望章台路杳，金鞍游荡，有盈盈泪。

苏轼此词是一首次韵之作。依照别人的原韵，作诗词答和，叫"次韵"或"步韵"。苏轼在给章楶的信中说："柳花词妙绝，使来者何以措词。本不敢继作，又思公正柳花飞时出巡按，坐想四子，闭门愁断，故写其意，次韵一首寄云，亦告以不示人也。"

在诗人的眼中，万物都是有情的，即便是那无足轻重、入泥即化、入水无踪的杨花。在传统诗词中杨花还有柳絮、柳绵等学名（在传统文化中，柳树也姓杨，例如《诗经》就有这样经典的抒发："昔我往矣，杨柳依依。"）。东晋才女谢道韫因其咏雪的诗句"未若柳絮因风起"而在中国古代享有盛名，"咏絮才"也成为富有诗才或能够即景成诗的专称。与章楶的词相比，苏轼的高明之处在于他对待杨花的态度，杨花不仅仅是花，更是人格化的生动活泼的情感；其次，用词用语精细贴切，尽显个人的天赋奇才，故而神采飞扬，尽情尽性。章楶虽然也很有才，但相比之下，首先输在态度上，其次输在文笔上，在细节的刻画上也不如苏轼那么细腻，因而没有那样的神采。例如苏轼以开门见山的笔法，"似花还似非花"，一语直接点破杨花的特征，然后赋予杨花以人格特征，从而让人觉得可怜可悯，同时表现自己的情怀，使得情与物浑然一体。有了这样的意象基础，接下来出神入化、神笔一般的细节刻画、语言表达和情感抒发，就显得水到渠成了。

苏轼此词历来广受好评，王国维在《人间词话》说："咏物之词，自以东坡《水龙吟》为最工。""东坡杨花词，和韵而似原唱；章质夫词，原唱而似和韵。"朱弁在《曲洧旧闻》中则言："章质夫杨花词，命意用事，潇洒可喜。东坡和之，若豪放不入律吕。徐而视之，声韵谐婉，反觉章词有织绣工夫。"这个例子还告诉我们，对个体而言，"积善成德"有其养成上的多样性和表达上的丰富性，它不仅是个体在人生历程中通过不断的学习和生活的实践与体验所积累起来的宝贵人文财富，也是个体拥有自身独特加速度优势的重要所本，值得我们善知之、生生之、善善之、美美之。

很显然，随着社会发展，一定的社会文明还会呈现出不同的时态性特征。现代社会就有着自身显而易见的特征，例如为适应工业化的需要而普及的规范教育。毋庸讳言，现代社会是一个偏执于工具理性和技术进步的社会，这对社会的持续发展意义重大，但它的局限性也是非常明显的。偏执于工具理性和技术进步，本身就隐含着个体和社会的过度工具化问题。同时，由于就业压力和高度竞争的逼迫，个体无时无刻不处于深深的生存焦虑之中。这样一来，人的过度工具化进而过度物欲化，成为现代社会和现代文明的普遍现象，使得个人文明和社会文明严重偏离物质需求和精神需求的平衡性，并使得社会发展的逻辑和轨迹向度的正向性出现简单化的弯曲，呈现出塔式化的上升的基本态势，进而越来越趋于窄化，人的主体性和精神状态越来越脱离自身的灵性和本根，人的意义性和价值性也被简约成物欲化的满足程度与规模的简单物质刻度。尽管如此，人类与生俱来的灵性和灵商并没有因此泯灭，仍时时提醒或暗示人们自身拥有精神属性，除了物欲的满足之外，还需要相应的精神愉悦和精神生活的满足。人们的诸多无可奈何只不过是社会环境的风尚和趋势使然，而且，正是这样的环境造成了人们的共同悲戚、社会的共同悲戚。这确实是一种富裕的贫困，让人欲笑还哭的悖论。所以，所谓的现代社会和现代文明，实际上正经历着从未有过的人的存在性和社会的存在性的深刻危机，这种危机本质上就是人的人性危机。面对这种危机，需要人们拥有共同的觉悟，共同去应对和纠正。

现代社会是一个很热闹、很炫耀的社会，这同样是现代社会的重要特征。但如果进一步探讨其蕴含的根性的话，那就是对许多事物都做过度的放大，最具代表性的角色就是广告。所以，如果说现代社会是一个富有广告特征和广告色彩的"广告社会"，其实并不为过。这种外在性的"虚荣"隐含着这样一个意蕴：内外不对称或不匹配,至少是一种外部性的"外荣内枯"。在广告色彩的背景下,人们要想确保"诚"的存在,确实不容易。但如果要让心灵拥有一份内在的丰盛,人生和生命的意义拥有一份内在的丰盛,"诚"的回归无疑是非常重要和必要的。这样,《中庸》的现代价值亦可谓自不待言了。相应地,无论是教育还是自我学习抑或社会风向的转变,在成才的基础诉求上,进一步加大自我成贤的价值取向和自觉养成,应当也是很有意义的。

掌灯人

——题长信宫灯

好好读书吧,我为你掌灯。文明之光,一经点亮,永不熄灭。

别忘了身边的掌灯人,也别忘了千百年以来难以计数的掌灯人。他们有的声名显赫,有的却默默无闻。但正因为有了他们,我们才拥有今天这样的光明,才拥有今天这样的人间温情。

《掌灯人》试图反映中国古代社会,一般人家耕读生活和诗书传家的传统精神文化生活氛围,以及中华文明数千年来生生不息的基本传承方式。无论历史风云如何变幻,这盏灯都一直亮着。如果将其作为中华文明特有的魅力、韧性和生命力的象征,以其昭示中华文明为什么能够数千年绵延不断,亦可谓韵味独具。

第三章　贤人文化

中国社会是一个文化社会,中华民族是一个文化民族。之所以这样说,是因为中华文化内核中有一种绵延不断的贤人文化。从文化的生成与传承机制来看,人才不仅要足够才,还必须足够贤。而所谓的"贤",就是足以垂范他人和后世。从较大的历史时间尺度来看,贤的时间尺度要远大于才的时间尺度,经得起较长时间尺度的历史淘洗。进而言之,个人的才还必须在跟前贤、时贤与后贤的相激荡之中具有比较优势,才能在他们之间占有一席之地,进入贤的行列。而到了这样的程度和境界,无论搁在哪儿、站在哪儿,都是一道出色的风景。这在某种程度和意义上说明:贤人文化实可谓中华文化和中华文明的一个极为重要的内在选择机制和赋能机制,在漫长的历史长河中,为中华民族持续赋入新的正能量和新的加速度优势,并使得中华民族的可久可大性得以长时持续。所谓"周虽旧邦,其命维新",不其然乎?

具体来说,或如欧阳修所言:"文章如精金美玉,市有市价,非人所能以口舌(讨价还价、是是非非)定贵贱也。"此间所谓的"市"可视为一个隐喻,其含蕴的意义可理解成世间(大人世、大社会)和历史。相应地,个体赖以成贤的人文富集优势和成贤的意义则意味着个体从小社会向大社会和社会历史的提升与跨越,是个体的价值尺度随着时间和空间的延伸而不断延伸的显现,并且为相应的群体或族群持续赋能。

在贤人文化中,"积善成德"是人而成其为人的一种内外联动的生成机制;"穷神致化,有永于世"、"大观识通,可久可大",则是个体学有所成、德有所积并且反哺社会的外向性成贤机制。这或许有助于我们思考我们是谁或我们能够成为怎样的人这一人生命题。

第一节　贤人文化的早期形态

前面我们讨论过长子文化和才子文化，这两种文化形态是不是中华传统的全部呢？显然不是，尽管它们在中国古代历史长河中占有非常重要的地位。如果说长子文化和才子文化在社会历史演进过程中显现出某种代际间的时断时续的话，还有一种文化形态则是具有确切的连绵不断的意义，这种文化形态就是贤人文化。

长子文化往往受朝代的代际更迭而断断续续。才子文化则常常受制于相应的制度安排，而且，此时虽算作才子，彼时则未必；在时间的淘洗下，某些才子文化也未必能够垂范后世，故难免随着时间推移而有所沉没。相较之下，所谓贤人文化，我们可以认为它来自才子文化，但同时又经得起时间和历史淘洗而代代相传。也就是说，与才子文化相比，贤人文化的时间维度和尺度都能历久弥新，从而成为中华文明的精髓所在，为中华民族赋入新的正能量和新的加速度优势。例如中华元典《诗》《书》《易》，以至于儒家、道家等诸子百家的许多思想和价值理念，唐诗宋词等，有很大一部分都属于贤人文化，尽管其中难免掺杂一些本来要被时间和历史淘汰的东西，有些随着时间性的延长其分量也随之减弱，而有些在现实中实际上并不起作用。

从其特征来看，可以说才子文化更注重现实性价值维度，如果再加上历史性价值维度，就是贤人文化了。亦即才子文化主要指向现实价值维度，时间性是一维的；贤人文化则既有现实价值维度，又有历史价值维度，在时间性上是二维的。当然，有些才子文化因为自身显豁的实质性和真理性的价值和意义，凭借时人的口碑和社会的广泛认受度，也会得到贤人文化的待遇；另一方面，由于别的原因，有些才子文化可能得不到时人认同，却得到后人的高度认可。故不可偏执于今不如古的思维定式。这是看待贤人文化时应当注意的文化态度。这也说明，无论是才子文化还是贤人文化，都有其时间上的动态性，贵在富有之、日新之、新新之。

要理解贤人文化，《易传·系辞》中有一段话甚有借鉴意义："乾以易知，坤以简能。易则易知，简则易从。易知则有亲，易从则有功。有亲则可久，有功则可大。可久则贤人之德，可大则贤人之业。易简而天下之理得矣。天下之理得，而成位乎其中矣。"这是解《易》之辞，在传统言辞之学中实有垂范性的作用。需要注意的是"可久"、"可大"。文中已有前缀性铺陈和解释，例如言辞因为"容易理解"、"简明扼要"从而使人觉得有亲近感、熟悉感，进而发挥其相应的功用，基于此，我们对"言辞"的含蕴指向做更具体的扩展应该也是可以的，例如"可久"之前加上"（思想、才智、方法、言行、风范等）"，"可大"之前加上"（所作所为皆可推广可复制的现实实践意义）"。经过这样一番转化，我们不难发现，所谓的经典，它含蕴的事实其实不见得是什么高不可攀的东西，在我们的现实生活中也不乏其指向的人和事，关键在于理解上要想办法做到仁而有方或者仁而多方。

贤人文化的这种客观存在性说明，中国社会是一个文化社会，中华民族是一个文化民族。所谓贤，亦即足以垂范他人和后世，足以让人见贤思齐。进一步，贤人文化不仅仅是一种文化形态，实际上还是中华文化和中华文明的重要生成与传承机制。而在先贤环列的人文环境中，若要成为后贤，不仅要足够才，还必须足够贤。这意味着有才并不一定能够成贤，"由才而贤"之间还有一个从可能走向必然的历练和磨砺过程，而这也就是"玉不琢不成器"所含蕴的道理。故所谓贤人文化，实际上就是一个能够较好地说明与呈现中华文化是怎样炼成的故事。

毋庸讳言，世事变迁以及对"贤"的文化内涵重视不足，导致贤人文化有所式微和失落。这里借几则大家比较熟悉的事例做进一步的说明。

在《尚书·大禹谟》中，有两则涉"贤"言论，一则是："嘉言罔攸伏，野无遗贤，万邦咸宁。"① 大意是：好的对策、言论和意见等没有被弃而不用，没有贤人遗弃在民间得不到应有的任用，国家治下的各邦国就会得到很好的治理而安享太平。从时间性来看，文中的"嘉言"既可以是前贤的遗教，也可以是时贤的建言。贤人文化既有前贤的"嘉言"，又有时贤的"嘉言"，反映出社会发展的累积性和与时俱进的日新性。这无疑是符合社会发展规律的，可谓国家治理哲学的极致简化和高度抽象。相应地，"野无遗贤"则可谓选人用人哲学。所谓"微言大义"，这无疑是一个范例。另一则是：

---

① 此亦可与《诗经·何草不黄》"何草不玄？何人不矜？哀我征夫，独为匪民。匪兕匪虎，率彼旷野"相勘验，进而不难验证司马迁所言"夫《诗》《书》隐约者，欲遂其志之思也。……《诗》三百篇，大抵贤圣发愤之所为作也。此皆意有所郁结，不得通其道也，故述往事，思来者"所含蕴的独到而深刻的领悟。故而《史记·五帝本纪》中有这样的说法："《书》缺有闲矣，其轶乃时时见于他说。非好学深思，心知其意，固难为浅见寡闻道也。"

帝曰:"来,禹!降水儆予(你勤勉于治水事务),成允(信)成功(讲诚信又建立了很大的功劳),惟汝贤。克(能)勤于邦(勤力邦务),克俭于家(节俭治家),不自满假(不夸大自满),惟汝贤。汝惟不矜(傲慢无礼),天下莫与汝争能。汝惟不伐(自夸),天下莫与汝争功。予懋乃德,嘉乃丕绩,天之历数在汝躬(为了不耽误农时和各项事务,你要亲自去抓天文历算和授时工作),汝终陟元后(你最终要成为最高领导者)。人心惟危,道心惟微,惟精惟一,允执厥中。无稽之言勿听,弗询之谋勿庸。可爱非君?可畏非民?众非元后(众人都不满执政的掌权者),何戴(这还谈得上拥戴吗)?后非众(执政的掌权者怨怼众人),罔与守邦(又怎能把邦国守护好)?钦哉!慎乃有位(拥有高位的人啊,你们要小心谨慎了),敬修其可愿(要尽力去满足民众的合理诉求),四海困穷,天禄永终(倘若天下都陷于穷困之中,你们的俸禄就再难以保持下去了)。"

这段话的信息量非常大,这里不展开一一细说。但仍需说明,从尧舜之世至周秦之际,中国的国体是由为数众多的邦国结成的政治经济文化共同体,所谓"邦国"既有源于氏族社会的政治经济文化相对独立的实体,又有由分封而来的政治经济实体,但都由共同体的最高统治者(共主——具体的称谓有后或元后、元首、帝、王、天子等,邦国一级为君、群后、诸侯等)统辖。所谓邦国,其政治独立性是不完整的,故"协和万邦"可谓共主的基本政治责任和职责。也正因如此,在漫长历史岁月中,积累下了丰厚而富有共性的政治智慧和政治文化遗产,进而成为人们共有共生的文化纽带,千百年来滋养着中华文明的生息繁衍,既久且大。文中的两个"惟汝贤",亦可谓贤人文化中比较极致的维度,可以跟《易传》的"贤人之德、贤人之业"相勘验。故而"贤人文化"称为"大贤文化"亦未尝不可。

在孔子与其弟子的对话中,涉及"贤"的言辞并不多,这确实显得有些奇怪。不过以下片段对于理解"贤"的文化含蕴却是大有裨益的:"子曰:'贤哉回也!一箪食,一瓢饮,在陋巷,人不堪其忧,回也不改其乐。贤哉回也!'"[①]不难理解,孔子这里所谓的贤,其实就是儒家的"安贫乐道之贤"。

颜渊是孔子最满意的一名弟子,师徒之间相处得意趣盎然。有一次,孔子师徒在匡地因误会受到拦击,仓皇逃离中颜渊掉队,归队后孔子很是生气。《论

---

① 《论语·雍也》。

语》记录了这一事件:"子畏于匡,颜渊后。子曰:'吾以女为死矣(我以为你死掉了)。'曰:'子在,回何敢死(老师还在,我怎么敢先您死去啊)。'"① 孔子对颜渊的爱是比较特殊的,有类乎父子,故而有爱之深而责之切的言辞。相应地,颜渊对孔子也有以之为父之情,怀有侍奉终身之孝义,是以巧对此言。类似的情形是孔子师徒受困于陈蔡之间的故事:

> 孔子在陈蔡之闲(间),楚使人聘孔子。孔子将往拜礼。陈蔡大夫谋曰:"……孔子用于楚,则陈蔡用事大夫危矣。"于是乃相与发徒役围孔子于野。不得行,绝粮。从者病,莫能兴。孔子讲诵弦歌不衰。子路愠见曰:"君子亦有穷乎?"孔子曰:"君子固穷,小人穷斯滥矣。"……
>
> 孔子知弟子有愠心,乃召子路而问曰:"《诗》云:'匪兕匪虎,率彼旷野。'吾道非邪?吾何为于此?"……颜回入见……曰:"夫子之道至大,故天下莫能容。虽然,夫子推而行之,不容何病,不容然后见君子。夫道之不修也,是吾丑也。夫道既已大修而不用,是有国者之丑也。不容何病,不容然后见君子。"孔子欣然而笑曰:"有是哉,颜氏之子!使尔多财,吾为尔宰(确实是这样啊,颜家的好孩子!如果你很富有的话,我给你做管家算了)。"②

这其实就是后来苏轼大为喟叹的"孔颜乐处"。从贤人文化的角度来看,孔子和颜渊的上述情形,从一个侧面说明其主体不仅拥有独立的价值观和人生观,同时还有试图凭借自己的才干,努力寻找机会改变不公平世道的处事态度。

由此我们应当可以更好地理解《礼记·礼运》阐述的"大道之行也,天下为公,选贤与能,讲信修睦"。不过,"贤与能"虽然并列,但"贤"应当包括对个人道德操守的考虑,而"能"则比较注重个人才能和能力,故而后世选拔干部和人才时说要"德才兼备"。在文化源流上,《礼运》此句继承的应当是《尚书·商书》伊尹所作《咸有一德》:"任官惟贤材,左右惟其人。"和《周书·武成》:"建官惟贤,位事惟能。"(以贤驭能)以及《周书·旅獒》:"不宝远物,则远人格(不贪图远方的宝贝玩物,则远方的人就会亲顺你);所宝惟贤,则迩人安(把贤人当至宝,就可以使周边的人安顺)。呜呼!夙夜罔或不勤(一旦忘记日夜勤勉操劳),不矜细行(哪怕轻忽细小的规矩与行止),终累大德

---

① 《论语·先进》。
② 《史记·孔子世家》。

(就会渐渐消磨掉之前潜心修养来的良好品德)。为山九仞，功亏一篑。允迪兹（千万要慎之又慎啊），生民保厥居（只有确保民众安居乐业），惟乃世王（王位才能一代接一代传下去）。"

上述引文的重要含义是，贤人得其位任对社会群体而言其实起着提振社会风范和精神气质的引领作用，可谓"虽不能至，心向往之"；而一旦弃而不用，则意味着贤与不贤没什么两样，甚至还难免受到这样那样的冷嘲热讽，劣币驱逐良币，社会风气和精神气质就会随之日渐沉沦，以至于连贤踪都无迹可踵的地步。

那么，到孔子之时，那些曾为人们所称道的贤人文化为什么变得如此不堪了呢？这无疑与周初创建的嫡长子继统制、领主分封制和世卿世禄制等制度安排存有莫大的关系。有鉴于此，孔子和儒家倡言"宪章文武"或者"文武之道"，实际上就是试图恢复周文王、周武王在世时的贤人文化。舍此而过于偏颇的纷纭众说，与孔子之所志大约都是有所背离的。而后世的科举考试与选用人才制度，既有其历史的先进性，也有"选其才而难料其贤"之弊。这同时也说明，把理想、理念转化成为现实，要解决的问题确实很多。正视问题、解决问题而不是遮蔽问题、回避问题，才是持续保持社会活力，使其发展与进步的重要法门。

还有两则当今人们耳熟能详的掌故，一是范仲淹《岳阳楼记》所言："刻唐贤今人诗赋于其上，嘱予作文以记之。"一则是今人钱锺书先生称其妻杨绛为"最贤的妻，最才的女"。词语主要基于这样的家庭生活：杨绛为了让钱锺书能静下心来写作（当时他正在创作小说《围城》），把家务活都包了下来（杨绛自言"甘为灶下婢"），而此时杨绛在文学和教育界的名气远大于钱锺书。"最贤的妻，最才的女"，应是钱锺书化用《尚书·大禹谟》"克勤于邦，克俭于家，不自满假，惟汝贤"而称之。如此看来，范仲淹和钱锺书都堪称知贤传贤之人。

上述几个案例表明，贤人文化上达治国理政的大社会层面，下及个体日常生活的小社会层面，可因其层面与维度的不同分为大贤文化、中贤文化和小贤文化。后两种贤人文化形态可称为众贤文化，现实中与才子文化常常互有交集和重叠，需要慎思之、明辨之。

第二节　成贤的文化自觉及其可久可大性

诸如思想理念和价值观等人文情怀，如果只停留在文本上，那么它的意义和价值无疑是非常有限的；而一旦成为人们日常生活中的行为自觉，它就会直接作用于人们的日常生活行止，成为一种生动活泼的社会生态。这大概是文化成其为文化的题中之义，亦可谓文化在对人的潜移默化中成其为文明的重要表现形式。例如，诗之于春秋时社会生活和社会交往的作用，即孔子这一言说的现实基础："不学诗，无以言。"①《左传》的记载中有不少具体事例，人们在交际场合常常引用《诗经》中的诗句作为开场白或临别赠言，从而展示各自的心中寄寓和温文尔雅的良好教养。这可视为个体之间人文富集优势的仪式性表达，以及特定文化生态的自我生成方式和样态。由此我们能更好地理解，孔子为何说"周鉴于二代，郁郁乎文哉！吾从周"②。

但这种引用反映的更多是当时社会生态的风雅情景，而不是足以垂范他人的主体自成其贤的创发（创作发明）。撩开那浅层面的外衣，我们不难发现，成贤的路径有其多样性，但其中的一条传统而历久弥新的路径就是，个体能够依据自身的人文富集优势，由此生发对"嘉言"的有效创发，进而对社会生态的审美需求、精神情感慰藉以至于对社会的治理、发展和进步产生利他性价值与作用，并因其影响的范围、层面和时间尺度的延续性而生成自身的可久可大性。这里秉持的其实就是《易传》所言"天地之大德曰生"的理念。故而贤人文化与易哲学的基本理念不仅是相通的，甚至可以相互勘验。

这从一个侧面说明，如果我们僵化地秉持"述而不作"，将其作为教条，一味因循守旧、鹦鹉学舌，其后果将是难以估量的。个体的成长不仅要吸收和总结前贤的"嘉言"，在日常生活和现实实践中还要不断地加以综合运用。而且，没有谁（显然包括所有前贤）能够事先为人们应对现实中的各种事务准备好相应的对策和答案，因而客观上还需要行为和活动主体不断地进行创发和自我成贤。唯其如此，在日常生活和现实实践中，才可能做到仁而有方、仁而多方，应对裕如。简言之，所谓成贤，不仅仅是一种需要，更是一种必要。这同时还说明，在

---

① 《论语·季氏》。
② 《论语·八佾》。

社会发展和人的社会化进程中，只乐于成人、乐于成才是不够的，还要乐于成贤①，就像有些人喜欢说的那句话"一个人就是一支队伍"那样，把自己一个人修炼成一支拥有独特人文富集优势的队伍。相应地，面对众多先贤，我们也不应把他们只看成一个人，他们每个人都是一支拥有独特人文富集优势的队伍。

《左传》记载了一则弥足珍贵的故事，就是鲁国穆叔出使晋国，晋国范宣子迎接他，二人进行了一番对话：

（鲁襄公）二十四年春，穆叔如晋。范宣子逆之，问焉，曰："古人有言曰，'死而不朽'，何谓也？"穆叔未对。宣子曰："昔匄之祖，自虞以上，为陶唐氏，在夏为御龙氏，在商为豕韦氏，在周为唐杜氏，晋主夏盟为范氏，其是之谓乎？"穆叔曰："以豹所闻，此之谓世禄，非不朽也。鲁有先大夫曰臧文仲，既没，其言立。其是之谓乎！豹闻之，大上有立德，其次有立功，其次有立言，虽久不废，此之谓不朽。若夫保姓受氏，以守宗祊，世不绝祀，无国无之，禄之大者，不可谓不朽。"

《左传》的这一记载对后世影响可谓既深且大。首先我们可以从范宣子自列家世得知，中华文化源远流长，就连许多氏姓都可以追溯至颇为悠远的历史年代，而文化在此间所起的作用无疑是不可低估的。但过于抽象或大而言之地去讨论文化，有时难免让人觉得云山雾罩。而文中的穆叔所申说的"三立"说，对我们更深入地理解中华文明的深潜文化内核和生成机制是大有裨益的。不见得每个人都能成贤，但它的教化和潜移默化的影响，使得人人皆有成贤之心。

从中不难明了，"三立"说——"大上有立德，其次有立功，其次有立言，虽久不废，此之谓不朽"，实际上蕴含着中华文明深沉的精神追求，这一精神追求通过个体的文化自觉和自我成贤的精神诉求，成就了中华文明历久弥新而生生不息的内在生成机制，具体来说就是通过自我成贤的作为达成个体的精神生命对

---

① 由此不难发现，如果没有对贤人文化做此一番梳理和阐释，是很难发现"述而不作"对"仁者爱人"这一儒家核心理念存有如此不堪的损害的。而这也说明，非儒传统的客观存在及其持续发展，对儒家思想的缺陷一直起着独特的救赎作用。这无疑勘验了狭义儒家不仅不能等同于中华传统文化，更不足以代表中华古典的韧性和强大生命力。另外，所谓成贤，常常也意味着路途遥远、坎坷不平，就如唐僧师徒取经那样，且行且战，不断与各种邪魔妖怪拼武艺、做斗争，经历各种困难和劫难之后，方可大功告成，功德圆满。如《孟子·告子下》所言："天将降大任于斯人也，必先苦其心志，劳其筋骨，饿其体肤，空乏其身，行拂乱其所为，所以动心忍性，曾益其所不能。"

自然寿命的超越。成贤之心，如南宋著名爱国文臣文天祥在《过零丁洋》中所言："人生自古谁无死，留取丹心照汗青（人的自然寿命的有限性使得没有人不会离开自己成人的人世间，那么就让赤忱报国之行和处世之德载于国史，以显现自己没有枉来世间的人生价值，让后人记取和镜鉴吧）。"

对于个体如何才能成贤，苏轼的相关阐述颇有典范意义。这几十个字的表达不仅章法严谨，更显现出跌宕起伏、自成一格的文气和气韵：

> 古之立大事者，不惟有超世之才，亦必有坚忍不拔之志。昔禹之治水，凿龙门，决大河而放之海。方其功之未成也，盖亦有溃冒冲突可畏之患；惟能前知其当然，事至不惧，而徐为之图，是以得至于成功①。

文中所说的"志"，我们可以理解为成贤之心。苏轼的这种"贤论"颇具特色，即把个体的"志、才、事"结合在一起，使之成其为具有内在思辨和逻辑路径的语境，继而使读者自行思考如要有所作为。志或成贤之心很重要，但同时还得考虑是否有其才去从事相应的事业。接下来的论述其实是，对志或成贤之心的愿望与强度以及才具是否足以担当相应的事业。次第加以申说，从而形成这样一条成贤的路径：预难于先，临难不惧，稳步推进，最终成功。

很显然，一般人要想成为大禹或文天祥那样可久可大、既久且大的大贤，不仅要有个人才干和德行，还需要相应的历史际遇；但要成为中贤、小贤或者众贤这样的在群体中出类拔萃的优秀分子，通过个人的不懈努力是相对容易达成的。鉴于"诗意中国"这个主题，这里不妨以"诗以立言"作为一种成贤之路，做进一步的阐释。

有汉一代（西汉东汉共四百多年），很难说是诗歌文化昌盛的一代。这种人文状态大概与汉初景帝之时的文变有莫大关系：

> 清河王太傅辕固生者，齐人也。以治《诗》，孝景时为博士。与黄生争论景帝前。黄生曰："汤武非受命，乃弑也。"辕固生曰："不然。夫桀纣虐乱，天下之心皆归汤武，汤武与天下之心而诛桀纣，桀纣之民不为之使而归汤武，汤武不得已而立，非受命为何？"黄生曰："冠虽敝，必加于首；履虽新，必关于足。何者，上下之分也。今桀纣虽失道，然君上也；汤武虽圣，臣下也。夫主有失行，臣下不能正言匡过以尊天子，反因过而诛之，代立践南面，非弑而何也？"辕固生曰："必

---

① 苏轼《晁盖论》。

若所云，是高帝代秦即天子之位，非邪？"于是景帝曰："食肉不食马肝，不为不知味；言学者无言汤武受命，不为愚。"遂罢。是后学者莫敢明受命放杀者①。

汉景帝的这种文化政策一时间可能显示不出其后果，但从较大的时间尺度来看则可谓既大且巨。从中国古代史来看，四百多年的有汉一代，其诗歌作品的传世量与其存在的时间长度就颇为不相称。如此一来，汉武帝之时立乐府就显得难能可贵。汉乐府中流传下来的《古诗十九首》堪称精品力作，其中《迢迢牵牛星》显得尤为耀眼：

> 迢迢牵牛星，皎皎河汉女。纤纤擢素手，札札弄机杼。
> 终日不成章，泣涕零如雨。河汉清且浅，相去复几许？
> 盈盈一水间，脉脉不得语。

《诗经》中也有一些以天文星象知识托物叙事和抒情的作品，例如《七月》《小星》《大东》等篇什；但这首《迢迢牵牛星》颇具艺术特色，它运用了托物与拟人化相结合的笔法，星象在诗中已不仅仅是物，还被当作人物来抒发作者的思想和情感。这会让人联想到《诗经》名篇《蒹葭》，这首诗亦通过比兴，巧妙地把芦苇这种物转化成"伊人"的曼妙之姿，用以寄托和抒发作者对理想和精神情感的不懈追求。《迢迢牵牛星》这首诗让人觉得是一首缠绵的爱情诗，而一经与《蒹葭》比较又不难感到，那位由织女星转化而来的心灵手巧的"河汉女"，实际上就相当于《蒹葭》的作者，因为"盈盈一水间"的阻隔，不但理想和愿望很难实现，甚至想倾诉一下自己的情感也只能"望'星'兴叹"，不难想

---

① 《史记·儒林列传》。这种情形到汉武帝之时甚至还有进一步的恶化，如《史记·平准书》记云："大农颜异诛矣。初，异为济南亭长，以廉直稍迁至九卿。上与张汤既造白鹿皮币，问异。异曰……天子不说（悦）。张汤又与异有郤，及人告异以它议，……异不应，微反唇。汤奏当异九卿见令不便，不入言而腹诽，论死。自是之后，有腹诽之法比，而公卿大夫多谄谀取容。"如果说汉武帝"独尊儒术"暗指主体性与知性化受到极大压抑的话，汉景帝则可谓已启先端。或许正因此，"终日不成章"，在这样的现实人文环境下，又怎敢"成章"？爱而不能也就只有"泣涕零如雨"，进而不难体会"河汉清且浅，相去复几许？盈盈一水间，脉脉不得语"的心境和情致了。在《红楼梦》书中，晴雯因"风流灵巧招人怨"，或许也是其含蕴的一个维度。

见其踟蹰身影和寥落孤清的心情①。如此看来，《迢迢牵牛星》亦如《蒹葭》，既可以当作爱情诗，也可以作为哲理诗来阅读和欣赏，其《国风》余韵犹盈盈可握，比较典型地反映了中华民族和中华文明骨子里的温情和浪漫，可谓汉代诗歌中最美的一首。

当然，这并不意味着《蒹葭》和《迢迢牵牛星》的含蕴没有多大的分别。在中国诗歌史上，恰恰是二者含蕴的差别，使得《迢迢牵牛星》拥有了独特的标志性意义。为什么这样说呢？两相比较，《蒹葭》的情感内蕴无疑要浑厚得多，例如诗中不畏艰难险阻而追求不已的一唱三叹，蕴含着作者对理想和精神情感的不懈追求，有以性命相托的沉重感，其绝代风华隐然有一代大贤的风范。相比之下，《迢迢牵牛星》则比较婉丽，世俗生活的倾向和意趣更加浓厚，故而虽然亦有存于心中的深深牵挂，但对世俗美好生活的期盼却显得颇重。这在《蒹葭》诗中是感受不到的。是以《蒹葭》一诗对理想和精神情感的不懈追求的精神层面属性更大。那么，这意味着什么呢？这意味着，如果说《蒹葭》作者是一位历世和修为都颇为浑厚的大贤，《迢迢牵牛星》的作者就要稍显逊色了，可视为一位中贤，或者说比中贤稍高而又尚未达到大贤等级的"同大贤"。这在客观上反映了汉代文变的背景和人文环境下精神气质的变化，有其典型性与代表性的意义。故总的来看，这首《迢迢牵牛星》仍不失其"穷神致化，有永于世"②的艺术含蕴和精神情感价值。

宋代秦观的《鹊桥仙》在艺术含蕴上深受《迢迢牵牛星》的人文惠及性

---

① 我们可以关注一下《红楼梦》金陵十二钗正册的第一个批语："可叹停机德，堪怜咏絮才。玉带林中挂，金簪雪里埋。"一般认为这是对林黛玉和薛宝钗命运的暗示。通过汉乐府《迢迢牵牛星》这首诗的阐释，我们或许会有更深一层的理解。这个批语虽然可以暗示林黛玉和薛宝钗的命运结局，但也未尝不可视为意蕴更广的隐喻，其含蕴和指向实际上是自秦汉以降中国古代社会众多文人士大夫的共同命运。"可叹停机德"，亦蕴含着织女此时的"望'星'兴叹"的寂寥和落寞；而"堪怜咏絮才"，亦不仅仅指向东晋谢安侄女谢道韫，同时还指向更经典的《诗经》所云"昔我往矣，杨柳依依。今我来思，雨雪霏霏"等维度。也就是说，《红楼梦》借人们比较熟悉的文坛佳话——谢道韫的"咏絮才"进一步往前追溯，故而从谢道韫的"侄女"角色，回溯至《迢迢牵牛星》的"织女"，继而转到《诗经》时代，以此反思自此而后所发生的文运变迁。而经过此番的"上下求索"，应能体悟林黛玉这个角色为何是还泪而来泪尽而亡了。由此可以想见，林黛玉隐喻的又岂止历代众多先贤的命运，亦包括了历朝历代自身的命运。

② 此语源于《易传》"穷神知化，德之盛也"，这里把它改成"穷神致化，有永于世"，除了加大其力度之外，更着意于其"知"对社会反哺的有用性及利他性，以至于可久可大性。

影响：

> 纤云弄巧，飞星传恨，银汉迢迢暗度。金风玉露一相逢，便胜却、人间无数。　　柔情似水，佳期如梦，忍顾鹊桥归路。两情若是久长时，又岂在、朝朝暮暮。

秦观是苏轼的门生，是苏门四学士之一。这首词让人觉得似曾相识，但已经缺乏《迢迢牵牛星》在理想追求层面的含蕴了，转而明显地走向世俗的生活化之路，属于比较纯粹的言情作品。但它仍不失为一首经典作品，其经典性意义就在于随着人的社会化演进，"两情若是久长时，又岂在、朝朝暮暮"，表达了大社会的人文环境下，许多人都具有的共情和精神情感审美需求。如果把"金风玉露一相逢，便胜却、人间无数"视为对理想和抱负的寄寓与实现，其格调就更高了，可谓对《国风》和《楚辞》的巧妙承扬，遗韵绵长。

难能可贵的是，汉乐府《迢迢牵牛星》和秦观这首《鹊桥仙》还有这样的文化涵养作用：让人在仰望星空的诗意语境中，潜移默化地养成自身所处本来就是普天之下的潜意识，为国人自兹而后的天下观乃至于世界主义眼量，提供自然而然的绵延性。从这个角度来看，对今时今日的我们而言，它们又具有了现代性兴味和独特的意义。

话说回来，汉代对诗文化的贡献或许不在显性层面，而在隐性层面。在汉代，"书香门第"、"诗书传家"、崇文重教等传统应当已经形成。这意味着对人文富集优势的追求，已经成为人们较为普遍的价值观和人生观，进而使得人们的成贤心理诉求成为可能。只有这样，诗文化在随后的魏晋南北朝兴起才能得到较好的说明。需要关注的是汉末魏晋时的建安文学。曹操作为其中的重要参与者显现出《国风》遗韵，其作品如《观沧海》《龟虽寿》等篇什，不仅带有一定的王者之风，甚至多少显现出大贤风范，或可视为同大贤。如果说《迢迢牵牛星》

属于婉约派的话，曹操则属于豪放派。相比之下，他的儿子曹植，其作品如《洛神赋》《赠白马王彪》等，言辞之美自是一流，可谓天赋异禀之才，对后世影响极大。但在思想和精神气质上，曹植显然无法跟屈原这样的大贤相比，跟曹操相比也要稍逊一等，故而看作中贤应较为恰当，即使列入同大贤也应置于曹操之后。

还需注意的是，南北朝之时的某些篇什逐渐走向生活化的诗文化意趣，例如前文介绍过的陆凯《赠范晔》，又如无名氏《西洲曲》《木兰诗》《敕勒歌》，在中国诗歌史走向日常世俗生活化抒写过程中都有突出贡献，可视为比较典型的中贤作品。

东晋最值得关注的诗人是陶渊明。其田园诗和隐逸风度，还有那"不为五斗米折腰"的精神气质与风骨，实有一代宗师之风。千百年来，受其人文惠及性影响，一代又一代文人士大夫对其价值观、人生观以及个人行止都或多或少有所师法，故将其视为同大贤是完全足够的。甚至可以说，陶渊明是秦汉以降，能够几乎与司马迁相并的一代大贤。

南北朝逐渐成熟起来的歌行体，在唐代大诗人李白那里得到了很好的传承。例如他的《长干行》，其文体和艺术风貌都与《西洲曲》甚为相类。李白还有一点弥足珍贵之处，那就是无论现实如何不如意，仍然对理想、抱负抱有"长风破浪会有时，直挂云帆济沧海"的信念。对许多人而言，这是一种经久不衰的精神激励与赋能，亦可谓可久可大。因而总体来看，李白应视为同大贤。

同时及而后的王维、杜甫、韩愈、白居易、刘禹锡、柳宗元以至于宋代的范仲淹、欧阳修、王安石、苏轼、李清照、陆游、辛弃疾等，都可纳入同大贤之列。而此间的韩愈、柳宗元、白居易、刘禹锡、范仲淹、欧阳修、苏轼、王安石、李清照等，甚至可以进一步考虑晋入大贤之列。相较之下，唐代的张若虚、王勃、贺知章、孟浩然、王昌龄、高适、杜牧、李商隐，宋代的秦观、杨万里等都可纳入中贤之列。剩下的则大多属于小贤了。

这是一道可能永远难以做到人尽满意的填空题，难保有人不满意，有人觉得自己喜欢的诗人委屈。自魏晋南北朝至有宋之间的名气不小、有的甚至如雷贯耳的才子或大才子，如陆机、谢灵运、王羲之、谢安、杨炯、骆宾王、陈子昂、宋之问、崔颢、王湾、王之涣、张九龄、张继、岑参、王翰、张籍、李贺、张志和、贾岛、寒山、韦应物、元稹、李绅、刘长卿、温庭筠、冯延巳、（李煜①）、徐铉、周敦颐、张载、邵雍、晏殊、梅尧臣、柳永、李之仪、贺铸、黄庭坚、陈师道、范成大、朱熹等，暂不列入上述榜单之中。但这并不意味着有怠慢众贤之心，更重要的是想表明，这里只是做一些议题的基本探讨和指标性建议而已。希望有兴趣的学者进一步努力，做更多和更细致的申说。还好，至少小贤的座位颇多，可以先入座，然后再往前列。另外，仅从这里所列的名单中，我们已经不难感受到，唐宋两代实可谓中国古代社会最富情感温度的两个朝代。

我愿意

2018年10月30日

时间是一匹很长的瀑布　　　　　于是　有的人走得很远
从很高的地方飞流而下　　　　　于是　有的人讳莫如深
遇到歇脚的地方　　　　　　　　如若可以　我愿意弥漫
时间　便停蓄了起来　　　　　　无论是忧伤　还是欢欣
于是　大地有了江河湖泊　　　　只愿跟着你不离不散
于是　有了你有了我有了他　　　时而穿越古今　一跃千里

广义而言，诗应包括一般所言的诗以及词、赋、铭文和楹联等在内，因为它们在形式上虽然有所差别，辞章之法和含蕴却是一脉同源的。正因如此，我们完全可以说，由于文体上的言辞简而含蕴大的人文富集优势、朗朗上口的韵律节奏，诗不仅拥有触目皆是的人文环境和广泛的群体基础，实际上也成为中华民族雅俗共美的基本文化形态和艺术养分。诗在中华文化和中华文明中拥有独特的地

---

① 李煜的情形为一个很有才的人未必能称为"贤"提供了典型的启示。相反，许多人出身可能贫寒，却能被公认为"贤"，这在历代才子中可谓不乏其人。历史上著名的伊尹、巫咸等，就是早期贤人文化提供的重要范例。这应能帮助我们更好地理解中华文化和中华文明的内核和要义，例如"贤"往往具体表现为个体所具有的忧国忧民、利国、利民等人民性和利他性、利群性或利众性的特征，但同时还须考虑于德无亏、瑕不掩瑜等情况，故而不能过于理想化地看待或评判贤人。从这个角度来看，对先秦诸子的诸多言说，很值得我们再做一番梳理和检讨，例如中华原典推崇的重要理念是否得到承扬，又或在他们的言说中是否有所失落或受到消解等。

位和持久的影响力，亦可谓可久可大、既久且大，以至于成为深潜在人们心灵深处的文化信仰。这一点，林语堂先生有很好的阐发：

> 诗歌对我们生活结构的渗透要比西方深得多，而不是像西方人似乎普遍认为的那样，是既对之感兴趣却又无所谓的东西。
>
> 诗歌被视为最高的文学成就，被当作测试一个人文学技能的最为可信、最为便捷的方法。
>
> 诗歌通过享受简朴生活的教育，为中国文明保持了圣洁的理想。
>
> 最重要的是，它教会了人们用泛神论的精神和自然融为一体，春则觉醒而欢悦；夏则在小憩中聆听蝉的欢鸣，感受时光的有形流逝；秋则悲悼落叶；冬则"雪中寻诗"。在这个意义上，应该把诗歌称作中国人的宗教。
>
> 我几乎认为，假如没有诗歌——生活习惯的诗和可见于文字的诗——中国人就无法幸存至今。①

而有了上述对早期贤人文化和成贤之心、诗以立言的成贤之路与成贤之能的阐释，对林语堂所言诗歌是中国人的宗教，应当会有更深切的领悟和体会。进而言之，正是早期贤人文化以及人们的成贤之心、诗以立言的成贤之路与成贤之能，不仅为诗歌何以是中国人的宗教给予了较为确切的学理支撑，同时还使得中国社会何以是一个文化社会、中华民族何以是一个文化民族这一论题得到了较为简明的阐释。

第三节　可久可大

关于《易传》所言"可久则贤人之德，可大则贤人之业"中的"可久可大"，前文已有所阐释，但其含蕴之博大精深并非简单几句话能够阐明的。鉴于其重要性，这里再做进一步的讨论。

众所周知，中华文化和中华文明源远流长，这样的历史时间尺度已客观表明了自身的可久性；而其可大性则因其适用性和强大的影响力，例如对整个东亚地区的覆盖以及对欧亚地区的辐射，也成为一种常识而不证自明。但要问何以能够

---

① 林语堂《吾国与吾民·诗歌》。《吾国与吾民》可谓林语堂的一部力作，有其精到见识，但书中的某些解读仍有探讨的空间。

如此的内核元素，却是一个颇费思量和不容易阐明的问题。接下来对中华元典中某些具有"微言大义"的名言的阐释，应当有助于理解其中蕴含的精微奥义以及与此关涉的日用性常识。

一、"度"的哲学——知识与智慧的差别

《易传》曰："天地之大德曰生。"这句话里含有一个重要概念"德"。对此，我们可以做这样的解释："德"是万物共生的基础，万物共生的善。无论是"基础"还是"善"，通俗而言都可以解释为万物共生的资源和价值。

与此相对应的另一句话，就是荀子所说的"积善成德"。荀子这句话的主体是人，亦即人是善的载体（人乃德之器），因而可以积善成德（可以将善或善的知识、思想、观念、好的行止规范等装入人这种器皿中）。"与人为善"就是把你的善赠予他人。

这里可以做一个比较。"天地之德曰生"，直接意思是天地的德性就是滋生或促成万物的生长，这种"德"是本原的。这一点，我们凭经验或者直观的感知就无法否定它的真理性。因为天地的德性可以滋生或促成万物的生长，故而这种德性是巨大的，故称之曰"大德"或"元德"。也就是说，说"天地之大德曰生"或"天地之德曰生"，都不能判定为错。相较之下，前者更贴切，同时还含有赞美之意。

相对而言，"积善成德"，首先它的主体是人（个体、个人、人类），而且其意义指向是通过后天的努力去完成，但人的这种善无疑是相当有限的，与天地本有、本原的善相比显然是不可同日而语的。我们的先贤和先民对天地、对自然既感恩又敬畏，其实是很有道理的。

"积善成德"较为完整地引用上下文的话，是这样的："积土成山，风雨兴焉；积水成渊，蛟龙生焉；积善成德，而神明自得，圣心备焉。"荀子比一般的先秦诸子先贤尤为相信人的主动性和积极性的作用，他还有"人定胜天"的言论。所以，他认为只要持续不断地"积善成德"，就能最终达至"神明自得，圣心备焉"，亦即人就可以差不多像神明那样，很多问题都能迎刃而解，有时还会把事情做到妙绝毫巅的地步。到了这样的境界，人就算具有了"圣人"的状态了。

如此看来，无论荀子如何相信"人定胜天"，他还是把人限定在人的极致亦即圣人的层面，而不敢说人通过"积德"就可以拥有天地那样的大德或元德。

因为人毕竟是天地之中的万物的极小部分，不可能说极小部分能够等于大部分或全部，这么说就不可信了。而这就是中华传统文化所说的"度"，在限度内因而具有适度性，它具有真理性或者说具有真理性意义；超过了限度，就是谬误。故而"贤人之德"的可久、"贤人之业"的可大，都不讲无限久和无限大。这正是中华文化和中华文明的温润与厚道所在——讲究中道适度。实际上，这就是我们常常说的"智慧"①。

那么，何谓"智慧"？前面我们阐释"天地之大德曰生"的用语中，其实还蕴含一个演绎性的问题。这就是"基础"或者"善"，抑或资源和价值，指的是什么？不得不说，就如"万物"那样，它或它们有些在我们的常识之内，可以列举很多，但还有很多不在我们的常识之内，甚至想办法穷尽已有的知识，如要进一步去求证的话，就会发现我们遗漏了不少。

为什么这样说呢？譬如：$1+1=2$。这是知识，也是常识，甚至可以说是科学。但我们需要知道的道理还有：有难以计数的可能都可以得到 2 的结果，$1+1=2$ 只是其中的一种情形。那么，这意味着什么呢？这意味着这是哲学，或者哲学的用语，也就是我们常说的智慧。这时我们不难明了：数学是知识，是科学，但不等于是真理；而智慧则几近于或者更接近于真理。科学很容易让人盲目自信，智慧则常常让人沉思。简言之，这样一道很简单的算式，它给我们的启示是：知识是"知其一而不及其余"，智慧是知识的集成与升华，故而既含有某些经验常识和文本知识，还含有某些一时间还没有明确知道的东西，以及不明确中的可能性。这在某种意义上说明，知识和智慧有各自不同的特征，亦即知识和智慧各有不同的表达方式。具体上，知识趋向于把认知进行单一化表达，并且把其中的不确定性或可能性祛除②，具有工具性的特征；智慧则趋向于把认知有时还含有感知做综合性表达，客观上含有一定的未了情怀，并随着时间尺度的延伸生发出新意。这里显现的意义是，知识和智慧确实有着不少的精微和微妙的差异，

---

① 在中华文化传统中，"中道适度"的语义与"中庸之道"应当是一致的，对应现在常说的"对"、"正确"、"慎终如始"、"和谐共生"等，尽量避免"极大化"或"最好化"倾向，是一种大局观、整体观、系统思维与系统思维观，实为大文化观和大社会观的具体形态。为什么这样说呢？譬如"竭泽而渔"，这其实就是"极大化"或"最好化"倾向的思维模式与观念，最终的结果必然陷入"有泽无鱼"或"无鱼可渔"的困境。如此看来，今天我们如此乐于知识而不再思辨知识与智慧的区别，实际上就是钟情于知识而怠慢甚至忘记何谓智慧，最终难免背叛智慧。乐于开发和掌握捕鱼技术，而不思最终是否有鱼可捕，可谓虽智实迷。

② 这或许就是德国哲学家韦伯所说的现代性祛魅所指向的一个维度吧。

由于赋能不尽相同，其可久可大性也是有所不同的。这个例子含有以下两个问题：

其一，我们现代人不再注重分辨知识和智慧的差别。这不仅会在不知不觉中使我们忘记智慧，还会在不知不觉中使我们背叛智慧。

其二，我们许多人普遍崇尚知识而不喜欢甚至厌恶智慧。这未尝不是人类好逸恶劳的表现，同时由此也生成了现代社会的所谓现代性。现代性本身就意味着我们不得不面临和接受以往没有的风险、挑战，甚至不得不承受由此而来的后果。

二、中华元典中的日用知识及其哲学化的抽象

中华先贤和先民并不是只讲智慧而不讲知识，他们可能比我们更注重知识和智慧保持比较合理的平衡。具体来说，这种情况其实就是强调对"天道"亦即自然规律的认知和把握，然后转换成日用性的生产和生活知识。例如《尚书》开篇《尧典》就是中华文化的一个典范篇章。

在中华传统文献中，"天道"是一个哲学概念，因而对许多人而言都是一个很抽象的概念。但古人未必像今天的我们这样迷惘，因为他们就生活在那样的生产生活环境和语境之中。这也说明，生产生活环境和语境的可及性对有关思想理念和知识的理解是有帮助作用或有阻碍影响的。

《尚书·尧典》中有这样一段话："（尧）乃命羲和，钦若昊天，历象日月星辰，敬授人时。……期（一周年）三百有六旬有六日，以闰月定四时，岁成。允厘百工，庶绩咸熙。"大意是：帝尧命羲和专门观察天文星象，并以此向人们提供授时服务。（经过一番努力，）确定每年为366日，并通过闰月来调整太阳年与节气的统一或合律。这样，经过闰月调整的计算年度的方法和结果，就是农历所说的"岁"。将这种有利于农作物生长的历法同时用于管理各行各业，各行各业也取得了很好的业绩。对于帝尧的这项工作，《尚书·皋陶谟》又称为"天工人其代之"。在《尚书·大禹谟》中，帝舜告诫大禹"天之历数在汝躬"，即这件关乎国计民生的大事，你要躬身亲为。而其中隐含的道理就是：通过政府资源的配置和专业人士的合力，通过有关服务供给对社会和民众的赋能，整个国家或社会的生产和活动的效率和加速度优势随之提高，并取得实实在在的回报和经济成效。

《尧典》这段话，其实就是其他典籍所说"天道"的具体内涵。由于国家幅

员辽阔，具体运用时常常还会结合当地的物候来判断其实用性，亦即结合"地道"而成其为因地制宜；进而用于指导日常生产生活的合理安排，在最恰当的时间做最恰当的事，成其为"人道"。在古代农耕社会，作为食物供应的主渠道，农业生产具有最根本和最基础性的作用，如果因其他工作安排而贻误播种最佳时间的话，一年的收成就会出现巨大的问题。故而"使民以时"或"不违农时"，几乎是一种关乎国计民生的底线和铁律，反之就会被严厉谴责，如："闰以正时，时以作事，事以厚生，生民之道于是乎在矣。不告闰朔，弃时政也，何以为民？"① 因为这关涉到农作物生成是否能有收获："耕也营而无获者，其蚤（早）者先时，晚者不及时。寒暑不节（不按照节令安排产生活动），稼乃多菑（庄稼就会只长苗不长实或者有谷无实）。凡禾之患，不俱生而俱死（即使不是同时播种的庄稼，枯死期也是一致的）。"② 又如："顺天时，量地利，则用力少而成功多；任情返（叛）道，劳而无获。"③ 简言之，农业生产活动开展是否及时，客观存在着有关投入的时间性归零效应或归零风险的问题：开展及时就有望得到应有的收成；反之，不及时，一切投入都会归零。进而言之，中国历史上的强盛并不是随便得来的，而是拥有诸如此类的科学知识、技术与有关制度安排的赋能，才使得中国古代社会长期处于世界领先地位。

对照以下几个已经非常简约的短语和理念，如"协和万邦"、"与时偕行"、"天人合一"、"和谐共生"等，我们不难发现，它们之于上述文献有着千丝万缕的衍生和含蕴关系，是可以互为旁证和解释的，只是表达方式上一则记事叙事，一则综合概括而已。前者侧重于日用知识的供给，后者则侧重于思想理念的转达和供给。当今中国人的天下观和世界主义情怀，其实皆由此演化而来，可见中华元典所拥有的巨大生命力。

在中华民族千百年的文化记忆中，"克谐以孝"④ 既是帝舜的独特名片，又是其作为楷模的标志。这与儒家尤其重视和推崇"以孝治国"有莫大的关系。但《史记》还有这样一则记载：帝舜在民间时，"耕历山，历山之人皆让畔；渔雷泽，雷泽上人皆让居；陶河滨，河滨器皆不苦窳。一年而所居成聚，二年成邑，三年成都。"⑤ 这说明儒家对中华元典的传承是有自己的偏好的，也因为自

---

① 《左传·文公六年》。
② 《吕氏春秋·审时篇》。
③ 《齐民要术》。
④ 《尚书·尧典》。
⑤ 《史记·五帝本纪》。

己的偏好，其传承也随之窄化和不完整，实际上由此产生了中华元典的儒家传统和非儒传统的分野。可以说，帝舜专而多能的文化典范赋能在儒家传统中是不完整的。《史记》这一则记载就显示出，帝舜在民间时其实还是一名拥有高超技能的制陶能手，同样是一个人抵得一支队伍的既能且贤之才。正因帝舜拥有制陶的高超技能，通过他对那些技能较低的人群的赋能，才会产生提质增效的赋能效应："一年而所居成聚，二年成邑，三年成都。"只要细加分辨和体悟中华元典的巨大含蕴，我们对中华文化和中华文明的可久可大性就会有更多的新意和观感。又如下面两首诗，我们都可以从中华元典中找到其早期的文化渊源。

其一，唐代宋之问的《灵隐寺》：

> 楼观沧海日，门对浙江潮。
> 桂子月中落，天香云外飘。

这首诗比较长，这里只截取其中最著名的两联来说明上面的观点。宋之问这首诗所言的"浙江潮"其实就是著名的钱塘江大潮。钱塘江大潮是每年农历八月十六日至十八日，正值桂子飘香时节，月球和太阳等天体连成一线引发的天文大潮。这种物象无疑为先民们确定一年的时间周期规律提供了稳定的参照物。孔子非常推崇的夏朝历法《夏小正》①，其中有些指标性物候来自此地，这或许就是钱塘江大潮所具有的时间性意义使然的缘故。从记述的情况来看，《尧典》既注重天象，也参验物候，相比之下则更注重天象；而《夏小正》则较注重物候。从现代考古及有关研究来看，夏朝建立前，良渚文化曾一度领先中原地区，随后则走向衰落；在天文和数学方面，尤以彩陶著名的中原地区的仰韶文化、黄河中下游的大汶口文化则一直处于领先水平，并且对中国古典哲学（例如易哲学、天道哲学）的生发与发展起着独特的作用。这反映出中华文化和中华文明多元一体的包容性和兼容性，同时也揭示了在思想理念上那么注重因地制宜的务实适用的重要内因。"可久可大"、"有容乃大"，不其然乎？

这里隐含的道理是：赋能供给的有效性与赋能需求含有高度的正相关关系；反之，赋能供给就会成为一种无效供给。同理，一旦有其他途径可以满足赋能需求或者更加便宜和便利，原有的赋能供给的有效性也会随之降低以至于成为一种无效供给。实际上，这也是后来天文历算和物候知识普及化、常识化，使得自给自足的自我赋能成为可能，进而使得历史上的授时服务逐渐走向式微的重要原

---

① 《论语·卫灵公》："颜渊问为邦。子曰：'行夏之时，乘殷之辂，服周之冕，乐则韶舞。'"

因。这在客观上说明制度创新同样有着与时（时代）俱进的必要性。

另一方面，原来的服务方式的式微或者失去其现实意义，但有关的知识却通过更有效率的方式延续着，其可久可大性不仅没有变小，反而得到了更大化的存续，在某种意义上说明社会发展和进步的内蕴常常具有较大的隐蔽性。这从一个侧面反映了"与时偕行"不仅是人的需要，以人类为载体而人类也赖以生存和发展的许多思想理念和知识同样如此。相应地，通过知识的赋能，人的社会性的含义和内蕴持续扩大，而且很大程度就是通过这种含蕴性的隐蔽形式来实现的。"命运与共，休戚相关"者，不其然乎？这还表明，个体的成长——成人、成才与成贤——不仅有其历史趋势的内在逻辑，同时也是这种内在逻辑的要求和显性化显现。实际上，这也是先贤的先进性和现代性意义的重要所在。

其二，唐代杜甫的《春夜喜雨》：

> 好雨知时节，当春乃发生。随风潜入夜，润物细无声。
> 野径云俱黑，江船火独明。晓看红湿处，花重锦官城。

进入现代社会之前，中华文明一直属于以农耕为主导的农耕文明。农耕文明中的人们有共有的文化心态，就是每年春播时节，总期盼着土地能够得到雨水的及时滋润，以便于农业生产活动的开展。杜甫这首《春夜喜雨》，反映就是天遂人愿、喜得雨水的喜悦之情。奇妙的是，诗中虽不曾见得一个"喜"字，那种喜悦情感却跃然纸上，如"随风潜入夜，润物细无声"，又如"晓看红湿处，花重锦官城"，在遣词造句上可谓自然练达、顾盼生波，画面感透出的情韵让人流连不已。这是这首诗殊为突出的艺术特色和审美效果赋能。实际上，"随风潜入夜，润物细无声"这联诗早已成为中华传统文化中一个著名的隐喻，意指美好的事物、善行善意等对人的心灵的润溉的方式、意义与作用。同样重要的是，这首诗表达的不仅仅是杜甫的喜悦之情，也是中国人共同的文化心态和喜悦之情，故而成为这种共同文化心态的优秀代表作。这首诗还有一种深潜的文化意识的含蕴，就是对"天"顺遂人意的感恩。从中我们不难体味到"天"之于中华文化和中华民族所具有的宗教般的情感。而究其所本，则源自中华先民对天意和自身所处环境的深沉理解和认识，以及由此生发出来的念兹在兹的情感表达和抒发①。进而我们不难理解，中华大地是一片多情的土地，中华民族是一个多情的民族，因而也是一个最懂感恩的民族。

所以，总的来看，杜甫这首《春夜喜雨》，看似小诗一首，艺术含蕴与赋能却深美闳约，千百年来传颂不衰，成为一首著名的经典作品，一代接一代地满足着人们这种文化心态的共情性审美需求，可谓通过自然界的客观主动与人的主观主动经由时间性的契合，持续地实现其时延性，进而显现其艺术与审美的可久可大性。这从一个侧面表明，一个文化或文明的可大可久性，并不只限于她拥有的伟大内核，还需要拥有附丽于她的伟大内核上的各种丰功伟业，以及生生不息和熠熠生辉的文学艺术华彩，并且在较长的时间尺度上规避自身历史存在性的归零风险。《生年》之所谓"人生百年途，昼夜行行如。当知有所为，概可不荒芜"者，不其然乎？

---

① 笔者作得一首《应运而生》："古树盘根寻深意，新泉欲语词未达。斗转乾坤无凭据，先簪梅梢一枝花。"对于理解中华传统文化的"天道"、"天运"、"道生万物"、"天地之大德曰生"等思想理念以至于天道宇宙思维，这首诗或许有所裨益。这里要感谢谭梦冰同学的激发和吴唯心先生的墨宝。

第四章 可久可大之强大维度

中华传统文化可久可大之强大维度，一望便知是一个殊为宏大而复杂的论题。本章分以下三个维度次第加以说明，亦即儒、道、《诗经》、楚风之维度，楚汉之际与汉承楚风之维度，唐风宋韵之嬗变。

第一节 儒、道、《诗经》、楚风之维度

毋庸讳言，除了众所周知的伟大，数千年历史也显示出，中华民族不时遭到外部力量的侵扰和蹂躏。这反映的是应对外部安全风险的不足，中华传统文化仍存在自身之弱，亦即在强大的维度上有自身的不足和弱项。故而在确保自身无害性的基础上，要达成与外部侵害性的有效平衡，还需要进一步地强弱项、增强项。

在浩如烟海的传统文献典籍和先贤言论中，讨论强和如何增强文化之强的内容是比较少、比较单薄的。《周易》乾坤两卦中这两句话"天行健，君子以自强不息"，"地势坤，君子以厚德载物"，应当是大家耳熟能详的，但如何才能"强"的论述是阙如的。让人饶有兴味的是，《中庸》中倒有一段文字，讲的是子路向孔子"问强"的故事：

> 子路问强。子曰："南方之强与？北方之强与？抑而强与？宽柔以教，不报无道，南方之强也，君子居之。衽金革，死而不厌，北方之强也，而强者居之。故君子和而不流，强哉矫！中立而不倚，强哉矫！国有道，不变塞焉，强哉矫！国无道，至死不变，强哉矫！"

对子路之问的作答，无疑显示出孔子对"强"曾经有过颇为深刻的思考，故而他反问说：你问的是哪一种强啊？是南方之强还是北方之强抑或仅仅是何谓强？然后分别对南方之强和北方之强做了阐释。而这样的阐释应当是基于当地的人文环境包括文化习惯、社会风气和风尚，在潜移默化中生成的集体的文化态度和文化性格。这确实是一种高屋建瓴之见，并且间接地反映了人的社会性确实存

在的客观事实。接着他侧重于君子之强的表达,并且讲了君子之强的四个维度:"和而不流","中立而不倚","国有道,不变塞焉","国无道,至死不变"。而四个维度的核心理念可以归纳为"坚守善道,至死不渝"。所以,孔子虽然没有对"强"进行定义,却就"强"的理念在内涵上做了较为丰富的赋能。总的来看,孔子对"强"的阐述显现出族群有其总体上的文化社会性特征;与此同时,在族群或群体中还有一部分人(亦即文中所言的君子)拥有自觉成贤的文化偏好及其持守。正是较为大众化的强和较为小众化的强结成了一定群体或族群总体上的强。

孔子既是思想家又是教育家,在春秋时期开创私学教育之先河,使教育从贵族转向民间社会,亦即开启了教育从主要向小社会赋能转而向大社会赋能的有效转型。仅此而言,孔子自己其实早已实现了某种意义上的"博施于民而能济众"了。而这或许是孔子不容置疑因而更值得大书特书的成贤乃至于成圣之路。进一步说,从世界范围来看,中国古代社会几乎一直处于领先位置,教育对族群和社会普遍赋能的意义是不容低估的,可谓一人有善成其人而有之,不亦上善之善也乎!相应地,孔子的贡献可谓可久可大、一善万有、居功厥伟。

话又说回来,对于较为小众化的强,孔子的学生曾子有过这样的表达:"士不可以不弘毅,任重而道远。仁以为己任,不亦重乎?死而后已,不亦远乎?"[①]但需要注意,在儒家思想观念结构中,曾子所言的"士",指的是较君子稍逊一筹的人。但士和君子无疑都有这样的共同性:他们都是有使命感和责任担当的人,因而都是有成贤之心的人。

在现实活动中,一定群体或族群的强度显示还与自身是否具有组织上的密合度有着高度的相关关系。如果具有高度的组织性,群体的强度显示就会特别高;反之,如果像一盘散沙那样,群体的强度显示往往相当于个体力量所能达到的极致。

由此不难明了这样一个道理:集体合力之强大于个体力量之强。简言之,每个个体对别人和群体都有其作用和意义。

进而我们还可以得出这样的推论:人类之所以能够从动物界中脱颖而出,根本上就得力于人类的社会性特性,继而得力于人类的社会性以及由此而来的较优加速度优势与合力。

如此看来,个体的自强不息、厚德载物无疑是非常重要的。这是一个人足以

---

① 《论语·泰伯》。

抵得一支队伍的重要力量源泉。但同时也要清醒认识到，群体的合力大于个体之力的基本原理。而且，群体与个体相互都是有作用和意义的。

对于如何形成合力，在传统文化中，先贤的言论往往比较强调个体的文化自觉和责任担当。譬如："子贡问政，子曰：'足食，足兵，民信之矣。'子贡曰：'必不得已而去，于斯三者何先？'曰："去兵。"子贡曰："必不得已而去，于斯二者何先？"曰：'去食。自古皆有死，民无信不立。'"① 孔子在这段对话中特别强调"信"，包括诚信、信义、可信等。"信"是处理人与人、人与社会关系的公共性原则，只要每个社会成员都能守信，就会自然而然产生一种合力，有效降低社会交往费用和社会治理成本。这确实是一种理想状态。孔子也一直在往这种理想状态努力，并且非常强调"以上率下"的作用。例如："善人为邦百年，亦可以胜残去杀矣。""上好礼，则民莫敢不敬；上好义，则民莫敢不服；上好信，则民莫敢不用情。夫如是，则四方之民，襁负其子而至矣。"② 又如："导之以政，齐之以德，民免而无耻。导之以德，齐之以礼，有耻且格。"③

很显然，就思想理念和方向而言，孔子这些言论都不能说是错的。问题是，如果当权者和社会不如所言又怎么办？这样的短板一旦存在，就难免成为社会治理的缺陷，并且使得社会合力发生离心力，导致现实远不如理想水平。而社会治理的难度正在这里。这样，如果仅凭儒家传统的思想理念的赋能，并以此来治理社会的话，不免产生这样的困局："法不胜奸则威不克爱。"是以"刚柔并济"仍然不能缺席。而且，在现实实践中，还必须仁而有方或者仁而多方，务实适用地做许多精细可行的制度设计与制度安排，方不至于"迂远而阔于事情"，方不至于由于对现实复杂性的认知不足和怠慢而陷入困境。

可能许多人没有想到或没有关注的是，在中华传统文化中，还有一种堪称"自抑和抑制"的自我收敛理论：

> 天之道，其犹张弓欤？高者抑之，下者举之；有余者损之，不足者补之。天之道，损有余而补不足。人之道则不然，损不足以奉有余。孰能有余以奉天下？唯有道者。是以圣人为而不恃，功成而不处，其不欲

---

① 《论语·颜渊》。
② 《论语·子路》。
③ 《论语·为政》。

见贤。①

《道德经》这段申述，首先提出"天道"亦即文中所说"天之道"是一种什么样的情形的假设，接着通过设喻来进行铺陈，并顺着比喻的语义引出"天之道"的答案："天之道，损有余而补不足。"但它的目的不是回答何谓"天之道"，而在于通过与不证自明的"人之道"——"损不足以奉有余"相比较，转而指出"人之道"有违"天之道"，要通过"天之道"来矫正"人之道"的缺陷。而且还说，能代行"天之道"来矫正"人之道"的，就是那些拥有高度道德修为的圣人，因为只有他们并不因此认为自己很有能耐，更不以此而居功，觉得有什么与众不同。确实，如果人世间有这样的伟人的话，无疑是族群、国家乃至于人类的莫大福祉。但问题是，即使某个时期确有这样的伟人，也难保每个时期都有这样的伟人。

文中其实还预先蕴含着这样的假设："天之道"是绝对公平公正而毫无偏私的，故"人之道"必须或有必要效法"天之道"。而所谓的"人之道"就相当于现代人较为熟知的"马太效应"——资源会越来越向着有资本或有能耐的人聚集，然而一旦过度两极分化的话，就会使过程中即便是微乎其微的不公平集聚成为一种显而易见的巨大反差，正如杜甫所言："朱门酒肉臭，路有冻死骨。"故而这种"自抑和抑制"的自我收敛理论，虽说还缺少一个精准的尺度或参照系来进行常态性判断和操作，但其中隐含的真理性是谁都无法否定的。正因如此，现代社会发明了个人累进收入所得税来对此进行调节。

与现代社会有所不同的是，围绕着这个理论，无论是道家还是儒家，都发展出了一些相关的理念，如儒家的"谦让"、"中庸之道"、"过犹不及"等，道家

---

① 《道德经》第77章。在《道德经》中，"道"还有总是保持在"子"的状态，亦即永远不会变老的状态的维度，如："物壮则老，是谓不道，不道早已。"（《道德经》第77章）又如："道冲，而用之或不盈。渊兮，似万物之宗；湛兮，似或存。吾不知谁之子，象帝之先。"（《道德经》第4章）故所谓"老子"者，道之自名其名也，亦可谓"道"的别称。使用"老子"这个与"道"的意涵相通的名称作为其著作的名称或自我的称谓，有这样的意涵："老子就是道，道就是老子。"我把他这老顽童似的狡黠给捅破，不知他老人家会不会暗暗骂我坏了他的"好事"。从这种性格特征来看，老子其人当属于当时的楚人。周初分封时，周朝统治者只给楚国国君封了个子爵，多少有些不够厚道。于是，此公以"道"与"老子"这种可互为解释的交互性内蕴来为此打抱不平。这里面既有其侠义之心，又有深潜的讥讽（咱楚国虽然只是"子爵"，反倒是真正的有道之国）。而这或许是这位天人一般的智者蕴于其深奥哲学中的狡黠。故从其"不服周"的文化性格特征来看，可认为此公大概就是司马迁所言的曾经掌管过周王室图书馆的那个人。

的"物壮则老，是谓不道"①、"知人者智，自知者明。胜人者有力，自胜者强"②、"强梁者不得其死，吾将以为教父"③等。或许正是这样的抑制理念的赋能，千百年来，中华民族形成了自己"强而不霸"的传统与和平发展之路。

另一方面，从历史的实际情形来看，这种理论和有关理念对内的成效是较为显著的，对外则不能尽如人意，存在着内平衡与外平衡之间的严重不对称。这在有些文学作品中是有所反映的，如以下几首诗。

其一，《诗经·小雅·采薇》：

采薇采薇，薇亦作止。曰归曰归，岁亦莫止。
靡室靡家，玁狁之故。不遑启居，玁狁之故。
昔我往矣，杨柳依依。今我来思，雨雪霏霏。
行道迟迟，载渴载饥。我心伤悲，莫知我哀！

这首诗的篇幅稍长，鉴于除了最后一节之外，各节吟咏的情况与第一节大同小异，故上面仅引用第一节和最后一节。从有关阐释来看，这首诗创作的时代为西周早期，或曰周公摄政时代。但无论如何，对于理解中华民族某些层面或某些维度的文化性格和精神气质，这首诗是很有意义的。

第一，"采薇采薇，薇亦作止。"这是比兴铺垫用语，语义是：采摘野菜充食粮，而一直这样采下去，渐渐地野菜也没有了。这一方面暗含着一线作战将士生活之艰苦；另一方面则蕴含着军队虽然拥有强大的武力，但仍然坚守着外不掠、内不夺的文明之师的形象。或许更为重要的是，它展现了这样一种可久可大的文化传统：战争不是也不能作为掠夺和发财的手段。

第二，战争源于外部敌对势力的侵扰和践踏，保卫国家安全、维护大家共同的日常生活和生产秩序，是人人都必须承担的责任。简言之，家国是一个命运共同体，不因人的意志而改变，故而需要共同体的成员来共同守护。

第三，诗歌的艺术手法。由于战争持续的时间较长，至少是一年以上，亦即诗中所言的"曰归曰归，岁亦莫止"，故诗歌的最后一节采用了起于春而止于秋的情感抒发和叙事。这中间既展现了族群以至于民族的柔韧性和耐性，又展现了对战争的厌恶，亦即由于战争时间较长，故外患方止而内忧又生——为了应对外患，家乡和家里势必早已破败和凋零，而且这种内心的忧虑可能不被某些享有特

---

① 《道德经》第30章。
② 《道德经》第33章。
③ 《道德经》第42章。

权的人物或特殊阶层的人所理解和体谅。故总的来看，这首诗是一种悲情叙事诗。

但奇妙的是，如果只截取这两联诗"昔我往矣，杨柳依依。今我来思，雨雪霏霏"来看，又让人觉得更像是一首爱情诗，透露出作者骨子里的温情和浪漫。这也说明，某些文学艺术作品的情感赋能，确实蕴含着共情的广义化维度的潜能，而这可以称为情感赋能的溢出效应。这也是艺术之所以能够感人并实现其可久可大的重要魅力所在。

在后世，这样的作品也偶有所见。范仲淹的《渔家傲·秋思》，虽然文体是一阕词，但深入体味一下，它应当也深受《采薇》的人文惠及性影响，并深潜含蕴和传承了这首诗的情韵和若干艺术格调。较为明显的差别是，范氏的作品更加强调功业未成故欲罢不能的价值取向，而不是抵御外侮的无可奈何，但这一心理折射的实际情形却是周初之强和北宋之弱。同时，范氏这首词没有春的维度，故而缺少了春天的旖旎而加重了秋天的凄怆。这也在某种程度上说明，所谓诗以言志、词以抒情的立论是偏颇的。

其二，《诗经·秦风·无衣》：

> 岂曰无衣？与子同袍。王于兴师，修我戈矛。与子同仇！
> 岂曰无衣？与子同泽。王于兴师，修我矛戟。与子偕作！
> 岂曰无衣？与子同裳。王于兴师，修我甲兵。与子偕行！

从标题可知，《无衣》是《诗经·秦风》里的一首作品。与《诗经》里的许多作品有较大不同，这首诗言辞练达、简明有力、气势磅礴，语气自然而然透露出一股集体力量生成的富集优势与加速度优势，呈现出同仇敌忾、甘苦与共、协同一致、众志成城之精神，因而可视为军队操练时使用的一首"战歌"。在《诗经》中，有一首与此相类的作品，《无衣》在个别用语上或许对其有所借鉴和师承，在艺术风格的含蕴上二者亦犹如孪生兄弟。这首作品就是《诗经·邶风·击鼓》：

> 击鼓其镗，踊跃用兵。土国城漕，我独南行。
> 从孙子仲，平陈与宋。不我以归，忧心有忡。
> 爰居爰处？爰丧其马？于以求之？于林之下。
> 死生契阔，与子成说。执子之手，与子偕老。
> 于嗟阔兮，不我活兮。于嗟洵兮，不我信兮。

《击鼓》是一首叙事抒情诗。根据注家比较普遍的看法，这首诗属于春秋早期的作品，反映的是"戍卒思归不得"。《无衣》则稍为晚出，故而受《击鼓》的人文惠及性影响并有所师承，也就不足为奇了。

从作品的实际赋能来看，《无衣》给人的感觉是昂扬向上的精神气概；《击鼓》则深含哀婉怨怼之情，但情致却有其动人之处。如果从族群的文化性格来看，《无衣》给人的印象是一种磊磊直前的性格特征；《击鼓》则有一种迤逦温婉、时而窃窃私语的特征。在日常生活上，《击鼓》情致委婉而富有温情，精神上却失诸散漫；《无衣》的情感粗犷豪迈，却尽显阔达无畏之精神。如果从作品的功用来看，《无衣》是恰如其宜的；《击鼓》则显得有所错位，故不宜居于正位。也就是说，《击鼓》不是一首适合战时状态所需的精神赋能的主题歌，而作为副歌能够给人以心灵的抚慰和慰藉；《无衣》则非常适合作为战时状态所需的精神赋能的主题歌。

由此可见，传统上"以礼言诗"，且过于注重其所谓正统观，实则隐含着抑人贵己之私，弊在后不如前的末世思维定式①。凡此种种，无疑是促狭无益的。故对待传统，需要慎思明辨，不能过于简单化。关于"抑人贵己之私"问题，汉初著名政论家、文学家贾谊已有洞见。当其时，汉朝建政已二十余年，天下和洽，而贾谊才华横溢、少年得志，备受汉文帝赏识，将擢拔至公卿之位，却遭当朝权贵忌惮而谗言其短，而后从中枢贬至长沙，任长沙王太傅。于长沙王太傅任上，贾谊情绪低落，水土不服而心生焦虑，偶见服鸟入其居所而自以为寿不得长，作《服鸟赋》。赋中即有此言："小知自私兮，贱彼贵我（抑人贵己）；通人大观兮，物无不可。"② 从中国思想史观之，斯言可谓识见卓异，不拘门户派别之见，不泥少长与先见后见之别，以大观识通为德，足堪垂范后人。而我们亦不宜视之为一时之感。故总的来看，无论后世怎样看待《诗经》，它在客观上含有的非儒传统，却是不容视而不见的。

---

① 许多年来，某些西方国家的智库和媒体炮制出形形色色的"中国威胁论"，例如著名的"修昔底德陷阱"。这里不仅含有自视为现代化长子的文化心态，从而认为自己是上天命定的继承者，同时也是"抑人贵己"的末世思维的结果。故而这些不是什么稀奇的东西，只不过是无法与时俱进因而不得当的错误心态和错误思维模式而已。从历史提供给我们的理性逻辑来看，任何英明的领导者，不仅需要足够的才，而且必须有足够的贤；对待现实社会生活和社会事务，必须仁而有方、仁而多方，并做出有效的决策和应对措施。唯其如此，他才是德位相配的。

② 《史记·屈原贾生列传》。

第四章　可久可大之强大维度

笔者尝寻思司马迁把贾谊与屈原并列一传之由。而今思及曹丕"文章乃经国之大业,不朽之盛事"之言,以此观贾谊,实乃承楚风而启汉代之文运。如其所作《过秦论》,气吞宇内,含蕴卓健,开汉大赋之先,领一代风气,成一代所大,故蔚为一代之贤。是以汉风之猎猎,此公居功厥伟。而与屈原并列以传,不亦宜乎。

从作品的艺术赋能作用来看,《无衣》和《击鼓》还蕴含着这样一个议题:由于各自的精神赋能含有不小的差异,如果这两首作品分属不同族群的话,在精神上,《无衣》族群不战已先胜于《击鼓》族群了。这从一个侧面说明,战国时,秦国战胜中原六国,最终完成国家大一统的使命,确实有其过人之处,可谓命有所归。

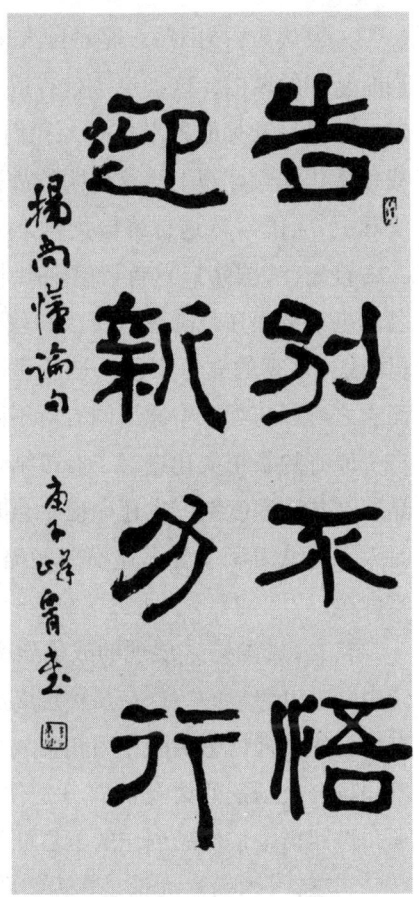

这同时还说明,《礼记》引用孔子所言:"入其国,其教可知也。其为人也,温柔敦厚,《诗》教也。"① 不可一概而论。为什么这样说呢?因为总其所言,这与《中庸》所引孔子申说的论"强"之语,是有所歧异而难以契合的。是以研读儒家典籍,不能简单地以"此一时、彼一时"来看,需要从思想理念的系统性角度,梳理其互不契合之处。祛其弊,和其善;不一是而尽是之,不一否而尽否之;可大者大之,可久者久之;告别不悟,迎新力行。所谓"见贤思齐"、"择善而从"者,不其然乎?

其三,屈原的《国殇》:

> 操吴戈兮被犀甲,车错毂兮短兵接。
> 旌蔽日兮敌若云,矢交坠兮士争先。
> 凌余阵兮躐余行,左骖殪兮右刃伤。
> 霾两轮兮絷四马,援玉枹兮击鸣鼓。

---

① 《礼记·经解》。

天时坠兮威灵怒，严杀尽兮弃原野。
出不入兮往不反，平原忽兮路超远。
带长剑兮挟秦弓，首身离兮心不惩。
诚既勇兮又以武，终刚强兮不可凌。
身既死兮神以灵，子魂魄兮为鬼雄！

一般认为，《国殇》是楚国人用于祭奠战场上为国捐躯烈士的祭歌。考虑到当时楚国的风俗，这种说法是有道理的。这也是"国之大事，在祀与戎"① 的体现。如果只看其他先秦典籍，我们是无从得知《国殇》这首诗呈现出的楚国的战争文化的。客观上，这说明楚辞是中华传统文化中不可缺少的重要组成部分。实际上，《国殇》这首诗给我们提供了以下几个历史视角。

首先，《国殇》这首诗呈现出来的楚国的战争文化，为我们思考战国初期著名军事家吴起在楚国进行变法和改革所取得的成效，提供了弥足珍贵的参照物。《国殇》展现的战争文化，是吴起在楚国实行教战政策所遗留下来的文化遗产。而它之所以与当时中原诸国有所不同，是因为这种教战政策所衍生的尚武精神与自身原有的祭祀文化进行了有机结合，成为一种更具精神情感赋能的文学艺术作品。在某种程度上，它还印证了当时秦楚两国拥有较为积极的社会精神风貌，如时人评价纵横家"合纵连横"策略时所说的"横联则秦王，纵合则楚帝"的现实内蕴。

其二，《国殇》展现的战争烈度、场面和刚毅直前的士气，从《无衣》这首诗中是难以想象的。这在某种意义上说明，因其叙事对象不同，文学艺术作品各有自身的精神情感赋能作用和精神情感的分层；相应地，文学艺术作品也会根据不同场合或场景的语境需要分别使用。这在客观上生成了对作品的不同赋能需求，进而衍生了作品创作的丰富性和多样性。

其三，《国殇》无论是作为祭歌还是作为一首诗，它都给人这样一种强烈的感受：个体在日常生活中谋生和在国家处于大灾大难时参加国家行动，是有很大区别的。因为这时，参与者是在为国为族为民拼命。相应地，个体的人生意义则随之从小社会上升到具有了国家或邦国大社会层面，有效地实现了生命意义的升华，从而成为凡人能够不凡的重要原因。

综上所列几首诗，我们不难感受到，它们各自不尽相同的精神情感，大体上可归结为面对战争时，这样的精神情感态度和烈度的变化：不喜；不惧；不畏，

---

① 《左传·成公十三年》。

以至甘于为国死难的精神气概。这在某种程度和意义上说明，对待传统文化，促狭偏颇是不适宜的，必须拥有与此相应的大文化观、大社会观和大文学观。唯其如此，我们方可比较全面和完整地了解到中华文化本有的恢宏壮阔的文化气质和精神气概，方知其可久可大之根本。

第二节 楚汉之际与汉承楚风之维度

秦朝统一天下之后只存在了15年，可谓中国历史实现大一统之后的一个简短的开场白。这个简短的开场白，与其说有多么精彩，毋宁说让后人不断深省其中蕴含的深刻教训。例如汉初贾谊所言"仁义不施而攻守之势异也"，其意是，秦朝建政之后，民众感受不到它带来什么好处，反而把自己置于国家公敌的处境，是以不亡也就成为不可能之事。

而"仁义不施"，其实就是施政上的各种政策措施，无法让新生之后的天下普罗大众得到应有的获得感和幸福感甚至于个人的安全感，从而凝聚成这样一句话就足以概括的社会共情："天下苦秦久矣！"在其法律严苛而动辄死罪的重压下，发往渔阳的一批戍卒，由于途中突逢一场暴雨，无法依时抵达，按律将以死罪问斩，于是在大泽乡爆发了一发不可收拾的陈胜吴广起义。具体而言，孰可料之？而智者之见，亦如《道德经》所言："民不畏死，奈何以死惧之。"故陈胜吴广举事后，天下闻风而动，项羽和刘邦就是接踵而来的参与者，并且最终把这场秦末农民起义演变成历史上著名的楚汉之争。

长期以来，我们都比较习惯用后世逐渐形成的因而较为成熟的儒家传统以及大一统理念来解读历史。但司马迁给我们呈现的楚汉之争却并不是全然采用儒家传统来叙事，他所综合的应当就是在大文化观、大社会观和大文学观关照下，对儒家和非儒传统兼而有之的新史学观。它在汉初贾谊的"大观识通"理念中得到初步的萌发和揭示。故这里首先需要注意的是楚霸王项羽的精神气质之所本。

楚人有一种较为简约的文化共情和文化性格，这就是至今仍然留存于荆楚大地日常口语中的"不服周"。这句口头语起源非常古老，据说与楚国先祖曾经辅助周文王而周武王取代殷商建立周朝政权后进行大分封时，楚国先公熊绎只得到公、侯、伯、子、男五等爵位中的子爵有关。此后，楚国国君也不是很在意周天子所封的爵位级别，因为它拥有的辽阔疆土远非许多中原诸侯所能比。至周夷王之时，楚国国君熊渠反而说："我蛮夷也，不与中国之号谥。"不按周礼的规制，欲自立为王。大体上这就是"不服周"的历史文化内涵。司马迁在《史记·楚世家》中记载了许多有关信息。

但导致楚人难解心头之恨的还是战国时，秦国用婚姻之计诱使楚怀王入秦，转而要挟楚怀王割地给秦国，楚怀王不肯并最终病死于秦。国葬之时，"楚人皆怜之，如悲亲戚"。或许正是基于楚人所具有的文化性格和集体共情，后来有人断言："楚虽三户，亡秦必楚。"而这样的家国情怀，项羽作为楚国贵族的后裔，自然也不会少于其他楚人。

项羽作为楚国贵族后裔的特别之处，还在于项氏世世为楚将，作为世代将门之后，其个人性格特征有重勇力而相对轻慢权谋和智谋的倾向。正如司马迁所记："项籍少时，学书不成，去，学剑，又不成。项梁怒之。籍曰：'书，足以记名姓而已。剑，一人敌，不足学。学万人敌。'于是项梁乃教籍兵法，籍大喜，略知其意，又不肯竟学。"① 但更为重要的或许还是源于楚怀王受秦国欺侮而后楚国灭于秦的复国主义情怀。这是许多后世学者都不怎么着意之处②。而这种复国主义情怀并不仅限于项羽，甚至不仅仅限于楚人，许多原六国的贵族后裔皆有，从而成为陈胜吴广举义后，天下闻风而动的更为深层的社会共情。只是这一点在楚人尤其是项羽身上表现得尤为明著而已。例如他入秦都咸阳诛杀秦王子婴后即欲返归，曰："富贵不归故乡，如衣绣夜行，谁知之者。"又如他自立为西楚霸王之后，"王九郡，都彭城"，并大事分封诸侯，在在说明其所争皆不是"天下"。他与刘邦相争，也不是要争天下，而是他的复国主义思想的实现使他不得不跟刘邦相争。很显然，这既是项羽自身的局限，但也未尝不是他的精诚所在。同时，这也是他尤为明著的非儒传统的重要表现。由此，我们方能更好地理解项羽最终兵败垓下，所表现出来的英雄气短的悲壮。而这种英雄气短的悲壮，我们或许可以概括为：宁死不苟，耻为亡人，而甘于为国死难的楚雄精神。究其实质，亦如屈原在《国殇》中所展现的那样，实际上就是后世所谓的爱国主义和英雄主义之精神。因而既不宜简单地以成败论英雄，亦不宜因其一否而尽否之。综观项羽在楚汉之际的表现，可以归纳为两个方面的基本维度，一个是未能与时俱进因而人生格局无法进一步升华的千古教训的维度，一个是其视死如归而其精神气概足以撼天动地的悲剧英雄的维度。

---

① 《史记·项羽本纪》。

② 实际上，关于郡县制和分封制孰优孰劣，到唐代时还受到诸多的质疑和争辩，直至柳宗元著文驳斥，使郡县制之优的道理昭然若揭，才最终得以止息。在中国思想史上，仅此一点就足以让柳宗元成为值得后人永世铭记的先贤。

第四章 可久可大之强大维度

秦末陈胜吴广起义以及后来的楚汉相争,向我们展现的其实是一个社会大舞台,同时也是一个人生大考场。除了上述情形之外,对项羽个人的优缺点,这里不妨通过秦末几个著名历史人物的比较,再做一些讨论。

第一,项羽更趋向于一个有勇力而无良谋的人。很显然,项羽是一个天生就拥有加速度优势的人,其勇无人可以与之争锋、无人可与之匹敌。但这既是他的长板所在,又是他的短板所在。这一点,司马迁做了殊为生动的叙述:

> 项羽已杀卿子冠军,威震楚国,名闻诸侯。乃遣当阳君、蒲将军将卒二万渡河,救钜鹿。战少利,陈余复请兵。项羽乃悉引兵渡河,皆沉船,破釜甑,烧庐舍,持三日粮,以示士卒必死,无一还心。于是至则围王离,与秦军遇,九战,绝其甬道,大破之。……当是时,楚兵冠诸侯。诸侯军救钜鹿下者十余壁,莫敢纵兵。及楚击秦,诸将皆从壁上观。楚战士无不一以当十,楚兵呼声动天,诸侯军无不人人惴恐。于是已破秦军,项羽召见诸侯将,入辕门,无不膝行而前,莫敢仰视。项羽由是始为诸侯上将军,诸侯皆属焉。

这里展现的其实就是大义之前,项羽奋不顾身、身先士卒的英雄气概。其中蕴含的重要的意义是:战争行为不仅需要统帅和各个级别的将领,还需要讲究团队集体合力;他本人奋不顾身、身先士卒的作用和意义是在士气上对团队和广大将士的集体赋能,从而有"楚战士无不一以当十,楚兵呼声动天,诸侯军无不人人惴恐"之效。但项羽似乎没有对此进行很好的总结。

与项羽不同的是,他后来的对手刘邦非常注重对团队和广大将士的集体赋能,并着重于人才的选用和任用,充分发挥他们各自的聪明才智。故而后来刘邦说出这样一段流传千古的言论:

> 高祖置酒雒阳南宫。高祖曰:"列侯诸将无敢隐朕,皆言其情。吾所以有天下者何?项氏之所以失天下者何?"
>
> 高起、王陵对曰:"陛下慢而侮人,项羽仁而爱人。然陛下使人攻城略地,所降下者因以予之,与天下同利也。项羽妒贤嫉能,有功者害之,贤者疑之,战胜而不予人功,得地而不予人利,此所以失天下也。"
>
> 高祖曰:"公知其一,未知其二。夫运筹策帷帐之中,决胜于千里之外,吾不如子房。镇国家,抚百姓,给馈饷,不绝粮道,吾不如萧何。连百万之军,战必胜,攻必取,吾不如韩信。此三者,皆人杰也,吾能用之,此吾所以取天下也。项羽有一范增而不能用,此其所以为我

擒也。"①

由此观之，楚汉相争时，最终刘邦胜而项羽败，非常重要的一点就是刘邦胜在团队合力的富集优势上，而项羽则败在过于信奉个人力量的富集优势上。

第二，狭隘的复国主义。在当时的社会人文环境下，项羽抱持的复国主义应当不会受到太多的否定和阻力，但他过于相信自己个人的力量并有滥杀无辜的行为却是不得人心的。例如他率兵进入咸阳，由于对将士管束不严造成烧杀抢掠行为，以至于他本人下令诛杀已经投降的秦王子婴，都让当地百姓和士民感到非常畏惧。这应当是项羽在昏乱中迷失义之所在的表现。而他兵败垓下时仍然说"力拔山兮气盖世，时不利兮骓不逝"，同样反映了他的复国主义的狭隘性。

相反，刘邦之前先入咸阳时针对秦朝的恶法，颁布了著名的"约法三章"，并且取得了很好的效果：

> （刘邦）欲止宫休舍，樊哙、张良谏，乃封秦重宝财物府库，还军霸上。召诸县父老豪桀曰："父老苦秦苛法久矣，诽谤者族，偶语者弃市。吾与诸侯约，先入关者王之，吾当王关中。与父老约，法三章耳：杀人者死，伤人及盗抵罪。余悉除去秦法。诸吏人皆案堵如故。凡吾所以来，为父老除害，非有所侵暴，无恐！且吾所以还军霸上，待诸侯至而定约束耳。"乃使人与秦吏行县乡邑，告谕之。秦人大喜，争持牛羊酒食献飨军士。沛公又让不受，曰："仓粟多，非乏，不欲费人。"人又益喜，唯恐沛公不为秦王。②

从上述记载我们不难意识到，项羽最终失败的一个重要原因就是有勇力而无良谋。而刘邦最终取胜的一个重要原因，就在于处理日常事务时，常常对许多看似细小的事情和环节都有所因应，表现出对仁而有方、仁而多方的重视，并收获了许多由此而来的溢出效应。这很好地表明，良好的公共应对之策和制度安排，基于自身的可大性，对社会的赋能能够起到更加广泛的普惠性作用，实可谓一善而万有。

第三，团队中的背叛与忠诚。楚汉相争过程中有过一次著名的聚会，这就是司马迁在《史记》中记载的千百年来流传不衰以至于家喻户晓的"鸿门宴"。这次聚会的直接起因其实在刘邦集团内部，据后来项羽所说，这是刘邦的左司马曹

---

① 《史记·高祖本纪》。
② 《史记·高祖本纪》。

无伤告密,说刘邦准备在汉中称王,于是:

> 项羽大怒曰:"旦日飨士卒,为击破沛公军!"当是时,项羽兵四十万,在新丰鸿门;沛公兵十万,在霸上。范增说项羽曰:"沛公居山东时,贪于财货,好美姬。今入关,财物无所取,妇女无所幸,此其志不在小。吾令人望其气,皆为龙虎,成五彩,此天子气也。急击勿失!"

非常具有戏剧性的是,项羽的一个叔叔项伯得知了这个消息,他跟刘邦的重要谋臣张良有很好的个人交情,于是趁夜赶到刘邦军中告知张良,劝张良抓紧连夜逃走。但情况却不如项伯所想,于是便衍生出了"鸿门宴"更高层面的缘由:

> 张良出,要项伯。项伯即入见沛公。沛公奉卮酒为寿,约为婚姻,曰:"吾入关,秋毫不敢有所近,籍吏民,封府库,而待将军。所以遣将守关者,备他盗之出入与非常也。日夜望将军至,岂敢反乎!愿伯具言臣之不敢倍德也。"项伯许诺,谓沛公曰:"旦日不可不蚤自来谢项王。"沛公曰:"诺。"于是项伯复夜去,至军中,具以沛公言报项王。因言曰:"沛公不先破关中,公岂敢入乎?今人有大功而击之,不义也。不如因善遇之。"项王许诺。
>
> 沛公旦日从百余骑来见项王,至鸿门,谢曰:"臣与将军勠力而攻秦,将军战河北,臣战河南,然不自意能先入关破秦,得复见将军于此。今者有小人之言,令将军与臣有郤。"项王曰:"此沛公左司马曹无伤言之。不然,籍何以至此。"项王即日因留沛公与饮。

我们暂且不论接下来的事情,单从上述情况来看,项羽对背叛和忠诚都缺乏必要的重视,他对项伯擅自走漏高级军事机密没有做必要的斥责以至严肃的追究,而且在刚刚与刘邦见面时就把来自刘邦内部的告密者轻易透露出来。这确实可悲,与刘邦接下来回到军中,"立诛杀曹无伤"形成鲜明对比。

设想一下,如果项伯没有把消息私自告知张良,随后发生两军决战;或者宴会中项羽把刘邦当场诛杀,无论哪种,后果都将是灾难性的。而忠诚的重要性,显然不是可以简单地用个体或个别人的生命来衡量的,因为它牵涉到许许多多人的生命和命运,有时甚至还会改变历史的走向。这很好地说明,有许多人们共有的价值观和公共规则,不仅需要人人尽责,还需要通过高于个人权利的公权力来加以保障和维护。

第四,司马迁的项羽之考。不少学者都认为项羽在鸿门宴中没有把刘邦杀掉是"妇人之仁",笔者却不以为然。为什么这样说呢?因为在这场宴会中,在巨大利益的诱惑下，却能够做到能为而不为，表明项羽自觉维护了做人和人性的基本底线；这是项羽最终能堪称"悲壮"的重要文化底蕴所在，是项羽作为一名千古流传而不衰的悲剧英雄的根本所在。

很显然，历史不能假设，但不妨碍我们做这样的演绎：如果当时项羽趁机把刘邦杀掉了，而后来同样遭遇垓下之败，我们还能以"悲壮"或者英雄来为项羽下结论吗？如果说"不能"，就说明不可因为在宴会中没有趁机把刘邦杀掉，就用"妇人之仁"来简单评价项羽。

进而言之，貌似许多人都能做到的事情，项羽却弄砸了，让人难免觉得项羽甚至平庸到连普通人都不如，就像一个傻子。这时，我们不妨反问：你能像项羽那样"平庸"吗？如果许多人都说"不能"，那这意味着什么呢？意味着项羽并非"平庸"，而是做到了许多人都做不到的事情，是一种看似平凡的非凡。项羽不是傻子，只是我们都太过平凡了，在他面前我们越是觉得洋洋得意，就越是显得俗陋不堪。明白了这一点，确实可能让我们觉得有些无地自容。而这或许是作为伟大历史学家的司马迁留给后人的一道考题。在这道考题中，真不知有多少人觉得自己考得还可以。

司马迁说："人固有一死，或重于泰山，或轻于鸿毛。"项羽骑着他的乌骓马逃出垓下，他是有机会渡过乌江然后卷土重来的。但他放弃了这个机会，最后在乌江边慷慨而死。对于项羽在乌江边自刎而死的慷慨悲壮场面，司马迁无疑是极大地发挥了他的想象力，并运用他那如椽巨笔写得那样惊天地、泣鬼神。可能他害怕后人无法领会到，项羽之羽实非轻，否则就不会有拔山之力了。想必司马迁认为，项羽之死是重于那座山的。因为项羽那样一死，更多的人就可以不用再因他而死了；又或者项羽那样一死，更多的人就可以因此活下来。有鉴于此，完全可以说，只有真正理解和读懂了司马迁这道项羽之考，我们才能准确理解和把握《史记》之《项羽本纪》和《高祖本纪》的核心思想。

这从一个侧面说明：贤人不见得就是一呼百应的人物。现实生活中，他们中甚至不乏失意者、落寞者。但他们是火把。火把举起来，人们就会不由自主地望过去。因为寻求光明、爱好光明是人类与生俱来的天性。

诗仙李白在《登广武古战场怀古》一诗中，以其卓越的史识和诗才，对刘邦和项羽的成败做了一个很好的诠释：

> 秦鹿奔野草，逐之若飞蓬。项王气盖世，紫电明双瞳。
> 呼吸八千人，横行起江东。赤精斩白帝，叱咤入关中。
> 两龙不并跃，五纬与天同。楚灭无英图，汉兴有成功。

按剑清八极，归酣歌大风。伊昔临广武，连兵决雌雄。
分我一杯羹，太皇乃汝翁。战争有古迹，壁垒颓层穹。
猛虎啸洞壑，饥鹰鸣秋空。翔云列晓阵，杀气赫长虹。
拨乱属豪圣，俗儒安可通。沉湎呼竖子，狂言非至公。
抚掌黄河曲，嗤嗤阮嗣宗。

  这首作品比较集中地反映了李白所持有的大文化观、大社会观、大文学观，其中"楚灭无英图，汉兴有成功"一联尤其显得见识独具。由李白这首诗我们不难发现，关于司马迁的项羽之考，他应当是一名合格者，而且有相当高的分数和水平。所谓"大观识通"者，不其然乎？还需注意的是，汉高祖刘邦的《大风歌》"大风起兮云飞扬，威加四海兮归故乡，安得猛士兮守四方"，其实是一首楚风。汉代最负盛名的文学作品汉大赋也源于楚风。

第三节 唐风宋韵之嬗变

  唐风宋韵是人们对唐诗宋词的艺术风格特征的一种评价。这里试图讨论的是唐风从何而来或者包括哪些风；宋韵指向哪些艺术风格特征，以至于含蕴上的源流情况。很显然，"唐风"是一个很好的议题，但又是一个颇为复杂的问题。从一些名家名作来看，唐风的风从何来或者包括哪些风调，大体上可以做如下列举：胡风、国风、楚风、汉风、禅风、易风、道风与庄陶隐逸之风，实可谓八面来风。其开放性与包容度不难想见。其中，胡风主要指的是来自南北朝时期北方少数民族地区的诗歌风格与情韵，国风指的是来自《诗经》的风格与情韵；楚风指的是来自楚辞的风格与情韵，禅风指的是来自佛教思想的风格与情韵，易风指的是来自《周易》（包括《易传》）的风格与情韵，道风与庄陶隐逸之风指的是来自道家以及庄子和陶渊明作品的风格与情韵。而宋韵一般指的是宋词主情的风调与情韵，这中间自然包括对于唐风的含蕴与承扬。鉴于议题的宏大与复杂，这里只做一些比较典型的案例梳理，指出个中人文惠及性影响的脉络，以表明唐风宋韵确实有其有据可依、有迹可循的实在性。

  《木兰诗》的文体实际上是汉乐府。它之所以让人觉得含蕴显而易见的胡风，在于它的叙事对象——"花木兰及其代父从军这件事"及其精神气质，相对于此前中国诗歌的风格而言确实别具一格。倘若与时间大体相当的《孔雀东南飞》比较的话，其节奏和语言风格的差别就会显得更加明显。正因如此，它的非儒传统又是显而易见的。当然，需要注意的是，所谓非儒传统，并不意味着中华文化自身没有的这种传统，而是主要指儒家思想理念没有或者对其有所排斥的传统。例如"归来见天子，天子坐明堂。策勋十二转，赏赐百千强。可汗问所欲，木兰不用尚书郎，愿驰千里足，送儿还故乡"，女孩儿家代父从军不仅在传统典籍中少见其迹，不要功劳转而回乡继续过原来的生活，相对于儒家大言"治国平天下"的豪言壮志不仅让人觉得不可思议，甚至多少有些反讽的意味。可怪的是，这对花木兰而言却是再正常不过的，因为国难之时，只不过是尽自己一份力而已。《木兰诗》具有比较好的叙事功能，在《诗经》中也有这样的例子，例如前文引用的《击鼓》。同样可贵的是，除了自身的胡风特色之外，《木兰诗》也跟《无衣》《国殇》一样，对于涵养国民勇毅精神都是非常有意义的；因此，《木兰诗》虽几近孤篇，却因其独特性，在浩瀚的古体诗中不掩其熠熠生辉的卓异风采。

对于《木兰诗》的这种胡风，唐朝的边塞诗继承了其中的勇毅精神，但又赋予了建功立业的传统内容。例如王昌龄的《出塞》："秦时明月汉时关，万里长征人未还。但使龙城飞将在，不教胡马度阴山。"其中还嵌入了当时"选非其贤而用非其人"的思想意旨，如陈子昂的《登幽州台歌》"念天地之悠悠，独怆然而涕下"，反映的是当时的军队指挥权中权贵纨绔子弟与贤能结成的短板化结构及其怨愤，故诗中含有不少沉郁的情感及郁郁不得志的思想信息。

同样，自南北朝以来，随着佛教东渐，有些诗歌作品也表现出空明洁净的禅意，这在人称诗佛的王维的作品中尤为突出，人们耳熟能详的《山居秋暝》就是这方面的经典作品。张若虚的《春江花月夜》也有一番禅意蕴于其中。张若虚是唐代一位比较独特的诗人，作品传世较少，其《春江花月夜》，除了空明洁净的禅意，还有不容易让人体味到的旷世深情。这应当与《楚辞·天问》的"女娲有体，孰匠制之"这个天问有关，故诗中以一个"情"字作答，也可看作一个千古多情种子了。

楚风在李白的不少作品中都有明显的继承和体现，此外还含蕴了一些歌行体的元素和风格，这在《将近酒》等诗中表现得特别明显。当然，李白的诗不只具有豪放这一特征，其内蕴无疑是非常复杂而丰富的，某些作品还有来自东晋谢灵运和陶渊明等人的山水田园诗的风格和意趣，而有些作品则与贺知章、孟浩然和张志和等人的道风及隐逸之风相近。

说到这里，不得不对陶渊明着重做些讨论。前文已稍有申言，陶渊明自成一代宗师之风，被视为同大贤是完全足够的，甚至是几乎可与司马迁相并的一代大贤。鉴于司马迁的复杂性和丰富性，我们姑且不去做具体比较，但为了能简要说明陶渊明在中国文学史上的意义，这里不妨提出这样的议题：在中国文学史上，建安文学就那样搁在历史进路上，是一座绕不过去的山，一座精神坐标，但这是由一个群体或一群人共同发力所构建的独特文学与人文现象。同样，在中国文学史上，陶渊明就那样搁在历史进路上，是一座绕不过去的山，一座精神坐标，但这是陶渊明一个人独立构建的独特文学与人文现象。很难说陶渊明一个人抵得建安文学一群人，但却是实实在在的"一个人犹如一支队伍"的历史范例。如果这个议题成立的话，那么陶渊明可久可大的独特文化学意义就是客观存在的。如此，问题就由陶渊明可久可大的独特文化学意义是否存在，转为如何简明扼要地把它阐释出来。

对于陶渊明之于后世的人文惠及性影响，笔者甚至曾经怀疑贺知章的《咏柳》"碧玉妆成一树高，万条垂下绿丝绦。不知细叶谁裁出，二月春风似剪刀"含有特定指向陶渊明的意蕴和维度。也就是说，陶渊明对他之后的中国文学的影响力与赋能作用，就如"二月春风"那样，虽然多少还有些乍暖还寒的味道，却已难掩其春意盎然的生机与活力。没有谁能够把它幽闭起来，限定在一个狭小的范围里。故所谓"二月春风"，实际上就是一种拥有自身独特加速度优势的风。为什么这样说呢？

第一，"亦儒非儒"是陶渊明的独立生命意识、人生意趣与自觉成贤的人生追求的表现。他的自传性文章《五柳先生传》已大体表明这一点。所谓"亦儒"，亦即文中"环堵萧然，不蔽风日。短褐穿结，箪瓢屡空，晏如也"，含蕴的其实就是孔子对颜渊安贫乐道精神的肯定。而"渊明"之名是否含有以颜渊为榜样，把自己的人生价值取向定义在安贫乐道上，亦可加以考量。"非儒"就是"性嗜酒，家贫不能常得。亲旧知其如此，或置酒而招之。造饮辄尽，期在必醉"，表明他并不在意《尚书·酒诰》"德将无醉"的告诫。但需要深入体味其意旨所在：其一，他已不在公门，自然不会因酒扰乱公门的礼制和法度。其二，由于儒家传统的有些思想理念，确实存在礼制化和道德化的泛化问题，他的这种生活态度应含有使那些日常生活用品还原其基本生活功能的意图。

第二，读书是一种生活方式，诗则是一种人生信仰。陶渊明之所以成其为陶渊明，就在于他拥有超出常人的人文规模富集优势及其实践路径，这就是"闲静少言，不慕荣利。好读书，不求甚解。每有会意，便欣然忘食"。有了这样的基础，才会有"衔觞赋诗，以乐其志"。很显然，这可视为陶渊明觉得与其混迹公门而曲意逢迎、碌碌无为，不如转而回乡归隐，"以诗立言"而"文以成贤"，以实现其"颇示己志"的自觉成贤之志。进而言之,"以诗立言"、"文以成贤"转而自觉成贤,显示的其实就是把诗作为一种人生哲学,一种实现人生可久可大性的信仰。而且,只有把诗作为人生信仰,在现实生活中才会始终保持"不戚戚于贫贱,不汲汲于富贵"的心境和境界。

第三,陶渊明代表着中国古代文人士大夫共有的文心。陶渊明的人生经历表明,隐逸是官场污浊和现实社会环境逼迫的结果,而不是对家国冷漠使然。但有些儒家典籍常常使人觉得隐逸是行为主体对现实生活的逃避或躲避,例如:

> 长沮、桀溺耦而耕,孔子过之,使子路问津焉。长沮曰:"夫执舆者为谁?"子路曰:"为孔丘。"曰:"是鲁孔丘与?"曰:"是也。"曰:"是知津矣。"问于桀溺,桀溺曰:"子为谁?"曰:"为仲由。"曰:"是鲁孔丘之徒与?"对曰:"然。"曰:"滔滔者天下皆是也,而谁以易之。且而与其从避人之士也,岂若从避世之士哉?"耰而不辍。子路行以告,夫子怃然曰:"鸟兽不可与同群,吾非斯人之徒与而谁与?天下有道,丘不与易也。"①

这段对话包含的信息颇为复杂。长沮、桀溺是当时的隐逸之士,但为什么长沮一听到孔丘这个名字,就说"是知津矣"了呢?儒家理念常把圣贤君子过度理想化,给人留下无所不能的印象,而孔子认为自己是君子,那按儒家给人的印象观之,还有什么事是自己解决不了的,更何况寻找渡口这么简单日常的事。当然,孔子积极应对现实的难题,甚至明知不可为而为之的人生态度又是值得肯定的,但由此将那些不愿混迹于污浊的宦途,自认为无法与现实社会的当权者或执政者共事,进而隐逸而洁身自好、自食其力者视为"鸟兽",则有失厚道了。毕竟,面对复杂的现实环境和某些事态而倍觉无力的人还是占大多数的。如果这样的人退而做一些更为实在的事,或者专注于思考现实中的问题、对策和出路,未尝不是一种同样值得称道的生活和人生态度。实际上,这些人不仅热爱生活,对世道世情的认知也要高出许多还在中途迷茫而不知身在何处的人,亦可谓野处而

---

① 《论语·微子》。

自芳、质朴而坚韧了①，他们也因此成为中国社会的重要底蕴和基础力量。而历史上，真正这样做的人不是太多了，而是太少了。从陶渊明的情况来看，他显然属于后者，因此代表着许多文人士大夫共有的文心，也成为文人士大夫的"二月春风"。在它的吹拂与映照下，有条有贯，郁郁葱葱，轻扬漫卷，岁其时，月其日，与春花秋月相和明。

第四，儒家传统的撂荒之地。一些儒家传统以及汉武帝"独尊儒术"之举，究竟导致多少非儒传统被撂荒，致使中国古代社会发展的加速度优势持续受到微妙的消解和弱化，是一个非常复杂的论题，这里无法做更多的讨论。仅从儒家经典《论语》来看，这样的情况还是显而易见的。《论语》记载了这样一则故事：

> 樊迟请学稼，子曰："吾不如老农。"请学为圃，曰："吾不如老圃。"樊迟出，子曰："小人哉，樊须也。上好礼，则民莫敢不敬；上好义，则民莫敢不服；上好信，则民莫敢不用情。夫如是，则四方之民襁负其子而至矣。焉用稼？"②

这则故事明显让人感到，孔子也是个性情中人，遇到自己的短板时也会心里着急。但同孔子因职业判断一个是君子还是小人，尤其对于后者来说是不恰当的。接下来的言论也是建立在一定假设之上的，亦即假设执政者那样的话，就会有这样的结果。那么，如果假设不成立的话，又怎么办？况且，孔子所言的"礼"之所以起作用，关键在于拥有足够的实力和权威。不然的话，所谓"远人不服，则修文德以来之"③，未免让人笑话。这说明儒家不少思想理念还需要通过现实实践予以检验，并且通过现实实践予以完善。这里还需要注意某些思想理

---

① 例如：子路从而后，遇丈人，以杖荷蓧。子路问曰："子见夫子乎？"丈人曰："四体不勤，五谷不分，孰为夫子？"植其杖而耘。子路拱而立。止子路宿，杀鸡为黍而食之，见其二子焉。明日，子路行以告，子曰："隐者也。"使子路反见之，至则行矣。子路曰："不仕无义。长幼之节，不可废也。君臣之义，如之何其废之。欲洁其身，而乱大伦。君子之仕也，行其义也。道之不行，已知之矣。"（《微子》）但《论语·述而》中还有这样的记载："子曰：富而可求也，虽执鞭之士，吾亦为之。如不可求，从吾所好。"这或许是经过更多社会历练才有的觉悟吧。我们会发现，孔子自己也存在一个不断加深认知和觉悟的过程。理解到这一点很重要，由此可知《论语》中的一些言论有必要进行系统性梳理，以祛除其逻辑上的自相矛盾。又如："子曰：'君子谋道不谋食。耕者，馁在其中矣；学也，禄在其中矣。君子忧道不忧贫。'"（《卫灵公》）"南宫适问于孔子：'羿善射，奡荡舟，俱不得其死然；禹稷躬稼，而有天下。'夫子不答。南宫适出，子曰：'君子哉若人，尚德哉若人。'"（《宪问》）

② 《论语·子路》。

③ 《论语·季氏》。

念与制度安排所暗含的过度压制人的主体性与知性化提升的问题。

对于某些儒家思想理念在现实中的实践与可行性，汉代以及接下来魏晋时代的人，他们的感触应当比许多仅凭从文本认知的人有更真切的感受。这大概是建安文学和魏晋风度中亦儒非儒或非儒传统兴起的重要历史背景。陶渊明可谓这个时代的一个卓越觉悟者。我们不妨讨论一下他的另一篇名作《归去来兮辞》。在笔者看来，《归去来兮辞》对后人的人文惠及性影响或许复杂多样，但以下几点值得重视，它们是新赋入唐风宋韵的重要人文思想和"二月春风"的重要来源。

其一，园田之喻。《归去来兮辞》《归园田居》《饮酒》以至于《桃花源记》等诗文是陶渊明"觉今是而昨非"亦即"大觉"之后的作品。陶渊明像许多先贤那样，有一个渐悟过程，既非天生就是贤圣，亦非一日而成贤至圣。《归去来兮辞》正文之前有一个序，总说其人生与生活背景，以及为何进入仕途又为何辞官而去。但正文通篇都隐含着陶渊明独特的睿智思考和求索，需要对其中的基本思想理念和辞章之法先做一些梳理。

1. 文中所谓"园田"其实是一个隐喻，旨在借田园之荒芜，以喻其身之不修。故曰："田园将芜胡不归？"序中所谓"归欤之情"是用典，源于《论语·公冶长》："子在陈曰：'归与，归与！吾党之小子狂简，斐然成章，不知所以裁之。'"

2. 当其时，东晋官场的复杂性与污浊远非一般人入仕前所能全知。个中的情况，或可从南北朝吴均《与朱元思书》借景抒情的刻画中体味一二："夹岸高山，皆生寒树，负势竞上，互相轩邈，争高直指，千百成峰。泉水激石，泠泠作响；好鸟相鸣，嘤嘤成韵。蝉则千转不穷，猿则百叫无绝。鸢飞戾天者，望峰息心；经纶世务者，窥谷忘反。横柯上蔽，在昼犹昏；疏条交映，有时见日。"故陶渊明入仕之后才觉悟，这绝非自己洁身自好的秉性所能安身立命的地方，进而意识到，对他而言仕途实为迷途，与其在那里白白浪费生命，不如从己所好，回归原来虽贫而不乏其乐的生活与生命状态。

3. 陶渊明这些所作所为是有其深刻的生命意识觉悟的，这就是在"乘化"（又曰"大化"，意指宇宙中主宰万物生老病死的共因）催逼下，韶华易逝，失而不复，是以深深隐含着对个体自然寿命有限性的忧思和焦虑。而以有限人生寻求久而且大或可久可大的卓越人格和精神生命，才是其人生观与价值观的根本所在。这也是文中所言"三径就荒，松菊犹存"的根本意蕴所在。

所谓"三径"者，未尝不可理解为传统修身所本的中华元典之"三经"《诗》《书》《易》；"就荒"意指渐渐荒芜。有了这样的理解，就会发现"松菊犹存"之所指其实就是他无法割舍的个人秉性偏好及其人生观与价值观的选择，亦即如何在有限自然寿命中实现其久而且大的卓越人格和精神生命的理想。

其二，园田耕圃有其自身的过程与获得感之乐。这大概也是儒家传统对中华传统文化继承的不完整及其撂荒的表现。在现实生活中，"由才而贤"是一种身体力行的人生实践。而修身、齐家不仅不抽象，而且有其具体的实践路径和方法。倘若陷于僵化的教条之中，显然是无法修身、齐家的。尤需注意，修身、齐家并不排斥儿女情长的精神情感的滋养，反倒是没有儿女情长的精神情感的滋养是很有问题的。关于这一点，文中有这样的叙事予以反映："悦亲戚之情话，乐琴书以消忧。农人告余以春及，将有事于西畴。"又如："或命巾车，或棹孤舟。既窈窕以寻壑，亦崎岖而经丘。木欣欣以向荣，泉涓涓而始流。"等。这相当于告诉人们，他身体力行的实践应能证明，空谈理念是何其肤浅的事①。

其三，精神风骨。许多人的基础教育中，都缺乏关于仕途和官场的复杂性的内容。陶渊明的情况表明，未必人人都有他那样的心性，也未必人人都会遭遇他那样的社会环境，但总的来看，无论身处何时何地，"风骨"② 的持守都是非常重要的，一旦缺之难免沦为《红楼梦》中贾宝玉所言而实际上就是失去了灵魂和做人的基本原则的"禄蠹"了，甚至会做出以公肥私、伤天害理的事情。而陶渊明的典型意义和重要文化价值也在这里，故千百年来一直是许多文人士大夫的一面精神旗帜、一座精神坐标。

那么，陶渊明是如何显示其精神旨意的呢？除了辞官归隐之外，陶渊明的过人之处还在于他把"风骨"这种精神气质转化成为一种精神文化符号——菊花的凌霜傲雪风骨及其文学化和诗意化。或者说，陶渊明的过人和高明之处，就在于他把个体不惧艰难困苦与风刀霜剑严相逼的精神气质，通过文学与诗意创作赋予菊花，使其具有了这样的思想意蕴与含蕴，并通过社会和公众的认可，成为一种精神文化符号。他有一首广为流传的《饮酒》，就是对这种精神文化符号的最好展示：

---

① 陶渊明亦儒非儒的非儒传统特征还可以通过他的另一首诗得到佐证，那就是《归园田居（其五）》：少无适俗韵，性本爱丘山。误落尘网中，一去三十年。羁鸟恋旧林，池鱼思故渊。开荒南野际，守拙归园田。方宅十余亩，草屋八九间。榆柳荫后檐，桃李罗堂前。暧暧远人村，依依墟里烟。狗吠深巷中，鸡鸣桑树颠。户庭无尘杂，虚室有余闲。久在樊笼里，复得返自然。

② 胸怀悲天悯人之心，刚毅不屈，雄健而行，即使在非常恶劣或不利的环境中，仍然坚守做人的基本原则和道德底线。

>结庐在人境，而无车马喧。问君何能尔？心远地自偏。
>采菊东篱下，悠然见南山。山气日夕佳，飞鸟相与还。
>此中有真意，欲辨已忘言。

宋代著名词人李清照可谓陶渊明高风亮节精神的真诚追慕者，她自号"易安居士"，就源于陶渊明《归去来兮辞》中的这句话："倚南窗以寄傲，审容膝之易安。"而她的《醉花阴》"东篱把酒黄昏后，有暗香盈袖。莫道不销魂，帘卷西风，人比黄花瘦"，更是艺术地把这种做人和处世要讲风骨的精神气质刻画得入木三分。这在某种意义上说明，一个人的可久可大不见得非要著作等身，关键还在于是否拥有足以垂范世人进而给一个民族或国家持久赋能的思想理念和精神养分。

其四，理想的寄寓——南山之望。说到陶渊明对于理想社会和理想生活的期盼，很多人都会想到他的《桃花源记》。但《归去来兮辞》和前面这首《饮酒》诗，同样有着陶渊明对于理想社会和理想生活的深情寄寓。这可能出乎许多人的意料之外。鉴于其中的言辞过于隐晦，长期以来，人们没能给予关注或临津不悟也不足为奇。为什么这样说呢？因为这两篇作品中提及两个词四个字，这就是《归去来兮辞》中的"公田"和《饮酒》诗中的"南山"。《饮酒》诗中的"南山"，传统上人们一般都认为指的是庐山。实际上，对《诗经》较为熟悉的人都会有印象，在《小雅·甫田》中有一篇《大田》，在《小雅·谷风》中有一篇《信南山》。其中，《大田》中有这样的诗句：

>有渰萋萋，兴雨祈祈。雨我公田，遂及我私。
>彼有不获稚，此有不敛穧；彼有遗秉，此有滞穗，伊寡妇之利。
>曾孙来止，以其妇子。馌彼南亩，田畯至喜。
>来方禋祀，以其骍黑，与其黍稷。以享以祀，以介景福。

《信南山》中有这样的诗句：

>信彼南山，维禹甸之。畇畇原隰，曾孙田之。
>我疆我理，南东其亩。上天同云。雨雪雰雰，益之以霢霂。
>既优既渥，既沾既足。生我百谷。疆埸翼翼，黍稷彧彧。
>曾孙之穑，以为酒食。畀我尸宾，寿考万年。

这两首诗都是西周早期作品，其中关涉到西周井田制的重大史学问题，笔者曾耗时十多年将其源流与最终消失做了较为系统的梳理和阐释。当时研究井田制，虽曾注意到陶渊明诗中这两个语词，但鉴于当时的思考能力和笔力尚不及细想，故未能将之纳入书中一并论述。对此有兴趣者可阅读笔者所著《中国古代社会经济制度及其文化内涵》一书。正是得益于这个研究所积淀的基础，笔者才会对陶渊明这两篇作品中的"公田"、"南山"两个用语这么敏感。而综观后世文献，用了这两个语词的其实并不多见。

《大田》所谓"公田"与"私田"（"我私"所指）分区设置，比例按每九百亩私田设置一百亩公田，有其内在的制度刚性约束，以此类推。公田由耕作"私田"（其产权实际是公有的）的农户提供劳务耕作，收成归田主，从而成为西周井田制的"什一税"亦即"彻"的制度，实际上是一种劳役地租。是以诗中申言："雨我公田，遂及我私。""我疆我理，南东其亩。上天同云。雨雪雰雰，益之以霡霂。"

其意义是，由于受制度的明确限定与约束，执政者和贵族田主想对民众做过多的侵害也是不容易的，故诗中显现出在当时的制度环境下，无论是管事官员（田畯）还是贵族田主（曾孙），与民同忧乐的人民性、共享其福的政治文明和政治生态都是较为和谐的。而同样难能可贵的是，收割时还把长势较为细小的"禾孙"特地遗留下来，让那些孤寡之人从拾荒中得到一定的周济，体现出非常质朴的关爱与善意的施予，反映的是一种为民政治及生态。正因如此，虽然那时的物质生活没有后世丰裕，但这种历史的摆荒与失落，却总让人怀念不已。陶渊明在《五柳先生传》和《归去来兮辞》的行文中，对这种井田制度下的人文与社会遗风有所涉及，其心心念念之情可见一斑。

故而《饮酒》诗中所谓"采菊东篱下，悠然见南山"的南山，可不仅仅是我们一般从北往南望时所见的那种"南山"，而是《诗经·信南山》那座长满了历史情怀和人文蕴藉的"南山"，是对那段富有世间温情和人文关怀的历史画卷的深情凝眸①。其悠悠之情及悲天悯人的博大胸襟，或许只有《湘夫人》那句

---

① 诗中"见"字又作"望"，纵观各家之注，觉苏轼见解最佳，苏云："采菊之次，偶然见山，初不用意，而景与意会，故可喜也。"不过苏轼对陶渊明的认知也存在一个过程。总的来看，"南山"一词无人重视亦不足怪，因为自战国时孟子论及"井田制"，后继之者鲜，故难以将《诗经》之《大田》和《信南山》统而观之。明乎此，方见陶渊明统研先秦典籍之深细，识见远超寻常，"心远"之境邈远。故诗中之"见"，虽只一字，实为鬼斧神工之造，乃不期然而然之的灵魂遇见，是"相知何必旧"的心灵意会，是辛弃疾所言"我见青山多妩媚，料青山见我应如是"之"欣慨交心"。倘若用"望"，就过于拘实了。我们仍需注意，一旦对此已有意会，"见"、"望"之隔就可达成最大的共情。是以白居易有"时倾一壶酒，坐望东南山"之句，盖有心灵对话之境，实可谓"坐望来相见，南山意自随"了，反见哂笑者之不明所以之可笑。笔者所提炼出来的"南山之望"的"望"字，指的则是"寄望"之意。

"目眇眇兮愁予"才能形容了。正因如此，这首诗之绵远悠悠意蕴，常让人有一种说不清道不明的幽远迢遥之感，恍若前世今生的灵魂相遇，默然如春风化雨一般，将中华民族的精神血脉代代相传。相应地，其艺术魅力和感染力的含蕴也比《桃花源记》要浑厚深美得多，对身心的荡涤亦如干渴中得遇甘泉，心气洒然畅爽而精神为之一振。

如此看来，这哪里是陶渊明"欲辨已忘言"，只是当其时说出来是那样的不合时宜，倒是不说也罢。让有心人细细去品味，或能从觉悟后的感受中得到更大的身心愉悦。如司马迁所言那样："夫《诗》《书》隐约者，欲遂其志之思也。……《诗》三百篇，大抵贤圣发愤之所为作也。此人皆意有所郁结，不得通其道也，故述往事，思来者。"① 故总的来看，陶渊明对中国思想史和文化史的贡献可概括为：南山之望和风骨之忧。如果与之对照的话，我们不难发现，历朝历代的成败兴衰莫不与此密切相关，有之则兴，失之则衰。进而言之，在中国思想史上，能够如此精辟凝练地把握住中华文化命脉和国运兴衰的，可能也只有陶渊明一个人而已。所谓大道至简而其可久可大者，不其然乎？

《饮酒》共二十首，合起来是一部史事相兼的长篇自传式叙事诗。诗中既有觉悟、友邻之乐和心路表白，也有叩问、思辨和批判等，故在陶渊明的诗作中最是著名。《饮酒》可与《归园田居》相比对鉴赏，在某种意义上甚至可以视为陶渊明辞官乡居生活一纪（十二年左右）后对《归田园居》的升级和扩容版。

《饮酒》开篇"衰荣无定在，彼此更共之"，"寒暑有代谢，人道每如兹"，意境沉雄阔大，已隐约有当今我们所说的国家和社会乃人们休戚与共的命运共同体的思想意蕴。第二首则有这样的警言："不赖固穷节（如果不是因为艰难穷困之时坚守做人的准则和操守），百世当谁传。"故时人谥陶渊明为"靖节先生"，自有其所本（又如第十九首所言，"畴昔苦长饥，投耒去学仕。将养不得节，冻馁固缠己。是时向立年，志意多所耻。遂尽介然分，拂衣归田里"）。而第三首所言："道丧向千载，人人惜其情。"实可谓第五首"采菊东篱下，悠然见南山"的根本意蕴所在。也就是说，"道丧向千载"即暗示着《诗经·信南山》所描写的情景才是有道之世的意旨，同时也是陶渊明的精神归宿。正如第四首所言："托身已得所，千载不相违。"相应地，"少年罕人事，游好在六经。行行向不惑，淹留遂无成。"（第十六首）和"终日驰车走，不见所问津"（第二十节）等，则蕴含着陶渊明的叩问、反思甚至于批判。故总体上笔者将其概括为"南山

---

① 《史记·太史公自序》。

之望,风骨之忧"。至于为何以通过"饮酒"来抒发此中情结,正如苏轼诠释第二十首最后一联"但恨多谬误,君当恕醉人"时所解:"世人言醉时是醒时语,此最名言。"何以然哉?因其"若不委穷达,素抱深可惜"(第十五首)而发奋所志,继而持续精进和觉悟,且表征为"虽无挥金事,浊酒聊可恃"(第十九首)和《止酒》所言"平生不止酒,止酒情无喜"的生活情态,以至于最终成就其大观识通之境。这里面还透露出中华传统文化中个体自觉成贤的达士精神——其含蕴包括陶渊明所言之"达士似不尔"(第六首)、"秋菊有佳色,裛露掇其英"(第七首)、"幽兰生前庭,含薰待清风"(第十七首)等人生价值取向与悲天悯人的圣贤情怀①。

让人难以想象的是,唐代大诗人白居易的新乐府诗,例如著名的《卖炭翁》"卖炭翁,伐薪烧炭南山中"云云,我们就可以从陶渊明的南山之望和风骨之忧中找到其最切近的思想和历史人文渊源,真可谓"离离原上草,一岁一枯荣。野火烧不尽,春风吹又生"。继而我们不难进一步理解白居易游庐山时写下的《大林寺桃花》了:"人间四月芳菲尽,山寺桃花始盛开。长恨春归无觅处,不知转入此中来。"这可以说是白居易与陶渊明灵魂相遇与对话时所袒露的心迹,亦可

---

① 渊明之诗,澹然温丽,湛尔有寄,常以寻常之景寄寓精深奇崛之思。例如"平畴交远风,良苗亦怀新"(《癸卯岁始春怀古田舍》),其中"平畴"、"良苗"实农家平常之语;只从字面上看,这联诗也可以说是一位老农之语。然而,从大文化观、大历史观以及整首诗来看,"远风"、"怀新"却是渊明精深奇崛之思,是陶渊明走向非儒传统的重要显示,并表现为鄙农而重禄与悦农并因农而悟道及悦道之别。这与《饮酒》所谓"终日驰车走,不见所问津"、"若不委穷达,素抱深可惜"是相通或者说相呼应的。又如"远风"、"怀新"之前的"先师有遗训,忧道不忧贫。瞻望邈难逮,转欲心长勤。秉耒欢时务,解颜劝农人"等,字里行间蕴含的其实就是现今我们常说的继承与创新之意,是以陶渊明成为中国文学史上田园诗的开山之祖。总的来看,学陶渊明之诗,其风不难,难就难在是否有博学精思的底蕴与积累,进而借景寄意。由此我们不难发现"才"与"思"之别,即有才未必有思,有思未必有才,有思还需有才来加以表达。故有才无思之作比比皆是,而真正才思俱佳之作却稀少得多。进一步说,但凡过得去的作品,一般都含有作者的一定之思,故思之所贵者,贵其新,贵其精深奇崛,而中华诗词文化的精髓和博大精深也就在这里。笔者携女回乡,而后曾作一首《振藩园兴怀》,虽不见得才思俱佳,却自觉颇有陶味,兹系之此:"南山照远晴,飞鸟入云天。斜岭欲作息,栖霞衾尔眠。瓜果缘墙绿,鸡犬各赋闲。向晚田亩翠,微微生紫烟。忆昔成化年,先祖来此间。尔来五百岁,子孙已万千。而今逢盛世,惜取眼前缘。"

谓拈花一笑了①。而后苏轼至此，大概也与这两位先贤做了一番心灵的交流与互动，是以有《题西林壁》这首名作。很显然，此前李白想必也很有收获，故而能够写出《庐山谣寄卢侍御虚舟》来。细想一想，让人感慨不已，这是一种怎样的文化精神血脉啊！这大概就是灵魂间的"相瞻洵相惜，心意暗自芳"，又或者是所谓的"桃李无言，下自成蹊"吧。又或中华精神史诗"纳于大麓，烈风雷雨弗迷"，存在于先贤们的心心念念中，并与时偕行，接续回响，是以有如此文见庐山之盛况②。

同样神奇的是，或许也是基于"思接千载，视通万里"③而一跃千年的历史穿越之故，作为来者和述往思来者，在《红楼梦》中，作者设计了两个诗社，一个是海棠诗社，一个是桃花诗社；海棠诗社以吟菊诗著称，桃花诗社则以咏絮（柳絮）词见长。这与其说是一种毫无用心的巧合，毋宁说同样是天才的

---

① 陶学于唐代已是"春潮初涨了"（龚斌点校《陶渊明全集》前言），至宋元已有大观者。白居易深受陶渊明的人文惠及性影响，仅从《琵琶行》名句"相逢何必曾相识"乃化用陶渊明"相知何必旧，倾盖定前言"（《答庞参军并序》）而来，已足见其对陶渊明诗文的深知默识。其《卖炭翁》诗，亦颇取法于《有会而作并序》。再者，白居易号"乐天"，其意当取自陶渊明《自祭文》所言"乐天委分，以至百年"及《归去来兮辞》"聊乘化以归尽，乐夫天命复奚疑"之语。

② 此时兴之所至，看这群神仙过了那么多的高招，按捺不住也要凑一下热闹，于是顺手写下这首《偶题白乐天〈大林寺桃花〉》：花处平地及时开，春写名山渐迟来。野渡无人舟自在，寻芳远客渡也哉？然则"禅"乎？"易"乎？"禅"也，"易"也。

③ 《文心雕龙·神思》。

奇思妙想①，反映的同样是"述往思来"的贤哲之思和南山之望，寄寓着作者对民族和文化复兴的苦心孤诣。故宝玉和黛玉之间的"木石前盟"，未尝不可以理解为作者通过陶渊明的南山之望和风骨之忧而获得的生命意识的觉醒，转而对尧舜二帝之间"纳于大麓，烈风雷雨弗迷"的精神契约所做的灵魂回应。故总的来看，对于陶渊明对唐宋文人以至晋唐以来中国思想史的人文惠及性影响的认知，远未达到应有的程度；对唐风宋韵的理解和阐释，也未能较好地把握好其风之所源，因而值得我们知其性、识其情、和其意、合其度、悦其美、尚其德，值得我们善知之、生生之、善善之、美美之②。

在中华文化中，托物言志是一个悠久的传统，但大体上都可以从《诗经》和楚风中找到其祖源。例如后世用梅、兰、菊、竹、荷来比喻贤人君子的节操和精神气质，可谓蔚然成风，在与历史偕行的文化传承中，甚至渐渐地成为一系列规模浩大的文化精神系谱，成为中华民族精神情感命运共同体的宝贵文化资源，成为中华文化和中华文明精神命脉的重要载体。其中较为特别的是，梅似乎相对晚出。在众多作品中，王维这首"君自故乡来，应知故乡事。来日绮窗前，寒梅著花未"③ 的情致尤见温婉雅致，其雅罕有比肩之作。而李白的《长干行》中"青梅"之喻，堪与《西洲曲》中"莲子清如水"之妙相媲美。其中的"妾发初覆额，折花门前剧。郎骑竹马来，绕床弄青梅。同居长干里，两小无嫌猜"，几

---

① 《红楼梦》中林黛玉的《葬花吟》所言"质本洁来还洁去，强于污淖陷渠沟"，或许就是化用陶渊明《归去来兮辞》"质性自然，非矫厉所得"，同时也是对陶渊明性格与卓越人格特征的概括与叠言。海棠诗社的咏菊诗中，也有不少用语来自这篇或陶渊明的其他作品，如林黛玉《问菊》"孤标傲世偕谁隐，一样开花为底迟"、"休言举世无谈者，解语何妨片语时"，不仅点明了作者对陶渊明的仰慕之情，同时也显示出《红楼梦》作者与陶渊明的相知。

② 为此而赋《尺铭》：斯文咫尺，指掌宽乎。天道绵远，不失寸尔。岑之能高，渊之能深。天壤悠悠，远近可则。春秋代序，月岁倏尔。申允有赠，言念侧尔（修改书稿至此处时，夹于书中的一把小尺子忽然落下。此尺乃一位友人外出交流，回来所赠手信。倏有所感，即意赋之，亦算一番尺言寸语。其当不笑我，遂系于此。）

③ 王维：《杂诗三首》其二。实际上，王维的田园诗也深受陶渊明的人文惠及性影响，是以《红楼梦》中这样描写香菱跟随黛玉学诗的情景：香菱说很喜欢王维的《辋川闲居赠裴秀才迪》"渡头余落日，墟里上孤烟"之句，黛玉却直接指出这是化用陶渊明《归园田居》之"暧暧远人村，依依墟里烟"而来。一方面，这显现了陶渊明与王维之间前后相继的人文惠及性影响关系；另一方面，还展现了诗中意境源自陶渊明自身生命意识深处对生活、对社会、对人生的诗意审美，而不是什么不食人间烟火的逃避或隐逸。要不然，又何来"暧暧"、"依依"之情呢？这或许也可以看作暗指王维曾有言失于陶诗之过。"香菱"之名后来被"夏金桂"（华夏当时所贵者）改去，亦可谓意味深长。

乎成了一骑绝尘之作，难以再有其二。而"两小无猜"则成为后世常用的成语。故钱锺书说："有唐诗作榜样是宋人的大幸，也是宋人的大不幸。"这是有一定道理的，但也不尽然。例如陆游的《卜算子·咏梅》，在前人的杰作面前裁出新意，所抒发的那份"零落成泥碾作尘"而其香魂仍无所改的质性之德，可谓力透纸背，让人感动不已，故成为千百年来传诵不衰的经典之作。而此后亦有精品佳构。

传统上，唐代的易风少有人提及，但在韩愈的《早春呈水部张十八员外郎》中表现得却特别明显，"天街小雨润如酥，草色遥看近却无"含蕴的其实就是《易传》所谓"见微知著"①的思想，是以接着说"最是一年春好处，绝胜烟柳满皇都"。而韩愈的文学贡献更多不是诗而是文，从思想性而言，尤以《师说》一文显得卓异不凡。

在中国思想史上，韩愈的《师说》是一篇非常重要的文献，可谓韩愈新的"大观识通"思想。之所以言其为"新"，就在于它与贾谊"大观识通"思想是相含蕴、相接续的，进而能在新的条件和人文环境下继续为这个国家和民族赋能，以期整个社会和民族保持仁而有方与仁而多方的经济与社会发展水平。文中所持的人格平等而不拘彼此和门户之见的师道观，"是故无贵无贱，无长无少，道之所存，师之所存也"，与以先以长为尊的儒家传统有异，也就是说，韩愈的师道观必然是有道则尊，以贤为贵，而不论个人身份地位的长幼尊卑先后。这显然是非儒传统才会有的价值观和人生观。但是短时间内观念要在族群和社会层面发生有效转变，不是个别人甚至个别组织机构力所能及的，还必须有国家或政府层面的力量来加以推动。该文还隐约指出以通经解经为要的所谓"儒术"，存在着与生产和技艺之学相脱离的弊端：

> 巫医乐师百工之人，不耻相师。士大夫之族，曰师曰弟子云者，则群聚而笑之。问之则曰："彼与彼年相若也，道相似也。位卑则足羞，官盛则近谀。"呜呼！师道之不复可知矣。巫医乐师百工之人，君子不齿，今其智乃反不能及，其可怪也欤！

---

① 《易传》："君子知微知彰，知柔知刚，万夫之望。"亦即后来成为成语的"见微知著"。

实际上，这些原本就被儒家撂荒的地，经由汉武帝"独尊儒术"① 之后，更是变得无人过问和重视了。于今看来，这对人的主体性与知性化的提升无疑是具有极大的压抑和危害的。这一后果渐进式地影响着中国古代社会，导致社会发展后继乏力，文化与文明逐渐式微。例如，考古发现秦汉之际有许多令人讶异的先进技术，在我们看来却是如此陌生，由此就不难明了其贻害之大。关于这种弊病，宋初并非没有人意识到，当时"辟佛老，尊韩孟"的泰山学派就对韩愈做出了回应与承扬。而让人悲哀的是，宋初赵普所谓"半部《论语》治天下"还是大行其道。之后的理学对此有所改善，但局限于《四书》无疑还是"五十步笑百步"的做派，没有从根本上改变。所以，如果说有宋一代存在什么根本性失误，当推文化策略及其制度安排对人的主体性与知性化提升的极大压抑，而这也是酿成徽钦二帝被掳的"靖康之耻"的原因之一。

苏轼谪居黄州时向友人介绍和推介当地的先进农具，对当时的医药用方和美食也显现出特别的热情，这些行为举措显然受到韩愈《师说》思想理念的人文惠及性影响。他在谪居惠州时撰写《潮州韩文公庙碑》，几乎极尽其平生才气和勇气，极力赞赏韩愈，后世人耳熟能详的"文起八代之衰，而道济天下之溺"就是其中的名言。这相当于告诉人们，韩愈的思想理念足堪师法，对于拯救过于尊儒事佛而衍生的沉疴积弊，有其独特的赋能作用和意义。但可叹的是，随着理学的兴起，狭义化的新儒家竟然还历经元明清三代，统治中华大地近千年之久。它所起的赋能作用得不偿失，加速度优势的弱化亦由此而来，总体上使得中国经济与社会发展呈现出每况愈下的态势，也就不足为奇了。

社会上并不是没有聪明睿智和贤达之士，根本原因在于统治者据其位而持禄自欢，变得冷漠、狭隘和苟且。例如，在《红楼梦》中，林黛玉刚进贾府，王熙凤第一次见面，就连问三句话："妹妹几岁了？可也上过学？现吃什么药？"这可以看作对统治者视理学为佳臬，将中华传统文化简单化为理学来弱化社会和民众的莫大讽刺。而《红楼梦》的作者通过王熙凤这个同样是一个人抵得一支队伍的"脂粉英雄"②，这个拥有卓越管理才华的贾府大管家，想警醒世人的其实就是，只有管理而不事生产、开源和创造以持续赋能的贾府，必将因奢华成性而收不抵支，最终势必走向败亡的结果。故王熙凤虽有些瑕疵并常遭人批评，实

---

① 这道理或许也像项羽那样，即便有"万人敌"的能耐，又怎敌得过集思广益、众智合力而因事制宜的富集优势呢？如此看来，司马迁的项羽之考，还蕴含着其首先考的就是汉武帝的维度。

② "脂粉英雄"是《红楼梦》中描写秦可卿临终时托梦给王熙凤时的用语。

际上却是《红楼梦》作者用心良苦而精心塑造的"红楼圣人"。换言之,在当时既定的环境和条件约束下,像她这样"竟是个男人万不及一的"人,都不能把贾府治理好,还能有谁比她更圣明,更有希望使贾府免于走向败亡呢?由此来说,所谓王熙凤者,实际上是一个隐喻:在那样僵化的环境和条件下,无论管理者如何高明,哪怕是一位圣人,都难以挽救那个家族或王朝最终走向灭亡。如果说王熙凤只是《红楼梦》虚拟的"红楼圣人",我们未尝不可以认为韩愈和苏轼是历史现实中曾活生生存在过的"红楼圣人";相应地,屈原、贾谊、司马迁、陶渊明、白居易、李清照等,显然也在此列。

在唐代,能够游走于儒释道并自觉服膺于诗书易,身处陋室却仍以"德馨香祀,登闻于天"为怀,能"德将无醉"的人,其实就是刘禹锡。甚至到了宋代,连苏轼都认为他"奔轶绝尘,不可追也"。这里需要特别关注的是他那首家喻户晓的《竹枝词》:

> 杨柳青青江水平,闻郎江上唱歌声。
> 东边日出西边雨,道是无晴却有晴。

一般认为,"道是无晴却有晴"是一语双关,亦即除了字面的意思之外,还有"道是无情却有情"之意。这种一语双关的解释是把"道"理解成"说"。而笔者认为,除了"说"之外,它还含有道家或中国古典哲学"道"这个范畴的原本维度,亦即这句诗是一语三关。这时,我们需要结合中国思想史的传统人文环境来理解。例如《道德经》说"道"是"众妙之门",还说"道隐无名,夫惟道,善贷且成"。但这些实际上都不是对"道"进行的定义,而是关于"道"的内涵和特征的赋能,故而孔子曾说:"朝闻道,夕死可矣。"而这句诗所含蕴的"道是无情却有情"的寓意,则相当于刘禹锡对"道"的定义,在某种意义上可视为刘禹锡跟孔子的隔空对话:如要问道是什么,我说"道对谁都一样,既无情又有情"①。而综观刘禹锡对中华元典以及对中华传统文化的理解与认识所达到的透彻性和高度,我们同样可以认为刘禹锡是历史上千年难得一遇的"红楼圣人"。他留给我们的文化遗产和思想精神资源,亦如他的诗所言:"莫道桑榆晚,

---

① 它比较切近或者说有着《道德经》这句话"天地不仁,以万物为刍狗;圣人不仁,以百姓为刍狗"的意涵,寓意"公平"、"不偏私"。但《道德经》这句话似乎让人觉得"道"是"无情"的,而就"众妙之门"、"善贷且成"而言又是有情的。因而"道是无情却有情"可谓含蕴了这两方面的意义。我们从"德将无醉"可以感知到刘禹锡在《尚书》学方面所达到的深度;通过这句诗,我们可以感知到刘禹锡的道家哲学修为所达到的深度。

为霞尚满天。"

所谓宋韵,主要是指宋初的诗词皆受唐或五代的主情作品,尤其是唐晚期温庭筠等人"西昆体"的人文惠及性影响。这方面,北宋早期的宋祁和稍后的柳永等都是重要代表。但评价一位优秀作家的作品,常常难以通过某种风格来一锤定音。例如李清照素称婉约派代表,但她的有些作品不论是词还是诗都很豪放,而且非常优秀,例如《夏日绝句》:

> 生当作人杰,死亦为鬼雄。
> 至今思项羽,不肯过江东。

李清照这首绝句所含蕴的精神情感与其气质之高迈,堪称"千古一绝"。很显然,对司马迁的项羽之考,李清照是考了一个满分的。让人饶有兴味的是,从晚唐大诗人杜牧的《题乌江亭》和宋代政治家、文学家王安石的《叠题乌江亭》来看,他们似乎都考得不怎么好。当然,也难保杜牧和王安石甚至都没有意识到,司马迁在《鸿门宴》的叙事中,竟然巧妙地留下了"项羽之考"这样一道试题。如此看来,李清照真是巾帼不让须眉的千古第一才女!

在唐风宋韵的前后文脉传承中,有一位著名诗人常常被提及,但他那首名作却没人能说得比较通透。这位诗人是崔颢,他的著名作品就是《黄鹤楼》:

> 昔人已乘黄鹤去,此地空余黄鹤楼。
> 黄鹤一去不复返,白云千载空悠悠。
> 晴川历历汉阳树,芳草萋萋鹦鹉洲。
> 日暮乡关何处是?烟波江上使人愁。

在唐代,现今的武汉叫江夏,晋时称为武昌。黄鹤楼是武汉的标志性人文建筑。听其名而知其来,这里很重要的一点,就是崔颢的诗因黄鹤楼而生,而黄鹤楼则因崔颢的诗而名。所谓著名,常常是文与物交相辉映的结果。据说,李白游览黄鹤楼的时候,看到崔颢这首诗,随即便说:"眼前有景道不得,崔颢题诗在上头。"这说明诗仙李白对崔颢这首《黄鹤楼》是敬畏的,但敬畏在哪,却一直没有人给出一个较为明了的说法。

笔者以为,作为唐代一首著名律诗,其结构、韵律和言辞之美自是一流的,这样水平的作品，李白要作一首其难度也不大①，但崔颢《黄鹤楼》这首诗的难度和令人敬畏之处就在于诗中堪称"崔颢之问"的内蕴。诗中所谓"日暮乡关何处是？烟波江上使人愁"，它的意味并不仅仅是一般意义上的乡愁，更是指向人生的归宿问题，亦可谓博大精思而精辟凝练了。要理解这个问题还需要结合这里的人文底蕴，亦即看着眼前的天地美景，想着"黄鹤楼"的历史人文传说——据说古时候的仙人王子安或费文祎曾驾鹤在此小憩，而后又驾鹤仙游而去。这不免让人产生几分人生焦虑和迷惘：那让人艳羡的仙人去了哪里？怎么一去就再也杳无音信了呢？这传说是真的吗？如果不是真的，那么人生的最终归宿究竟又在哪里？这传说可谓深美闳约。而生性就喜欢寻仙问道的李白，对此并不难理会到。所以，从作品创作的机缘来看，要如此巧妙地结合眼前景象并含蕴如此重大的人生千古之问，确实不是可以信口吟咏出来的，极可能是一个千载难逢的机会。明白了这一点就不难理解，许多著名作品其实有其内涵上的内在规定性和唯一性。而遇到这样的情形不仅需要有相应的才具，更需要有相应的灵性觉悟到其中的机缘和创作机会②。从某种意义上说，这其实是人生的一种莫大的幸运。故而敢于"凤歌笑孔丘"的李白，此时也不得不低下他那高傲的头颅，不得不说"眼前有景道不得，崔颢题诗在上头"③。传统上人们习惯称王维为诗佛，但就作品含蕴的深度而言，王维并没有哪首作品足以超过崔颢这首《黄鹤楼》。

话又说回来，崔颢这首诗对李白造成的人生困扰，不是能不能创作一首与之

---

① 例如他的《登金陵凤凰台》："凤凰台上凤凰游，凤去台空江自流。吴宫花草埋幽径，晋代衣冠成古丘。三山半落青天外，一水中分白鹭洲。总为浮云能蔽日，长安不见使人愁。"就言辞章法等艺术水平而言，这首诗并不逊色于崔颢的《黄鹤楼》；其情感抒发也颇有自身特色，但与《黄鹤楼》含蕴的思想命题之大、遣词运思之妙与深美闳约的维度就不能相比了。

② 例如，很长时间以来，笔者都想对那些百年甚至千年一出的杰出人物或人中凤凰有所抒发，却一直未果，直到作成这首《游湘西凤凰古镇临别赠张昌宁先生》才有所寄意："古镇如画图，盛名不虚乎。文钟沈从文，画宠黄永玉。江山有常形，人盖不徒出。惜此一方土，凤凰或再雏。"举此例是想说明，思想理念的艺术性表达与阐释性表达是有所不同的。其中的差别就在于，思想理念的阐释性表达只要阐释出其中的事实和理由即可；艺术性表达则需要相应的情境和语境，并将思想理念蕴于叙事的用语之中，使之默然相契、浑然一体。而传统所说的文与质的区别，尤其是所谓"文质彬彬"的追求，应当就是这种境界吧，是谓"言之无文，行而不远"。

③ 其实李白在黄鹤楼并没有因此而少写诗，除了人们非常熟悉的《黄鹤楼送孟浩然之广陵》，还有一首也直接与此楼有关，那就是《与史郎中钦听黄鹤楼上吹笛》：一为迁客去长沙，西望长安不见家。黄鹤楼中吹玉笛，江城五月落梅花。

水平相当的作品，而是对于这个人生千古之问，什么样的答案才能让他自己也信以为真的问题。或许就是受这个问题的困扰，李白才会在《将进酒》中写得如此焦虑、如此激越澎湃而荡气回肠了："君不见黄河之水天上来，奔流到海不复回。君不见高堂明镜悲白发，朝如青丝暮成雪。""钟鼓馔玉不足贵，但愿长醉不复醒。""五花马，千金裘，呼儿将出换美酒，与尔同销万古愁。"那么，这是李白自己的答案吗？显然，"万古愁"是真的，但这不是答案。纵观李白的主要作品，他并没有找到他自己觉得满意的解答，最后还是郁郁而终了。如此看来，崔颢之问真的把诗仙李白欺侮得够惨①。看来一旦遇到真问题，神仙也不比凡人好到哪里去。

苏轼是继李白之后对"崔颢之问"深有感触并受其人文惠及性影响颇深的著名文人。但苏轼似乎比李白幸运，他在历经诸多挫折和劫难之后得以彻悟。

苏轼因乌台诗案于元丰三年（1080）被贬谪到湖北黄州，又于元丰七年（1084）三月从黄州调任汝州。这前后五年时间，虽然是苏轼的人生低谷，却又是他在文学艺术上的创作高峰，在思想上也有重大的突破，而这个突破其实与"崔颢之问"脱不了关系。苏轼最负盛名的"一词二赋"——《念奴娇·赤壁怀古》《赤壁赋》《后赤壁赋》，就是在元丰四年创作的。而这一年的早春，他还创作了被誉为天下第三行书的《寒食帖》和一首词《定风波·莫听穿林打叶声》②。需要注意的是，《后赤壁赋》中描写了他看见一只鹤从他们夜游赤壁的船上飞掠而过，后来睡梦中见到一个道士，觉得这个道士就是此前那只飞掠而过的鹤的化身。这似乎提醒读者，这只鹤与崔颢《黄鹤楼》的人文底蕴有关，但又不完全一

---

① 或者说，"清水出芙蓉，天然去雕饰"，算是李白找到的一个很不错的答案，只是他自己不肯接受而已。或许他更接受贺知章称其"谪仙人"的人生加冕，故而更指望其"飞流直下三千尺，疑是银河落九天"的人生理想及纵横捭阖的抱负，是以心生彷徨和不安。

② 《定风波·莫听穿林打叶声》："莫听穿林打叶声，何妨吟啸且徐行。竹杖芒鞋轻胜马，谁怕？一蓑烟雨任平生。　料峭春风吹酒醒，微冷，山头斜照却相迎。回首向来萧瑟处，归去，也无风雨也无晴。"《寒食帖》以书法著称，但其诗也被《红楼梦》的作者特别看重，尤其是其中的"自我来黄州，已过三寒食。年年欲惜春，春去不容惜"。笔者根据《红楼梦》书中的暗示，发现贾府四姊妹之元春、迎春、探春、惜春的惜春，居然取意于此诗，而最终则指向儒家典籍《春秋》或《春秋左氏传》。这确实令人感到匪夷所思。

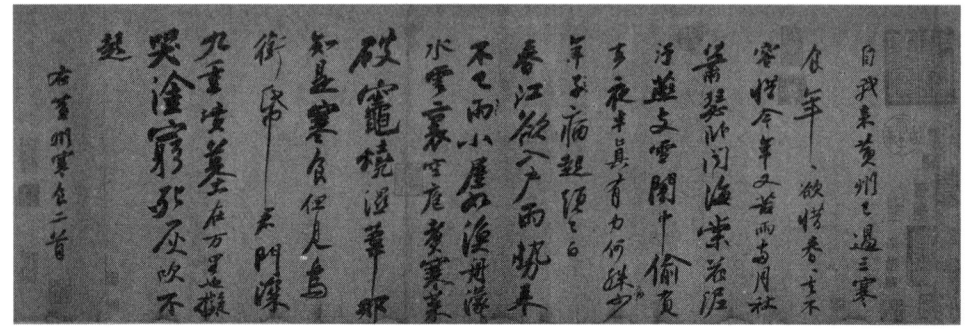

致①。这时，如果稍微关注一下前面所提《定风波》最后那句"回首向来萧瑟处，归去，也无风雨也无晴"，我们就会发现至少在某种维度和意义上，这应当就含有对"崔颢之问"的思考、感悟和回应，至于是否透彻则另当别论了。但无论如何，对许多人来说，这一唱三叹已经非常难以企及了。

党争是宋朝政治生态的一大特征，苏轼乌台诗案也牵连甚广。受贬谪最远的人其实并非苏轼本人，而是他的好友王巩（字定国），他远谪至广西宾州（今广西宾阳）。三年多后，王定国获赦北归。之后他们会面，苏轼倍受王定国的侍人那份笃定的真性情感动，于是写下了一首词，这就是《定风波·南海归赠王定国侍人寓娘》：

常羡人间琢玉郎，天应乞与点酥娘。尽道清歌传皓齿，风起，雪飞炎海变清凉。 万里归来颜愈少，微笑，笑时犹带岭梅香。试问岭南应不好，却道：此心安处是吾乡。

由于苏轼还有更多著名的传世之作，这首词并不那样出名，但最后那句"此心安处是吾乡"（不应认为此话是原话，将其作为苏轼跟王定国侍人交谈得来的感悟或总结应更为合理）仍然得到许多人的青睐。我们把"崔颢之问"与此前的"回首向来萧瑟处，归去，也无风雨也无晴"和"此心安处是吾乡"并列在一起来解读，前一个感悟和解答未尝不是境界极高的感悟和解答，但还是让人觉得不够透彻，而后一个"此心安处是吾乡"则可谓几近化境了。

对于"此心安处是吾乡"这句话（或谓"苏轼之心安"），不少人都认为它的意思就是"随遇而安"。这主要是单独看这首词和这句话的字面意义所得到的

---

① 《后赤壁赋》：时夜将半，四顾寂寥。适有孤鹤，横江东来。翅如车轮，玄裳缟衣，戛然长鸣，掠予舟而西也。须臾客去，予亦就睡。梦一道士，羽衣蹁跹，过临皋之下，揖予而言曰："赤壁之游乐乎？"问其姓名，俛而不答。"呜呼！噫嘻！我知之矣。畴昔之夜，飞鸣而过我者，非子也耶？"道士顾笑，予亦惊寤。开户视之，不见其处。

理解。而一旦像前面那样把它们有机结合起来，其中的况味无疑会发生较大的变化。这时，与其说是"随遇而安"，毋宁说是"心有仁宅，可安风雨"。但这显然还是不够的，以此解释"莫听穿林打叶声，何妨吟啸且徐行"、"回首向来萧瑟处，归去，也无风雨也无晴"或许还差强人意。那么，怎样去解释更好更恰当呢？我们不妨套用林语堂"吾国吾民"这个短语，把这句话解释为：吾爱吾国，吾爱斯民；仁天，仁地，仁民；生于斯，长于斯，才于斯，贤于斯，归于斯。这想必算是几近了吧。倘若要做进一步的概括，或许就是乐群利物而已。当然，如果觉得这样已经心安的话，那就可以这样了；如果觉得这样还不能心安，另求新解也未尝不可。

如果我们把苏轼"此心安处是吾乡"，当作他历经千难万劫之后所感悟到的他的最高人生处世哲学，那么，他调任汝州路过庐山时创作的《题西林壁》及其思想意涵，应当就是苏轼最高的处事处世哲学了：

> 横看成岭侧成峰，远近高低各不同。
> 不识庐山真面目，只缘身在此山中。

这首诗的大意是：跳出此山看此山，知道他山之优长与不足。倘若如此，对同一事物将会有不同的观感；唯其如此，方能得到更理性的判断和认知，方能拥有更大的包容性以及更加可久可大的格局与气度。从文化史和较长历史尺度来看，苏轼这首《题西林壁》同样有贾谊和韩愈的"大观识通"思想的含蕴，但鉴于其自身显而易见的特点，我们不妨称之为"辩证观山思想"①。而苏轼那上承汉唐下开有宋的雄才和卓越的笔力，这未尝不可视为苏氏的"南山之望"和"风骨之忧"。

至此，对于何谓"可久可大"，我们可以说：但凡能够给一个国家或民族以至于人类持续赋能的思想理念和价值观等，都属于可久可大的范畴。以楚言楚语

---

① 王安石有一首《登飞来峰》："飞来峰上千寻塔，闻说鸡鸣见日升。不畏浮云遮望眼，自缘身在最高层。"某种程度上，苏轼这首《题西林壁》可视为对当时主政的王安石所做的辩驳。在政见上，王安石与苏轼有不少歧异和争执，但都是出于公忠体国，而非私人恩怨或私见。是以私底下，他们两人几乎互引以为知己。实际上，苏轼处于乌台诗案的至暗时刻，正是王安石出言相救，不仅使他免于万劫不复，也使他迈入了更高层次与维度的成贤之路，而中国文学史的天空中则因此多了一颗璀璨的明星。

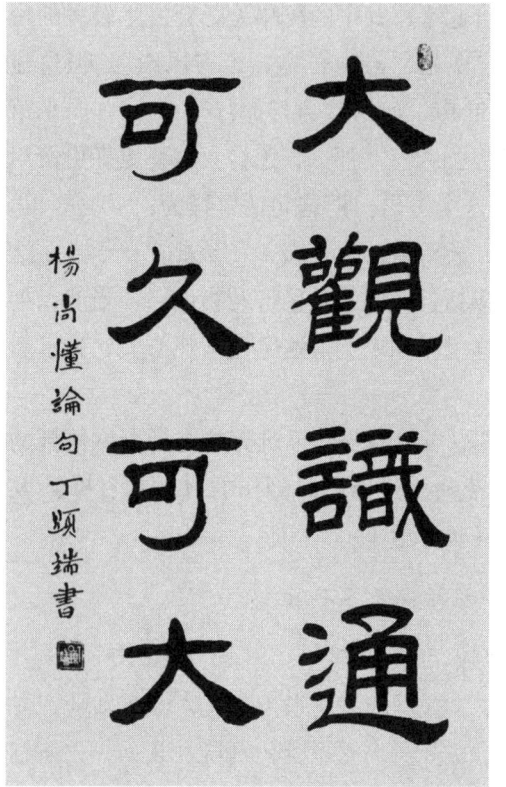

而言之，实可谓"大观识通兮可久可大"。陈寅恪先生说："华夏民族之文化，历数千载之演进，造极于赵宋之世。"而东坡先生大概登临此顶了。又或因他站在巅峰之上，高度又增加了一些①。但这不是终点，而是新的起点。随后中国社会发展一波三折，到1840年鸦片战争之后，国人再度"睁眼看世界"。

由此可知，汉代的"独尊儒术"以及之后宋明理学的兴起是有代价的，最直接的就是它对人的视野和眼量的狭窄化和束缚，及对人的主体性与知性化提升的极大压抑和损害，最终导致社会赋能与加速度优势的后继乏力。故鸦片战争之后的"洋务运动"、"实业救国"、"科学救国"，都可视为针对非儒传统诸如百工之学和墨家等被长期撂荒所造成的历史欠账而进行的补课与复耕复种复产活动。是以人有不同力，各从不同事，故有不同业，乃有世间繁华，不其然乎？

历史上的许多重大制度创新，如郡县制对国家一体化治理体系的建立与赋能；技术创新，如造纸术对知识和思想理念的便利化留存与传播的赋能、印刷术对知识和思想理念的再便利化的留存与传播以至于教育普及的可能性赋能、指南针对航海与海上贸易的便利化与赋能等，都属于非儒传统。如果没有这些基础性的制度创新与制度安排及技术创新，秦汉之后的中国社会是难以想象的；同样，

---

① 笔者写有一首《东坡赞》，系之于此，以志敬意："长风一笑众山睇，次第遥看至峨眉。千古烟霞随波起，一轮明月犹照伊。"在《和哲学》一书中，笔者有感于东坡先生《定风波·莫听穿林打叶声》这首词，尤其是"莫听穿林打叶声，何妨吟啸且徐行"，"回首向来萧瑟处，归去，也无风雨也无晴"，一时间兴之所至，写成《南山志》。当写到"有南山焉，滨于江右，气贯南北，领袂东西"时，总觉得还有未尽之意，要稍微收束一下，却未能写出，直至撰写本书时题下前面那首《秋兴》，才写出心目中有所思但又写不出来的那句话，即"风光拥列"。作为补足，兹系之此。

倘若没有这些中国元素的赋能，西方现代民族国家的建立尤其是现代社会的到来，也是难以想象的。简言之，正是中华文明的赋能，不仅为西方实际上也是为人类迈向现代社会和现代化，奠定了必要的技术和制度的基础。这从侧面说明，拥有良好的大文化观、大历史观和大社会观是很有意义的。相应地，无论是谁，以此拓宽自身的胸襟、放大自身的眼量、提升自身的文明素养、提高自身的文化站位等，无疑都是大有裨益的。

正因如此，我们完全可以说，至少在思想和精神境界上，苏轼以及他们那一代人，已经开启了中国古代社会走向近现代化的进程。

那么，这意味着什么呢？意味着文化的与时俱进含有两个基本维度：一个是对达到事物本质或实质性认知的思想理念的坚守，一个是将滞后的思想理念和不良习俗进行符合时代认知水平的文明化。《易传》曰："穷则变，变则通，通则久。"实际上，这正是中华文化和中华文明拥有强大韧性、强大生命力以及新新之道、不竭的加速度优势的根本所在[①]。

[①] 而今，习近平总书记提出了"山水林田湖草"一体保护与发展，以及"绿水青山就是金山银山"等生态文明理念，亦堪称新的辩证观山思想。这里不仅蕴含着中华文化和中华文明的传统生态文明思想，对于突破人类社会自工业革命以来的发展瓶颈，走向更高质量和更高水平的发展境界，无疑也有着独特的价值引领作用，因而同属于中华文化和中华文明的大观识通可久可大之言。

第五章　精神园林

　　经过前文的阐释,如果要问中华传统文化有什么独特特征,我们可以说,她拥有一座用诗歌精雕细琢而恢宏壮阔、色彩斑斓的精神园林。中华传统文化史、中华精神史也是一部诗歌史。那么,这座精神园林有着怎样的独特之处呢?就是源自《诗经》的伊人主义。

　　伊人主义的内涵与个人的志向或志趣有比较大的重叠,有时可能是二而一、一而二的关系,但在广度上,伊人主义大于个人的志向和志趣。每个人的志向或志趣或许不同,但都可以称为伊人主义的具体表现,因而伊人主义拥有更广的涵括性和共同性的更高价值内蕴以及哲学性的意蕴,可以用于集体理想和愿望的表达。可贵的是,无论是志向、志趣还是伊人主义,都蕴含着人的先忧先觉的内生动力和机制。

　　伊人主义的思想意蕴源于《蒹葭》。《蒹葭》是《诗经》里的一首诗,诗中那个"伊"是那样富有距离感,又是那样神秘而富有魅力,使得在水的另一边的那位君子那样不畏艰险,排除万难去追求、接近,因而总会让人有自觉或不自觉想向前去拥抱的感觉。而"伊"字的本意或最初含义或许就是这样的。笔者认为,这就是中华传统文化中最富魅力的伊人主义。

　　这里并不打算对伊人主义做准确定义,但为了便于理解,不妨打个比方:就像这本书,对笔者而言,起初只有一些想法和基本逻辑与理路,具体的阐释和书写犹如一步一步走向一片深浅难测的水域,不知途中会遇见什么挑战,一切都处于未知未然的状态,可喜的是尝试着去探索并不断将其书写出来,满足则在不断的探索和书写中得到实现。挑战固然会增加难度,但也提升了高度,加大了向远而行的可能性。在这个过程中,所得远远超乎当初所能想象,所以很是满足。接下来会怎样呢?可以想象,既然是一只不系之舟,它就会驶向下一个航程,因为前面那风姿绰约的伊在等着被探寻和接近。她会是怎样的?不知道。而在心中,她永远都是不具体的。但她就是方向,她就站在不怎么远的前方,依稀可见。其意境与美感,就如韩愈的诗所云:"天街小雨润如酥,草色遥看近却无。"有时似乎被什么遮了一下眼,却又不由自主要踮起脚,好像一旦离开视线就会失去她

第五章 精神园林

似的。这时想一想"希望"、"期待"、"理想",其中的"希"、"期"、"理",应当都含有"踮起脚"这个"企"字的意思,这是人自打睁开眼看见光就会自然而然生长出来的东西,是一个人来到人世间所要做的事情。而这就意味着,超越未必能够实现,但事先不能去做不可能的预设。这样,人的生命意识就会得到不断的觉悟、丰富、践履与实现,精神境界得到不断的升华,不断去接近心目中那份爱而未嫁的情愫,不断去亲近心灵上那份爱而未嫁的美,甚至于去抒发那份蓄积已久却爱而未嫁的乡愁和家国情怀。

显然,乡愁和家国情怀很难说是中国人所独有的,但就其浓郁性和传统性而言,中国人的这种精神情感千百年来一以贯之而富有自身文化特征,无疑是非常独特的。"落叶归根"这种乡土情怀,应当就是中国人独特而富有自身文化与文明特征的精神情感显示。就大的方面而言,贺知章的《回乡偶书》:"少小离家老大回,乡音无改鬓毛衰。儿童相见不相识,笑问客从何处来?"就是这种精神情感的教科书式表达。该诗艺术上的率真与情感上略显主客错落的怅然若失相交融,臻于返璞归真之境。相似地,王维《杂诗三首》其二:

> 君自故乡来,应知故乡事。
> 来日绮窗前,寒梅著花未?

亦堪称这类精神情感表达的温文尔雅的典范。诗中"来日"意思是"从家乡前来之时"。由此不难想见,正是中国古人创造了古代社会最富审美意趣和精神格调的生活场景与生活内涵,其魅力及对人的心灵情感的浸润和沁入,让人即便处于繁华的异土他乡,仍然会久久难以释怀,从而成为人们深沉乡土情结与情怀的重要来源。是以一句"寒梅著花未",万千思念与牵挂已尽在不言中了。但是,要拥有这样的生活情怀与格调,没有深厚的文化蕴藉和艺术审美修养,无疑是难以想象的。这同时还说明生活的质量、情感的质量、人生与生命的质量的提升,不能仅限于物质条件的提升,更需要富有深度与厚度的人文情怀的涵养和精神蕴藉的提升。因此,从古代世界的角度来看,中国古人曾经拥有的生活质量、人生和生命的质量其实是举世罕见的。

那么,中国人的这种共情性还有什么更深潜的养成元素呢?思来想去,或许只能从中华文明的"元文化"中寻找答案了。何谓"元文化"?这里的解释是,蕴含于一定文化与文明中的最古老的内在精神结构。这一点就如第一章所言:中华民族对"天"和"地"拥有一种独特的人格化理解,并表现为对"天"和"地"具有一种宗教般的情感。因而"天"和"地"可谓中华文化与中华文明的重要内在精神结构,亦即"元文化"之重要所在。除此之外,"人"无疑也是中华文化与中华文明的"元文化",正如《中庸》所言人与天地参(《周易》也含有此意)。当然,如果仅止于此,这样解释还是比较抽象的。我们进一步思考隐含在中华传统文化中的家文化、"尊祖敬宗"与祖先崇拜等风俗习惯和人文关怀,"人"在中华文化与中华文明中的"元文化"地位就豁然洞明了。也就是说,如果我们理解到"人"在中华文化与中华文明中的"元文化"地位,中国人独特的乡愁和家国情怀就有了很好的诠释性。相应地,在中华文化林林总总的精神园林中,这方面的精神情感表达也可以由此得到追本溯源式的剖析。父母之邦,焉能不思?焉能不想?焉能不爱?焉能不眷顾?焉能不牵挂?焉能不予愁?《诗》云:"维桑与梓,必恭敬止。"① 不其然乎?

还要指出,无论是从《周易》的经文还是传文来看,"情"都是中华文化与中华文明的"元文化"。而《易传》中的这段话,"包牺氏之王天下也,仰则观象于天,俯则观法于地,观鸟兽之文,与地之宜,近取诸身,远取诸物,于是始作八卦,以通神明之德,以类万物之情",即堪称经典表述。

日常生活中,诗意可谓无处不在,但首先要求我们有诗心——心中有诗或者有诗的积累与沉淀,继而达到眼中有诗,能够使形而上的诗与形而下的诗交相会意,亦即对事物拥有诗化的审美素养,这是诗意的一个初步的维度。更高的维度则是面对某些事物或信息的激发,诗意能够从自身的内在人文规模中生成②,进而将其创作出来,这就要求自身能够拥有"咏絮才"了。到了这个维度之后,不仅可以欣赏日常生活中的具象化的诗意,还可以将某些具象化的情景和景致转化为自己的艺术创作。这种状态与艺术维度,其实就是诗意生活的欣赏和具象化书写。很显然,到了这个维度,诗的创作就不是什么难事了,难的是恍若造化开恩,创作出让人一见倾心的佳作。例如杜牧的《山行》:

远上寒山石径斜,白云生处有人家。
停车坐爱枫林晚,霜叶红于二月花。

所谓"山行"应当就是我们现在所说的秋游。这时我们可以发现,诗人与一般人不同,一般人如果在深秋季节的"寒山"、"石径"上赶路,就难用诗心、诗的眼界去审美身边或周边的景致,即便能够用诗心、诗的眼界去审美身边或周

---

① 《诗经·小雅·小弁》。
② 或如陆游所言通过"功夫在诗外"的日积月累,又或"一时之学而行终身之修"。对陆游"功夫在诗外"一语(包括"法不孤生"的阐释),钱钟书在《宋诗选注》中有很好的解释:"走出书本的字里行间,跳出蠹鱼蛀孔那种陷人坑。"

边的景致，也未必能够抵达创造性与超越性的书写。而杜牧之所以是大诗人，就在于做到了常人以至于一般诗人不能做到的，故能创作出《山行》这种让人一见倾心的佳作，展现出独特的意趣和美趣。当然，从精神情感的空间性表达来看，《山行》一诗因其没有具体地点的所指，在艺术审美上也使其扩大了自身的地理空间，并使得相似或相同的情景得到相应的赋意。与此相对应的是，某些诗词则有其特指的地理空间，它们虽然基于个人的情感表达，但由于其经典性，却得到人们的广泛共鸣与情感认同，代表着人们生命意识中的独特共情，成为家国河山中共同的人文情采，在日常生活时时唤醒人们的共同文化记忆，在潜移默化中使人们成为富有文化底蕴的精神情感共同体。这种类型的诗词不在少数，例如唐代边塞诗人王之涣的《凉州词》：

> 黄河远上白云间，一片孤城万仞山。
> 羌笛何须怨杨柳，春风不度玉门关。

以及北宋词人李之仪的《卜算子》：

> 我住长江头，君住长江尾。日日思君不见君，共饮长江水。
> 此水几时休，此恨何时已。只愿君心似我心，定不负、相思意①。

除此而外，语言尤其是文本语言是播撒在人们心田里的种子，客观上要求经过一番优选、凝练与升华，对人的身心、精神性灵与生命意识具有很好的愉悦作用。这或许就是我们比较熟悉和热衷的一般意义上的诗意。但这种诗意还是比较狭义的。广义来看，诗意还包括对某些丑陋现实的针砭，如杜甫之"朱门酒肉臭，路有冻死骨"，就是对现实的一种挞伐，代表着社会公平的正义感。而有时还会用于表达心中的块垒与思绪愁肠，如屈原的《湘夫人》："帝子降兮北渚，目眇眇兮愁予。袅袅兮秋风，洞庭波兮木叶下。"是以《易传》曰："言行，君子之所以动天地者也。"这说明，无论是诗之美还是文之美，实际上都是人的生命意识对事物的美趣和美意的感悟与定格，并使其成为拥有恒久审美价值与审美意义的人文存在。

所以，总的来看，中国这座硕大无比的精神园林，其实就是一部规模浩浩而博大精深的历史画卷与精神史诗，代表着中华民族最高的艺术生命意识与审美意趣。

---

① 除了与自然环境相关涉，与历史和人文环境相关涉也是中华诗词文化的一个重要特征。例如唐代诗人韩翃的《寒食》："春城无处不飞花，寒食东风御柳斜。日暮汉宫传蜡烛，轻烟散入五侯家。"就是一首与人文环境关涉颇深的经典作品。

有不少古典诗词是从日常生活中身边的事转化而来的，如清代诗人高鼎的《村居》：

草长莺飞二月天，拂堤杨柳醉春烟。
儿童散学归来早，忙趁东风放纸鸢。

就是一首通过寻常生活发现快乐、欣赏快乐、享受快乐的诗，是对寻常生活的诗意书写。而唐代诗人孟浩然的《过故人庄》亦是如此：

故人具鸡黍，邀我至田家。绿树村边合，青山郭外斜。
开轩面场圃，把酒话桑麻。待到重阳日，还来就菊花。

当然，古典诗歌中类似的诗还有不少。如韦应物的《滁州西涧》："独怜幽草涧边生，上有黄鹂深树鸣。春潮带雨晚来急，野渡无人舟自横。"杨万里的《宿新市徐公店》："篱落疏疏一径深，树头花落未成阴。儿童急走追黄蝶，飞入菜花无处寻。"范成大的《四时田园杂兴·其一》："昼出耘田夜绩麻，村庄儿女各当家。童孙未解供耕织，也傍桑阴学种瓜。"赵师秀的《约客》："黄梅时节家家雨，青草池塘处处蛙。有约不来过夜半，闲敲棋子落灯花。"笔者偶尔也有所创作，如：

风 筝

2018年8月21日

年少时，能独自放飞心情者不多，而放风筝即其中一项。选一个开阔之地，拿着自己所制的风筝，捉住那总是从身边飘逸而去的风，随风而舞，与风嬉戏。此中快乐，实非风筝之大小、高低所能限量。放飞之快乐，远比风筝还要高；少年之心气，亦远比天空晴朗。此天地所能容而不能概括者。故老子曰："道大，天大，地大，人亦大。域中有四大，而人居其一焉。人法地，地法天，天法道，道法自然。"如此称颂人类又能与自然相友为乐者，古今中外，盖无出其右者。是以清赏之乐，又岂形形物物者所能限哉！

又如：

> **快乐曾那样轻轻地跳**
>
> 2018年9月
>
> 快乐不必那么的沉烦
>
> 放下一些不必的负担
>
> 生活就会多一些清欢
>
> 曾记否　虫儿唧唧叫
>
> 就让我们　驻足而瞧
>
> 长长的须　细细的脚
>
> 快乐曾那样　轻轻地跳
>
> 还有那　扑腾扑腾的笑

第一节　唐代现实理想主义

秦汉以降，唐代是一个颇具文化特色的朝代。究其原因，大的方面而言就是直接传承了魏晋南北朝时期的文化积淀，小的方面而言就是李氏王室有着鲜卑血统以及北方草原文化的粗犷。故相比之下，有唐一代文化中儒家传统占比稍低，非儒传统占比较重。这可以视为唐诗繁荣和唐代在文化上颇有建树的重要原因之一。这里更为关注的是唐代的现实理想主义，它可视为传统文化中伊人主义的一种具体化文化形态。

现实理想主义既可视为人们对未来生活的一种美好寄寓，又可视为艺术源于生活而又高于生活的艺术表达，从而比较好地说明了日常生活所拥有的艺术维度，以及艺术所含有的日常生活的现实维度。由此我们可以理解艺术对现实生活的涵养和引领作用，以及现实生活对艺术发展的涵养和推动作用。生活和艺术的这种辩证关系，实际上是隐于人类社会历史中的一种重要内生机制。简言之，艺术从未远离生活，生活也从未远离艺术，并且显现出人之为人而不是别的动物的一般性、文明性和文化性特征。这一点，人类远在数万年前就已经开始制造饰物来装饰自己、装饰生活就是最好的例证，从那时开始，艺术就从未离开人类的生活。

鉴于历史条件及其可能性的约束,艺术不仅是持续发展的,艺术形态也随着自身的发展而越来越丰富,随着生活条件及其可能性的改善,载歌载舞就成为世界各民族皆有的艺术形式,诗歌也从这样的生活和艺术中孕育而来,并随着文字的发明愈加发达起来。正如前文的所阐述的,自古以来中国就是一个诗歌的国度,她的发达性的一个重要根源就在于诗歌的艺术审美意趣与日常生活息息相关、相互作用、相辅相成,有着自身非常显著的文化与文明特征。

一、大唐风韵

(一) 传统离情的一般表达形态

在中华传统文化中,离情既是一种内在结构非常复杂的情感,又是诗歌创作的一个重要主题,既有个人的离情,又有家人、亲人之间的离情,还有朋友和情人之间的离情,甚至有离开故土乡邦乃至国家的离情,所以关于离情的诗歌可谓数不胜数。在《红楼梦》中,有一个专门描写宝玉独自面对离情的情景:

> 宝玉却从未会过这孙绍祖一面的,次日只得过去聊以塞责。只听见说娶亲的日子甚急,不过今年就要过门的,又见邢夫人等回了贾母将迎春接出大观园去等事,越发扫去了兴头,每日痴痴呆呆的,不知作何消遣。又听得说陪四个丫头过去,更又跌足自叹道:"从今后这世上又少了五个清洁人了!"因此天天到紫菱洲一带地方徘徊瞻顾,见其轩窗寂寞,屏帐翛然,不过有几个该班上夜的老妪;再看那岸上的蓼花苇叶,池内的翠荇香菱,也都觉摇摇落落,似有追忆故人之态,迥非素常逞妍斗色之可比。既领略得如此寥落凄惨之景,是以情不自禁,乃信口吟成一歌曰:
>
> > 池塘一夜秋风冷,吹散芰荷红玉影。
> > 蓼花菱叶不胜愁,重露繁霜压纤梗。
> > 不闻永昼敲棋声,燕泥点点污棋枰。
> > 古人惜别怜朋友,况我今当手足情!

从引文中我们不难领会到,昔日的贾府是何等的尊贵,但今时今日却寥落到这种地步:"只听见说娶亲的日子甚急,不过今年就要过门的。"应是发生了不小的变故才这样。而宝玉所吟之诗已含有这种衰败的信息,故遭此别离更生悲戚。从诗歌文化的角度来看,这种情感情怀可以追溯到《诗经》时代的《燕燕》之情,而宝玉此诗也暗含这样的用典,内在性有其契合之处:

燕燕于飞,差池其羽。之子于归,远送于野。瞻望弗及,泣涕如雨。
燕燕于飞,颉之颃之。之子于归,远于将之。瞻望弗及,伫立以泣。
燕燕于飞,下上其音。之子于归,远送于南。瞻望弗及,实劳我心。
仲氏任只,其心塞渊。终温且惠,淑慎其身。先君之思,以勖寡人。

《燕燕》是一首经典的别离诗,其发自肺腑之情感、随着景物转换循环往复并且将情感抒发越推越高的艺术手法,让人读之动容,可谓可歌可泣,或曰"离情参商诗意浓",历史上不少学者给予其极高的评价,后世也有不少诗人深受其人文惠及性影响。

需要注意的是,而后迎春燕尔新婚归宁贾府,向家人哭诉嫁后的悲苦生活情景,好像已被宝玉当时的诗作不幸而言中了。这种家长制的物化婚姻,如果与《诗经·葛覃》所描写的精神和情感状态相比较,又是一种何等的文化异变啊!这还很好地说明了,即便是富贵人家,如果思想观念不对头、处事不当,同样会带来不幸,造成终生遗憾。认为富贵必定幸福,显然是一厢情愿的想象,有不少误区。这里显现的其实就是如何修身、齐家,尊重人的人格,以及如何平衡与取舍精神情感生活中的"物本位"和"情本位"的问题。

话又说回来,宝玉这首抒发离情的诗是借眼前景物而直抒胸臆的作品,与《燕燕》相比,无论是艺术技巧还是情感浓度都要逊色许多,在经典诗歌中显得非常一般,情感的维度也比较传统而单一。当然,一些非常经典的作品也是这样,例如《诗经》的《月出》与李白的《静夜思》、杜甫的《月夜忆舍弟》[①] 这三首诗,可谓各有各的精彩,各有各的内容与特色,都是特定思想观念和共情上的经典,但并没有超出人们对传统的那种熟悉感,或者不能说哪一首超越了哪一首。这反而在一个侧面说明,要超越传统尤其是拥有悠远历史纵深与厚度的传统,并不是一件容易的事。当然,这并不意味着传统就不好,能够超越传统就一

[①] 《诗经·月出》:"月出皎兮,佼人僚兮,舒窈纠兮,劳心悄兮。月出皓兮,佼人懰兮,舒忧受兮,劳心慅兮。月出照兮,佼人燎兮,舒夭绍兮,劳心惨兮。"李白《静夜思》:"床前明月光,疑是地上霜。举头望明月,低头思故乡。"杜甫《月夜忆舍弟》:"戍鼓断人行,边秋一雁声。露从今夜白,月是故乡明。有弟皆分散,无家问死生。寄书常不达,况乃未休兵。"

定好；而是说，倘若能够超越传统并且拥有同样价值和意义，无疑是比较理想的，毕竟艺术需要丰富性，还需要一定的或者更多的精神气质的独特性。

《红楼梦》中的许多诗文显然不及诗歌史上的经典之作，其旨意和贡献主要在以情悟道上，具体表现为继承白居易对思想观念及制度层面所存在问题的思考，转而通过有关角色和相关的情景刻画来进一步揭示。但《红楼梦》发现了传统文化中诸子思想里关于"情"的关注与阐释的不足，对此还需要进一步分辨和理清。这一点无疑是空前的。就此而言，它对传统文化所进行的"祛其弊而和其善"的梳理工作，可谓"穷神致化"了。这是创造性转化与创新性发展的历史典范，对后世社会的文化尤其是家文化的建设，有着精神情感教科书一般的意义。

（二）初唐与盛唐气象

到了唐代，中国诗歌确实发生了巨大的变化，这种变化在送别诗中表现得非常突出。如果说此前的送别诗偏重于亲人之间的送别的话，到了唐代，送别诗就明显地转变为朋友故旧同事同僚成为书写对象，或者说这方面的书写对象占了非常突出的地位。那么，这意味着什么呢？这意味着唐代社会的开放性和流动性达到了前所未有的程度，蕴含着不同以往的新的思想理念。这一点使得唐诗独具风骨，对先贤有所超越。所以，如果把此前尤其是春秋战国时作为古典期的古典主义的话，唐代的这种变化和情形可视为有别于古典期的新古典主义，其特征就是既有现实性又有理想性，因而可以称之为现实理想主义，或者说新古典现实理想主义。从世界史的角度来看，公元七至八世纪前后，拥有如此壮阔情感与人文精神格局的，只有中国的唐代。在唐代的送别诗中，以下几首无疑有着独特的代表性意义。

王勃是一位天才少年，与杨炯、卢照邻、骆宾王合称初唐四杰。他的《滕王阁序》是中国文学史上极负盛名的传世之作。他的《送杜少府之任蜀州》，同样是不可多得的佳作：

> 城阙辅三秦，风烟望五津。与君离别意，同是宦游人。
> 海内存知己，天涯若比邻。无为在歧路，儿女共沾巾。

王勃这首诗显然深受曹植《赠白马王彪》的人文惠及性影响："心悲动我神，弃置莫复陈。丈夫志四海，万里犹比邻。"在中国诗歌史上，曹植的独特贡献就是他的创作实践促成了五言诗的成熟。客观上，这使他的人生拥有了颠扑不破的价值和意义，也使得他在世时心心念念的王位不像他主观上认为的那么重要了。因为从功能来看，唯能力可以创造公域，权力只是管理公域。可谓人有不同力，各从不同事，故成不同业，乃有世间繁华。推而言之，曹植的情况对我们更理性地思考和看待人生的价值和意义的可及性，也是大有裨益的，我们尤其不宜执迷于权力而怠慢更具根本性意义的能力。对于个人的享受而言，王权、王位的价值和意义应当是比较大的，可及性也是比较难的，但能否创造和拥有更深永以至于颠扑不破的文化价值和意义却不可必，而拥有更深永以至于颠扑不破的文化价值和意义的能力却往往高于或优于拥有王位。实际上，这也是凡人可以不凡的重要所在。这也进而表明，唐诗的奇峰突起和爆发性登场，不应忽视和低估魏晋南北朝所铺陈的人文厚积。我们今天能够享有比较丰富的精神文化生活，也应作如是观。

这诗的首联"城阙辅三秦，风烟望五津"，出笔气势恢宏，足以代表唐朝人胸襟壮阔、一跃千里的精神气质。第一句点明所处之地是长安。经过多个朝代定都，有许多宫殿群与三秦大地融合在一起，与这里的山川地貌相辅相成，形成自然与人文之盛的宏大态势，故曰"城阙辅三秦"。第二句"风烟望五津"指的是杜少府将要上任的地方——蜀州，那里有五个重要渡口供人交通往来。有人认为诗人写诗是一种即景创作，超过视距所及难免显得失实。但王勃这首诗却告诉我们：诗人写诗不仅仅是即景，所写常常是超视距的，是诗人在自己的生活经验、知识积累、知识结构与知识规模的观照下，所做的艺术发挥与艺术创作。倘若过于"拘实"，反而显得有些说外行话的味道。

例如唐代诗人张继的《枫桥夜泊》：

月落乌啼霜满天，江枫渔火对愁眠。
姑苏城外寒山寺，夜半钟声到客船。

千百年来对于诗中的"夜半钟声"是否为实景，人们一直争论不休，少有得其味者。明代文艺理论家胡应麟却以"借景立言"四字，一语点破其要，可谓深得诗家三昧①故张继所闻是实景与否，倒无需过于拘实，次而观之或许更相宜，无非"艺实"有别而已。这首诗不仅表达了羁旅情愁的共情，同样重要或许更重要的是，后两句"姑苏城外寒山寺，夜半钟声到客船"，还将人们共有的那种难以把持的空濛而苍凉的深沉生命意识之境表达了出来；或者说，正是这联诗让人们微妙地体悟到了深沉生命意识中那种难以把持的空濛而苍凉之境，是以

---

① 胡应麟："诗流借景立言，唯在声律之兴调。兴象之合，区区事实，彼岂眼计。"

能够激起人们的广泛共鸣，千百年来流传不衰，可谓中华传统文化创造性美学的实践典范，称其为中国古典诗歌中一方心灵上的天许之地应不为过。有了这样的理解，亦可见"借景立言"之说之一语中的了，而"拘实"迷思也应该回头了吧。

  推而言之，"借景立言"可谓一语点破了中国古典诗词的一个本质特征和重要维度所在，实际上，这也是最中国化的精神情感表达方式。从送别诗来看，又如有诗家天子之称的王昌龄的《芙蓉楼送辛渐》："寒雨连江夜入吴，平明送客楚山孤。洛阳亲友如相问，一片冰心在玉壶。"也是古今传唱不衰的经典名篇。如果我们拘实于"一片冰心在玉壶"的话，那就未免太煞风景了。那么，这首诗为什么能够千古传唱呢？因为它经典不二地表达了深潜于人们生命意识中的共情，足以成为人们心灵中的一方天许之地，遇到相同或相似的情景时，就会撞击人们的心弦而引发回响。而文化作为人们的精神情感共同体的基础，可谓不言而喻了。但仍需注意，诗中所言"冰心"，实则是"似实而非实"，是"处浊不污"的精神价值取向的具象化表达。相应地，不拘实并不意味着可以不顾常理的度所允许的合理范围，尤其是对关涉常识的叙事，更需要注意其中的合度性。例如乐府诗《十五从军征》之"十五从军征，八十始得归"的"八十始得归"，就显得有失"度"的允许范围；而贺知章《回乡偶书》之"少小离家老大回"就显得甚为妥帖。当然，对合度性的衡量，有时还需要结合诗题的抒情或叙事以及有关的语境而定，不可生搬硬套、一概而论①。

  话说回来，接下来的这一联"与君离别意，同是宦游人"，则反映了那个时代，士人身处宦海，为了前程，并不拘于是否任职于当时的国家政治经济文化中心长安，显现出社会高度的开放性、流动性以及积极有为的活力。接着的"海内存知己，天涯若比邻"，是王勃作为大诗人而传唱千古的名句，其意义在于以简约的语言表达了友人之间只要相知心近，相互间的情谊就足以超越地理空间阻隔的高度共情性书写。故而接下来有无需像小儿女那样感伤的告慰。所以，这首诗虽是一首送别诗，但并没有生离死别般的伤感、哀婉与凄恻，给人更多的反而是

---

① 例如李白《赠汪伦》所言"桃花潭水深千尺"的"桃花潭水"之"深"，实际上是"百尺"还是"千尺"抑或多少尺并不重要，因为诗歌在于通过语境中的"桃花潭水"之"景"来"设景"，以抒发和表达汪伦对自己的情义之"深"，"千尺"只不过用于强化和服务于"深"而已。而且"深千尺"还暗含着"即便"之意，故过于拘实反而起不到强化的艺术效果。况且现实中确实没有一个固定标准来衡量情义之"深"，从而使得"度"的限定性缺乏明确的约束，这样一来，"深千尺"的夸张反而有了独特的艺术效果。

积极面对现实的精神慰藉。是以从情感与精神气质来看,这首诗更像是一首奋发有为正当时、与朋友共勉的青春赠言与青春之歌,这是这首诗能够千古流传的价值与要义所在,亦可谓大唐新古典现实理想主义在个体精神情感方面的典型体现和新凤雏声。

杨炯是初唐四杰之一,与王勃一样,代表着初唐新的精神气质的生成,他甚至拥有更为深沉的思想底蕴。例如这联诗"江山若有灵,千载伸知己",虽然亦有前人的基础①,但思想理念显然已经发生了质的转变和提升,其价值取向可以理解为"与国家江山社稷成为知己"或者"使自己成为国家江山社稷的知己";于诗词创作而言,亦可谓"家国河山藏佳句,将与往来有缘人",因而是一种超迈千古的思想理念,足以代表初唐以至于盛唐时期精神气质的重要思想内蕴。

北京师范大学教授康震说:无论是物质、技术还是精神文化,唐代或许都不如宋代,但精神气质上,大唐却是最让国人引以为自豪的朝代。这个论断无疑是很精当的,有其相应的历史纵深与厚度。那么,大唐新古典现实理想主义的精神气质的养成,及其丰沛和饱满的精神气度,还有哪些独特之处?大唐的边防政策当是一个不可忽视的制度安排,具体上就是鼓励经过科举筛选的士人到军队中建功立业,而且得到了士人的积极响应。杨炯的《从军行》,就是有关制度安排的人文体现,称之为"青春行"亦未尝不可:

烽火照西京,心中自不平。牙璋辞凤阙,铁骑绕龙城。

雪暗凋旗画,风多杂鼓声。宁为百夫长,胜作一书生②。

正是有了国家层面的制度安排与鼓励,加上"使自己成为国家江山社稷的知己"的思想理念,大唐边塞诗便成为士人展现大唐精神气质的重要载体。例如岑参的《白雪歌送武判官归京》"北风卷地白草折,胡天八月即飞雪。忽如一夜春风来,千树万树梨花开",就表现了那个时代士人在军旅生活中的浪漫主义人文精神;又如卢纶的《塞下曲》"月黑雁飞高(大雁这种异常现象是有人迅速移动

---

① 东晋诗人袁松山:"山水有灵,亦当惊知己于千古矣。"杨炯《西陵峡》:"及余践斯地,瑰奇信为美。江山若有灵,千载伸知己。"二者虽含有先后的叠言关系,但在思想意蕴上杨炯的《西陵峡》无疑有了更加显性化的升华与表达。

② 唐代之前,拥有这种昂扬奋进的现实理想主义精神气质的其实就是汉武帝时代。正是拥有这样的生命意识和青春气象,才涌现出做出通西域之伟大壮举的张骞、"匈奴不灭,何以家为"的一代战神霍去病等著名历史人物。初唐这种精神气质到盛唐时也是相接续的,王维这首《少年行》比较好地反映了前后之间的这种延续性:"新丰美酒斗十千,咸阳游侠多少年。相逢意气为君饮,系马高楼垂柳边。"

的警示),单于夜遁逃。欲将轻骑逐,大雪满弓刀",则展现出边关将士即使在大雪纷飞的苦寒之夜,也准备着随时与敌人对决的大无畏英勇气概。所有这些都使得后人对大唐的精气神充满了无限的想象和敬慕。

在唐代边塞诗创作中,高适无疑是重要的代表。他的《别董大》虽然说不上是边塞诗,但同样足以代表盛唐新古典现实理想主义的高蹈的精神气质:

千里黄云白日曛,北风吹雁雪纷纷。
莫愁前路无知己,天下谁人不识君。

高适这首送别诗所赠的对象是当时的著名音乐家董庭兰,他因主家的变故而失去依托,需要离开长安。所谓"董大"者,是董庭兰作为其家族中的长子嫡孙,因当时的习俗而来的尊称。高适是盛唐著名的边塞诗人,风骨高迈,气象旷达,与李白、杜甫、岑参是好朋友。他们既是那个时代的产物,反过来又以他们的艺术天才,书写和塑造了那个时代的人文情怀与精神气质。他们没有疏离自己的时代,那个时代也没有疏离他们;他们与所处的时代是相互的知己,但未必是那个时代持禄自欢的权贵的知己。正因如此,他们与时代的关系是密切的,是互为观照的,即便远谪天涯,仍然皎洁如月,为天下所共仰。

例如诗豪刘禹锡,他因永贞革新失败被长时间贬谪在边远地区,却用自己旷达豪迈而高洁的诗心创作出足以供自己与后人心灵栖息的天许之地,著名的《陋室铭》就是他被贬安徽和州还被势利的地方官作弄而作。《陋室铭》以其亦古亦今、简明而庄重典雅的行文,阐明其价值观以及对高贵精神的追求,有意无意中树立一面文人士大夫精神高于物质追求的高蹈的精神旗帜,而后经他的好友大书法家柳公权书写,刻镂于碑,一时风闻天下。这从一个侧面表明,大唐人文精神之盛,其拥有灿如繁星的文人群体自是一个重要原因,而拥有相应的人文氛围以及高水平的赏识者和受众,作为烘托与支撑其不断生成的精神土壤,同样是非常重要的。正如后来唐宣宗李忱悼念白居易时所言:"童子解吟长恨曲,胡儿能唱琵琶篇。"实际上,正是这样开放而高水平的精神土壤,成就了大唐文化的高度繁荣。

再来看高适这首送别诗。它最大的特色就是,首联通过写景来暗示董庭兰时下的处境:犹如冬天里朔北的天气,北风夹杂着尘土充塞于天地之间,云朵因之失去往日的光彩而变得昏黄,而大雁却要迎着纷纷大雪艰难飞行。更为可贵的是,高适不仅理解和赏识董庭兰的才华,更以饱满的激情告诉他,当下虽然寥落而不得不远离长安,未来总有一天会得到更多人的赏识,亦即"莫愁前路无知己,天下谁人不识君"。该联诗通过展望未来的美好远景,在冲淡时下的不如意的同时，予人以无限的精神激励，于无形中表达了高适对友人的深切人文关怀。从创作角度来看，诗中这种先抑后扬的技巧无疑是寻常而普遍的，但能够翻转到这样的程度，却显现了高适作为大诗人才有的大手笔与深厚的艺术功底，进而体现了盛唐时代新古典现实理想主义恢宏壮阔的精神气质与沉雄豪迈之情。

在宋代诗词中，与唐代边塞诗呈现出来的精神气质相仿佛的作品虽然不多，但也不能说全然没有，范仲淹的《渔家傲·秋思》，就是一首足以作为代表的边塞之作：

塞下秋来风景异，衡阳雁去无留意。四面边声连角起，千嶂里，长烟落日孤城闭。　浊酒一杯家万里，燕然未勒归无计。羌管悠悠霜满地，人不寐，将军白发征夫泪。

范仲淹这首词呈现出了宋代将士守护国家边防、以图建功立业的拳拳爱国之情，但作品所走的路线，是更传统的如《诗经·小雅·采薇》那样的路径，给人更多的是一种精神的抚慰和关爱，与大唐边塞诗的精神气质相比，就显得有些压抑了。我们可以对比一下王翰的《凉州词》：

葡萄美酒夜光杯，欲饮琵琶马上催。

醉卧沙场君莫笑，古来征战几人回。

不仅范仲淹这首词，就是整个宋代的诗词中，也难以找到王翰诗中那种豪迈而不惧生死的浪漫主义风采。当然，如果单从诗词作品的精神气质来看，李清照的《夏日绝句》和苏轼的《江城子·密州出猎》，为宋代挽回了不少面子，倘若不论总体而只说高度，甚至有所过之。但无论如何，就伟大性而言，唐朝显然盖不过宋朝，汉朝也是如此①。

---

① 当然，要说汉代与唐宋两代有什么比较明显的不同，那就是唐宋两代都堪称才子时代，汉代则与此还有一些距离。

高适笔下的董庭兰的境况与杜甫诗《观公孙大娘弟子舞剑器行并序》① 所描写的公孙大娘及其弟子的情形有某些相似之处。姑且不论他们后来寥落的情形，他们高超的技艺无疑从一个侧面反映了盛唐时期的人文繁盛。杜甫笔下公孙大娘及其弟子的舞剑和董庭兰的音乐，其实是当时都城长安人们日常生活中的一个个片段，由此我们可以推知，礼乐文明自周朝之后曾在大唐盛极一时，只不过其人文内蕴和气象都发生了极大的变化，其中既糅合了南北朝民族大融合时北方民族粗犷的精神气质，又有来自西部或说中亚的外来文化的元素。进一步探讨，更直接的精神气质是源于唐朝科举制度的开放性与竞争性，具体上就是"明经"以及"进士及第"那至关重要的诗词歌赋等（尤其是诗歌）的评议、会试或考察，朝堂和宴会之上甚至君臣一起参与的诗歌创作比赛。

送别诗在传统诗歌中是一个大类，要写出一首经典之作确实不易。在众多送别诗中，李白的《黄鹤楼送孟浩然之广陵》可谓别具一格：

故人西辞黄鹤楼，烟花三月下扬州。
孤帆远影碧空尽，唯见长江天际流。

据李白研究者的梳理，写作这首诗时李白 27 岁左右。这首送别诗场景壮阔悠远，语意起承转接流畅自然，情景交融，所写景语皆情语，意态绵延，不愧为一首经典之作。是其独到和精彩之处在于，诗的首联给人一种强烈的感觉：孟浩然所去之地，正是李白自己向往之地。李白用"烟花三月"来点染此时的"扬州"，霎时间予人以无限美好的想象空间，是以该诗虽因送别而写，却道尽了李

---

① 就风调而言，这首诗无疑是杜甫的代表作之一。诗中描绘公孙大娘弟子舞剑的情形可谓出神入化，同时还有对公孙大娘及其弟子的寥落境况的深深同情，并且隐含着杜甫因感其类而自伤其怀的苍凉与沉郁，而这未尝不是杜诗的重要特征所在。对高适、杜甫这两首诗稍作比较可以发现，就艺术性而言，杜甫那惊鸿飞天、笔意细腻而光华毕露的笔法无疑要高于高适；就精神气质及其给人的精神慰藉而言，高适又要高于杜甫。稍作延伸，杜甫的思想深度与格局在某些方面跟白居易相比似乎也有所不及，如白居易所思"平时安西万里疆，今日边防在凤翔"（《西凉伎》），杜诗却多少让人觉得和平安逸乃理所当然或不知从何而来，遑论"法不胜奸、威不克爱"必然滋生的迭代之变了。实际上，个体的本位主义以至于过度自私自利的产生，一个重要原因就是思想意识里对公域福利的无感化。而公域的美好既要每个人都有置身其中甚至为为公域一部分的公域意识、公域伦理，又要大家来共同维护。从更大的格局去审视其某些诗篇在格局上的局限性，便不难发现北宋中后期古典诗歌转向杜诗并导致精神气质逐渐消磨和积弱的根源。当然，作为一位伟大诗人，其作品的价值维度无疑是异常丰富的，除了苍凉沉郁之气，也有类似这样借景抒情的小制作："迟日江山丽，春风花草香。泥融飞燕子，沙暖睡鸳鸯。"给人一种清新可人的美感。

白对扬州虽不能至、心向往之的满怀惆怅。正因如此，该诗可谓情致别开，以情感色彩的些许错位（如果此时是孟浩然送别我，该是多么好的事情），让人在心领神会其鬼斧神工的艺术技巧与境界之余，又仿佛觉得反而像孟浩然送别他似的，并由此凸显孟浩然之"辞"（辞别）的意味与情态——由于现实条件的局限和生活中的无可奈何，只能让好友走向江边，而后远远目送其离去。在这场离别中，"辞者"比"送者"更富有主动性。如此一来，整首诗于无形中反映了李白对孟浩然的深厚情谊与胶着的精神依恋。味及于此，还会使人不禁联想到李白的另一首诗，《赠孟浩然》：

吾爱孟夫子，风流天下闻。红颜弃轩冕，白首卧松云。
醉月频中圣，迷花不事君。高山安可仰，徒此揖清芬。

"中圣"典出《左传·襄公二十二年》，指的是嗜酒者拔高其姿态，以其醉态而自娱为貌似圣人。另外，曹魏时禁酒，说"酒"字容易犯忌，而徐邈官居尚书，却因嗜酒私饮，被问责。因讳言"酒"字，故言其酒醉为"中圣人"。由于酿酒技术不同，酒有清浊之分，故言清酒为"圣人"，言浊酒为"贤人"，这犹如江湖中有一套有别于通俗用语的"黑话"。通过这首诗我们不难理解，李白实则偏好无拘无束的自由生活，是以如此心仪孟浩然"迷花不事君"这种高洁隐逸、放任自然的人生态度。同样妙趣横生的是，杜甫一直钟情于李白，李白诗多言清酒，而杜甫诗必称浊酒，亦可谓各尽其性，圣其圣、贤其贤了。这也算传统诗歌文化中别有情致的一种语言形态吧。

很显然，无论是在中国文学史上还是在大唐，李白都是一名奇特的在场者。大唐的富足让他只关心精神生活的需要，后人很难进入他的境界。记忆之舟从湍急的三峡出发，身后朝霞漫天，那端庄的神女峰和峰峦攒动的重岩叠嶂，排列成了世上最壮观的送行者。舟上的李白挺胸远眺、衣袂飘飘，浑身散发着大唐的精神气质。去江陵、下扬州，去看那烟雨中的江南杏花，去看那千里绵延的绿柳桃红，去看那汉家陵阙、越艳吴娃。于是，李白的生命体验成为一片片不朽的文化风景，定格之后就没人再能修改。这也是李白人生的价值和意义的可及性尺度显得如此不同凡响的重要原因。

总的来看，无论是诗仙还是诗圣，似乎都与大唐新古典现实理想主义还有一些未合。具体来说，诗仙李白显得过于飘逸（还缺少于己于社会脱困于现实的良旨良思），而诗圣杜甫则显得过于传统（对如何才能使经典的某些重要价值取向成为现实还缺少反思，甚至对现实的理解有所欠缺）。倘若此论不错的话，我们可以这样认为，正是大唐新古典现实理想主义这面镜子，不仅照出了李白和杜甫的某些不足，进而用于考察中国古代历史也是一个难得的尺度。当然，事实是否如此，还值得做更多的探讨。

（三）中唐与晚唐的嬗变

安史之乱后，唐代诗歌的精神气质发生了转变，刘长卿《送灵澈上人》就有一定的代表意义：

> 苍苍竹林寺，杳杳钟声晚。
> 荷笠带斜阳，青山独归远。

刘长卿是唐玄宗天宝年间进士，已处于唐朝由盛转衰的时期，一般把他视为中唐诗人。他的诗歌以五七言近体为主，尤擅五言。灵澈则是当时有名的诗僧，诗中描写的就是刘长卿在傍晚时分送灵澈回竹林寺的情景。整首诗虽只有20个字，却宛如一帧清远幽渺、精致秀美的画，主体部分除了灵澈上人背着斗笠归去的背影及其所向的斜阳和隐隐远山的画面之外，还让人感到作者既处在画内而又飘于画外之妙。而"独归远"中的"独"字，既反映了灵澈上人离去的身影越走越远的动态性状态，在钟声与暮色苍茫中又反映了诗人和灵澈上人此时的心境，意蕴悠长，隐于其中的落寞可谓尽在不言中。从精神情感气质的角度来看，刘长卿这首诗略显沉郁，这样的诗在大唐人文精神谱系与维度中或许为数不少，但所占的重要性应不会过大。

或许更值得我们注意的是，这首诗无意中透露出儒家仕宦思想与佛教思想的交融和融通，以至于展现了唐代的开放性与多元思想的包容性，进而展现了中华传统文化与中华文明的生成、发展与演进的重要特征。有容乃大，不其然乎？

安史之乱对唐朝是一个沉重的打击，也深刻地影响了人们的情感变化。但是中晚唐诗歌精神气质的变化不仅仅是外部环境的变化使然，还有来自更深沉的思想和观念的变化。白居易这首《赋得古原草送别》，就比较典型地体现了这种变化：

> 离离原上草，一岁一枯荣。野火烧不尽，春风吹又生。
> 远芳侵古道，晴翠接荒城。又送王孙去，萋萋满别情。

与前几首送别诗有较大的不同，白居易的《赋得古原草送别》，如果不是最后那联"又送王孙去，萋萋满别情"，简直让人难以感觉到它是一首送别诗。它给人更显著的感觉是一种其淡难言之味，但又不得不说这就是"绚烂之极归于平淡"的典范书写，而这也正是白居易的高明所在。要言之，《赋得古原草送别》

这首诗并不仅仅是一首送别诗，同时还是一首哲理诗。为什么这样说呢？如果对《易传》比较熟悉的话，便不难想到这句话："包牺氏之王天下也，仰则观象于天，俯则观法于地，观鸟兽之文，与地之宜，近取诸身，远取诸物，于是始作八卦，以通神明之德，以类万物之情。"诗中表达的是万物皆有的"同一性"（共性），而这种"同一性"就是"情"，是中华传统文化的元文化极其重要的起点和支点。而白居易这首诗的高妙之处就在于，他通过人们再熟悉不过的"古原草"或者说就是"草"，来阐明万物皆可以据此统一在一起的"万物为一"的同一性，从而达到以平常之物说平常之理，平常之理却因其无往弗届而成天下至理的目的；也说明常理亦即常道，常道亦即常理；并让人领会到平易之中见真章的道理，让人渐悟博厚深邃就寓于寻常之中的哲学之境，以及寻常与熟悉的深邃之妙；甚至于让人领会到在同一性面前，万物所具有的"无贵无贱，无长无少"的高度平等性。故所谓"又送王孙去，萋萋满别情"，与古原草所显现出来的勃勃生机和生气，其实都是在尽情尽性，并不会因别离或一岁一枯荣的变化以至于遭受无妄野火之烧而改变。同理，无论所送之人，或王孙或亲朋故友或父或子或夫或妇或兄弟或姊妹等，不外都是在尽情尽性。简言之，《赋得古原草送别》试图告诉我们，一方面，"送别"是理解"情"最为寻常而平易的切口；另一方面，如果低估了"情"的意义及其无所不在的普遍性，对许多事的理解要么可能不得其要，要么可能陷入盲点或进入误区。而总的来看，这或许就是白居易倡导新乐府运动的基本义理和思想要义所在。同时，这也很好地说明了所谓"以情悟道"，白居易不仅是一位先驱，而且是一位大家[①]。

　　当然，我们要注意，万物不仅因情而获得了极大的同一性（共性），也因情而产生了巨大的差异性（个性）。不能因为差异性而否定同一性是自不待言的，但有时我们难免犯这样的错误——基于差异性而否定同一性。无论谁都是同一性（共性）与差异性（个性）的综合体，或者说同一性（共性）与差异性（个性）的一体两赋。这一辩证思辨恰好说明哲学不仅不摒弃情，反而通过情更容易使人

[①] 白居易是一个多情种子，却到37岁才结婚。这或许与他对初恋情人——年少时邻居女孩和玩伴湘灵的刻骨铭心的苦恋有莫大关系。一般认为，他的《雨夜》就是对这段情谊的书写："我有所念人，隔在远远乡。我有所感事，结在深深肠。乡远去不得，无日不瞻望。肠深解不得，无夕不思量。况此残灯夜，独宿在空堂。秋天殊未晓，风雨正苍苍。不学头陀法，前心安可忘。"《红楼梦》中的"香菱"是否还含有"湘灵"这样一层维度，亦即是否应把白居易纳入"金陵十二钗"的意蕴中，值得做进一步的探讨。当然，《红楼梦》专门混淆一般读者的理解和解读有可能是为了规避清廷的纠缠，这也是值得思考的向度。

觉悟到许多不容易说明的事情和道理，进而显现出情在哲学中隐秘而深刻的深永存在。这确实让人感到有些匪夷所思。

有意思的是，这还让会我们理解到，与西方传统有所不同，中国古代的思想、哲学和价值观有自己的表达方式和载体，其中就包括诗歌。这种传统源自《诗经》，甚至更早的易学象辞和铭文，它们都非常注重社会教化的有效实现。这从一个侧面反映了中华文化与中华文明生生不息的生命力和韧性。所谓"大道至简"，不其然乎？实际上，正是这些朴实无华的精神情感的人文惠及性影响与浸润，使人们结成了坚不可摧、牢不可破的文化文明共同体，铸就了中华文化与中华文明深美闳约的质地和传统审美意趣。正如《易传》所云："易则易知，简则易从。易知则有亲，易从则有功。有亲则可久，有功则可大。可久则贤人之德，可大则贤人之业。""易简，天下之理得，而成位（在人们心中的位置）乎其中矣。"要言之，"富有之，谓大业；日新之，谓盛德"而已。进而试想，先秦诸子产生之前，中国的思想和哲学在哪里？我们不得不说，在《诗》《书》《易》。故中国的诗歌史亦可谓中国的思想史、哲学史和精神情感史，至少是中国的思想史、哲学史和精神情感史不可或缺的重要组成部分。是以不读中国诗歌而想读懂中国、了解中国，不亦难乎！

除了基于"情"的同一性之外，唐代新乐府诗还继承了屈原"哀民生之多艰"的精神情感和人文情怀。新乐府诗之所以显得"新"，就在于它并不仅仅指向个实（个别实体），而是在个实中蕴含有类的意义，因而不是简单的指责或批判，更启示人去思考其出路。白居易的《卖炭翁》、李绅的《悯农二首》①，就是这方面的代表作。这说明，中唐诗歌的精神气质的变化，已经蕴含着对国家层面某些制度安排的合理性思考。又如白居易的《长恨歌》，倘若没有如此深沉的思考，白居易要以此翻转人们对李杨爱情的指责，并创造出如此百转千回、缠绵哀婉的爱情诗篇，无疑是难以想象的。这说明宽容是一种精神的高贵，但我们常常被狭隘所纠缠，甚至被吸引。

---

① 作为新乐府运动的重要参与者和主将李绅，他的《悯农二首》蕴含的思想理念与白居易的《卖炭翁》相仿佛，同样富有社会教化意义和现实主义批判精神。它们甚至比那些主旨含糊而不得其要的鸿篇巨制更深入人心，突出反映了中国士大夫"哀民生之多艰"而治国平天下的家国情怀，以及老子所言的"圣人常无心，以百姓心为心"的政治思想和社会人文精神。它们播散在国人的心中，正如白居易的诗所言："野火烧不尽，春风吹又生。"《悯农》其一："锄禾日当午，汗滴禾下土。谁知盘中餐，粒粒皆辛苦。"其二："春种一粒粟，秋收万颗子。四海无闲田，农夫犹饿死。"

第五章 精神园林

白居易与刘禹锡是非常要好的朋友,从中国思想发展史的角度来看,白居易的《赋得古原草送别》与刘禹锡的《竹枝词·杨柳青青江水平》,未尝不可视为唐代诗坛上对于"道"的叩问所生长出来的一陌二花,以及中唐诗歌在思想和哲学思辨方面的进一步深化。

所有这些,对我们而言,既反映了唐宋之间的差别,又蕴含着宋明理学之前与之后的中国古代社会的区别①,甚至于明清两代的很大不同。明了这一点,对于体会和理解曹雪芹"泪尽而逝"应当是有帮助的。甚至可以说,基于相同或相似的认知,被贬谪黄州时,苏轼得到了彻悟。这里蕴含的其实就是中国士人文学所共有或共所追求的足以超越个体死生的"借景立言"之境,正是那一方方的天许之地,持续地构建与塑造着诗意中国这个气象万千、辉煌壮丽而硕大无比的精神园林。正如《周易》所言:"天行健,君子以自强不息。""地势坤,君子厚德载物。"或"富有之,谓大业;日新之,谓盛德"。

中唐和晚唐是两个不容易区分开来的概念。例如晚唐诗人杜牧,他只比白居易晚出生21年,曾共同生活在中唐这一社会人文空间里,故中唐诗与诗人和晚唐诗与诗人的时间界线并不容易划定。杜牧那首著名的《江南春》,实际上也是一首新乐府诗,只是它的思想内蕴和价值取向的表达比较隐蔽而已。虽然如此,但从精神气质来看,晚唐与中唐相比还是发生了一些微妙变化,这种变化在杜牧的《山行》就有所体现:

> 远上寒山石径斜,白云生处有人家。
> 停车坐爱枫林晚,桑叶红于二月花。

基于人的深层生命意识,面对周围景物的凋零,秋天总是容易让人感受到一股肃杀之气,故文学史上有"悲秋"之说。在文学作品中,如屈原《湘夫人》的传神描写:"袅袅兮秋风,洞庭波兮木叶下。"屈原的学生宋玉在《九辩》中将这种景观总括为"悲哉,秋之为气也!萧瑟兮,草木摇落而变衰"的文学命题。之后汉武帝的《秋风辞》还有这样的抒发和表达:"秋风起兮白云飞,草木黄落兮雁南归。"以至于杜甫的《登高》所描写的,在秋风中显现出来的目之所

---

① 从"道"和"理"对"情"的包容性来看,这种区别十分明显:"道"对"情"包容度要远大于"理",试想一下婚姻(嫁娶)之道、婚姻(嫁娶)之理、婚姻(嫁娶)之情,便不难发现它们之间的微妙差别。故理学对中国古典哲学的窄化与弱化不言而喻,并致使唐宋之间诗歌文学与文化有所割裂。从中我们还可以发现道家哲学(道哲学)对唐代的极为深刻而微妙的作用与影响。

及无不是丧败的景物，以及由此而来的沮丧而羸弱的人生感受："无边落木萧萧下，不尽长江滚滚来。万里悲秋常作客，百年多病独登台。"所有这些，无不是在大化催逼的背景下，周围景物在人的生命意识中产生的共同感觉。但是，曹操的《观沧海》可谓一举扭转了这种思想观念惯性，抒发了"秋风萧瑟"之外仍然有"树木丛生，百草丰茂"的另一番景象。到中唐时，刘禹锡的《秋词》更是浪漫地抒发了别样的豪迈："自古逢秋悲寂寥，我言秋日胜春朝。晴空一鹤排云上，便引诗情到碧霄。"①以及《酬乐天咏老见示》那样的驰而不息的生命意识："莫道桑榆晚，为霞尚满天。"这与曹操《龟虽寿》"老骥伏枥，志在千里。烈士暮年，壮心不已"的精神气质大体相当。进一步体味，杜牧这首诗还有孟浩然的《春晓》、李白的《将近酒》所蕴含的，其实是万物皆受大自然和时间一去不复返的大化催逼的心理情感共性。所以，要想在如此深厚的文化积淀中裁出新意，无疑是非常艰难的。那么，杜牧的《山行》究竟与前面所列的情形有什么差异和变化呢？

从杜牧之前的情况来看，初唐与盛唐具有一种积极向上的现实理想主义（这在初唐诗人杨炯的《从军行》、王勃的《送杜少府之任蜀州》等作品中有明显的体现），自韩愈、白居易和刘禹锡开始，思想观念还在发生新的转变，如韩愈《师说》所言之"故无贵无贱，无长无少，道之所存，师之所存也"的师道观，及其"不平则鸣"的文学创作思想，白居易的《长恨歌》等则跳出浅层面的对个实的指责，转向更深层的制度层面的思考，其新乐府运动思想是对《易传》和屈原"哀民生之多艰"的精神情感的承扬，从而显示出唐代其实是一个创新思潮持续涌动的朝代，并折射出唐代有如此活泼泼的生命力及如此宏大气象的内生动力的一个原因。所有这些组成了内涵比较丰富而意义更为明确的新古典现实理想主义，并可视为伊人主义在社会生活中的具体表现。

杜牧的《山行》承接此前的精神气质而来，尤其是第二联"停车坐爱枫林晚，桑叶红于二月花"，已明显含有对传统生命意识在大化催逼下难免显得过于凄怆与焦虑的思考，转而以更从容、更客观、更全面和更成熟的艺术形态来表达和面对，体现了生命历经风雨沧桑之后更别有一番情致的厚重感，客观地呈现了生命在成长和成熟过程中有得有失因而无需患得患失的新古典观念，故足以代表

---

① 浪漫是诗人的一种风调，或许更是诗人的一种精神气质，这一点在刘禹锡身上显得特别明显，他的一首《浪淘沙》："九曲黄河万里沙，浪淘风簸自天涯。如今直上银河去，同到牵牛织女家。"就较好地体现其浪漫主义精神气质及人文情怀。刘禹锡这首诗有一个传统的人文和文学背景，那就是汉乐府《古诗十九首·迢迢牵牛星》。

晚唐诗歌向中唐诗歌和盛唐诗歌回眸的粲然一笑,并使得晚唐的新古典现实理想主义不仅有别于初唐和盛唐,也有别于中唐①。

从更大的时空尺度来看,宋代社会的总体精神气质之所以没有达到唐代的水平,或许就是因为现实性有余而理想性不足。宋代士大夫在无可奈何之中更偏好于旷达的精神气质,是否也是由此导致的?值得我们做更多和更进一步的研究。基于前文的探讨和阐述,笔者在此咏以抒怀,曰《大唐赞》:

> 以史为鉴知兴替,沧海桑田者寻常。
> 盘桓古今三千载,唯少中外似大唐。

在中国诗歌史上,有别于"李杜"(李白和杜甫的简称),"小李杜"指的是李商隐和杜牧。李商隐有一首《夜雨寄北》:

> 君问归期未有期,巴山夜雨涨秋池。
> 何当共剪西窗烛,却话巴山夜雨时。

这首诗是写给妻子还是写给情人有一定的争议,但多数人还是倾向于写给妻子的。李商隐是一位极多情的诗人,是爱情诗的创作高手,给人以无限的情感抚慰与心灵慰藉,在唐诗甚至中国古代诗歌史上都可谓独树一帜,体现与代表着唐诗宋词主情风范的一个重要方面,同时也体现与代表着唐诗宋词在爱情诗方面对《诗经》的超越②,对后世的人文惠及性影响极大,有其寓于无形的教化之功。

李商隐的诗歌用语一般都比较秾丽华贵,《夜雨寄北》这首诗却寻常平淡,其特色就是在家常叙事中显现出私密亲昵的温馨,故几近于平淡却又贵乎其闲雅。尤为难能可贵的是,通过千回百转的写作手法,诗中虽然呈现了当下的不如意,却寄寓了对未来美好可感的生活价值的期待,给人以精神情感和心灵的抚慰与慰藉。这无疑体现了艺术源于生活而又高于生活的审美意趣,让人感到生活与诗意不仅不遥远,而且就在大家共有的日常生活之中,给人的心灵以精神情感的

---

① 李商隐有一首诗与杜牧的《山行》在思想内蕴上属于相同类型,这就是《晚晴》:"深居俯夹城,春去夏犹清。天意怜幽草,人间重晚晴。并添高阁迥,微注小窗明。越鸟巢干后,归飞体更轻。"

② 如元稹这首怀念爱妻韦丛的《离思》:"曾经沧海难为水,除却巫山不是云。取次花丛懒回顾,半缘修道半缘君。"差堪比拟《诗经·郑风·风雨》:"风雨凄凄,鸡鸣喈喈。既见君子,云胡不夷?风雨潇潇,鸡鸣胶胶。既见君子,云胡不瘳?风雨如晦,鸡鸣不已。既见君子,云胡不喜?"人贵相遇而相知相悦相守,哪怕是风雨如晦,从中越发能感悟到人意天心,越发能见识人世间真性情的可爱、可珍的真面目和"卷上珠帘总不如"的真谛。

温润。进一步说，在人生历程中，许多的遇见未必尽能如意，却值得珍惜，它们也会成为个体自我生命意识丰富性及人文内在规模的重要来源。李商隐这首诗对于理解具体化的大唐新古典现实理想主义以至于个体人生的价值和意义的经典性尺度、史诗性尺度，应当都是有所帮助的。

二、无端之问

李商隐是爱情诗的创作大家，对后世影响极大，宋初的"西昆体"就视他为先驱和模仿对象，但这些诗人对文学艺术的内在性皆源于现实与生活的理解和认知有所欠缺，"诗外功夫"的生活和思想性的人文内在规模亦不足，致使其作品过于注重外在性的为诗而诗的形式主义，故而未能达到李商隐的艺术水平。值得注意的是，李商隐那些难以深究其书写对象却又堪称经典的名作，未尝不可视为《红楼梦》"钗者，猜也"的重要艺术灵感来源，例如：

锦　瑟

锦瑟无端五十弦，一弦一柱思华年。
庄生晓梦迷蝴蝶，望帝春心托杜鹃。
沧海月明珠有泪，蓝田日暖玉生烟。
此情可待成追忆，只是当时已惘然。

无题·其一

昨夜星辰昨夜风，画楼西畔桂堂东。
身无彩凤双飞翼，心有灵犀一点通。
隔座送钩春酒暖，分曹射覆蜡灯红。
嗟余听鼓应官去，走马兰台类转蓬。

无题·其二

相见时难别亦难，东风无力百花残。
春蚕到死丝方尽，蜡炬成灰泪始干。
晓镜但愁云鬓改，夜吟应觉月光寒。
蓬山此去无多路，青鸟殷勤为探看。

李商隐的这些诗作不仅丰富了大唐诗歌艺术的内涵和底蕴，或许也算是大唐新古典现实理想主义的异趣化显现。人生有太多不得不接受的遗憾，把遗憾这种共情转化为诗,无疑是诗歌艺术的重要作用和魅力所在。

千百年来,对李商隐诗作的解读可谓众说纷纭、莫衷一是,尤其《锦瑟》更是如此。一般来说,人们认为它是情诗,其间蕴含的情致也足以让人把它当作情诗来读。这里的观点是,《锦瑟》是情诗,但又不限于一般的情诗范畴。除了作为情诗,它还蕴含着李商隐宏富而复杂的对传统诗学思想的思考、对某些传统文化和文化传统的深沉思辨,可视为一篇以诗论诗的诗论。所以,这首诗需要分两个维度来解读,一个是情韵维度,一个是无端之问维度。无端之问维度也可以说是理性维度,相应地,情韵维度就是感性维度。需要注意的是,人的许多行为活动是理性和感性兼而有之的,很难截然分开。为此,在具体诠释与分辨时,还要做一定的还原或重构工作。

(一)情韵维度

锦瑟是一种古老的弦乐器。首句"锦瑟无端五十弦"不仅为整首诗定下了基调,其中"无端"一词还是整首诗的诗眼。"无端"的意思就是"无缘由"或"没有理由",但紧接着的"一弦一柱思华年"却给人以美好的联想和想象,相当于后来人们熟知的"情不知所起,一往而深"。因此,这两句诗给人一种既迷离恍惚又充满无限联想和想象的美好。

接下来的两联四句诗,与其说是像一般的诗那样从第一联承、转而来,毋宁说是相对独立而与之并列的意象,是一种并列结构。"庄生晓梦迷蝴蝶"表达的是庄子所说的人与万物为一的境界,"望帝春心托杜鹃"表达的是对理想和愿望执着追求却无法实现转而思归的哀怨之情(有类乎《离骚》的"离忧"之旨),"沧海月明珠有泪"表现的是鲛人报恩①,"蓝田日暖玉生烟"表现的是人与人、人与物之间的理解和欣赏②。所有这些人生体验,回想起来都会给人许多美好的

---

① 传说中,鲛人为了报答给他摊位卖珠的人家,在临别时向他们赠给了珍珠。这珍珠是他哭出来的眼泪变来的。这个传说影响了《红楼梦》,可视为设计林黛玉这个角色的艺术灵感的重要来源。具体来说就是,林黛玉的前身是一株"绛珠仙草",为报答神瑛侍者的浇灌之恩,决意转世以一生的眼泪相报,而神瑛侍者转世后就是宝玉。

② "蓝田日暖玉生烟"是从中唐诗人戴叔伦这句话转化而来:"诗家之景,如蓝田日暖,良玉生烟。""蓝田日暖"的大致意思是,诗人营造的意象和意境总能给人蓝田采玉遇上暖融融的天气那样美好的感觉。蓝田是出产玉的地方,古代采玉一般是在河谷或溪水处采拾,天气冷给人的感觉自然不会好,相比之下,日暖融融的状态自然会给人美好的感觉。"良玉生烟"则在于表达诗歌用语和言语所生成的意韵、美感和言外之意,需要人们仔细体味。

怀恋，所以说"此情可待成追忆"，但对当初的各种缘由可能又说不清道不明，是以有"只是当时已惘然"的滋味。

对许多人来说，上述的意象和意境或多或少都让人有感同身受的感觉，所以具有广泛的共情性并且能获得心灵上的共鸣。上述各种人生体验都是通过托物来表达的，如果一一追问各个意象所依托的具体事项，就会发现没有一件事是自己经历过的，甚至可能没有一件能够在现实中得到验证。由此不难发现，通过托物所产生的意会的"真"与所托之物的"真"并不等同于个体自身体验的具体事实，关键在于所托之物能够让人对生命历程中曾经拥有过的经验和体验得到相应的回味、个性化的事实有所附丽，或者引起人们的心灵愉悦和向往。这其实就是"设（借）景抒情"的妙用所在，也是文化的生成性（内生性与绵延性）的奥义所在。

很显然，"情"与"理"或者语言表达的"情"与"理"是有差别的。现实生活中，合情的未必合理，合理的未必合情。例如，某些以常理无法或难以解释的事情，通过情反而显得可以理解或情有可原，而且有时还会觉得很感人、很美。这反映的应当就是人的心理具有超越事实之上的共情以及由此而来的合目的性的预期心理需求，例如"不是这样还能怎样"、"这样也好"、"这确实很好"、"这样不是更好吗"或者"如果这样那就太好了"等。这是日常生活中常常遇到的情况。所谓情，并不限于爱情，日常生活中的愉悦、欢快、遗憾、迷惘、喟叹、感激、感伤、执着、忧愁、悲哀、凄苦、悱恻、思念、无奈等，都属于情的范畴。简言之，情之于每个人都是一座绚烂瑰丽的敦煌，不要把自己弄成王道士才好。

（二）无端之问维度

为了进一步阐释这首诗的独特思想贡献，这里对《锦瑟》的用典做些介绍。首先，"锦瑟"是一种古乐器，《诗经》就有"窈窕淑女，琴瑟友之"、"琴瑟击鼓，以御田祖"等诗句。古代还有这样的记载："雅瑟二十三弦，颂瑟二十五弦。饰以宝玉者曰'宝瑟'，绘纹如锦者曰'锦瑟'。"所谓"五十弦瑟"的典故则来自《史记·封禅书》：汉武帝祭祀天地却缺少舞乐，于是把这件事交给公卿议论。有大臣说："古者祀天地皆有乐，而神祇可得而礼。""或曰：泰帝（太昊伏羲氏）使素女鼓五十弦瑟，悲，帝禁不止，故破其瑟为二十五弦。"

上述引文透露出"瑟"源自上古伏羲氏时代的信息。奇怪的是，最初"五十弦瑟"因为"悲"而遭到禁止却又禁止不了，故改成"二十五弦"。那么，二十五弦瑟就"不悲"了吗？按常理说，音乐是否悲是因为乐曲及其旋律而不是因为乐器。"或曰"这句话的意义是，不排除瑟起自伏羲氏时代的可能，但瑟从五十弦变成二十五弦的缘由是"悲"却明显不成立，含有敷衍和不求甚解的意味。相应地，最初的瑟是五十弦也显得可疑。从语义的顺延性来看，几近胡诌的这句话所含的敷衍性和不求甚解，应当就是"锦瑟无端五十弦"的最直接的灵感和思想意蕴的来源。故从其用典的内容来看，不难体会其中的讥讽意味。但从所选用的语词"无端"的分量和力度来看，更像是以不合理的"锦瑟无端五十弦"去反击"或曰"的敷衍性和不求甚解的不合理，从而产生这样的"无端之问"："姑且不论'悲'是不是二十五弦瑟由五十弦瑟破立而来的原因，难道'五十弦瑟'是无端凭空想象而来的吗？"在某种意义上，这未尝不是针对现实的有感而发。而紧接着的"一弦一柱思华年"，也说明了"弦"的功能不是只能发出"悲"的声律和音色，也能发出各种让人愉悦的声律和音色，使得"或曰"说不攻自破，并衬托出"无端之问"的真实存在。

李商隐把第一句写成"锦瑟二十五弦间"或其他类似的诗句，或许也是可以的。不过这样一来，首句不仅因其平铺直叙而显得过于平淡，难以为整首诗起到定下基调的作用，甚至整首诗的格调也会随之下降而变得庸常。相较之下，"锦瑟无端五十弦"愈发显现出其独到和奇绝之妙。进而可以理解，"无端"一词最直接的妙用就在于因其典故的来源而暗含和生成"不会无端吧"的意蕴和疑问，使语言的局限性得以升华和超越，具体上则展现了唐诗作为最精美汉语言的底蕴和气韵。相应地，正因为有了这样的基调，接下来的两联四句诗作为一种并列结构，并且同样隐含着无端之问就不难理解了。

李商隐出身世代仕宦书香之家，其先祖与唐朝皇室同宗①。九岁时丧父，随后全家迁居洛阳。由于家庭失去经济来源，少年李商隐还要替人抄写来帮补家用②，个人成长不可谓不艰苦。值得庆幸是，他有一位饱读经史却淡泊仕途而退

---

① 李商隐在《祭处士十二房叔文》中自言："宗绪衰微，簪缨殆歇。"

② 在《红楼梦》的角色中，史湘云也明显含有这种意蕴。不同的是，李商隐是代人抄写帮补家用，史湘云是做针线活帮补家用。另外，大观园初结海棠诗社，史湘云第二天才到，所吟咏的海棠诗的用典和风调也最切近李商隐，如第一首首联："神仙昨日降都门，种得蓝田玉一盆。"第二首的第三、第四联："玉烛滴干风里泪，晶帘隔破月中痕。幽情欲向嫦娥诉，无奈虚廊夜色昏。"当然，就其"名自名"来看，"史湘云"还含有指向陶渊明的维度与意蕴，可参考南朝梁萧统《陶渊明传》。而在大观园叙事中，她的诗作也常常与黛玉争锋。她的《对菊》诗有这样的吟咏："数去更无君傲世，看来惟有我知音。"《供菊》则言："隔座香分三径露，抛书人对一枝秋。"这似乎暗喻着李商隐受陶渊明的人文惠及性影响，上面所引三首诗几乎可视为为李商隐代言其情。相比之下，林黛玉的《咏菊》则明白无误地指向陶渊明，格调上主要追随陶渊明的高蹈气节，如："一从陶令平章后，千古高风说到今。"

隐乡间的叔叔（即李商隐所言"处士叔"），这位叔叔成了他在洛阳时的老师。少年李商隐已显露出特异的才华，经由他这位叔叔的教导更是才气逼人。这一点，他在二十五岁时所写《上崔华州书》中就有所反映："始闻长老言，学道必求古，为文必有师法。常悒悒不快，退自思曰：'夫所谓道，岂古所谓周公、孔子者独能邪？盖愚与周孔俱身之耳。'"姑且不论李商隐是否可以"与周孔俱身（比肩）"，但在古代文人中，拥有这种精神气魄而敢言者确实罕见。有鉴于此，对《锦瑟》这首诗我们还要注意某些字的选用，例如"思"、"迷"、"惘"。"迷"字的指向已经点明是庄子。如果对《论语》比较熟悉的话，我们不难联想到"学而不思则罔（惘），思而不学则殆"。这意味着什么呢？意味着对事物、世间以至于世界的认识，"学"和"思"固然重要，而有时多问一下"不会无端吧"应当也是大有裨益的。例如，如果汉代或更早之前有人追问"锦瑟不会无端五十弦吧"，转而以极大的热忱和执着去弄清楚，并且处理好零起跑的积淀与接力跑的传承及接续，以至于做好有关制度设置与安排，最大可能地减少人们在零起跑方面的耗费以及与接力跑之间的顺延，后来者就不会有"只是当时已惘然"的遗憾和喟叹了。

　　当然，作为当时已经赫赫有名的诗人，李商隐不会不知道"诗言志"[①] 一直就是中国古代诗学的正统。"诗言志"可以上溯到《尚书》指向的帝舜时代，后来的《毛诗序》接续了这一传统，这就是著名的"诗者，志之所之也。在心为志，发言为诗，情动于中而形于言。言之不足，故嗟叹之。嗟叹不足，故咏歌之。咏歌之不足，不知手之舞之足之蹈之也"。前后之间需要注意的是"情动于中而形于言"的变化。也就是说，"情"在这里作为对诗的解释，被纳入了诗学的范畴。那么，这样是否已经足够了呢？显然不够。实际上，作为一名著名的诗人，李商隐以伤怀诗、爱情诗见长，大有为"诗言情"正名的味道，至少在实践上证明了"言情"是诗的重要内容。所以，只要本着实事求是的态度，我们就可以发现，无论是《诗经》还是后来的诗歌创作实践都表明：诗既可言志亦可言情，言志和言情都是诗的重要内容，而且情与志并非对立，常常是言情时兼有言志、言志时兼有言情。倘若进而考察志和情之于人的存在性，我们不难发现，志是后天的，情是先天的、与生俱来的，是以情反而显得具有了本体性的意义。如此一来，反观"诗言志"，无论在概括性上还是解释力上都有所不足。但在古代社会的人文环境里缺少人去指正，故而对许多事情只能停留在"只是当时

---

① 《尚书·舜典》："诗言志，歌永言，声依永，律和声。"

已惘然"的遗憾和喟叹之中,成为一种传统之弱。这客观反映了传统文化除了博大精深之外,也掺杂着不少杂芜不精的东西,需要有"不会无端"的执着叩问,转而去做追本溯源、锲而不舍的探寻,把根源性的原因找出来,祛弊成新,有所创制,"取其精华,去其糟粕",进而"与周孔俱身",不亦可乎?

总之,《锦瑟》这首诗不见得直接解决了怎样的高深问题,但仅凭"无端之问",直击传统以至于现实中存在的敷衍和不求甚解的通病(当然,这里需要注意个体过程性的"不求甚解"与群体或族群性的因而是文化学意义的"不求甚解"之别),它对中国思想史的贡献就是不可忽视的。著名诗人白居易比李商隐年长四十岁,对李商隐却很是敬佩。据《唐才子传》所记,白居易晚年时曾感叹:"我死后,得为尔儿足矣。"这除了让人感到诗人纯粹的赤子之心及其对诗歌事业的热爱,多少又有点不可思议。然而,倘若前文的分析不错,或许白居易已经发现,唐诗的压轴之作不是自己的作品,而是李商隐的作品;而在李商隐的作品中,《锦瑟》则是最堪其任者。

小桥流水人家

尽管唐代新古典现实理想主义极大地激发了唐代诗人的创造性,但并不意味着那些传统会因此而沉没,例如"悲秋"这个重大题材,在此后的中华诗词文化中仍然拥有强劲的生命力。为什么会这样呢?因为"悲秋"代表着人类在自然界的大化催逼下,所无法抹去的深沉生命意识,故创新与传统并行不悖,反而是中华文化的同一性与多样性、丰富性相统一的客观显现,反映的是中华文化的温润与博厚。例如元代戏曲家马致远的《天净沙·秋思》:"枯藤老树昏鸦。小桥流水人家。古道西风瘦马。夕阳西下,断肠人在天涯。"就是"悲秋"这一传统主题之下的一篇经典之作。

"天净沙"是元曲的曲牌名,而元曲实可视为宋词或中华传统诗词自然演进的结果,是以把它作为一首词或一首诗来看待其实没有什么不可。马致远这首《秋思》的过人之处就在于语言洗练,而且通篇几乎是是由名词叠加而成,显现出文学创作中汉语独特的构造功能与音韵之美。首句"枯藤老树昏鸦",由三个名词叠加而成,宛如一幅夕阳余晖映照下笔力道劲的泼墨画。接着的"小桥流水人家",就是在原有构图中再添进一个寻常人家的雅致场景，从而奠定了整首曲的抒情与写意的基调。接下来空间、景物及情感的进一步展开与推进，皆建立于前两句之上。这时，如要问这是一首什么样的曲？我们不妨说，这就是一首去国怀乡之曲。因为前两句的基调，既蕴含着苍凉的景象，同时又赋入了中国人熟悉不过的一般人家的家居生活景象，使得远在天涯的羁旅之人，心中不禁生发出对家的那份温暖与温情的思念，而况正值古道之上、夕阳西下之时，更是让人愁肠百转，凄然悱恻不已。由此不难想见，它的意蕴并非寂灭与绝望，而是世道中的一种常情，是人在羁旅背景下产生的具有普遍意义的世间情怀。

  从更大的审美意趣与美学尺度来看，德国诗人荷尔德林所谓而哲学家海德格尔极为推崇的"诗意的栖居"（诗意是精神之翼，并且有效地实现了个体的精神及其栖息地与现实生活中的此在达成最大的和解），而曲中的"小桥流水人家"，实可谓具体化或具象化的"诗意的栖居"了，只是中国人自己习以为常而不以为意而已。这从一个侧面说明，中华文明在历史上所达到的发展水平已经是"俗中见雅"的程度。这里的所谓"俗"指的并非庸俗，而是一种普遍现象；所谓"雅"，指的是高雅的诗情画意的审美已经寓于家园的构建上，寓于寻常生活之中。进而不难想见，中国人的乡愁实际上就是各自的心灵深处，都蕴含着的一份对家乡无法割舍的美意与眷恋。所谓"诗意中国"，不其然乎？而第一章所附《心灵之桥，桥于桥》，其实就是笔者基于一幅江南水乡人家的图片写成的，其中的"桥"可能就是张继《枫桥夜泊》中的"枫桥"。这应当能反映出传统所谓"诗画同源"的文学艺术观吧。

第二节　怡红快绿之唐宋诗韵

一、怡红快绿的文化蕴藉

作为一种生命意识和文学审美偏好与审美意趣，在古老的《诗经》中，"怡红快绿"已经发端。在后世的承扬上，陶渊明无疑是最自觉的践履者与弘扬者，具体来说就是他的《五柳先生传》和《桃花源记并序》。在陶渊明之后的唐宋诗词中，"怡红快绿"的美学偏好也有为数不少的诗意抒写和名篇佳构。《红楼梦》的"怡红快绿"美学偏好则主要在于继承和彰显陶学（陶渊明学）思想底蕴，并通过海棠诗社和桃花诗社来集中呈现，隐含着男女平权的价值取向和追求。在叙事过程中，这无疑是颇为隐晦而复杂的，是以需要从更宏大的大文化观、大历史观和大文学观来加以阐释和审视。由此我们可以发现，在中华传统文化中，作为一种非儒传统，它是怎样在尊儒传统中逐渐被摺荒与恶化的。

曹雪芹的"怡红"观，自《红楼梦》第一回就以"作者自云"开始，随即交代写作此书的缘由和目的："今风尘碌碌，一事无成，忽念及当日所有之女子，一一细考较去，觉其行止见识，皆出于我之上。何我堂堂须眉，诚不若彼裙钗哉？实愧则有余，悔又无益，……以至今日一技无成、半生潦倒之罪，编述一集，以告天下人：我之罪故不可免，然闺阁中本自历历有人，万不可因我之不肖，自护己短，一并使其泯灭也。……虽我未学，下笔无文，又何妨用假语村言，敷演出一段故事来，亦可使闺阁昭传，复可悦世之目，破人愁闷，不亦宜乎？"这里的思想意蕴非常复杂而丰富，其维度和向度难以一言而尽，总的基调应当是既有伤感又有寄寓，故可以进一步引申成"怡红快绿"，或曰"怡红快绿"观。但文中也显现了文化使命的自觉担当意识，这就是"万不可因我之不肖，自护己短，一并使其泯灭也"。

在中华传统诗词中，与"怡红快绿"最相仿佛的莫过于李清照的"绿肥红瘦"①。这可以说是李清照作为一位杰出词人的一种女儿"怡红"观。而前面引文中所谓"何我堂堂须眉，诚不若彼裙钗哉"，如果对照李清照的《夏日绝句》"生当作人杰，死亦为鬼雄。至今思项羽，不肯过江东"所表现出来的凛然气势、人格特征和历史底蕴来看，在面对国破家亡时果能如李清照者，确实让许多"堂堂须眉"无地自容。这说明曹雪芹的"怡红"观，的确含有深厚的文化底蕴。

曹雪芹的"怡红"观，与元春省亲时改宝玉的"红香绿玉"而成的"怡红快绿"有这样的字面关涉，二者是否可以等同呢？在此不妨对这四个字的语义稍做梳理。"怡"字的语义就是愉悦、快乐之意；如果转换成为动词使用，则有赞赏、欣赏或亲近等意味。同理，"快"的语义也是如此。"怡"和"快"具有同质性，同样可用于对人的心灵和精神的愉悦状态的指称与描摹。例如王羲之的《兰亭序》就有"快然自足"一语，其中的"快"就相当于"怡"字。"红"和"绿"是自然界的两种基本色调。在传统语境中，"红"和"绿"常常用于指代鲜花和叶子；同时，根据其情态特征，花儿还用于指代女性、女儿，故有"红颜"和"红颜知己"这样的语汇。这是传统汉语语义暗转的习惯用法。正因如此，"绿"还可以用于指代植物中的香草。

---

① 《如梦令》："昨夜雨疏风骤，浓睡不消残酒。试问卷帘人，却道海棠依旧。知否？知否？应是绿肥红瘦。"从中华诗词文化的历史绵延性与人文惠及性影响来看，显性上，李清照这首词受了晚唐诗人韩偓《懒起》"昨夜三更雨，今朝一阵寒。海棠花在否，侧卧卷帘看"比较明显的影响，而且有较大的叠言关系；但就生活气息与活泼性而言，李清照的《如梦令》要好于韩偓的《懒起》。如果把视野尺度再放大一些的话，李清照的《如梦令》应当还受到孟浩然《春晓》"春眠不觉晓，处处闻啼鸟。夜来风雨声，花落知多少"的影响，并且含有一些相似的内在意蕴与情致，例如人的生命意识和身心随春天气息的生发而一齐醒来的情态，雅致的喜悦之中含有因韶华易逝而产生的伤感。他们各自艺术的优长是，韩偓的《懒起》表达的是春日生活情态的慵懒缱绻，以及由己及物的惜物悯人情怀；李清照的《如梦令》则清新活泼，以独创的语词与对话来抒发其审美趣味、对美好春光的悯惜和感怀；孟浩然的《春晓》淡雅有致，通过个体精神状态渐渐清醒的诗句来抒发生命之思，其中既有庄子观鱼之乐的某些意蕴，并连带生发出对时不我待与大化催逼的些许惆怅和感喟。故李清照和孟浩然对人与自然具有一体性的天人合一的生命意识要强于韩偓。

第五章 精神园林

元 春
——怡红快绿

2018 年 9 月 24 日

海棠借韵梦犹寒，芭蕉半展志未酣。
扶起春山千般意，唤醒长河万里帆。

元春把宝玉的"红香绿玉"改成"怡红快绿"，不是宝钗所言的喜欢与否的问题，实为不同凡响之语，蕴含着元春自己寄意于"春元蕴藉"、"春风化生"、"春风得意"、"青出于蓝而胜于蓝"之情，因而是一首值得期待的青春赞歌。

所以，在语义上，"怡红快绿"可视为对美好事物和价值取向的相兼叠合；在思想和文化渊源上，则可视为曹雪芹对屈原《离骚》的"其志洁，故其称物芳"的用笔的一个最简洁的总括，是对洁净而自芳的价值和精神的追求与自我期待。这中间自然就含有"洁净守正，英明其德"的寓意，而这一寓意也就成为大观园的思想内蕴和价值取向的基调。作为元春对宝玉和大观园的寄意，"怡红快绿"还可以理解成一种祝福，亦即希望宝玉和大观园的姊妹能够品性高洁、生机盎然、健康快乐成长。进而我们可以得出这样的判断：曹雪芹的"怡红"观主要用于赞美女性尤其是年轻的女儿，但又不仅限于女性，其广义语义就是"怡红快绿"观，与他创立的"意淫"思想观（这里转化性解释为"意仁情怀"）具有相互叠言的语义关

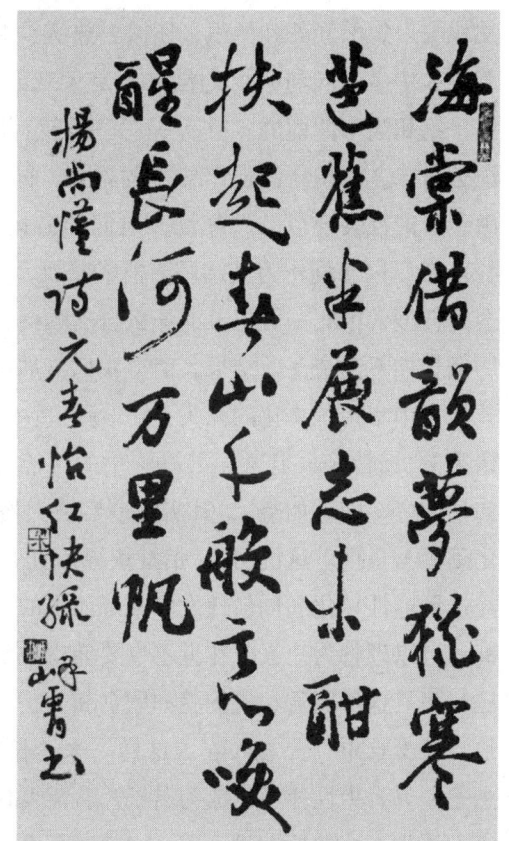

163

系，亦可作为非儒传统伊人主义的重要内涵，隐含着曹雪芹基于对中华传统文化和中国古代社会的深刻理解转而对人类命运的深切悲戚与关怀。作为行为主体，亦可称为意仁君子。

通过上述简要讨论我们可以发现，汉语有自己悠久而独特的语言传统，字与字之间恰当匹配就能生成奇妙的意蕴和丰富的语境。传统汉语虽然没有现代汉语这么规范，但灵活性却高于现代汉语。相应地，理解古代汉语不能简单地套用现代汉语的一般语法，进一步借鉴与活用古代汉语的灵活性，应是现代汉语发展中值得深思的课题。

另外，宝玉有时自称怡红公子，例如在祭奠晴雯的祭文《芙蓉女儿诔》中就以"怡红公子"落款。这种自称可以因其住所——怡红院——自然生成，是古代汉语与现实生活习俗相结合的结果。在古代汉语语境和日常生活中，有其不待言的自明性。

"怡红快绿"四个字看似简单，却绝非轻易得来的，不仅需要拥有相当高的文化与思想的涵养和见识，还需要熟练掌握古代汉语用语习惯和方法，可谓曹雪芹个人毕生学问与心血的结晶，是大观园的精神意蕴所在。在传统文化价值观中，这相当于所谓的"立言"。其中既隐含着对大观园的宝玉和女儿们"少年不识愁滋味，为赋新词强作愁"的鞭策，同时又寄寓了深切的希望和期待。当然，由于所处社会环境的严酷性，他们的命运很难掌握在自己手中，这成为《红楼梦》最终以悲剧作为其结局的根本原因。从这一角度来看，从古代社会向现代社会的转型，绝非一般想象的那么自然顺畅，而是无数拥有意仁情怀的先贤和志士历经长期不懈奋斗的结果，值得我们倍加珍惜。

在中华传统文化的源头上，"绿"字的意蕴可谓魅力无穷。就后世流传的典籍来看，《诗经·卫风·淇奥》中的"瞻彼淇奥，绿竹猗猗。有匪（斐）君子，如切如磋，如琢如磨"，其实就是君子人格的养成以及君子的气节与气象的具象化刻画与呈现。这说明，"怡红快绿"还是曹雪芹对传统文化的深刻思考，是他经过创造性转化和创新性发展凝练而来的一种文化思想价值观和人生观。其基本寓意可以理解为：人生在世不仅要懂得欣赏和爱护女性、懂得欣赏和爱护红颜知己，而且这种欣赏和爱护就如欣赏和爱护君子那样。进一步说，君子不仅限于男性，在女性中也大有人在。这样一来，长期以来已经固化的思维定式和思想观念——只有男性才可以成为君子，就需要做相应的调整。由于社会环境的风尚和官方评判人才的标准过于单一，有时甚至还难免带有偏见，故贤能之才未必拥有相当的社会地位。有鉴于此，拥有有别于一般标准的尺度和方法来加以分辨，使贤能君子得到赏识就非常重要了。不然的话，浮华的表象就难以与现实的实际相对应，而女儿们同样得不到应有的地位和尊崇。简言之，曹雪芹试图补文化之天的不足，"怡红快绿"实为一个极其重要的发覆，是《红楼梦》一书极其重要的文化价值观和新君子观。其悲天悯人的意仁情怀不难想见。

历史上，怡红文化尽管没有其他抒情文学那么大的规模，但代有传人，不绝如缕。例如宋代，许多诗人和词人都有"吟红咏绿"的篇章，苏轼就有一首《海棠》诗，其怡红色彩可谓别具一格：

东风袅袅泛崇光，香雾空蒙月转廊。
只恐夜深花睡去，故烧高烛照红妆。

有趣的是，在《红楼梦》第十七回十八回的"题对额"活动中，宝玉有一处题的就是"崇光泛彩"，其语义就直接来源于苏轼《海棠》诗。而接下来的元春省亲，宝玉应制的《怡红快绿》亦含有苏轼《海棠》诗中的语汇：

深庭长日静，两两出婵娟。绿蜡春犹卷，红妆夜未眠。
凭栏垂绛袖，倚石护青烟。对立东风里，主人应解怜。

该诗的诗题"怡红快绿"由元春改作宝玉的"红香绿玉"而来，也是宝玉在大观园住所"怡红院"的思想意蕴所在（这中间或许还有师法苏轼的寓意）；宝玉在诗中的用典"绿蜡"由宝钗提醒而来，典出唐代诗人钱珝《未展芭蕉》："冷烛无烟绿蜡干，芳心犹卷怯春寒。"如果结合苏轼对北宋理学家程颐提出"心是理，理是心"的理学思想的排斥来看，"怡红快绿"观的文化思想蕴含还有这样一种值得关注的维度，那就是对理学排斥非儒传统的讽喻。此时苏轼正被贬谪黄州，而这一时期其诗文更是直接上溯到《诗经》所呈现的非儒传统的伊人主义思想，如《赤壁赋》所云："诵明月之诗，歌窈窕之章。""于是饮酒乐甚，扣舷而歌之。歌曰：'桂棹兮兰桨，击空明兮溯流光。渺渺兮予怀，望美人兮天一方。'"这不仅隐含着对北宋理学思想的狭隘性的回击，对《红楼梦》"怡红快绿"观的形成应当也有比较大的学理性影响。进一步说，如果把苏轼看作"以情悟道"的先行者，尚处于潜意识上的"处弱"发轫阶段，《红楼梦》则进入了共识已经扩大并试图通过"以情悟道"来实现的理性自觉。同时还需要注意，《红楼梦》在角色塑造上的内蕴与维度比较丰富，可谓摇曳生姿，应当深受苏轼"辩证观山思想"及其辩证思维的人文惠及性影响。因此，这样理解苏轼的诗韵对于《红楼梦》的重要性应当是比较恰当的。

这从一个侧面反映了作为一部人文小说，《红楼梦》确实有其独特而深刻的思考与见识，同时也体现了其中所蕴藉的思想内蕴和哲学层面的精神高度。孔尚任的《东莱二首》中有这样一句："那能鲁史即《春秋》。"用来表达《红楼梦》所含有的文化规模与厚度，所拥有的超越自我、超越个人和家族乃至于超越清代早期建政史的价值和意义，也是恰当的。

在此基础上，我们还可以对"怡红快绿"的另一个精神情感维度做一些讨论，亦即"绿"和"红"两字，隐含着中华传统文化生生不息而富有生命力的丰富内蕴与寄托。这或许也是最深沉而且最让清廷忌讳的文化密码。在人们的诗词文化记忆中，以下四首诗词可谓耳熟能详，应当最容易唤起人们心灵中文化共同体的精神情感认同。

首先是唐代诗人白居易的《忆江南》：

> 江南好，风景旧曾谙。日出江花红胜火，春来江水绿如蓝。能不忆江南？

> 江南忆，其次忆吴宫。吴酒一杯春竹叶，吴娃双舞醉芙蓉。早晚复相逢。

白居易曾任职杭州苏州刺史，且早在少年时就曾到此游历。这两首词作于晚年，抒发了他对广义上的苏杭亦即江南的美好回忆。苏杭是春秋战国时吴越之地，中国古代四大美人之一西施与吴王夫差的故事可谓妇孺皆知，而更早还可以追溯至《尚书·禹贡》所记虞夏之际，大禹治水时铸九鼎以象征天下九州的扬州。这里不仅是中华的重要组成部分，更因其富庶和深厚的人文底蕴深受人们的喜爱，故李白《黄鹤楼送孟浩然之广陵》一句"烟花三月下扬州"，就足以让人对其美好产生无限的联想和想象。在《忆江南》中，白居易可谓裁出新意，其中的"日出江花红胜火，春来江水绿如蓝"，就让人对她如诗如画的美景及活泼泼的生命力充满了憧憬，更何况那里还有丰富的人文和物产。而白居易的另一首《钱塘湖春行》：

> 孤山寺北贾亭西，水面初平云脚低。
> 几处早莺争暖树，谁家新燕啄春泥。
> 乱花渐欲迷人眼，浅草才能没马蹄。
> 最爱湖东行不足，绿杨阴里白沙堤。

也让人对一睹杭州西湖莺歌燕舞的秀美风光充满期待。故在《红楼梦》作者的笔下，苏杭之地就是天下温柔富贵之乡，也是黛玉的家乡。

考古显示，五千多年前的古杭州地区已经发展出良渚文化。这里为什么能够发展出如此发达的史前文明呢？我们可以注意一下独特而壮观的钱塘江大潮，它总是出现在每年农历八月十六日至十八日。虽然先民不见得知道此乃月球和太阳等天体连成一线时产生的特有引力所引发，但它对于启发人们认识时间循环往复的特征，并据此观察和把握每年气象物候等规律性变化①，无疑起着定海神针般的作用，可谓上天所赐的一个准时报点的时钟。正因如此，良渚先民创制出高明的古历法，发展出那样发达的史前农耕文明，包括对各种农事以及时间的运用等进行更有效的管理与安排，也就不难理解了。基于这种卓越历法文化的长期浸润，中华文明很早之前就发展出对"天意"的独特理解和敬畏，发展出根深蒂固的人与自然和谐相处、和合共生、天人合一等思想理念，其悠远的文化渊源就在这里。苏杭之地自古就是天下温柔富贵之乡，确实有其优越的自然条件和深厚的历史人文基础。

一首是唐代诗人杜牧的《江南春》：

千里莺啼绿映红，水村山郭酒旗风。

南朝四百八十寺，多少楼台烟雨中。

杜牧是一位诗文大家。《江南春》这首诗最明显的艺术特征就是采用大写意笔法，以诗歌的语言与形式，给江南的春色与美景作了一个简明扼要的序言。诗中给人印象深刻的是，总体上虽然是绿多红少，但因为绿可谓春天的底色，红与绿互相映衬，使春天显现出一派生机盎然、鸟语花香、姹紫嫣红的壮美景象；再加上江南那特有的烟雨，给人一种朦胧的美，这样的背景掩映之下是无限的想象空间，并且将许多难以道尽的世事沧桑隐于其中，让人凭借各自的人文底蕴去细品个中滋味。同时，诗中还蕴含着作者的个人情感与忧思，需要仔细体味。就个人情感方面而言，年轻时杜牧曾在江南驻留过很长一段时间，并且写下了许多脍炙人口的名篇②，是以对"水村山郭酒旗风"这样的江南自然与人文景观非常

---

① 应当说，至春秋时仍被孔子推崇的"夏历"或"夏小正"，其中的一些物候就与此间的情形有着颇深的渊源。

② 例如《寄扬州韩绰判官》："青山隐隐水迢迢，秋尽江南草未凋。二十四桥明月夜，玉人何处教吹箫。"《赠别》："娉娉袅袅十三余，豆蔻梢头二月初。春风十里扬州路，卷上珠帘总不如。"《遣怀》："落魄江湖载酒行，楚腰纤细掌中轻。十年一觉扬州梦，赢得青楼薄幸名。"这些诗既反映了唐代社会市井生活的百态，无意中还透露出古代男权社会背景下许多女性的不堪命运。但在这样的制度与人文环境下，许多个体不仅难以摆脱自身的命运，也有不少人沉迷其中。是以所谓"人生如梦"，既有觉者层面的意涵，又有未觉者置身其中而不自知的意涵。

敏感。而此间尤为突出的就是，披翠挂绿的"水村山郭"竖着红色的酒旗，酒旗迎风猎猎，点染出江南花红酒绿、富庶繁盛的生活环境与生活意蕴，就如《清明》一诗描写的那样：

> 清明时节雨纷纷，路上行人欲断魂。
> 借问酒家何处有，牧童遥指杏花村。

杏花掩映中的酒家，足以让凄风苦雨中的逆旅行人得到家一般的温暖、体贴与心灵慰藉；而其魅力亦如韦应物所言："我有一瓢酒，可以慰风尘。"

第二联诗则蕴含着两个层面的价值指向：一个层面是对南朝（包括继东晋之后二百多年间宋、齐、梁、陈四个南方政权）统治者"佞佛"而大量建造寺庙的概括性描述；在此基础上，另一个层面暗含着对统治者持禄自欢、枉顾社会更基本的民生福祉的需要，致使其"位与责"的严重迷失和失落的谴责，体现的是中国古代士大夫"哀民生之多艰"的忧国忧民的人民情怀。仅第一个层面来看，清初的统治者亦未能于免，故其统治的可持续性不难想见。

一首是宋代诗人王安石的《泊船瓜洲》：

> 京口瓜洲一水间，钟山只隔数重山。
> 春风又绿江南岸，明月何时照我还？

王安石是北宋著名政治家、诗人，是一个富有政治理想和抱负的人。面对当时的科举制度造成官僚体系中冗员众多、国家财政吃紧而日益呈现出庞大性虚弱的局面，宋神宗熙宁年间，王安石主持了一场颇具声势的变法（"熙宁变法"或称"王安石变法"）。这场变法最终归于失败，原因非常复杂，比较明显的是，变法过程中遭到那些安于现状的既得利益者的强烈反对，某些措施可能过于激进或落实时有扭曲，以及王安石自己的学生后来的背叛等。但是，我们不能因为它的失败而否定改革存在其合理性的依据，不能就此否定改革的必要性①。需要检讨的是：因措施触及少数人的既得利益、个别措施可能存在的失误，转而把改革变当党争、变成争夺个人利益的工具，将国家大事降格成为私人恩怨，进而以小是小非否定大是大非，这无疑是需要批判和谴责的。推而言之，历史上诸多改革

---

① 最能反映王安石作为改革家的思想理念和精神的应当是他这首《元日》："爆竹声中一岁除，春风送暖入屠苏。千门万户曈曈日，总把新桃换旧符。"该诗写于1069年，改革将要开始，以寻常事说出了社会发展需要与时俱进、与时偕行的大道理，因而虽说是王安石的一首小制作，却蕴含着大襟怀。而苏轼亦誉其"智足以达其道"。

都失败了,这也许是其共同的症结所在。与此同时,当时的皇帝没能把握好方向并持之以恒地推进,学者和史家没有及时指正这一点,也是有其失误的。愈发显得难能可贵的是,王安石和苏轼在政见上有某些不同甚至进行争执,却正是因为无私和公忠体国,他们相互视为知己。

王安石家住南京(金陵),变法期间曾经两次罢相。《泊船瓜州》创作的具体时间并不确切可考,但属于王安石后期典型的"半山体"(绝句的后一联特别有爆发力)却是可以确定的,故不能肯定这是哪一次奉诏北上任职时所作。

中华诗词一直以来都有"炼字"的传统,王安石这首诗选用"绿"字还有一段美谈。据说,他在最终选用"绿"之前,曾使用别的字,经过近十次涂改才选定。"绿"字对该诗有画龙点睛的作用,整体来看,第一联两句所描写的景物和句法都很一般,但接下来的一联在"绿"字的带动下,一句"春风又绿江南岸"使得原本显得有些拘束的空间顿时展现出了无限的张力,生动刻画出浩荡的春风给江南带来勃勃生机的景象。而如此美好的故土乡邦让人眷恋不已,就显得再正常不过了,故"明月何时照我还"就像信手拈来那样自然。然而,这首诗倘若只理解到这里为止,总不免让人有意犹未尽之感。为什么这样说呢?因为"明月何时照我还"表达的是王安石满怀着对故土乡邦的眷恋,是自己对自己的心灵所做的暗暗叩问,是以蕴含着个人在家和国都需要自己的时候,舍小家而为大家的君子士大夫精神。

要比较深切地领会这一点,需要我们转换一下习以为常的思维与观念。例如,我们对自己的心爱之人常常会很直白地说"我爱你",或"我……地思念着你";古人则用更委婉的方式来表达自己的爱是多么深沉,思考再三才说:"青青子衿,悠悠我心",或"一日不见,如三秋兮",或"死生契阔,与子成说。执子之手,与子偕老"①。进入这样的语境,我们便不难理解,古人表达爱国情怀时并不像我们现代人这样直白,尤其是古代知识界和士大夫阶层的文人,往往有自己独特的表达。如屈原的"长太息以掩涕兮,哀民生之多艰"、李白的"长安不见使人愁"、杜甫的"剑外忽传收蓟北,初闻涕泪满衣裳"、苏轼的"西北

---

① 《诗经·郑风·子衿》《诗经·王风·采葛》《诗经·邶风·击鼓》。笔者对《采葛》"彼采葛兮,一日不见,如三月兮。彼采萧兮,一日不见,如三秋兮。彼采艾兮,一日不见,如三岁兮"这首诗的理解是,它或许是采自民间的"儿歌"或"童谣",因为以此理解原初的"赤子之心"或"赤子之情"是最贴近的;或者反过来,它极可能是有感于孩童习惯了母亲的照看,而母亲一旦要脱手去干活,孩童对母亲的那种眷恋之情而创作的。在后来的流传中,这首诗才逐渐用于表达恋人之间的炽热思恋之情。

望，射天狼"、李清照的"生当作人杰，死亦为鬼雄。至今思项羽，不肯过江东"等，都是其拳拳爱国之心的个性化表达，可谓同一性与多样性的有机统一，千百年来绵延不断地生成中华传统文化的爱国主义传统及其丰富多彩的内涵。

由此可见，"明月何时照我还"其实就是王安石式的拳拳爱国之心的表达。进一步说，这首诗体现的王安石式的拳拳爱国之心和人格魅力，并不在未来时的"还"字上，而是蕴含于未来之"还"的当下所选择但在字面没有显示出来的"去"字上；进而，浩荡春风催生出来的"绿"之美好，以及由此生发而来的对未来之"还"的强烈愿望，反而更凸显出了当下之"去"的深沉苍劲的决意，含而不露中更显示出王安石报国之心的不同凡响，实有一代伟人风范。是以苏轼言其"进退之美，雍容可观"、"师臣之位，蔚为儒者之光"①，而孺子安能不仰。所以，《泊船瓜州》这首诗不仅展现了王安石作为诗人的大家手笔，诗中所蕴含的深沉家国情怀，更使他成为值得我们永远铭记和敬重的先贤，也值得我们继续承扬。应当说，这也是《红楼梦》作者借元春回贾府省亲这样庄重而盛大的场面，用心良苦并让人印象深刻地把"红香绿玉"改成"怡红快绿"，从而对国人普遍寄寓的最深切的厚望吧。

如此看来，"怡红快绿"这支金钗的谜底，确实不容易揭橥。解开之后，欢喜之余又因其伟岸气度而让人不得不肃然起敬，甚至心中升起莫名的悱恻。先贤之苦，几人能味？很显然，这种苦和难是一般人无法体验的，甚至是不容易想象的。但设身处地想一想或换位思考一下，自己是否能够做得更好，无疑是非常有益的。

---

① 王安石是一个个性突出而意志刚毅的人，他有一首《登飞来峰》："飞来峰上千寻塔，闻说鸡鸣见日升。不畏浮云遮望眼，自缘身在最高层。"很能反映他的性格特征。该诗有一个典故，《玄中记》云："桃都山有大树，曰桃都，枝相去三千里。上有天鸡，日初出照此木，天鸡即鸣，天下鸡皆随之。"苏轼对他的一生也给予了高度肯定，这就是苏轼任知制诰时代朝廷所拟《王安石赠太傅制》："敕：朕式观古初，灼见天命。将有非常之大事，必生希世之异人。使其名高一时，学贯千载：智足以达其道，辩足以行其言；瑰玮之文，足以藻饰万物；卓绝之行，足以风动四方。用能于期岁之间，靡然变天下之俗。具官王安石，少学孔孟，晚师瞿聃。网罗六艺之遗文，断以己意；糠秕百家之陈迹，作新斯人。属熙宁之有为，冠群贤而首用。信任之笃，古今所无。方需功业之成，遽起山林之兴。浮云何有，脱屣如遗。屡争席于渔樵，不乱群于麋鹿。进退之美，雍容可观。朕方临御之初，哀疚罔极。乃眷三朝之老，邈在大江之南。究观规橅，想见风采。岂谓告终之问，在予谅暗之中。胡不百年，为之一涕。於戏！死生用舍之际，孰能违天？赠赙哀荣之文，岂不在我！宠以师臣之位，蔚为儒者之光。庶几有知，服我休命。"在更为现实的政见层面，王安石的《登飞来峰》可与苏轼的《题西林壁》对比参详来思考和赏释。

二、以诗铸魂

李清照这首《夏日绝句》，又名《乌江》。在李清照的作品中，这是一首尤显其大文化观、大历史观和大文学观的具有史诗意义的作品：

> 生当作人杰，死亦为鬼雄。
> 至今思项羽，不肯过江东。

前文已经提及，这首诗蕴含着李清照的拳拳爱国之心。这对许多人来说可能一时不好理解。但这一观点并非笔者自创，《李清照诗词评释》一书在评价这首诗时，已经直言其蕴含"强烈的爱国思想"。因为在当时的社会背景下，尤其是面对北宋南渡之后君臣的苟且偷安的局面，如果没有强烈的爱国之心，李清照要创作出感情如此饱满炽热的诗作是不可想象的。这一点，在她的另一联诗"南渡衣冠少王导，北来消息欠刘琨"中更是显而易见①。《夏日绝句》中高扬项羽兵败于垓下而自刎于乌江的事迹，凸显他不愿以屈辱之身苟活于世的英雄气概。而况人之为人总得有底线、有担当，八千江东子弟无一全身而回，难道自己还想像一些人说的那样卷土重来吗？这说明，项羽兵败于垓下而自刎于乌江，既是坚守人之为人的底线和担当，又是一种在此基础上显现出来的英雄气概，更是一种守护国家江山社稷必须拥有的死难精神。

故笔者的观点是，这首诗不仅蕴含着李清照的拳拳爱国之心，其文化蕴藉更堪称"千古一绝"。所谓"千古一绝"，不仅仅因为它是一首绝句，是千百年来绝句中"人而弗能二"的一首诗，在卷帙浩繁的中华诗词中，它也是千百年来"人而弗能二"的一首诗，可谓超迈千古。而之所以成为千百年来"人而弗能二"的一首诗，就在于该诗虽然只有 20 个字，却蕴含着一股浩大而慷慨刚烈的精神气，蕴含着一双冠绝千古的慧眼以及由此而来的卓越史识，蕴含着一种对儒家传统讳言生死的突破与超越的慧思。

对儒家典籍稍有了解的人都会知道，《论语》中有这样两段记述：①"季路问事鬼神。子曰：'未能事人，焉能事鬼？''敢问死。'曰：'未知生，焉知

---

① 又如其《武陵春》："闻说双溪春尚好，也拟泛轻舟。只恐双溪舴艋舟，载不动、许多愁。"因为这既是自家同时又是国家之大苦、大悲、大愁，所以"舴艋舟"才会"载不动、许多愁"。

死?'"① 季路与孔子的这段问答,不能说孔子之答毫无道理,但也有"以堵代答"之嫌。同样,作为价值观来思考这一问题也无可厚非,但作为一种学问之道却是答非所问。而这未尝不是《论语》对孔子思想记录的缺憾所在。②"子不语:怪、力、乱、神。"② 这同样是以价值观来引领孔子言论的一个典型情况,有其着力摆脱先秦时代某些落后思想观念的良苦用心,但未免导致了儒家思想与中国古代社会的历史文化现状出现割裂的问题。从中我们不难想见,儒家思想虽然代表了中华传统文化的许多方面,但并非方方面面,只执着于儒家一家,对中华文化和中华文明的理解或解读难免过于片面。话说回来,前面两点其实就是儒家传统讳言生死的重要思想渊源。后来,孟子的"舍生取义"③ 说对此有所突破。但"义"在儒家思想中无疑是一个蕴含广泛的范畴,所以在面临"义"的选择时,可能不同的人有不同的"义"的价值取向。孟子在文中以人之"欲"来阐释"生"与"义"的取舍问题,相比之下,李清照的诗或许更加显现出一股浩大刚烈之气。例如当国家或民族面临生死存亡之时,社会中的个体(无论富贵贫贱)其实都有责任为之付出代价以至于生命,这既是人之为人的道德本分,也是人之为人的伦理责任。故儒家诸如"修、齐、治、平"以及"仁、义、礼、智、信"等价值观,关键时刻莫若李清照这首诗来得简约、直接和明了,亦可谓大道至简了。

如果我们要对"卓越人格"举一个事例的话,这首诗就是一个很好的例子。因为诗中所谓的"生"就是"人生"或"人生在世","当"就是"应当"或者"追求",故第一句的大体意思就是,人生或人生在世就是要做或要追求去做人杰那样的人,即使是死也要能够成为鬼中之雄。按《国殇》的意蕴,那些为国捐躯的英雄烈士,死后都是鬼中之雄。

那么,李清照缘何而来这股浩大而慷慨刚烈的精神气呢?徐北文为《李清照全集评注》一书撰写的代序《李清照简论》甚有见地。据文中介绍,历经五代

---

① 《论语·先进》。

② 《论语·述而》。

③ 《孟子·告子上》:"鱼我所欲也,熊掌亦我所欲也;二者不可得兼,舍鱼而取熊掌者也。生亦我所欲也,义亦我所欲也;二者不可得兼,舍生而取义者也。生亦我所欲,所欲有甚于生者,故不为苟得也;死亦我所恶,所恶有甚于死者,故患有所不辟也。如使人之所欲莫甚于生,则凡可以得生者,何不用也?使人之所恶莫甚于死者,则凡可以辟患者,何不为也?由是则生而有不用也,由是则可以辟患而有不为也。是故所欲有甚于生者,所恶有甚于死者。非独贤者有是心也,人皆有之,贤者能勿丧耳。"

战乱之后,有一学派叫泰山学派,"辟佛老,尊韩孟",该学派对宋初文运兴起有深远影响,其中的重要成员就有石介、孙复、范仲淹等人。其后,范仲淹作为"庆历新政"的领袖,欧阳修自是其中的骨干力量,但石介、孙复等泰山学派的人也积极参与其中。李清照之父李格非也是当时有名的才子,是苏门"后四学士"之一,受范仲淹和泰山学派影响不在话下。李格非擅于诗文,有人甚至说他"司马迁之后一人而已",这虽然是过誉之词,但不应低估它对李清照心灵的影响①。《宋史·文苑传》则言:"格非苦心工于词章,陵轹直前,无难易可否,笔力不少滞。尝言:'文不可苟作,诚不著焉,则不能工。且晋人能文者多矣,至刘伯伦《酒德颂》、陶渊明《归去来辞》,字字如肺肝出,遂高步晋人之上,其诚著也。'"由此观之,李清照可谓家学渊深,其诗文风格可能直接源自家学。为什么这样说呢?孟子有句名言:"我善养吾浩然之气。……其为气也,至大至刚,以直养而无害,则塞于天地之间。其为气也,配义与道;无是,馁也。是集义所生者,非义袭而取之也。"②孟子这一"我善养吾浩然之气"之说,他自己虽然已做解释,如若有所加的话,其实就是李格非文中所说的"诚",也就是儒家经典《中庸》之所谓"诚"。故"我善养吾浩然之气"可解释为:持诚纯一,无私刚正。久而久之,不发则已,发则铮铮然有金石之气,浩浩乎有无坚不摧之势。李清照《夏日绝句》中那股浩大而慷慨刚烈的精神气,主要就是这样养成的。

从该诗的用典来看,"人杰"一词源于汉高祖刘邦对汉初张良、萧何、韩信这三大功臣的评价③;"鬼雄"一词则源自《楚辞·国殇》:"诚既勇兮又以武,终刚强兮不可凌;身既死兮神以灵,子魂魄兮为鬼雄。"司马迁此说:"人固有一死,或重于泰山,或轻于鸿毛。"亦堪作为观照。这说明如果李清照的思想渊源仅限于儒家传统思想的话,要写出《夏日绝句》这首诗是比较难的。但李清照吸吮了中华传统文化的精粹,这才凝练与升华出这股浩大而慷慨刚烈的精神气。李清照诗词文论的可贵之处,就是她不受当时所谓儒家道统的束缚,而显得

---

① 李清照于宋神宗元丰七年(1084)出生,这一年苏轼从黄州调任汝州,游庐山作《题西林壁》。

② 《孟子·公孙丑上》。

③ 《史记·高祖本纪》:"高祖曰:夫运筹策帷帐之中,决胜于千里之外,吾不如子房。镇国家,抚百姓,给馈饷,不绝粮道,吾不如萧何。连百万之军,战必胜,攻必取,吾不如韩信。此三者,皆人杰也,吾能用之,此吾所以取天下也。项羽有一范增而不能用,此其所以为我擒也。"

意到笔随、清新自然、婉约多姿。

诗的第二联通过具体的典型人物项羽，一方面承接了第一联语义，另一方面则把该诗推到了极致，这种极致就是项羽垓下战败而自刎于乌江之畔的那份慷慨壮烈。其思想蕴藉就是坚守人之为人的底线——不苟且，该担的责任敢于担当、勇于担当。正因如此，项羽那一股英雄气让他虽败犹荣，千百年来一直激荡着人们的心灵。

咏叹项羽的诗作，历史上为数不少，例如杜牧的《题乌江亭》："胜败兵家事不期，包羞忍耻是男儿。江东弟子多才俊，卷地重来未可知。"王安石的《叠题乌江亭》："百战疲劳壮士哀，中原一败势难回。江东弟子今虽在，肯为君王卷土来？"① 杜牧与王安石这两首诗一前一后，后者明显对前者有辩驳之意。前者的观点是项羽不该就此作罢，应尽最大的可能性继续与刘邦争高下；后者则谓大势已去，疲惫不堪的百姓也不见得愿意跟随项羽再战下去。倘若没有李清照的《夏日绝句》的话，人们或许会去争论杜牧和王安石谁的观点更好，而有了《夏日绝句》，仅从精神气势上便形如岳、麓，高下自见，在史识方面也是如此。这说明，李清照的高明就在于她尊重既成史实，可贵之处就在于从史实中去芟寻菁，洞见精神，论定实质。

对于这三首诗，河南大学教授王立群有精彩独到的比较和解读，这里不做赘述。值得关注的是王立群对屈原那首《国殇》的理解，他认为这是"身死而神不灭"，李清照在诗中之用典"鬼雄"，其取意也是以此论定项羽乌江之刎的英勇精气神所在，见解可谓独到，本节上述讨论也有所借鉴。简言之，无论是杜牧还是王安石，就史识而言都没有注意到精神的宝贵，实可谓智者千虑之失。相反，正是注意到了精神的宝贵，使得李清照这首诗在中华诗词的瀚海之中卓然矗立。而这不仅仅是非凡的，同时也是伟大的。她的伟大就是不避众目睽睽，为了提振民族精神、为了我们民族的强盛而以诗铸魂。这才应是诗的最高境界。故称她为我们民族最诗性的女儿，实不为过。《红楼梦》说："今风尘碌碌，一事无成，忽念及当日所有之女子，一一细考较去，觉其行止见识，皆出于我之上。"不其然乎？倘若再加上李清照《临江仙》所谓"春归秣陵树，人老建康城（金陵城）"，她这支金钗倒是不怎么难猜中了。

---

① 又如清代蒲松龄的一副对子：有志者，事竟成，破釜沉舟，百二秦关终属楚；苦心人，天不负，卧薪尝胆，三千越甲可吞吴。

第五章 精神园林

由此可见，由于缺乏对诗歌抒发民族精神以及诗足以为民族铸魂这样重大意义的论定，传统诗论是有缺陷的，关于家国情怀、价值观、思想及哲学的寄寓等诗论也是有所缺失的。如此看来，尽管王国维在近代提出了人们熟知的境界论，事实上也扩展了诗论的高度与宽度，但有时未免让人觉得过于玄乎，时不时还会陷于以技巧论高下的局面。有鉴于此，我们甚至可以说，正是传统诗论未能很好揭示诗歌上述至关重要的社会功能与社会担当，在某些历史时期，诗的创作才沦为一门雕虫小技。由此不难想见理论创新的重要性。进一步说，无论是文学、艺术还是思想、哲学，抑或是知识和价值的觉悟与发现，这些公域其实都是一些很高端的社会平台，讲究的是水平和质量，而不论时间、地点、性别、尊卑和职权，这是人类作为万物之灵及其天许之明的昭示①。在这里，个体的生命不仅仅是为自己而绽放，也是为一定的族群、民族以至于人类而绽放。而由此而来的经典，不仅要经历千锤百炼，还要经历千淘万漉。也正因如此，它还意味着，无论是人生的价值还是人生的幸福，都不是物质的简单堆积。有些事，例如生命的丰盛和成就感，除了奋斗，别无替

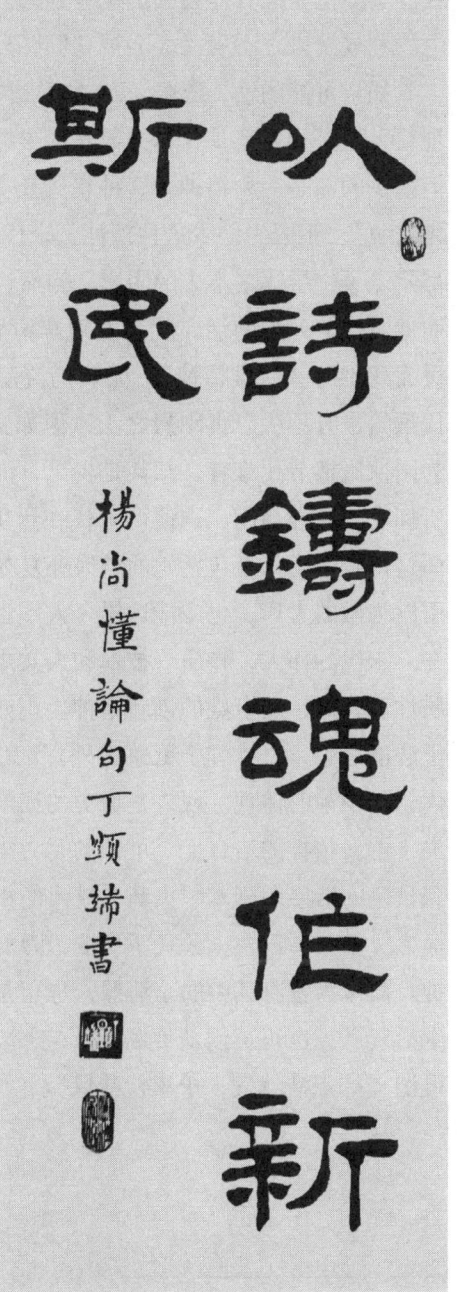

以诗铸魂佑新斯民

杨尚堃论句 丁颖瑞书

---

① 这也是孔子对他的弟子避而不谈的一个问题，是以子贡有这样的言论："夫子之文章，可得而闻也；夫子之言性与天道，不可得而闻也。"（《论语·公冶长》）而《中庸》则以"自诚明，谓之性"言之。

代。实际上，只有体会到了这些，我们才会知道感恩和敬畏，才会知道许多既有之物和成功来之不易，才会被它们感动得热泪盈眶。

如果可能的话，我们不妨在大脑中对宋史进行扫描和检索，如此便不难发现，无论是物质还是技术抑或是人文之盛，宋代在中国历史上都堪称盛极一时，但缺少的却是一种精神，这种精神正是李清照在《夏日绝句》里所呈现的"楚雄精神"。正因为缺少这种精神，宋代的伟大无论在史册上还是在人们的心目中，都蒙上了一层挥之不去的阴影。当然，如果考虑到后来文天祥和陆秀夫等为宋室而慷慨抱节死难的话，就会发现李清照《夏日绝句》抒发的为守护国家江山社稷而死难的"楚雄精神"，无疑仍流淌在不少南宋士民身上①。实际上，历朝历代虽然也有不少忠贞刚烈之士，但如文天祥、陆秀夫等南宋士民那样不惧生死，为国慷慨抱节死难者，却甚是少见，因而他们足以代表南宋乃至于整个宋朝士民所拥有的精神高度。这使得宋代在历史上的许多朝代中，让人增添了几分敬重。而这份敬重，甚至包括她的敌人亦复如此。毋庸讳言，这一点，就连让我们常常引以为傲的大唐，也未能这样令人不由得肃然起敬。

宋代的伟大，物质、技术和人文之盛自是其重要内涵，同样重要甚至更具实质性意义的，还有她的创新精神。正如苏轼在《书吴道子画后》所言："出新意于法度之中，寄妙理于豪放之外。"又如范仲淹庆历新政、王安石变法，都是宋代创新精神的体现。或许是历史的局限，他们最大的缺点也体现在或多或少都有失于创新精神的培育上。可怪的是，宋代的物质、技术（例如对现代社会影响既深且巨的活字印刷术、火药、航海的指南针等都是宋代人发明的，实可谓人有不同力，各从不同事，故成不同业，乃有世间繁华）和人文之盛恰恰就源于创新精神。而作为置身其中的李清照，也正是创新性赋予了其诗论词论别具一格的浓厚生活气息，也正是创新性赋予了它们"凌轹直前"的青春气息和青春锐气，实可谓"一点浩然气，千里快哉风"。

---

① 这一点，文天祥《过零丁洋》这首诗有所显示："辛苦遭逢起一经，干戈寥落四周星。山河破碎风飘絮，身世浮沉雨打萍。惶恐滩头说惶恐，零丁洋里叹零丁。人生自古谁无死，留取丹心照汗青。"观《宋史·文天祥传》，文天祥乃明知不可为而为之，最终义尽而归于仁，昭烈古今。而今，伶仃洋上矗立起举世瞩目的港珠澳大桥，如史诗一般雄伟壮观，有"碧波万顷踏歌行"之势，或许能告慰那时为国死难的先贤之英魂吧。

以诗铸魂，作新斯民

在以诗铸魂方面，作为诗人的毛泽东可谓一代大家，他的不少诗词都属于这种风格，都拥有这样的作用，故不宜简单以浪漫主义称之。如《七律·长征》《沁园春·雪》，实际上就是为民族的重光与新生而铸魂。这里不妨先来看《七律·长征》：

> 红军不怕远征难，万水千山只等闲。
> 五岭逶迤腾细浪，乌蒙磅礴走泥丸。
> 金沙水拍云崖暖，大渡桥横铁索寒。
> 更喜岷山千里雪，三军过后尽开颜。

这首诗只有56个字，采用七律这种古典诗歌形式，简要叙述了红军二万五千里长征及其历经的主要山川的自然地理特征，客观展现了红军战胜史无前例的艰难险阻的英勇无畏的革命精神气概。这首旷世空前的英雄史诗，表现出高度概括的笔力和艺术性，更重要的是它在精神凝铸上的独特性。

诗的首联以大写意笔法，以面对"万水千山"而英勇无惧的"不怕"、"只等闲"来概括红军将士的精神面貌。如果说首联是大写意的大写的话，接下来的两联甚至三联便是大写意中蕴含着小写意，或者说是大写意与小写意融合在一起。为什么这样说呢？因为"五岭"或"五岭逶迤"、乌蒙山、金沙江、大渡河以至于后面的岷山都是中国的著名山川，这是其"大"之所在；而寓于其中的"小"就是"腾细浪"或"细浪"、"走泥丸"或"泥丸"，甚至于"云崖暖"、"铁索寒"、"尽开颜"都可视为这中间的具象化的小写意。但这些小写意无疑是各有各精彩的特写。郭沫若把这首诗解读成毛泽东军事思想的"战略上蔑视敌人、战术上重视敌人"的诗意抒写，不能不说是深刻的见解。

倘若进一步体味诗中的某些字眼的文化底蕴，还可以做一些相应的丰富。例如"腾细浪"可谓在"五岭逶迤"这一大写意画面中描出来的工笔画；与此相对展开的"走泥丸"，则寓意红军宛如"神兵天降"的气势，对大气磅礴的乌蒙山一步跨越，展现了气势上小与大的相对性，以及小足以胜大的精神理路。而这种思想与老子的道哲学有着密切关系，如"图难于其易，为大于其细。天下难事，必作于易；天下大事，必作于细"。接下来的第三联中的"云崖暖"描写金沙江水流湍急，崖岸高耸，以至于浪花拍打到岸边云崖上都会因其巨大的摩擦力而变暖，在意蕴上实则包举了苏轼《念奴娇·赤壁怀古》所谓"乱石穿空，惊涛拍岸，卷起千堆雪"的意味，意在表达行程的艰险、雄壮。"铁索寒"的具体景象就是红军飞夺泸定桥。在艺术上，"寒"与上一句的"暖"对应，但同样蕴含着传统诗词文化的用典，如《木兰诗》所谓"朔气传金析，寒光照铁衣"，或祖咏《望蓟门》"万里寒光生积雪，三边曙色动危旌"，用于表达军情在烈焰寒光中的严峻与危急。同样，最后一联的"岷山千里雪"，如果我们对诗仙李白的《蜀道难》有所了解的话，红军长征又何止是"蜀道"，"蜀道"只不过其中的一部分而已。这样一来，越过"难于上青天"的"蜀道"之后，红军对所历经的各种人间艰难险阻，自豪地一展欢颜，不是再自然不过的事吗？那么，这首诗蕴含或展现的是一种什么精神呢？除了"战略上藐视敌人、战术上重视敌人"之外，我们还可以说，这首诗凝铸的是红军敢于胜利、善于胜利的精神，亦即战略上敢于胜利和战术上善于胜利所共同凝铸的卓越精神气魄和长征精神。

有了这样的实践经历和精神基础，毛泽东在《沁园春·雪》中所抒发的"俱往矣，数风流人物，还看今朝"，就不再是一般的豪情了，而是一种"欲与天公试比高"的顶天立地的民族精神，正如《周易》所言"天行健，君子以自强不息"，"地势坤，君子以厚德载物"，总体上体现的其实就是中华文化的古典和唐宋新古典现实理想主义精神。

在红军的创建与发展壮大过程中，毛泽东的用心无疑是非常细腻的。如秋收起义之后进行的"三湾改编"，把党支部建在连队上，这一创举可谓对现实实践和血与火的教训所进行的一次集成，从而实现了"党指挥枪"的历史转型。同时，这无论在现代组织学还是在组织文化建设上也都是值得大书特书的一笔。又如井冈山时期，毛泽东把游击战归纳成通俗易懂的十六字诀："敌进我退，敌驻我扰，敌疲我打，敌退我追。"接着在誓师大会上又转换成一副对联："敌进我退，敌驻我扰，敌疲我打，敌退我追，游击战里操胜算；大步进退，诱敌深入，集中兵力，各个击破，运动战争中歼敌人。"在具体战争实践中发挥着神奇之效。进而还有"积小胜为大胜"等军事指导思想。这无形中使红军获得了未战而精神已胜之在先的巨大心理优势。著名的《论持久战》《星星之火，可以燎原》等，也是如此。正是拥有这样卓越的精神气魄，不仅让红军和中国共产党人战胜了长征过程中的一切艰难险阻，作为一面精神旗帜，也为抗日战争的胜利以及战胜国民党最终取得全国的胜利奠定了精神基础。所谓"作新斯民"者，不其然乎？而后，随着中华人民共和国的成立，中华民族迎来了亘古未有的历史新纪元。

或许不理解或低估了精神的力量，日本侵略者以及蒋介石和国民党不仅过于沉迷和高估自己掌握的硬实力，也低估了中国共产党人拥有的精神优势和软实力，故未能比较客观地认识到自己失败的一个至关重要的原因。当然，这种精神优势并不意味着理解或认识了就能够拥有，同时还要看是否居于人间的大道上，并且诚心诚意去努力践行和实现。

《尚书·康诰》："作新民。"苏东坡在《王安石赠太傅制》一文中将其转换成"作新斯人"，使语义更加明朗。毛泽东的诗词中应含有他早期与蔡和森一起创办"新民学会"时积淀的思想底蕴，诗词风格也颇受苏东坡的人文惠及性影响。而经过前文的探索和阐述，至此，对中国诗学的基本思想同时也是诗词的最高境界或许可以做这样的归纳：洁净守正，英明其德；穷神致化，有永于世；以诗铸魂，作新斯民；大观识通，可久可大。还需注意，"作新斯民"这种功能显然不止诗歌这个途径，思想、理论、价值理念和制度的创新等，皆可成为其中的重要途径和方式。这也说明，哲学的表达方式有其丰富性和多样性。

三、辩证观山思想

有宋一代尽管不失为中国古代社会发展史上的一个高潮，但究其最终走向败亡的原因，无疑包括文化策略上的严重失误，其主要表现为宋初宰相赵普所谓"半部《论语》治天下"的思想，以及程朱理学的兴起。无论他们的主观愿望如何，客观上则导致了人的主体性与知性化的提升受到极大压抑和损害。相比之下，苏轼《题西林壁》这首哲理诗就显得特别突出和重要，不仅打破了汉武帝

"独尊儒术"以来的天花板之困,同时还开出了中国思想史和文学文化史的新境界。是以这首诗虽然只有28个字,蕴含的史事及哲理却非常丰富:

> 横看成岭侧成峰,远近高低各不同。
> 不识庐山真面目,只缘身在此山中。

这首诗是元丰七年(1084)三月,苏轼接调任诰命从黄州到汝州上任团练副使之职,经过庐山与朋友同游时所作。据苏轼《记游庐山》,他游庐山时共创作了五首诗,《题西林壁》是苏轼与西林寺长老同游西林所作,也是最后一篇。该文还披露了一个信息:庐山美景应接不暇,但苏轼"发意不欲作诗"。为什么要发此意?因为几年前就是因为诗作被人收集,告其有讽喻当今皇上的大不敬之罪,这就是历史上著名的"乌台诗案",苏轼为此几遭灭顶之灾。但作为一名天才诗人,要他不作诗无异于要了他的命根子。于是,"'已而,见山中僧俗皆云,苏子瞻来矣!'不觉作一绝云:芒鞋青竹杖,自挂百钱游。可怪深山里,人人识故侯"。这从一个侧面反映了苏轼在当时拥有巨大的影响力,可谓举世闻名。

按《记游庐山》所记,该诗的第二句原为"到处看山了不同"。这显示了题诗时还没有来得及雕琢,故显现出过于口语化的不足;反观后来的"远近高低各不同"就要好于前者,前后的内在呼应与义理衔接也显得比较工整。但无论如何,都不掩其熠熠生辉的辩证思辨逻辑与思想进路轨迹。为什么这样说呢?这就在于无论是首联还是第二联抑或整首诗,无不显现出辩证思辨的逻辑思维范式。如第一句的"横看"、"侧看",第二句的"到处看"亦即"方方面面看",或者后来改定之后的"远看"、"近看",所反映的其实就是辩证思辨的逻辑思维范式。

该诗之所以高迈千古,就在于它并不就此止步,而是继续往前推进,并进一步升华。也就是说,即便像第一联说的那样,也还是不够的。为什么呢?因为这还是"在此山看此山",故而说"不识庐山真面目,只缘身在此山中"。那么,如要看得更真切,包括其中的优胜之处或不足,其进路在哪里?这其实就是这首诗的蕴藉所在,对苏轼而言这已经是不言而喻、自不待言了。从中华诗歌传统来看,这就是所谓的"引而不发"、"委婉含蓄",亦即不直接说明比直接捅破更好。当然,不免有人会问,所谓"蕴藉"或"不言而喻"、"不待而言",具体指的是什么?这其实就是:跳出此山看此山,知道他山之优长与不足。倘若如此,对同一事物将会有不同的观感;唯其如此,方能得到更理性的判断和认知。这里其实还蕴含着要破除唯我独尊从而有意无意中导致自我拘闭的心态。就现实性而言,这无论是对当时的理学还是宋朝的君臣,无疑都是很有警醒意义的。有鉴于

第五章　精神园林

此，我们不妨名之曰"辩证观山思想"。

而"可怪"的是，《红楼梦》的"怡红快绿"观，其学理或气韵居然就源于这首诗，只是其价值指向已经有所变化，转而指向既要"怡红"又要"快绿"。也就是说，不能把"怡红"与"快绿"对立起来，因为它们是同根的或者说具有同根性（皆源于"元春"或"春之元气"的作用），因而有着相扶互补的作用和意义。倘若因红而妒绿，或相反，因绿而妒红，就难免忘却根本而沉湎于缠斗不休的局面，结果就是"鹬蚌相争，渔翁得利"。考虑到唐宋两代因党争所造成的历史困局与溃败，这确实发人深省。而苏轼之所以能够超拔于党争之上，与他豁达的胸襟和辩证思辨的哲学智慧无疑是密切相关的，这也是他能够在游庐山时趁此借景抒发其所思所想的根本所在。

这还从一个侧面说明，哲理诗贵在说理，景物的描写在于为说理服务，在于让所说之理似乎不经雕琢或水到渠成的样子，故《题西林壁》可谓哲理诗创作的一个经典范例。另一方面，基于哲理诗的这种特质，在诗歌创作时"设景说理"、"设景立言"或"设景抒情"也是可以的。例如《红楼梦》一书，指向苏轼诗文的地方可谓不少，聚焦于让人理解"怡红快绿"学理及价值指向应是其重要的用意所在。但读者面对这么多的"事实"或"信息"，要说出其指向的实质性所在，不经一番"上下而求索"也是难以做到的。那么，日常生活中，无意中受到外物或特定信息的刺激而灵光乍现或灵感突发，进而悟到某个平日里百思不得其解的道理，在这种状态下"设景说理"、"设景立言"或"设景抒情"就再正常不过了。而且，这与"比方说"是同义的，从而反映了这正是诗歌乃至于文学的重要社会功能所在。例如陆游《秋夜将晓出篱门迎凉有感》二首之一，就是比较典型的"设景抒情"作品，借此感叹留在北方的宋朝子民的不测命运，抒发其期盼朝廷发奋去解救的愿望："三万里河东入海，五千仞岳上摩天。遗民泪尽胡尘里，南望王师又一年。"同时也是陆游"长太息以掩涕兮，哀民生之多艰"的家国情怀的表达①。

  苏轼的人文内在规模与结构殊为博厚，兼通儒释道三家，才艺双绝，见识深闳，慧思卓异，是以有"博观而约取，厚积而薄发"②的体会和名言，所谓"辩证观山思想"显然与他所拥有的宏富知识规模和知识结构有密切关系。而且，他对"情"之于中华传统文化的重要性有着深刻而独到的领悟，对程颐提出的"心是理，理是心"的理学思想及其刻板做派而深不以为然也就不足为奇了③——如果程颐的思想成立的话，那么人还要眼、耳、鼻、舌、身、意来干什么，或者眼、耳、鼻、舌、身、意之于人的认识和思想意识不就作废了吗？这让人们不难得出这样判断：连一般常识都解释不通，其中隐含的问题和缺陷就不言

---

① 宋代婉约派词人柳永有一首著名的《雨霖铃》，可谓借景抒情的经典之作。该词的下阕，说是借景抒情亦未尝不可，而以"设景抒情"来说应当更为确切。也就是说，该词的上阕可视为实景性的抒情，下阕则是通过设问"今宵酒醒何处"进而以想象中而同时也是生活和经验中的常见之景，"杨柳岸，晓风残月"，来抒发离别后情何以堪的悲苦境况，使得情人之间离情的浓度得以进一步加强和呈现，并以此实现了既符合情理又对当下之现实有所超越的真实。柳永的人生颇为坎坷，对离情之苦有着独特的体会，而《雨霖铃》之所以能够传唱千古，无疑与柳永倾注其真切感受有着密切的关系。另外，宋词其实就是当时的流行歌曲，从这个侧面我们不难理解宋朝社会生活所拥有的现代性特征（当然，这方面唐代也有，但就丰富性和质量而言，宋代无疑胜过一筹）。相比之下，此时的欧洲则正处于暮气沉沉的中世纪，少有让人感动的美好历史与文化记忆。但是，受理学以及政治上皇权越来越专制的强力影响，此后元明清三代的八百多年间，中国社会在宋代已经拥有的诸多现代性，都受到了极大的压抑以至于萎缩下去，这确实令人遗憾。

② 苏轼《稼说》。这其实是比较典型的"设景说理"、"设景立言"的作品。同时期如范仲淹的《岳阳楼记》，亦复如此。倘若上溯其源，则先秦楚辞及诸子作品，也不乏这样的经典之写。例如《孟子·告子》云"天将降大任于斯人也"、《滕文公》"大丈夫"，又如《庄子·逍遥游》"北冥有鱼"等，都是"设景抒情"或"设景说理"、"设景立言"的经典之作。如果说有什么不同的话，只是他们的作品不限于诗词而已。明乎此，应有助于我们进一步理解陶渊明《桃花源记》"不知有汉，无论魏晋"的思想意蕴。

③ 按林语堂《苏东坡传》所记，有一天朝廷百官在太庙中参加大典毕，苏东坡正要带领翰林院及中书省同人前往故相国司马光府中去吊祭。程颐觉得这有违《论语》所言："子于是日哭，则不歌。"苏东坡反言说道："《论语》并没有说于是日歌，则不哭。"祭奠礼毕，苏东坡不见司马光的儿子前来接待客人，问得知乃程颐从中阻拦，于是当众说："伊川可谓糟糠鄙俚叔孙通。"大家哄堂大笑，程颐满面通红。因为这件事苏东坡与程颐结下梁子。由此不难明了"多情却被无情恼"的具体所指。相比之下，虽然政见相左甚至于颇有争执，但苏轼遭受"乌台诗案"冤屈时，王安石仍施以援手，其襟怀不禁让人肃然起敬。所谓格局，不难明了一二。

而喻了。但问题是，现实中居然那么多人奉之为圭臬，这确实让人担忧；同时还需注意其对魏晋以来思想和哲学的发展、社会与人文环境变化的无视，以及逆向操作与逆向行驶的贻害。

如果以"辩证观山思想"为关照，转而理解苏轼的《赤壁赋》和《念奴娇·赤壁怀古》，我们将会有另一番不同的感悟，进而认识到其思想和精神的价值以及所拥有的历史高度：

"月明星稀，乌鹊南飞"，此非曹孟德之诗乎？西望夏口，东望武昌，山川相缪，郁乎苍苍，此非孟德之困于周郎者乎？方其破荆州，下江陵，顺流而东也，舳舻千里，旌旗蔽空，酾酒临江，横槊赋诗，固一世之雄也，而今安在哉！……

且夫天地之间，物各有主，苟非吾之所有，虽一毫而莫取。惟江上之清风，与山间之明月，耳得之而为声，目遇之而成色，取之无禁，用之不竭，是造物者之无尽藏也，而吾与子之所共适。客喜而笑，洗盏更酌。肴核既尽，杯盘狼藉。相与枕藉乎舟中，不知东方之既白①。

大江东去，浪淘尽，千古风流人物。故垒西边，人道是，三国周郎赤壁。乱石穿空，惊涛拍岸，卷起千堆雪。江山如画，一时多少豪杰。

遥想公瑾当年，小乔初嫁了，雄姿英发。羽扇纶巾，谈笑间，樯橹灰飞烟灭。故国神游，多情应笑我，早生华发。人生如梦，一尊还酹江月②。

所引苏轼的"一词一赋"，都是他的代表作，其豪放风格、借景抒怀的技巧每每被人称道，这里不做赘述。需要注意的是，这"一词一赋"都是苏轼因"乌台诗案"被贬谪黄州，处于人生最艰难时所作，故而需要对当时的政治生态和社会人文环境有一定的了解。前面就此做些叙述，就是这样的用意。赤壁之战

---

① 在《三国演义》把曹操过度污名化之前，唐宋之时还是有不少人把他当作大英雄来看待的。因为在权位的争夺方面，相比李世民和赵匡胤等人而言，曹操还是比较慎重和保守的。这从一个侧面说明，某些儒家思想传统和宋明理学尤其是其中的君父思想，对人们的思维的禁锢和固化又是何其严重。相应地，由此不难想见苏轼辩证观山思想的凌铄与摧枯拉朽的锐气。故在某种程度和意义上，这还反映了苏轼对陶渊明的继承与超越，而这也是苏轼的人生自信与底气的根本所在。

② 苏轼性情率直，襟怀坦荡，光明磊落，才思无碍，纵然仕途坎坷，却善于挖掘日常生活和人生中的诗意喜乐，把最美好的自己留与后世，故其风范楷模的人文惠及性影响足以不教而行、入德成化。

是著名的历史事件,在《念奴娇·赤壁怀古》一词中,如此重大的历史叙事,苏轼居然用"小乔初嫁了"尤其是其中的"嫁"字来表达,确实让人觉得新奇。或许这正如他自己在《书吴道子画后》所言:"出新意于法度之中,寄妙理于豪放之外。"但我们要对此有较好的理解,还要结合苏轼任徐州知州时(1078)所作的《永遇乐·彭城夜宿燕子楼》①来解读。

该词受白居易《燕子楼》诗序中所言关盼盼"爱而不嫁"的人文惠及性影响,故而有"佳人何在"之叹。但需要注意的是,宋皇祐四年(1052),范仲淹出任颍州知州,途中路过徐州(古名彭城)时去世。故所谓"佳人",应当还含有指向苏轼自小心中一直企慕的范仲淹的维度与情感意蕴(况且,范仲淹当时已清醒认识到宋朝"人不知战,国不虑危"的国家危机)。而词中所谓"古今如梦,何曾梦觉,但有旧欢新怨",应当就含有对那些持禄自欢的朝廷新旧势力"以小是小非否定大是大非"的斥责,因而让人感受到异常悲愤的情感。如果两相结合来看的话,就不难感受到词中的"嫁"字,绝非一般意义上的意涵,而是含有无论夫妻关系还是君臣关系,相互间要融洽就非得有"爱"作为基础,并且视天下国家为人们共同的精神情感与命运共同体。唯其如此,相互之间方能"嫁其所爱"、"爱其所娶"。如若不然,难免陷入"嫁非其爱、娶而非爱"的困境。具体而言,周瑜之所以显得"雄姿英发"而"大有作为","小乔初嫁了"或许是一个原因,但更为根本的原因是孙权对周瑜的赏识与爱护。而自己却如此怀才不遇(遭际不时,有才难嫁),不免大发感慨。故《红楼梦》所谓"怡红"者,无疑是一种别开新面的"怡红",甚至是更具本质性的"怡红"。倘若再往前,这种政治思想渊源其实还可以追溯至老子此言:"故贵以身为天下,若可寄天下;爱以身为天下,若可托天下。"②更能理解其内在的同质性。据此我们不难理会《红楼梦》所谓"大旨言情"和"以情悟道"的基本思想脉络与渊源。在八十七回,这种思想理念通过宝钗写给黛玉的信表述为"同盟欢洽,属在同心"。故总的来看,该词寄托着苏轼对心智相当、率直而轻松融洽的君臣关系及政治生态的期冀,但实际上却难以成为现实的人生梦想。

在许多人的观念里,"人生如梦"是一种不好的状态。但如果往深一层去思

---

① 这里需要注意,《红楼梦》早期有一传抄本叫"梦觉本",其名应受苏轼这首《永遇乐·彭城夜宿燕子楼》的人文惠及性影响极大。

② 《道德经》第13章。若如孟子所论,"君之视臣如手足,则臣视君如腹心;君之视臣如犬马,则臣视君如国人;君之视臣如土芥,则臣视君如寇雠"(《孟子·离娄下》),缺少共同精神情感的一致性,各自有各自的盘算,就很难说有什么共情了。

考的话，亦即没有梦就没有醒，其意义就会截然不同。也就是说，如果没有觉醒或新的觉醒，一直重复着过去，应当是更为消极的。而有梦有醒、有醒而有梦，进而作为一个梦觉者，抵达思想和灵魂上的觉醒之境，这应当是苏轼在文中更重要的赋意，因为这是苏轼"梦觉"之后说出的"人生如梦"①。后世全然以"醉生梦死"的语义去理解历史上文人所谓"人生如梦"是有偏差的，同时也使自己显得尚在梦中而不自知。如果结合《题西林壁》的"辩证观山思想"，我们应更明白苏轼是直指理学思想存在自拘其闭的问题。

很显然，苏轼这种"辩证观山思想"并不仅限于内部思想派别或流派的论辩，同时还有对时局与时政的忧思。就个人而言，在北宋政坛党争之中，苏轼虽被归入旧党，但实际上可谓岸然卓立，并不因此一是而尽是之、一否而尽否之，可以说中道守正、公忠体国②。其"独立之精神、自由之思想"不难想见。值此之时，北宋王朝正受到来自辽和西夏的威胁，时遭受寇边侵扰，犹如大山压在头上③。而当时辽国君主则有言："我于宋国之事，纤悉皆知；而宋人视我国事，如隔十重云雾。"（黄遵宪《日本国志》叙。）倘若时人多持有苏轼这样的思想和思辨能力，不仅有助于破除唯我独尊的观念，择善而行，也不难察觉此间的隐忧，并且会有更好的戒惧之心与应对措施，而此后近千年的中国历史将是另一番光景。但现实情况却是，当时北宋君臣的思想和精神状态，大多都类似《赤壁赋》所言："浩浩乎如冯虚御风，而不知其所止；飘飘乎如遗世独立，羽化而登仙。"不难想见

---

① 这一点，可参苏轼作于元丰三年十二月的《答李端叔书》："人苦不自知，……譬之候虫时鸟，自鸣自已，何足为损益？……足下所见，皆故我，非今我也。"李端叔者即当时的词人李之仪，《卜算子·我住长江头》的作者。

② 苏轼儒释道兼通，并且在众多文学艺术领域皆有高超造诣，堪称一代人杰。那么，他这样做有什么好处呢？通俗地说，其实就是人们耳熟能详的"但凭问心无愧"、"对得起天地良心"或"心底无私天地宽"而已，用苏轼自己的话来说就是"此心安处是吾乡"（《定风波·南海归赠王定国侍人寓娘》）。而这些看似寻常的话，究其思想渊源则可追溯至孟子所谓"夫仁，天之尊爵也，人之安宅也"（《孟子·公孙丑上》）。也就是说，只要无愧于自己、无愧于他人、无愧于天地，良心就是自己精神情感的最好安顿之地、人生的最好安顿之地。故苏轼历经千难万劫，却能留给我们如此丰富的名篇佳构，这也未尝不是他这种认识彻悟的结果。他在最困难的人生低谷建立起自己生命的丰碑，这块丰碑代表着那个时代的高度，让人高山仰止、景行行止。

③ 苏轼对北宋的国家边防边患的忧思，还可见于他任密州知州时所作《江城子·密州出猎》。在当时的情势下，先有北宋助金灭辽的策略失误，故有靖康之耻；渡江之后，南宋与蒙古结盟打败金国，又是无异于自取灭亡之举。这多少反映了继苏轼之后，辛弃疾所谓"生子当如孙仲谋"的警世之言，并没有被南宋君臣认真思虑和裁量。

苏轼以文载道的良苦用心及其思想见识的弥足珍贵。他实乃上天许给中华民族的奇才。人生为什么有旷达？因为他心中有高峰，或者他就站在巅峰之上。

《水调歌头·明月几时有》是苏轼的重要代表作，创作于宋神宗熙宁九年（1076），此时苏轼41岁。熙宁四年（1071），因与王安石政见不合，苏轼离开朝廷出任杭州通判，于熙宁七年（1074）迁任密州知州，至1076年已经与弟弟苏澈（字子由）七年没有见面，故写作此词可谓在情在理。全词如下：

丙辰中秋，欢饮达旦，大醉，作此篇，兼怀子由。

明月几时有？把酒问青天。不知天上宫阙，今夕是何年？我欲乘风归去，又恐琼楼玉宇，高处不胜寒。起舞弄清影，何似在人间。　　转朱阁，低绮户，照无眠。不应有恨，何事长向别时圆？人有悲欢离合，月有阴晴圆缺，此事古难全。但愿人长久，千里共婵娟。

对月抒怀是中华诗词的一大特色题材，故月亮对中国人来说是一个充满人文蕴藉和精神情感韵味的载体，亦可谓中华民族最富精神情感认同的"同心圆"。在中华大地上，夏天到了东北就不那么夏了，冬天到了南方就不那么冬了，唯有秋天，凭着中秋那轮月色，不分南北而如此一概圆融。具体到艺术创作上，词序中虽说"大醉，作此篇"，但我们不能真的以为这是苏轼在"醉中"所作，而应是酒醒之后借此前的"醉态"创作而成。又如1078年苏轼出任徐州知州创作《永遇乐·彭城夜宿燕子楼》，也不应认为他真的是梦见了关盼盼。对苏轼而言，灵感来了或者遇到了适合情景，借景借事以抒发情感和感想是一种日常生活，意在"借景立言"而已，实际情形可谓"吟哦缘谁起，烟岚暗自生。诗到情深处，梦中人心惊"。

实际上，就《水调歌头》而言，最妙之处就是借"醉态"来对月"问天"，以及接下来的"不知天上宫阙，今夕是何年。我欲乘风归去，又恐琼楼玉宇，高处不胜寒"。为什么这样说呢？因为以此说出这样的话显得更符合情理，而且还可以在行文用语中一语双关，隐喻苏轼不能直接明说的心曲：我外放这么多年了，"宫阙"中的你们（包括当时的皇帝）不会真的把我忘了吧；同时又披露了自己的矛盾心情——虽然我想回到朝堂上

（琼楼玉宇）去，但可能又禁不起你们的嘲讽、孤立和排挤啊。故想一想，在"人间"亦即在"民间"也有在"民间"的好处，从而又显示出其内心的倔强。而行文中还巧妙地暗含了范仲淹"居庙堂之高则忧其民，处江湖之远则忧其君。是进亦忧，退亦忧"的意蕴，于无形中凸显了苏轼此时"兼怀子由"的家国情怀。这一点，其他人或许不容易理解，但王安石是不难读明白的。而对一般受众而言，即使理解不到苏轼在词中蕴含的这种心曲，它也是一首上上的好词。

所以，这首词的价值并不在苏轼所传递的特定心曲，而在于它的一般意义。例如，尽管人间有这样那样的不如意，倘若能超越空幻以及那些不切实际的想象，承认现实的缺憾和不完满，转而积极应对，高明在上，"起舞弄清影"，如真似幻，不就"何似在人间"——虽是人间而又胜似人间了吗？进而言之，这首词蕴藉的其实是苏轼对儒释道思想的融会贯通和深切领悟，是以能够超越空幻，超越诸多不切实际的想象，转而更注重现实生活中的过程性。承认并接受人生中难免有"悲欢离合"、"阴晴圆缺"等缺憾——而且这是"此事古难全"的客观实际情况，就好过沉湎于空幻以及各种不切实际的想象。而自汉唐以来，能够做到这一点的真不知还能找出几个来。正是有了这样深切的感悟和理性认知，才使得一份牵挂成为心中的暖意，引出最后一句"但愿人长久，千里共婵娟"。这句话如此充满人情体贴的人间性魅力，千百年来一直在人们心中引起广泛共鸣，抚慰着人们的心灵和精神情感，成为最具中国性和国民性的不朽华章。

这也从一个侧面说明了中华文化和中华文明数千年来生生不息、绵延不断的生命力和韧性之所在——既有现实性又不失理想性，既源诸传统又与时相生、与时偕行。亦如《周易》所言："鸣鹤在阴，其子和之。我有好爵，吾与尔靡之。"相应地，《红楼梦》的作者做此选择，亦可谓根源于对中华文化和中华文明的根底有深切的理解。

是的，苏轼本来就是一方天许好地，只是有人认为，一块地撂荒之后就会变得越来越荒芜。但许多人不曾想到的是，它却因此收获了更多自然的本真色彩。苏轼就是这样被人认为撂荒后就会变得越来越荒芜的土地，却意外收获到更多自然的本真色彩。而且，经由他的精心耕耘，还长出几分举世罕见的神圣。这份神圣，看见是福分，看不见是缘分，看见而没有读懂，则是一种遗憾。而经过前面阐释，我们不难得出这样的判断：苏轼"辩证观山思想"实可谓中华传统文化的生命意识和理性观的新觉醒，在中国思想史和哲学史上有其独特的地位，隐含着中华传统文化从古代向近现代转变与转型的现代性意义；进而，苏轼也使自己的人生获得了颠扑不破的价值和意义，使迷惘失措的芸芸众生难以企及。

令人遗憾的是，富庶的宋朝后来的局势发展情况，却是苏轼最不想见到的局面。苏轼的"一词一赋"还隐含着怎样的理想呢？大体上可归纳为这样三点：一是思想多元包容之梦，二是拥有勇于面对外强的雄主之梦，三是强军之梦。简言之，当文明遇上野蛮时，你必须足够强大。由此不难想见苏轼"进亦忧，退亦忧"的家国情怀。而《红楼梦》的诗韵与意蕴中如此独厚苏轼，"一场幽梦同谁近，千古情人独我痴"，这应是一个极为重要的原因。

范仲淹是苏轼自小就心仪的当世人杰，这一点可从他所撰《范文正公文集叙》得知。而"先天下之忧而忧"可谓苏轼自范仲淹传承而来的宝贵精神财富，苏轼亦可谓深得其髓的著名历史人物。难能可贵的是，苏轼的"辩证观山思想"，与蕴于《岳阳楼记》中的"先忧先觉"思想法则与机制以及由此而来的"以大救小"的价值理念，可谓宋代发展出来的两座思想高峰，相互辉映，难分伯仲。在中华文明的历史长河中，两人都堪称伟大的先忧先觉者，亦可谓中国思想发展史在北宋这块历史土壤上孕育出来的"一陌二花"，是中华传统文化的宝贵思想资源，值得我们倍加珍惜和自豪。苏轼确实没有辜负欧阳修的评价与期待——欧阳修在读其科考文章时言道："老夫当避路，放他出一头地也。"①

是的，苏轼的"辩证观山思想"不仅比鸦片战争后出现的"睁眼看世界"要早八百年，"大江东去，浪淘尽，千古风流人物"，也代表着宋朝的眼量和精神气度，代表着中华民族前所未有的眼量和精神气度。而《赤壁赋》以"不知东方之既白"收结，用语雍容顺雅，既隐喻人世和事物"苟日新，日日新"的常态与法则，客观上也展现了宋代与以往已经有所不同，历史已经进入了新的社会发展态势，不能抱残守缺。这对苏轼而言可谓"君子知几"的发微，对我们而言则是近代化已是曙光初露而历史新的进程已经展开的昭示。故总的来看，有其"以诗铸魂，作新斯民"的良苦用心。只是当时以及后来还有不少人不懂得去欣赏那已经不一样的历史新光景，反而认为是昨日重来，忙着填上一些早已老态的色彩，并以图据此保全旧日余欢。这着实让人遗憾和叹惋。

---

① 欧阳修《与梅圣俞书》：读轼书不觉汗出，快哉快哉，老夫当避路，放他出一头地也。可喜，可喜。

第五章　精神园林

在中国文学史上，苏轼可谓屈原之后的屈原。例如初到黄州寓居定慧院时，他写了一首《卜算子》，就堪称是最富屈原心性与气节的作品，亦可谓千古一阕了：

缺月挂疏桐，漏断人初静。谁见幽人独往来，缥缈孤鸿影。

惊起却回头，有恨无人省。拣尽寒枝不肯栖，寂寞沙洲冷。

正因为意识到自己的心性与气节与屈原相仿佛，同时还意识到自己所处的环境尤其是社会人文环境不见得比屈原之时好到哪里去，某些方面更是堪忧①，苏轼对此后所遭受的人生一切苦难才那样义无反顾、从容担荷。他担荷了超乎常人的人生苦难，才锻造出超迈千古的卓越人格，正如屈原所言："亦余心之所善兮，虽九死其犹未悔。"从而在认识史上开辟出"辩证观山"这个可与日月争辉的新境界。故达人立于世，人不能尽用其才，而其自用之。才其才，贤其贤，世受其泽，人有其芳，不亦可乎？是以苏轼成其为苏轼者，此其至贵之所在者也②。

---

①　如《屈原庙赋》。该赋乃宋英宗治平三年（1066）四月，苏轼兄弟得宋英宗赠敕，护送其父苏洵灵柩返蜀，路经屈原故乡秭归所作，时年29岁。文中此言尤为值得注意："自子之逝今千载兮，世愈狭而难存。贤者畏讥而改度兮，随俗变化斫方以为圆。"此间认知落差应是苏轼入仕前未曾意想之事，故文后有如斯之叹："君子之道岂必全兮，全身远害亦或必然。"这从一个侧面表明，自秦汉以降，在君父主义和尊儒政治生态之影响下，人的主体性与知性化发展态势已受到极大压抑。此外，苏轼仕而尚义乐群、泛爱世人，然其心性与许国之志之形成，盖受少时教育影响颇深。《宋史·苏轼传》云："生十年，父洵游学四方，母程氏亲授以书。程氏读东汉《范滂传》，慨然太息。轼请曰：'轼若为滂，母许之否乎？'程氏曰：'汝能为滂，吾顾不能为滂母耶？'"范滂者，东汉名臣，铁面无私，纠劾吏治，"有澄清天下之志"，后遭宦竖之乱，缉者不忍捕，抱旨痛哭。滂闻而投案，县令欲纵之而不从，大义凛然，从容赴死，时年33岁。苏轼总结其平生时则言："问汝平生功业，黄州惠州儋州。"（《自题金山画像》）这个总结甚为独特，因为"黄州惠州儋州"正是苏轼人生最不得意之时的贬谪之地，但他却认为平生的功业就在这些地方做成的。那么，这意味着什么呢？应当有两层基本含义：第一层，这是他有空闲把自己的自主性和主体性发挥得最好的地方；第二层，正确对待和看待人生的挫折是很有意义的，因为人生有挫折才会有从挫折中得来的丰盛，对个体成长而言，这或可称为挫折教育，并且从一个侧面说明溺爱孩子难成大器的人生悖论问题。

②　有感于东坡先生学识渊博、笃学精研，笔者结合自己的心得体验，赋《磨书》以志之；而触发此诗的灵感则来自东坡先生谪居黄州时，赠给来探望他的侄儿的这联诗："应笑谋生拙，团团如磨驴。"诗曰："磨驴不知远，勤走路万千。吾居虽不绰，磨书览洞天。万卷岂万里，倏尔河汉边。古来天下事，纷纷呈眼前。驰骤天地间，一跃跨千年。若耶有胜意，抡才与争贤。"

第三节　大观园之诗意叙事

为撰写这个章节，找来周汝昌先生的《〈红楼梦〉西译上的趣事》阅读。文中写道："德国人对《红楼梦》的理解是了不起的，远在1902年（光绪二十八年），格鲁勃就对芹书有肯定的评论，到1926年（民十五），又有一位名唤理查·维廉的，说《红楼梦》'像《绿衣亨利》是一部自传体小说，提供了一幅大清帝国文化历史图画'。再到1932年，又有一位名叫恩金的，说《红楼梦》与《金瓶梅》不同，写的是一种有教养的生活，说雪芹不知何来神奇力量，把日常琐事写得如此生动，说读过《红楼》，才知道中国人有权对他们的优秀文化感到自豪——欧洲人是从未达到如此高度的！我读到这一段落，不禁拍案叫绝，继之以掩书而叹。"

文中恩金所言"《红楼梦》写的是一种有教养的生活"，应当是目前众多对《红楼梦》的评语中最简洁而精当的。实际上，这就是中国人的思想、心灵和行为举止受诗书礼仪等传统文化长期浸润的结果。很显然，在历史和现实生活中，有教养的生活也有许多不同的侧面和维度，并构成了中国这座精神园林的悠远、硕大以及各种细节的芬芳与精彩。

但凡诗意都含有一定的理想性，而理想则常常含有一定的诗意的赋意。精神园林是人文思想理念与审美寓于生活环境中和谐共生的结果，是人的生命意识的高维度的表达，而不是自然界的荒野丛林，这是中华传统文化不言而喻而又根深蒂固的观念。正因如此，西方近现代盛行的丛林社会观与中华传统文化的精神理念是格格不入的。从文化典籍来看，姑且不论远溯史前伏羲氏时代没有丛林社会观，而是阴阳平衡、人与环境和谐相处、和合共生的思想，即使春秋战国那样的乱世，那个时代的古史传说和诸子百家，也没有将人类降格成动物那样人人相互为敌的想法。究其根底，不因别的什么，而是因为中华文明本来就不存在这样的文化基因。所以，中华文明其实是一个拥有共同情怀的精神情感共同体。这是古圣先贤抒写的美好社会环境与生活环境能够得到广泛的认同和共鸣的重要原因。而愿望之翼总会飞在现实的前面，理想之花总能岁寒而不凋。故大观园叙事，亦可谓诗意中国在某种程度和意义上的具象化显示与表达。

一、王熙凤与秦可卿

《红楼梦》第三回《贾雨村夤缘复旧职　林黛玉抛父进京都》,有几个场景刻画得出神入化。而所刻画的王熙凤与林黛玉见面的场景,如果明了个中缘由的话,可能会让许多人为之喷饭:

一语未了,只听后院中有人笑声,说:"我来迟了,不曾迎接远客!"

黛玉纳罕道:"这些人个个皆敛声屏气,恭肃严整如此,这来者系谁,这样放诞无礼?"心下想时,只见一群媳妇丫鬟围拥着一个人从后房门进来。这个人打扮与众姊妹不同,彩绣辉煌,恍若神妃仙子:

头上戴着金丝八宝攒珠髻,绾着朝阳五凤挂珠钗;项上戴着赤金盘螭璎珞圈;裙边系着豆绿宫绦、双衡比目玫瑰佩;身上穿着缕金百蝶穿花大红洋缎窄褃袄,外罩五彩刻丝石青银鼠褂;下着翡翠撒花洋绉裙。一双丹凤三角眼,两弯柳叶吊梢眉;身量苗条,体格风骚;粉面含春威不露,丹唇未启笑先闻。

黛玉连忙起身接见。贾母笑道:"你不认得他,他是我们这里有名的一个泼皮破落户儿,南省俗谓作'辣子',你只叫他'凤辣子'就是了。"黛玉正不知以何称呼,只见众姊妹都忙告诉他道:"这是琏嫂子。"黛玉虽不识,也曾听见母亲说过,大舅贾赦之子贾琏,娶的就是二舅母王氏之内侄女,自幼假充男儿教养的,学名王熙凤。黛玉忙陪笑见礼,以"嫂"呼之。

这熙凤携着黛玉的手,上下细细打谅了一回,仍送至贾母身边坐下,因笑道:"天下真有这样标致的人物,我今儿才算见了!况且这通身的气派,竟不像老祖宗的外孙女儿,竟是个嫡亲的孙女,怨不得老祖宗天天口头心头一时不忘。只可怜我这妹妹这样命苦,怎么姑妈偏就去世了!"说着,便用帕拭泪。贾母笑道:"我才好了,你倒来招我。你妹妹远路才来,身子又弱,也才劝住了,快再休提前话!"这熙凤听了,忙转悲为喜道:"正是呢!我一见了妹妹,一心都在他身上了,又是喜欢,又是伤心,竟忘记了老祖宗。该打,该打!"又忙携黛玉之手,问:"妹妹几岁了?可也上过学?现吃什么药?"

先不说别的,王熙凤这个出场的气场及其豪华美艳的打扮装束,在《红楼梦》一书中如果说不是绝无仅有也是非常罕见的，就连元春省亲也只是排场而不是有此等人气。难怪黛玉会作此想："彩绣辉煌，恍若神妃仙子。"但行文跌宕起伏，贾母向黛玉介绍时居然说"她是我们这里有名的一个泼皮破落户儿"，后来又补充了这样一句"南省俗谓作'辣子'，你只叫他'凤辣子'就是"。这确实很让人印象深刻。但如果要说妙的话，还是王熙凤那接连三问："妹妹几岁了？可也上过学？现吃什么药？"一般而言，初次见面，不问缘由就将这三问连着说，除了表明其性格比较直爽泼辣之外，未免让人觉得唐突。但细想王熙凤这三问，是将年龄、上学、吃药连在一起的串问，则未免让人觉得奇怪，尤其是上学与吃药如此紧紧联系在一起。奇怪的是，王熙凤只是问，并没有让黛玉回答的意思，便又转向吩咐那些跟班的保姆了。如果这里一时间还让人不觉有什么玄机的话，隔开几段之后，这一描写似乎就是一并作答了："贾母因问黛玉念何书。黛玉道：'只刚念了四书。'"是的，对许多人来说，这也不足为奇。但王熙凤跟黛玉见面时，贾母是专门说了这样的话的："南省俗谓作'辣子'。"黛玉是作为"南省人"登场的，而"南省人"对"四书"的发音，有时难免让人听成"死书"。确实，对许多人来说，这似乎是一种恶作剧般的插科打诨。但如果细加深味的话，这几个场景和细节的刻画，表达的其实就是作者对以四书为核心的宋明理学的深深厌恶和嘲讽。

王熙凤在《红楼梦》一书中所占的分量和重要性，是非常靠前的。而在第二回《贾夫人仙逝扬州府 冷子兴演说荣国府》中，她尚未出场时已经先声夺人了："若问那赦公，也有二子，长名贾琏，今已二十来往了，亲上作亲，娶的就是政老爹夫人王氏之内侄女，今已娶了二年。……谁知自娶了他令夫人之后，倒上下无一人不称颂他夫人的，琏爷倒退了一射之地。说模样又极标致，言谈又极爽利，心机又极深细，竟是个男人万不及一的。"需要注意的是，尽管王熙凤并非毫无瑕疵的人，实际上还有不少地方也很让人嫌，有时还利用贾府的权势谋利，但她是一个"男人万不及一的"的贾府大管家，然而终究也无法挽救贾府的败亡，最后还是"好一似食尽鸟投林，落了片白茫茫大地真干净！"其中的原因无疑是纷繁复杂的，但非常关键的一个无疑就是既无法开源又无法节流，如此奢华的贾府最终走向败亡就在情理之中了。

那这说明了什么呢？说明无论是宋明理学还是儒家传统，只有或只顾管治是不行和远远不够的。作为一个健全的国家，除了儒家传统，还需要"非儒传统"，尤其需要对春秋战国时包括墨家、农家等百工之学予以足够的重视，这才是真正的安邦治国之道。但奇怪的是，自宋以后的元明清三代，理学无不占据主导地位。更成问题的是，由于一家受尊，百家、百学则常常陷入惨淡和被撂荒的境地，是以中国社会的较优加速度优势也随之受到极大的压制和损害。那么，这样的处境能够长久吗？显然不能。从这个角度来看，《红楼梦》的作者通过上述情景的刻画来表明只"读四书"等同于"读死书"，其实并不为过。相应地，《红楼梦》这一对贾府的演绎和判断，"好一似食尽鸟投林，落了片白茫茫大地真干净！"不仅有其相应的历史史实作为基础，对我们而言也是被历史所证明的事实。

无论是现实中《红楼梦》的作者还是书中那些演绎这出大戏的诸多重要角色，实际上都是拥有大文化观、大历史观的人物，而且蕴含着一种文化的自觉担当和自我成贤的责任感和使命意识，因而都是"红楼圣人"，其忧国忧民之心可谓日月可鉴。

在大观园建成和元春省亲之前，贾府还发生了一件大事，这就是第十三回的秦可卿之死。秦可卿是一个怎样的人物，素来很有争论。但笔者认为，秦可卿是《红楼梦》作者为进一步演绎贾府行将走向衰败时所设的一个警示性角色，同时含有非常丰富的历史文化和人文底蕴。她貌若天仙的姿容引起人们的翩翩遐想和揣测，但要真正拿出真凭实据来却最终只能归于遐想和揣测。如果我们根据书中文本所写进行判断的话，秦可卿之死，实则死于接二连三的庸医之手，亦即秦可卿是被那些看似大有名望实则是庸医的大夫医死的。

这里想着重讨论一下的是，或许基于小说这种文体的方便，在《红楼梦》第十三回，作者安排了一出凤姐梦见秦可卿离世时的托梦故事，与此后凤姐的一些所作所为相呼应。为了便于之后的阐释，这里将其引录如下：

> 这日夜间，正和平儿灯下拥炉倦绣，早命浓熏绣被，二人睡下，屈指算行程该到何处，不知不觉已交三鼓。平儿已睡熟了。凤姐方觉星眼微朦，恍惚只见秦氏从外走来，含笑说道："婶子好睡！我今日回去，你也不送我一程。因娘儿们素日相好，我舍不得婶子，故来别你一别。还有一件心愿未了，非告诉婶子，别人未必中用。"
>
> 凤姐听了，恍惚问道："有何心愿？你只管托我就是了。"秦氏道："婶婶，你是个脂粉队里的英雄，连那些束带顶冠的男子也不能过你，你如何连两句俗语也不晓得：常言'月满则亏，水满则溢'，又道是'登高必跌重'。如今我们家赫赫扬扬，已将百载，一日倘或乐极悲生，若应了那句'树倒猢狲散'的俗语，岂不虚称了一世的诗书旧族了！"凤姐听了此话，心胸大快，十分敬畏，忙问道："这话虑的极是，但有

何法可以永保无虞?"秦氏冷笑道："婶子好痴也！否极泰来，荣辱自古周而复始，岂人力可保常的。但如今能于荣时筹画下将来衰时的世业，亦可谓常保永全了。即如今日诸事都妥，只有两件未妥，若把此事如此一行，则日后可保永全了。"

凤姐便问何事。秦氏道："目今祖茔虽四时祭祀，只是无一定的钱粮；第二，家塾虽立，无一定的供给。依我想来，如今盛时固不缺祭祀供给，但将来败落之时，此二项有何出处？莫若依我定见，趁今日富贵，将祖茔附近多置田庄、房舍、地亩，以备祭祀供给之费皆出自此处，将家塾亦设于此。合同族中长幼，大家定了则例，日后按房掌管这一年的地亩、钱粮、祭祀、供给之事。如此周流，又无争竞，亦不有典卖诸弊。便是有了罪，凡物可入官，这祭祀产业连官也不入的。便败落下来，子孙回家读书务农，也有个退步，祭祀又可永继。若目今以为荣华不绝，不思后日，终非长策。眼见不日又有一件非常喜事，真是烈火烹油、鲜花着锦之盛。要知道，也不过是瞬间的繁华，一时的欢乐，万不可忘了那'盛筵必散'的俗语。此时若不早为后虑，临期只恐后悔无益了。"

凤姐忙问："有何喜事？"秦氏道："天机不可泄漏。只是我与婶子好了一场，临别赠你两句话，须要记着。"因念道："三春去后诸芳尽，各自须寻各自门。"凤姐还欲问时，只听二门上传事云板连叩四下，将凤姐惊醒。人回："东府蓉大奶奶没了！"凤姐闻听，吓了一身冷汗，出了一回神，只得忙忙的穿衣，往王夫人处来。

一般来看，《红楼梦》的重要角色，往往都有着多重历史人物的人文蕴藉，故而看起来或多或少都有某个甚至几个历史人物的形象在里面；笔法上，继承了《诗经》《楚辞》那种将其所爱比喻成名花香草美人的传统。有鉴于此，笔者认为秦可卿这个角色就含有北宋名臣范仲淹的人文内蕴和人文维度；除此之外，还有西汉早期文学家贾谊的人文内蕴和人文维度，并因此而有其相应的镜鉴意义。

在《红楼梦》一书中，秦可卿给人的印象不亚于其他重要角色。她不仅美丽，美如曹植《洛神赋》中的宓妃，更是集众美之美（根据宝玉游太虚幻境的赋的描写，她几乎集古代众多著名美人之美于一身）；同时，由于聪明智慧超拔、处事稳重，博得了包括贾母史太君和王熙凤在内的许多人的称赞和敬重。这在《红楼梦》一书的众多角色中是独一无二的。但秦可卿的独特性还不止于此，她的另一重身份是掌管太虚幻境（女儿之幽微灵秀地、无可奈何天）的警幻仙子的妹妹。所以，秦可卿的角色拥有独特的二重性：一重是《红楼梦》世俗角色层面的身份——既是宁国府因而又是贾府草字辈的媳妇，金陵十二钗之中排第十二钗；另一重则是精神层面的警幻仙子之妹。

奇怪的是，秦可卿的家世并不显赫，甚至还比较卑微。她是养父秦业从养生堂抱回来的孤女，而养父秦业也只是一个地位低下的小京官。于是有解读者认为秦可卿要么是废太子遗孤，要么是前朝王室的遗孤。其理由是，如果不是拥有这样的家世背景，秦业与贾府这样显赫的家族联姻是难以想象的。况且，《红楼梦》作者在书中也明说把真事隐去，是以给人预留了足够大的可供猜想的空间。即便如此，小说毕竟是文学作品而不是史书，映射的事实有很多的不确定性，要确证所对应的具体事实无疑不是一件容易的事情。因而同样奇怪的是，这反而客观上成就了《红楼梦》一书独特而重要的艺术特色，并由此引发了读者的好奇心和参与其中的积极性。我们可以说："钗"者，"猜"也。但"猜"不是仅凭想象而漫无边际地猜测，更不是乱生猜疑，而是要沉心静气去思考和揣摩，以赋予其更丰富的内涵和意蕴。进而言之，"猜"更重要的还在于：以此为鉴而有所觉悟和觉醒，而不是喜非人之过而不知反躬自省。换句话说，止于喜非人之过而不知反躬自省，并非君子之为，而是人之劣根性并没有经此有所祛除而变得更纯粹和更纯净的体现。

根据《红楼梦》第五回的"十二钗卷册"预判，秦可卿为悬梁自缢而死（流行版本所描写的实际情形却并非如此），判词则是这样表述："情天情海幻情身，情既相逢必主淫。漫言不肖皆荣出，造衅开端实在宁。"因此，无论是研究者还是读者中，都有人推测秦可卿病死之病，不仅仅因为她好淫，以至于做出乱伦之事——跟公公有奸情，并且还怀上了孩子；而书中所请大夫诊治之词也含混不清，未免让人做出这样的揣测。那么，这就是有关情景刻画及言说所指向的事实吗？我们可以说，除了猜测还是猜测，不能把通过臆想而来的猜测当作事实。

如此看来，"钗"者，"猜"也，但弄得不好也是一个陷阱，使人（包括我们）自觉不自觉地陷入自以为是的"幻境"之中而不自知。然而，这是"禅"吗？可能是。但更是《红楼梦》首先给出的首要警示：仅凭猜测是不够的，要确证猜测的正确与否还需要事实，需要真凭实据；如若不然，把猜测当作事实，则难免误人误己，甚至还会平白无故制造出许多冤假错案和人间惨剧来，如旧官僚办案那样，"事出有因，查无实据"。所谓"警幻仙子"者，不其然乎？由此我们不难理解，宝玉其实也包括《红楼梦》的作者为何那么偏爱虽然由于嘴直口快而容易得罪人，实际上却最是操守净植爽朗的晴雯了。相应地，对于所谓

195

"金钗雪里埋",未尝不可以说,其意旨在于告诉我们:"真正的谜底就藏在雪里。"

要更好地理解秦可卿这个角色所隐含的思想,作为秦可卿弟弟的秦钟应是一个需要仔细参详的对象。把秦业、秦钟、秦可卿并列在一起来看,在我们比较熟悉的知识结构中,其字义应当指向"秦朝"。如果翻阅一下《史记·秦始皇本纪》的话,会发现其记述可以分为三个重要组成部分:其一是秦朝建立前的部分,亦即秦朝缘何而来的"秦业";其二是秦朝的建立以及缘何灭亡的部分,亦即秦朝的终结——"秦钟";其三是司马迁借用贾谊的《过秦论》,讨论秦朝灭亡的原因和教训的经验总结,这本来可供秦朝使用(因为秦朝不见得没有这样的高明之士,但因自身刚愎自用而且动辄苛刑相加,故自堵言路而成为不可能)而实际上则是供后世借鉴的部分,可视为这一角色设计的基本寓意所在。简言之,所谓"秦可卿"者,其意"可作秦朝公卿"也。如此一来,我们不难发现这既可以满足秦可卿作为遗孤的身份,同时还可以满足她作为警幻仙子之妹以警示世人的身份。至于秦可卿有些越礼的风光大葬,则可解释为秦朝灭亡之后,历朝历代无不以此为鉴,而且不乏上至公卿下至一般士人以各种文学形式所展开的讨论,可谓洋洋大观,历史上没有哪个朝代可与之相比。想一想这种人物设喻、有关的情景刻画等,妙趣横生之余,不得不感叹作者天才的奇思妙想与极致的慧思。

那么,贾谊的《过秦论》有哪些极为重要的警示,而司马迁的意见又是怎样的呢?以下几点或许值得重视:

1. 太史公曰:秦之先伯翳,尝有勋于唐虞之际,受土赐姓。及殷夏之间微散。至周之衰,秦兴,邑于西垂。自缪公以来,稍蚕食诸侯,竟成始皇。始皇自以为功过五帝,地广三王,而羞与之侔。善哉乎贾生推言之也!

2. 秦王足己不问,遂过而不变。二世受之,因而不改,暴虐以重祸。子婴孤立无亲,危弱无辅。三主惑而终身不悟,亡,不亦宜乎?当此时也,世非无深虑知化之士也,然所以不敢尽忠拂过者,秦俗多忌讳之禁,忠言未卒于口而身为戮没矣。故使天下之士,倾耳而听,重足而立,拑口而不言。是以三主失道,忠臣不敢谏,智士不敢谋,天下已乱,奸不上闻,岂不哀哉!……野谚曰:"前事之不忘,后事之师也。"是以君子为国,观之上古,验之当世,参以人事,察盛衰之理,审权势之宜,去就有序,变化有时,故旷日长久而社稷安矣。

3. 秦王怀贪鄙之心，行自奋之智，不信功臣，不亲士民，废王道，立私权，禁文书而酷刑法，先诈力而后仁义，以暴虐为天下始。夫并兼者高诈力，安定者贵顺权，此言取与守不同术也。秦离战国而王天下，其道不易，其政不改，是其所以取之守之者无异也。孤独而有之，故其亡可立而待。

此外，秦朝在中国历史上尤显特别的是，也许受其母亲宫闱操守不淑的影响，秦始皇以至于秦二世都没有立过皇后。这对于秦始皇死后，赵高和李斯得以私立胡亥为秦二世有多大影响，值得做进一步思考和探讨。但无论如何，这在一个层面上表明，《礼记·曲礼》所言"公事不私议"是很有道理的。如果"公事私议"话，就难免在决策过程中掺杂私人偏好，造成腐败和诸多的不公，而腐败和不公则是破坏社会凝聚力和积极进取心的最大公害。同样有意义的是《礼记·曲礼》此言："夫唯禽兽无礼，父子聚麀。是故圣人作，为礼以教人，使人以有礼，知自别于禽兽。"这也很好地说明，凡事有所节而节之有度的制度规范，对于人之为人有其独特作用。

总的来看，《红楼梦》的上述角色设计与情景演绎以至于思想意蕴指向，应受《长生殿》"留得白头遗老在，谱将残恨说兴亡"这句话的人文惠及性影响颇深，但总体上又远不止此。这里反而需要先加注意的是，"贾母史太君"这一角色设计的思想意蕴，应当就是传统文化所谓"史家"，如司马氏这样的为帝王记事的司史世家；而春秋之前，史家"君举必书"的传统对君权实有独特的制约作用。相应地，在《红楼梦》一书中，后世"史家"的式微则表现为"史湘云"自小失怙，稍大后还要做针线活来帮助叔父家计的叙事，这反映的就是后世"史家"原有的独特政治功能的破败与衰落。由此不难想见，后来无论是"别名分"之说，还是"臣为君隐"之说，其实都是古史传统及其独特政治功能失落的表现，从而也是君权和王权失制而变得越来越专制的反映。故《红楼梦》一书对文化和历史的演绎（通过角色的设计及有关情景化描写与刻画，来寄寓及呈现作者的思想和价值的取向与向度）特征可谓不言而喻了。

范仲淹是北宋著名政治家、文学家，1042年捐祖宅兴办义学，并置办了学田以养学，凡本族子弟皆免费教育，后来还惠及想学习的外姓之人。尔后范氏家族和当地人才辈出，学风深蔚，范仲淹此举可谓功德无量。范仲淹的事迹对曹雪芹创作《红楼梦》的影响无疑是很大的。例如前面引文中秦可卿临终时托梦给凤姐的事："家塾虽立，无一定的供给。依我想来，如今盛时固不缺祭祀供给，但将来败落之时，此二项有何出处？莫若依我定见，趁今日富贵，将祖茔附近多置田庄、房舍、地亩，以备祭祀供给之费皆出自此处，将家塾亦设于此。合同族中长幼，大家定了则例，日后按房掌管这一年的地亩、钱粮、祭祀、供给之事。"亦可谓范仲淹"以大救小"理念、重教兴学遗风的自觉继承与显现。由此观之，在《红楼梦》中，人们虽然较多关注她的美貌，不少红学研究也有诸多的猜测，但作为警幻仙子之妹，她却是一个以大情怀、大格局取胜的人物。所谓"巾帼不让须眉"，不其然乎？就贾府而言，她生不得其位，而且又过早死去，不亦悲乎？

范仲淹是历史上著名的洁净守正之臣，他对教育热心关怀、身体力行，故作"通人"观之，可谓名副其实。他实际上还是宋朝尤其是北宋士大夫的一面精神旗帜。如此一来，在曹雪芹笔下，黛玉等重要角色来自范仲淹的家乡姑苏也就不足为奇了。这不仅反映了曹雪芹对"诗书簪缨之家"特有的情怀，其中还隐喻了"大观园"的"大观"的文化蕴藉，自然也涵括了范仲淹"修身、齐家、利国、和天下"的人生格局和"通人大观"的意仁（"意仁"一词是从《红楼梦》"意淫"音转而来）情怀，例如他在《岳阳楼记》中所表达的无论在朝还是在野、是进还是退都有深厚家国情怀的意蕴。这比《大学》所言"修身、齐家、治国、平天下"的思想内涵，显然要宽阔得多。其穷神致化、润物细无声的德化之功，洒然浸润着中华大地，成为中华民族"以大救小"、崇文重教的典范。

在古代社会，许多女儿之所以没有受教育的机会，很大程度在于教育不发达。如果教育发达的话，像凤姐、晴雯和刘姥姥这样拥有很高天赋的女子，都会成为不得了的才女。从这一角度来看，在《红楼梦》的众多角色中，秦可卿虽然早死，反而是一个非常难得并富有远见、富有意仁情怀的先忧先觉者，其独特性是哪个角色都替代不了的。曹雪芹赋予她警幻仙子之妹的寓意，可谓富含外荣内枯之忧，用心颇深，未尝不是其忧思所系与"怀金悼玉"之根本所在。同时，这还说明了"以大救小"的价值理念、重教兴学以更大的可能惠及女儿，是曹雪芹"怡红"观的重要内涵，其先进性和现代性意义不言自明。

范仲淹在《红楼梦》作者心目中具有重要作用。如果说上述阐释还显得比较隐约的话，黛玉这首《唐多令》则可谓深含范仲淹的某些重要人生经历：

粉堕百花洲，香残燕子楼。一团团逐对成球。飘泊亦如人命薄，空缱绻，说风流！　草木也知愁，韶华竟白头！叹今生谁舍谁收？嫁与东风春不管，凭尔去，忍淹留。

红学研究中，对"百花洲"、"燕子楼"的揣测可谓不少，但如果对范仲淹的人生履历有所了解的话就会发现："庆历新政"失败，他于庆历六年（1046）外放，任职于河南邓州。在邓州三年间，曾重修览秀亭，构筑春风阁，营造百花洲，并设立花洲书院，闲暇时还到书院讲学。皇祐元年（1049）调任杭州，出资购买良田千亩，设立义庄（具有学校或教育机构性质），让其弟找贤人经营，收入分文不取，或用于义庄，或接济范氏后代子孙。皇祐四年（1052）调任颍州，在上任途中，于五月二十日在徐州逝世，谥号"文正"，追封"楚国公"。

燕子楼是徐州的一座名楼，乃唐代张愔为其爱妾关盼盼所建。唐代大诗人白居易与张愔和关盼盼皆相识。据传，张愔死后十年，张仲素携诗拜访白居易。张仲素所携《燕子楼》诗云："楼上残灯伴晓霜，独眠人起合欢床。相思一夜情多少，地角天涯未是长。"（张仲素《燕子楼》诗有三首，此乃其一）白居易因感其"爱而不嫁"，作三首《燕子楼》诗以和之，其一曰："满窗明月满帘霜，被冷灯残拂卧床。燕子楼中霜月夜，秋来只为一人长。"

由此观之，黛玉《唐多令》中的"百花洲"非指向西施，"燕子楼"亦非指向关盼盼，而是指向范仲淹。只有他能够符合词中的语境。很显然，《红楼梦》作者借黛玉之口吟咏这首词是有特殊意义的，其中一个就是自范仲淹之后至作者在世之时，像《岳阳楼记》那样富有人民情怀的作品越来越稀少了，是以有"粉堕百花洲，香残燕子楼"之叹。而且，这还可以从一个侧面使得林黛玉那爱哭的性格获得屈原的"长太息以掩涕兮，哀民生之多艰"的人文底蕴，由此得以深化。至于"嫁与东风春不管"则表明，无论历史上的忠臣还是一般的平民百姓，将自己的命运托付给那些君主，其实都是很不可靠的①，从而反映出《红

---

① 《红楼梦》作者尤其是大观园叙事，受陶渊明人文惠及性影响极大，故此间需要注意陶渊明的《咏三良》。所谓"三良"，即秦穆公之三位贤臣奄息、仲行、针虎。穆公没，康公以其殉，国人哀之，赋《黄鸟》以针砭之。《黄鸟》一诗见于《诗经·秦风》（诗中所言"如可赎兮，人百其身"，或许可视为当今人们所言的"一个人抵得一支队伍"的原初表达）。而后世注家大多仍持"以礼解诗"之法来理解和解读陶渊明诗文，实有"矮人观场"之弊。而陶渊明实有所预，是以《桃花源诗》结语云："愿言蹑清风，高举寻吾契。"相应地，黛玉《唐多令》之"嫁与东风春不管，凭尔去，忍淹留"，实可谓"相知何必旧"的知音之语。说实在的，不是笔者口出妄言，是日（此注为后来补入）观《读〈山海经〉》，尤其是其一所云："孟夏草木长，绕屋树扶疏。众鸟欣有托，吾亦爱吾庐。既耕亦已种，时还读我书。微雨从东来，好风与之俱。俯仰终宇宙，不乐复何如。"可谓妙笔生花，活泼成趣，不愧是中国文坛上的"二月春风"，让人自感人与万物和谐共生之境，不禁感慨："夫子待我久矣，何以今日方遇见也哉！"而陶渊明实乃率先垂范，为成素志（年少时就已立定志向），盖开耕读全生、修身成贤之途。又如《庚戌岁九月中于西田获早稻》："人生归有道，衣食固其端。孰是都不营，而以求自安？……遥遥沮溺（长沮、桀溺）心，千载乃相关。但愿长如此，躬耕非所叹。"这显然与儒家的某些思想大异其趣。

楼梦》的作者或许还受明末清初思想家黄宗羲的人文惠及性影响，具体来说就是《明夷待访录》"为天下之害者，君而已矣"这句话的思想价值观。故秦可卿托梦王熙凤之所谓"三春去后诸芳尽，各自须寻各自门"，其指向应当就是汉唐宋，亦即元朝人所言的相对于夏商周三代的新三代。从书中的演绎来看，所谓"三春"指的是元春、迎春和探春；惜春出家未嫁，不在所谓"三春"之列，故曰："勘破三春景不长，缁衣顿改昔年妆。可怜绣户侯门女，独卧青灯古佛旁。"① 从历史的现实情形来看，实际上也正是宋以后，皇权越来越趋向专制和独断专行，不仅非儒传统越发撂荒，最终还导致其人民性与人民情怀的淹没与失落。

苏轼于宋神宗元丰元年（1078）外放出任徐州知州时，创作了《永遇乐·彭城夜宿燕子楼》一词，该词有一小序，云："彭城夜宿燕子楼，梦盼盼，因作此词。"其词曰：

> 明月如霜，好风如水，清景无限。曲港跳鱼，圆荷泻露，寂寞无人见。纨如三鼓，铿然一叶，黯黯梦云惊断。夜茫茫，重寻无处，觉来小园行遍。　　天涯倦客，山中归路，望断故园心眼。燕子楼空，佳人何在，空锁楼中燕。古今如梦，何曾梦觉，但有旧欢新怨。异时对，黄楼夜景，为余浩叹。

需要注意的是，《红楼梦》早期有一传抄本叫"梦觉本"，其取意或受苏轼这首《永遇乐·彭城夜宿燕子楼》的人文惠及性影响极大。所以，林黛玉这首《唐多令》，在悲悼范仲淹的同时，应当还含有悲悼苏轼甚至作者自身的情感蕴藉。况且苏轼吟咏柳絮（杨花）的《水龙吟》本来就非常有名，感怀自己的人生际遇，不外也是空锁于楼中之燕，爱而难嫁，有翼难飞，进而与之唱和而"临文悲悼"，也就更不足为奇了。

---

① "元春"之意则可以通过她把宝玉的"红香绿玉"改成"怡红快绿"的包容和多元一体的价值取向来看待。当然，最后的情形我们还会看到，"元春"还有其独特的用于解密的密码作用。她不仅可以用于解密陶渊明，还可以用于解密《春秋》的价值取向的误导与失误。惜春则与苏轼的《寒食帖》及解密"红楼梦"语出之典、解密《春秋》有关。有鉴于此，不少红学研究过于注重研究所谓"曹家"冤案，实则自误误人。另外，"元、迎、探、惜"的象征意义，所对应是否是汉、魏晋南北朝、唐、宋，这四个重要历史时期，抑或是别的历史情形，还可以做进一步的探讨和论证。无论如何，《红楼梦》一书的核心部分和精华是大观园叙事部分。

二、大观园题对额与改题

大观园是《红楼梦》这座宏伟建筑的辉煌穹顶。没有大观园这个辉煌穹顶，《红楼梦》不仅难以构建起自己独创的语系，其思想高度和艺术观感也会显得庸常，相当于在一片民居中建了一处差不多款式的新房子。所以，理解好大观园可谓理解《红楼梦》在中国文学史上的地位和人文惠及性影响价值的关键。

在人们比较熟悉的传统文化中，"大观"一词有三个出处：一处是《周易·观卦》的象辞"大观在上，中正以观天下"；一处是《史记·屈原贾生列传》，亦即前文已经引用的"小知自私兮，贱彼贵我；通人大观兮，物无不可"；一处是范仲淹的《岳阳楼记》："予观夫巴陵胜状，在洞庭一湖。衔远山，吞长江，浩浩汤汤，横无际涯；朝晖夕阴，气象万千。此则岳阳楼之大观也"。就语义来看，贾谊所谓"通人大观兮，物无不可"无疑含有定义的属性。至于思想精神境界，则以《周易·观卦》的象辞为高。

贾谊这一论述，追本溯源，或许是《易传》的这段话："包牺氏之王天下也，仰则观象于天，俯则观法于地，观鸟兽之文，与地之宜，近取诸身，远取诸物，于是始作八卦，以通神明之德，以类万物之情。"有《易传》这种论述作为知识铺垫，贾谊所谓"通人"（思想、见识、心胸和情怀等都能够做到通达的人）和"物无不可"就有了较好的参照。相应地，《红楼梦》说"大旨言情"，不难理解它并不仅限于人之情，不仅限于自己所经所历的人和事，而是一种源于自我并超越自我的宏大的历史视野。正因如此，"以情悟道"的思想和文化渊源也可以得到很好的落实，可谓爱发乎情。进言之，以情来诠释人类、以情来诠释世界，并且千百年来一以贯之，或许也是中华文脉才有的文化与文明特征。从中不难体味抒情诗与爱情诗的同异，以至于情与爱的同异，爱与情爱的同异，意仁情怀与情欲的同异等，而所谓大情怀亦大爱而已，大爱亦大情怀而已。爱发乎情，既有狭义之爱，亦有广义之爱或一般所言的博爱；不能一言情，思维定式就往狭隘方面的向度与维度上摆渡。这显现的是曹雪芹悲天悯人、穷神致化的意仁情怀。要较好地解读"大观园"的寓意，对中华传统文化有大尺度的了解是必需的。要理解《红楼梦》也是如此。这是《红楼梦》作为人文文化小说的必然要求。如若不然，就会如曹雪芹所言："都云作者痴，谁解其中味？"就会是"矮人观场"。

秦可卿和秦钟病亡后才有大观园的题对额，这可谓意味深长。而《红楼梦》

第十七十八回的题对额与改题以及接下来的元春省亲,对整本书实有举足轻重的作用。在这两回(实际上还是一回,未予分开)中,已经含蕴了《红楼梦》一书的基本思想和价值指向了,故而要深辨其思想内蕴。从贾政领着贾府的清客和宝玉一起为大观园题对额来看,主要集中在这几个方面:(一)曲径通幽和沁芳;(二)有凤来仪;(三)杏帘在望、稻香村和蓼汀花溆(秦人旧舍);(四)蘅芷清芬;(五)蓬莱仙境(天仙宝境);(六)红香绿玉(崇光泛彩)等。这里蕴含的信息量非常大,实际上也是一道道很考人的文化与思想考题,故而需要很费心思地深入解读。宝玉在题"蘅芷清芬"之前所说的一句话,"如今年深岁改,人不能识,故皆像形夺名,渐渐的唤差了,也是有的",很是值得细加品味。接下来做一些有关的梳理。

(一) 曲径通幽和沁芳

贾政领着贾府的清客和宝玉一起为大观园进行真正意义的题对额之前,书中有这样一段话作为铺垫:

> 只见迎面一带翠嶂挡在前面。众清客都道:"好山,好山!"贾政道:"非此一山,一进来园中所有之景悉入目中,则有何趣?"众人道:"极是。非胸中大有邱壑,焉想及此。"说着,往前一望,见白石崚嶒,或如鬼怪,或如猛兽,纵横拱立;上面苔藓成斑,藤萝掩映,其中微露羊肠小径。贾政道:"我们就从此小径游去,回来由那一边出去,方可遍览。"说毕,命贾珍在前引导,自己扶了宝玉,逶迤进入山口。抬头忽见山上有镜面白石一块,正是迎面留题处。贾政回头笑道:"诸公请看,此处题以何名方妙?"众人听说,也有说该题"叠翠"二字,也有说该提"锦嶂"的,又有说"赛香炉"的,又有说"小终南"的,种种名色,不止几十个。

首先需要注意,中华传统文化中有一个显著的笔法和美学观,这就是"藏而不露"的含蓄之美。它不仅体现在许多文学作品之中,更体现在园林建筑之中。故而贾政和众清客这一往一来的对话,"贾政道:'非此一山,一进来园中所有之景悉入目中,则有何趣?'"众人道:"极是。非胸中大有邱壑(胸有才识、意致深远),焉想及此。'"实际上就指向了《红楼梦》采用的美学观。但《红楼梦》中的美学观还不止于此,于是接下来接连点出四个备选题额"叠翠"、"锦嶂"、"赛香炉"、"小终南",然后再由宝玉说出"曲径通幽"①。也就是说,除了"藏而不露"之外,《红楼梦》还有"曲径通幽"这种笔法和美学观。而且,四个题额也暗示了《红楼梦》作者的重要价值取向。例如"赛香炉"指向江西庐山的香炉峰(江西庐山的一处著名景点,其形圆耸,山顶之山气宛如烟霭袅娜飘拂,因李白的《观庐山瀑布》而广为人知);"小终南"指向的并非广为人们熟知的"终南山"(横亘于陕西南部,主峰在西安南面,山势高耸奇幻),而是堪称"终南山"却又不是"终南山"的"小终南"。这两个题额同时指向人们一般认为的陶渊明隐居之地庐山,也就是他的名句"采菊东篱下,悠然见南山"的"南山"。

很显然,这只是表面对"南山"一词的解释,书中至此也只是先做这样的提点而已。是以接下来题"沁芳"(亦即后来的"沁芳亭"所在地)之前,借用"翼然"、"泻玉"说明其典出欧阳修《醉翁亭记》,意在表达其含蕴的指向:"醉翁之意不在酒,在乎山水之间也。"②亦即"意在言外",或者要读者注意其"言外之意"。宝玉也发表了自己的意见,说:"用此等字眼,亦觉粗陋不雅。求再拟较此蕴藉含蓄者。"也就是说,前面的题额,无论是"赛香炉"、"小终南"还是"曲径通幽",其集中指向还是在于陶渊明及其所谓"南山"。但"言外之意"或"意在言外"仍有其笔法和美学观上的独特用处。先有了这样的理解,接下来选择宝玉的题额"沁芳",然后命他再作一副对联"绕堤柳借三篙翠,隔岸花

---

① 典出唐代诗人常建《题破山寺后禅院》:清晨入古寺,初日照高林。曲径通幽处,禅房花木深。山光悦鸟性,潭影空人心。万籁此都寂,但余钟磬音。

② 仔细体味欧阳修《醉翁亭记》,其含蕴与运思应当颇受陶渊明的人文惠及性影响。例如"翼然"一词,对陶渊明《时运》中的这联诗"有风自南,翼彼新苗"就有所借鉴。然而,尽管欧氏以"翼然"刻画亭之形态有其独妙之处,但总的来看,仍未能尽善尽美。而陶氏此联诗的"翼"字含有"南风"与"新苗"相亲相悦之情态。相比之下,欧氏的"翼然"对刻画亭的飞檐而言已是生动传神,但相亲相悦之情却有未达之处。由此观之,陶氏言辞之美,虽常以平淡著称,但其鬼斧神工的极致性韵致,倒需要细加比较并加以咀嚼。《时运》共四首诗,往者注家多以陶渊明此时心境若"孔颜乐处",若观夫最后一首的末联"黄唐未逮,慨独在余",实际上已有别于《礼记·礼运》中所记孔子此言:"大道之行也,与三代(夏商周)之英,丘未之逮也,而有志焉。"也就是说,陶渊明所谓之"心远"其实直达黄帝尧舜之世,故所谓"有风自南",含蕴着据传为帝舜所作的《南风歌》"南风之薰兮,可以解吾民之愠兮。南风之时兮,可以阜吾民之财兮"之情思和意蕴。或许正是自我设限与自我拘闭,导致历史上诸多注家和读者,都未能较为透彻地理解和解读出陶渊明的高远志趣和价值取向。这也从一个侧面反映出曹雪芹对陶渊明及其"欣慨交心"的深刻领悟和理解。

分一脉香",就更好理解了。这副对联的"柳"字就含有陶渊明号称"五柳先生"之意;故下联所谓"隔岸花分一脉香",其意旨就是这里和之后所指,都可以相互勘验和照应来看。进一步说,重新思考陶渊明在中华元典的基础上,对非儒传统的继承和发展所做的贡献,据此来确立他在中国思想史和文学文化史上的地位,才是比较恰当的。但是,大观园的题对额叙事不可能尽是陶渊明的思想和价值观,是以接下来宕开一笔,转向了"有凤来仪"这个主题。

(二) 有凤来仪

宝玉题完"沁芳"和那副对联"绕堤柳借三篙翠,隔岸花分一脉香"之后,书中有了这样一段叙述:

> 于是出亭过池,一山一石,一花一木,莫不着意观览。忽抬头看见前面一带粉垣,里面数楹修舍,有千百竿翠竹遮映。众人都道:"好个所在!"于是大家进入,只见入门便是曲折游廊,阶下石子漫成甬路。上面小小三间房舍,一明两暗,里面都是合着地步打就的床几椅案。从里间房内又得一小门,出去则是后院,有大株梨花兼着芭蕉。又有两间小小退步。后院墙下;忽开一隙,得泉一派,开沟仅尺许,灌入墙内,绕阶缘屋至前院,盘旋竹下而出。
>
> 贾政笑道:"这一处倒还罢了。若能月夜坐此窗下读书,不枉虚生一世。"说毕,看着宝玉,唬的宝玉忙垂了头。众客忙用话开释,又说道:"此处的匾该题四个字。"贾政笑问:"那四字?"一个道是"淇水遗风"。贾政道:"俗。"又一个是"睢园雅迹"。贾政道:"也俗。"贾珍笑道:"还是宝兄弟拟一个来。"贾政道:"他未曾作,先要议论人家的好歹,可见就是个轻薄人。"众客道:"议论的极是,其奈他何。"贾政忙道:"休如此纵了他。"因命他道:"今日任你狂为乱道,先设议论来,然后方许你作。方才众人说的,可有使得的?"宝玉见问,便道:"都似不妥。"贾政冷笑道:"怎么不妥?"宝玉道:"这是第一处行幸之处,必须颂圣方可。若用四字的匾,又有古人现成的,何必再作。"贾政道:"难道'淇水'、'睢园'不是古人的?"宝玉道:"这太板腐了。莫若'有凤来仪'四字。"众人都哄然叫妙。贾政点头道:"畜生,畜生,可谓'管窥蠡测'矣!"因命:"再题一联来。"宝玉便念道:"宝鼎茶闲烟尚绿,幽窗棋罢指犹凉。"

清客所题"淇水遗风"和"睢园雅迹",虽然最终没有被采用,但正如前文援用欧阳修《醉翁亭记》蕴含着"言外之意"那样,"淇水遗风"蕴含着《诗经·卫风·淇奥》"瞻彼淇奥,绿竹猗猗。有匪(斐)君子,如切如磋,如琢如磨"之意。由于受孔子"以礼解诗"及其有关诗学思想的影响,自汉代以降的中国古代社会,郑卫之声受到了种种贬斥。而后世对竹进行吟咏并将之纳入君子之喻的文化传统中,其实暗含救济孔子所论之弊的文脉分野走向,并因之逐渐形成了一种亦儒非儒的非儒传统,亦可谓"隔岸花分一脉香"了。

而"睢园雅迹"所指向的是汉武帝之弟梁孝王刘武于封地睢阳所造花园"梁园",又称"修竹园"。唐代王勃的《滕王阁序》中有这样的名句:"睢园绿竹,气凌彭泽之樽。"其要是"绿竹"的风骨和气节。而"彭泽之樽",则指向陶渊明曾为彭泽县令,"樽"即为"酒樽",其核心要义还是在于表达"绿竹"的风骨和气节。因而"绿竹"是"有凤来仪"以及元春省亲所改的"潇湘馆"的重要价值取向之所在。

但更为重要的价值指向在于"有凤来仪"的用典上。"有凤来仪"蕴含着《尚书·益稷》所谓"箫韶九成,凤凰来仪"之意。为什么这样说呢?因为据传《箫韶》是帝舜所作乐曲,乐一终为一成,这首乐曲演奏了九章,随后凤凰都叫着配合乐曲声翩翩起舞。而《韶》乐之美,甚至连孔子听后都沉迷并发出赞叹:"子在齐闻《韶》,三月不知肉味,曰:'不图为乐之至于斯也。'"① 由此我们还可以进一步理解中华文化为何那么喜欢用"九"的传统偏好——因为它含有良好的寓意。例如《周易》讲解卦爻时,阳爻皆用"初九(九一)、九三、九五"等来序其先后;《楚辞》之中有《九歌》等。如此看来,"有凤来仪"后来虽然赐名"潇湘馆",黛玉居之,号"潇湘妃子",但其蕴含的文化与人文思想维度,仍然可以通过"曲径通幽"或"言外之意"的笔法而指向帝舜的价值意蕴。

(三)稻香村、杏帘在望和蓼汀花溆(秦人旧舍)

"有凤来仪"的主要叙事完成之后,加了两个闲散的过度与闲叙段落,接着便进入了下一出,即"杏帘在望及稻香村"的叙事:

　　一面说,一面走,倏尔青山斜阻。转过山怀中,隐隐露出一带黄泥筑就矮墙,墙头皆用稻茎掩护。有几百株杏花,如喷火蒸霞一般。里面数楹茅屋。外面却是桑、榆、槿、柘,各色树稚新条,随其曲折,编就两溜青篱。篱外山坡之下,有一土井,旁有桔槔、辘轳之属。下面分畦

---

① 《论语·述而》。

列亩,佳蔬菜花,漫然无际。

贾政笑道:"倒是此处有些道理。固然系人力穿凿,此时一见,未免勾引起我归农之意。我们且进去歇息歇息。"说毕,方欲进篱门去,忽见路旁有一石碣,亦为留题之备。众人笑道:"更妙,更妙!此处若悬匾待题,则田舍家风一洗尽矣。立此一碣,又觉生色许多,非范石湖田家之咏①不足以尽其妙。"

贾政道:"诸公请题。"众人道:"方才世兄有云,'编新不如述旧',此处古人已道尽矣,莫若直书'杏花村'妙极。"贾政听了,笑向贾珍道:"正亏提醒了我。此处都妙极,只是还少一个酒幌。明日竟作一个,不必华丽,就依外面村庄的式样作来,用竹竿挑在树梢。"贾珍答应了,又回道:"此处竟还不可养别的雀鸟,只是买些鹅、鸭、鸡类,才都相称了。"贾政与众人都道:"更妙。"贾政又向众人道:"'杏花村'固佳,只是犯了正名,村名直待请名方可。"众客都道:"是呀!如今虚的,便是什么字样好?"

大家想着,宝玉却等不得了,也不等贾政的命,便说道:"旧诗有云:'红杏梢头挂酒旗。'如今莫若'杏帘在望'四字。"众人都道:"好个'在望'!又暗合'杏花村'意。"宝玉冷笑道:"村名若用'杏花'二字,则俗陋不堪了。又有古人诗云:'柴门临水稻花香。'何不就用'稻香村'的妙?"众人听了,亦发哄声拍手道:"妙!"贾政一声断喝:"无知的业障!你能知道几个古人,能记得几首熟诗,也敢在老先生前卖弄!你方才那些胡说的,不过是试你的清浊,取笑而已,你就认真了!"

说着,引人步入茆堂,里面纸窗木榻,富贵气像一洗皆尽。贾政心中自是喜欢,却瞅宝玉道:"此处如何?"众人见问,都忙悄悄的推宝玉,教他说好。宝玉不听人言,便应声道:"不及'有凤来仪'多矣。"贾政听了道:"无知的蠢物!你只知朱楼画栋、恶赖富丽为佳,那里知道这清幽气像。终是不读书之过!"宝玉忙答道:"老爷教训的固是,但古人常云'天然'二字,不知何意?"

众人见宝玉牛心,都怪他呆痴不改。今见问"天然"二字,众人

---

① 南宋诗人范成大自号石湖居士,其晚年所作《四时田园杂兴》,描写田家生活、景物,最为人传诵。

忙道:"别的都明白,如何连'天然'不知?'天然'者,天之自然而有,非人力之所成也。"宝玉道:"却又来!此处置一田庄,分明见得人力穿凿扭捏而成。远无邻村,近不负郭,背山山无脉,临水水无源,高无隐寺之塔,下无通市之桥,峭然孤出,似非大观。争似先处有自然之理,得自然之气,虽种竹引泉,亦不伤于穿凿。古人云'天然图画'四字,正畏非其地而强为地,非其山而强为山,虽百般精而终不相宜……"未及说完,贾政气的喝命:"叉出去!"刚出去,又喝命:"回来!"命再题一联:"若不通,一并打嘴!"宝玉只得念道:"新涨绿添浣葛处,好云香护采芹人。"

贾政听了,摇头说:"更不好。"一面引人出来,转过山坡,穿花度柳,抚石依泉,过了荼蘼架,再入木香棚,越牡丹亭,度芍药圃,入蔷薇院,出芭蕉坞,盘旋曲折。忽闻水声潺湲,泻出石洞,上则萝薜倒垂,下则落花浮荡。众人都道:"好景,好景!"贾政道:"诸公题以何名?"众人道:"再不必拟了,恰恰乎是'武陵源'三个字。"贾政笑道:"又落实了,而且陈旧。"众人笑道:"不然就用'秦人旧舍'四字也罢了。"宝玉道:"这越发过露了。'秦人旧舍'说避乱之意,如何使得!莫若'蓼汀花溆'①四字。"贾政听了,更批胡说。

于是要进港洞时,又想起有船无船。贾珍道:"采莲船共四只,座船一只,如今尚未造成。"贾政笑道:"可惜不得入了。"贾珍道:"从山上盘道亦可以进去。"说毕,在前导引,大家攀藤抚树过去。只见水上落花愈多,其水愈清,溶溶荡荡,曲折萦迂。池边两行垂柳,杂着桃杏,遮天蔽日,真无一些尘土。忽见桃柳中又露出一个折带朱栏板桥来,度过桥去,诸路可通,便见一所清凉瓦舍,一色水磨砖墙,清瓦花堵。那大主山所分之脉,皆穿墙而过。

大观园题对额叙事虽然包括三个部分,但着墨之多而且重者,无疑是上面这几段。另一方面,如何理会三个题对额的内在一致性尤其是与前文之间意蕴相贯,也是让人煞费心思的。

首先,这是个花团锦簇的地方,同时还有广阔的园田、园篱、菜圃、水井、农具以及便于农忙时耕作使用的茅屋等,可谓一派农家田园景象,故而贾政见此

---

① 唐代诗人罗邺《雁》:暮天新雁起汀洲,红蓼花开水国愁。

而有"归农之意"。但接下来却横插一笔，这就是"方欲进篱门去，忽见路旁有一石碣，亦为留题之备"，进而引出"非范石湖田家之咏不足以尽其妙"。所谓范石湖，就是南宋诗人范成大，他的田园诗《四时田园杂兴》最负盛名，被广为传诵。这里其实是要让人联想到陶渊明，但就是只字不提陶渊明的名号。这样摇橹摆桨似的走了一程，才由宝玉提出"杏帘在望"作为"酒幌"，以"稻香村"作为题额。需要稍加注意，"杏帘在望"多少还是一种"幌子"，就如欧阳修的"醉翁之意不在酒，在乎山水之间也"，但也并非全然没有用处，因为"在望"一词的语义与陶渊明的"悠然见南山"的"悠然之见"（就好像看见或宛如看见）是比较贴近的。所以，如果理解了陶渊明的"其心之远"① 和"南山之见"，实乃《诗经》中的《信南山》和《大田》所描写的历史情景的话，就会明白"稻香村"指的其实就是那种农家的田园景象。也就是说，这个题对额的前文只不过是把《诗经》里的《信南山》和《大田》那些比较诗意和抽象化的历史情景，进行了与后世人们日常生活环境更加贴近的描写和刻画而已。而接着的"天然"之争辩，也让人联想到陶渊明的《归园田居》所谓"开荒南野际，守拙归园田。方宅十余亩，草屋八九间。榆柳荫后檐，桃李罗堂前。……久在樊笼里，复得返自然"。

这时需要联系《诗经·小雅·大田》"彼有不获稚，此有不敛穧；彼有遗秉，此有滞穗，伊寡妇之利"这几句诗来解读。理解了诗中的基本价值指向，对接下来为什么是李纨（宝玉的哥哥叫贾珠，二十岁时因病去世，李纨是其遗孀）入住"稻香村"，就更加明了。《红楼梦》作者的真正意图是，传承甚至弘扬由陶渊明发掘而来的《诗经》非儒传统，尤其是其中的人文关怀和人民情怀。进一步说，《红楼梦》作者不仅对陶渊明的思想和作品的价值指向理解得非常透彻，而且还煞费苦心通过这些情景的刻画，试图让人们理解陶渊明的真正立意所在及其重要的思想贡献。

如果说陶渊明和《红楼梦》的这些言说和演绎还让人难以理解，我们不妨引用孔子的言论来加以申说："为政以德，譬如北辰，居其所，而众星共之。"② 从言辞来看，这确实是滴水不漏而且喻体完美的一句话。但是，"德"这个概念，无论在儒家还是在传统文化中，都是一个内涵非常丰富的概念。所谓"为政

---

① 陶渊明《饮酒》"心远地自偏"应作如是观：其心灵和精神抵达之远不仅仅是空间之远，还有时间之远，因而是一跃千年的时空之远，或如刘勰所言的"思接千载，视通万里"之远。陶渊明的聪明睿智，确实让很多人够不着。

② 《论语·为政》。

以德",也就显得过于泛化。我们进一步拷问一下,如果有"政德"的话,那么"政德"又是什么?通过《论语》和《左传》,我们能够找到比较合适的言论,应当就是"君君,臣臣,父父,子子"①这种君父思想了。不得不说,这确实是一种"太聪明"之举。历代帝王亦心照不宣,捣鼓来捣鼓去,历史上那么多的先贤(甚至连孔子都尊崇有加的先贤)都不见了,最后只剩下孔子一人。这未免是欺人太甚、欺世太甚了,如白居易所言:"秋来只为一人长"。而让人痛心和无奈的是,如此一来,《诗经》之《大田》《信南山》等更具本质性的政德内涵就渐渐地被后世撂荒了。其实,《道德经》中的有些言论,所传承的就是《尚书》和《诗经》的"政德"传统:

圣人常无心,以百姓之心为心。②

弱之胜强,柔之胜刚,天下莫不知,莫能行。是以圣人云:"受国之垢,是谓社稷主;受国不祥,是为天下王。"③

故贵以身为天下,若可寄天下;爱以身为天下,若可托天下。④

不得不说,儒家和儒家传统把政治的本质或者向度引向"君君,臣臣,父父,子子",确实是一种根本性的方向性失误(这或许也是《红楼梦》第五回"太虚幻境"那副对联"假作真时真亦假,无为有处有还无"的指向所在)。而陶渊明所揭橥和表达的"南山之望"以至于"风骨之忧",其价值指向无疑就是政治在于"为人民服务",亦即为民政治而非为上政治;而这也正是中华元典的政德的价值指向所在。如此看来,真正读懂陶渊明之后就不难发现,他并非两耳不闻窗外事的隐士,而是旷世的一代大贤。

在上述题对额叙事中,经过对"天然"一词的论辩之后,宝玉在贾政之命

---

① 《论语·为政》:"齐景公问政于孔子。孔子对曰:'君君,臣臣,父父,子子。'公曰:'善哉!信如君不君,臣不臣,父不父,子不子,虽有粟,吾得而食诸?'"
② 《道德经》第49章。
③ 《道德经》第78章。
④ 《道德经》第13章。

下，做了一副对联："新涨绿添浣葛处，好云香护采芹人。"① 联中所谓"浣葛"，不应作《诗经·周南·葛覃》之"薄浣我衣"解，而在于暗示陶渊明成其名士风流的典故，亦即南朝梁萧统《陶渊明传》记载："郡将尝候之，值其酿熟，取头上葛巾漉酒，漉（过滤）毕，还复著之。"② 而且，这跟接下来所提点的《离骚》《文选》等书是相呼应的。

或许是怕读者仍然不悟其所指，未能达到"豁然开朗"的程度，于是书中接下来直接指向"武陵源"和"秦人旧舍"。无论是"武陵源"还是"秦人旧舍"，都直接源于陶渊明的《桃花源记》。"秦人旧舍"就是对《桃花源记》这几句话所做的概括："村中闻有此人，咸来问讯。自云先世避秦时乱，率妻子邑人来此绝境，不复出焉，遂与外人间隔。"而后又因宝玉有不同见解："宝玉道：这越发过露了。'秦人旧舍'说避乱之意，如何使得！莫若'蓼汀花溆'"四字。"从而既回应了开始时所谓"曲径通幽"和"意在言外"的笔法，又较为流畅地实现了向另一向度的顺利转换，亦即"蓼汀花溆"，让读者大有如临其境，且感受到作者运思和走笔宛如行云流水的畅快。"蓼汀花溆"也不是没有用典和含蕴的，它直接指向唐代诗人罗邺《雁》诗："暮天新雁起汀洲，红蓼花开水国愁。"后来元春省亲时改"蓼汀花溆"为"花溆"，轩名为"蓼风轩"，实际上就是一分为二、兼而用之。那么，作者"言外之意"是不是就仅此而止了呢？如果我们对千古第一才女李清照的诗词比较熟悉的话，就不难明了，李清照不仅是陶渊明的重要追随者，也是历史上著名的非儒传统人物，她有一首诗《题八咏楼》，就与"红蓼花开水国愁"的意境很有一番照应的意味：

---

① "采芹"典出《诗经·鲁颂·泮水》："思乐泮水，薄采其芹。""泮"即"泮宫"，是周朝时的学官（学校），故"泮水"指的就是"泮宫之水畔"。"采芹"即"采芹人"，亦即后世所谓读书人。由此而论，所谓"曹雪芹"者，实有"清寒读书人"之意，其独特之处就是视自己的品位或追求要高于一般读书人，故而是"草中雪芹"——虽则清寒，然清脆甘香，其味可嘉。进而或许可以做此想象：大观园里发生的许多事，原本就是作者少年求学时曾经过的生活，书中只不过是因之进行艺术性的再造与升华。而总的来看，该书既非成于一时，亦非成于一人之手；所谓"曹雪芹"可能是一群志同道合的人的代名词，实际上就是拥有共同精神情感的一个精神情感共同体。

② 李白有首诗《戏赠郑溧阳》："陶令日日醉，不知五柳春。素琴本无弦，漉酒用葛巾。"其"漉酒用葛巾"用典就源于这个故事。接下来的"蘅芷清芬"再根据崔颢的《黄鹤楼》提点一下李白也就不足为奇了。

千古风流八咏楼，江山留与后人愁。

水通南国三千里，气压江城十四州。

葛覃叠言

2018年9月29日

因其心中有喜　故尔翩翩于飞　因其心中有爱
故尔喈不停嘴　因其心中有晦　故尔薄言有昧
山朗朗兮气瑞　葛蔓蔓兮崔巍　归宁时兮心醉

归宁，指女儿出嫁后，每过一段时间就要回娘家探视父母，也借此跟父母汇报在夫家的生活情况。在传统社会，这是一种礼节。当然，归宁期间还可以跟儿时伙伴相聚一番，故心中洋溢着喜悦之情，真有点乐翻天的样子。由此可见，那些"以礼解诗"者视之为"称颂后宫妇德"，对《诗经》来说是何等的猥琐和荼毒。

实际上，《葛覃》反映的是对女儿的细腻人文关怀，不知那些后世的硕儒们作何感想？由此或许能更好地理解，贾政为何要借宝玉而破口大骂："无知的业障！你能知道几个古人。"这未尝不是对那些腐儒和帝王们的当头棒喝。宝玉并非无才，只是成了那些心有郁结而气无处出的长辈们的出气筒而已。是以贾母史太君总是要护着些她那宝贝"玉儿"（第四十回："只有两个玉儿可恶。"即宝玉和黛玉）。

至此，我们或许可以体会到，《红楼梦》作者同样有司马迁及其所言诗书乃古圣先贤"述往思来"之盼，但要"度过桥去"方可"诸路可通"，可谓"花处平地及时开，春写名山渐迟来。野渡无人舟自在，寻芳远客渡也哉"。还有一点，可能许多人没有注意，这段话的最后两句"那大主山所分之脉，皆穿墙而过"，那么，"那大主山"究竟是什么山？或者具体上有何指？笔者认为，这座大主山没有具体的名字，但一直意有所属，那就是《尚书·尧典》所言的"纳于大麓，烈风雷雨弗迷"中的那座"大麓"。是以千百年来，它拥有的天然气脉一直势不可挡。

笔者尝思考过湖湘学派的文脉渊源，但一直未得其要。而通过前文对《红楼梦》的阐释及其与陶渊明的关系，我们或许能够精准把握以岳麓书院为大本营的湖湘学派的根脉之由来，甚至于梁启超和少年毛泽东所秉之文气了（这很重要，因为它有助于说明中国现代社会革命的内生性所本）。而鉴于唐宋一众著名文人莫不受陶渊明或多或少的人文惠及性影响，完全可以说，中国古代文坛曾经发生过一场陶渊明革命；相应地，《红楼梦》尤其是其中的大观园叙事，则欲复燃其炽（在社会学和历史哲学方面，应当比陶渊明有了更宏富的内蕴）。这倒也似辛弃疾所言："众里寻他千百度。蓦然回首，那人却在，灯火阑珊处。"朱熹在庐山白鹿洞创办白鹿书院，真可谓是"不识庐山真面目，只缘身在此山中"了。让人扼腕痛惜的是，宋明理学折腾了中国社会近千年之久。这确实让人悲哀不已。是以一千多年来，陶渊明不被帝王和主流所赏识，理由亦可见一斑。

（四）蘅芷清芬

在大观园这座宏大建筑中，被宝玉题为"蘅芷清芬"的所在无疑是非常特别的，其特别之处就如贾政所言"一株花木也无。只见许多异草"，"此轩中煮茶操琴，亦不必再焚名香矣！"而从中生发出来的箴言妙语，或许还属宝玉这句话："如今年深岁改，人不能识，故皆象形夺名，渐渐的唤差了，也是有的。"

> 贾政道："此处这所房子，无味的很。"因而步入门时，忽迎面突出插天的大玲珑山石来，四面群绕各式石块，竟把里面所有房屋悉皆遮住，而且一株花木也无。只见许多异草：或有牵藤的，或有引蔓的，或垂山巅，或穿石隙，甚至垂檐绕柱，萦砌盘阶，或如翠带飘飘，或如金绳盘屈，或实若丹砂，或花如金桂，味芬气馥，非花香之可比。贾政不禁笑道："有趣！只是不大认识。"有的说："是薜荔藤萝。"贾政道："薜荔藤萝不得如此异香。"宝玉道："果然不是。这些之中也有藤萝薜荔；那香的是杜若蘅芜，那一种大约是茞兰，这一种大约是清葛，那一种是金䔲草，这一种是玉蕗藤，红的自然是紫芸，绿的定是青芷。想来《离骚》《文选》等书上所有的那些异草，也有叫作什么藿菇姜荨的，也有叫作什么纶组紫绛的，还有石帆、水松、扶留等样，又有叫什么绿荑的，还有什么丹椒、蘼芜、风连。如今年深岁改，人不能识，故皆像形夺名，渐渐的唤差了，也是有的。"未及说完，贾政喝道："谁问你来！"唬得宝玉倒退，不敢再说。

> 贾政因见两边俱是超手游廊，便顺着游廊步入。只见上面五间清厦连着卷棚，四面出廊，绿窗油壁，更比前几处清雅不同。贾政叹道：

"此轩中煮茶操琴,亦不必再焚名香矣!此造已出意外,诸公必有佳作新题以颜其额,方不负此。"众人笑道:"再莫若'兰风蕙露'贴切了。"贾政道:"也只好用这四字。其联若何?"一人道:"我倒想了一对,大家批削改正。"念道是:"麝兰芳霭斜阳院,杜若香飘明月洲。"众人道:"妙则妙矣,只是'斜阳'二字不妥。"那人道:"古人诗云'蘼芜满院泣斜晖'。"众人道:"颓丧,颓丧!"又一人道:"我也有一联,诸公评阅评阅。"因念道:"三径①香风飘玉蕙,一庭明月照金兰。"

贾政拈髯沉吟,意欲也题一联。忽抬头见宝玉在旁不敢则声,因喝道:"怎么你应说话时又不说了?还要等人请教你不成!"宝玉听说,便回道:"此处并没有什么'兰麝'、'明月'、'洲渚'之类,若要这样着迹说起来,就题二百联也不能完。"贾政道:"谁按着你的头,叫你必定说这些字样呢?"宝玉道:"如此说,匾上则莫若'蘅芷清芬'四字。对联则是:吟成豆蔻才犹艳,睡足酴醾梦也香。"贾政笑道:"这是套的'书成蕉叶文犹绿',不足为奇。"众客道:"李太白《凤凰台》之作,全套《黄鹤楼》,只要套得妙。如今细评起来,方才这一联,竟比'书成蕉叶'犹觉幽娴活泼。视'书成'之句,竟似套此而来。"贾政笑说:"岂有此理!"

笔者认为,《红楼梦》第五十二回,晴雯把那个手脚不干净的坠儿撵出大观园时说的一句话,也很适合用在这里:"宝二爷今儿千叮咛万嘱咐的,什么'花姑娘'、'草姑娘',我们自然有道理。"(此意还可以从夏金桂跟香菱对话,并改其名为"秋菱"的情景刻画中得到相应的诠释)大观园以至于《红楼梦》一书,传承的是《诗经》《楚辞》的托物言志传统,故而鲜花香草美人竹木等皆有其寓意和含蕴,而且常常有多重维度,各种维度皆有所指。

例如,贾母史太君应当就含有正史的人文意蕴和维度;相应地,史湘云作为史家的孙女,含有正史之外的稗史和文人笔记等人文意蕴和维度,从而成为《红楼梦》一书的人文内蕴和特色所在。与此同时,史湘云还有传统上所谓的"子曰诗云"的人文意蕴和维度,故宝钗称其为"诗疯子",并且称香菱为"诗呆子"。而香菱虽是薛蟠从人贩子那里买来的丫鬟侍女(而后做了薛蟠的妾),但宝钗和黛玉她们并不以此看轻她,反而把她当作自家姊妹来看待,"香菱"之名

---

① 汉代蒋诩归隐故乡,荆棘塞门,于舍中竹下开三径,只与求仲、羊仲二人交往,是以"三径"后来常指庭园间小路。

就是宝钗所起。

那么，"香菱"之名的指向在哪呢？正如前文所阐释的，笔者依据辞章之法去追溯人民性的历史文本起源，不仅发现人民性在《尚书》的《尧典》和《舜典》中就存在，而且发现"香菱"之名就含有帝尧"怀山襄陵"而"下民其咨"的人民情怀之意。进而经过陶渊明诗文中的"南山之望"与"风骨之忧"的释出，并参详大观园上述指向陶渊明的思想及其价值取向，愈加确信"香菱"的这种人文意蕴。相应地，大观园中这么一大群红楼少年，相对于中国几千年的文化文明史而言，无论其人文含蕴与维度指向哪位历史先贤，确实都只是一些尚处于豆蔻年华的少年。亦如黛玉刚见到王熙凤时所想的那样，是一些"神妃仙子"。他们到现在仍然如此鲜活，不仅因为他们一直都活在各种中华文化典籍以及人们的文化记忆之中，更因为经过《红楼梦》作者的生花妙笔的激活，才变得更加鲜活。"香菱"之名后来被与薛蟠门当户对、嫁进薛家的夏金桂改成"秋菱"。这里显现出来的家门不幸，未尝不是华夏民族之不幸的一个缩影。后来元春回贾府省亲，将"蘅芷清芬"赐名"蘅芜苑"，而宝钗居之，所寄寓的应当就是有朝一日能够正其名而顺其意之意。

至于题对额中引申出崔颢的《黄鹤楼》和李白的《凤凰台》两首诗，其要在于让人们思考崔颢诗中的"日暮乡关何处是，烟波江上使人愁"和李白诗中的"长安不见使人愁"。前者书写的是乡愁和人生归宿，后者书写的是人们心目中的都城遭受侵袭而沦陷的家国情怀。而对《红楼梦》作者而言，文化元典及其人文精神和人文情怀的荒芜和失落，未尝不是更令人忧郁和焦心思虑的乡愁。

那么，上述引文有这样的表达或含蕴吗？有的。这就是"三径香风飘玉蕙"之中的"三径"。"三径"一词一般按汉代"蒋诩归隐"的典故来解释，但《红楼梦》的文本并非此意。如《红楼梦》第七十六回，妙玉所作的那首诗就有"歧熟焉忘径，泉知不问源。钟鸣栊翠寺，鸡唱稻香村"之句。妙玉这首诗分别指向陶渊明和苏轼，而这几句诗则指向陶渊明。陶渊明《归去来兮辞》所谓"三径就荒，松菊犹存"中的"三径"，至少在《红楼梦》的作者看来不是指

"蒋诩归隐"的"三径",而是别有所指,故而有"歧熟焉忘径"的反问①(从妙玉的反问来看,"荒"应作"忘"来解。其中的理由就如陶渊明在《归去来兮辞》的序中所言:"仲秋至冬,在官八十余日。"这或许也是黛玉的大观园叙事以八十回为限的寓意所在)。根据陶渊明的有关诗文来把握,我们可以确认其所指就是中华元典的《诗》《书》《易》这"三经"。妙玉这首诗之所以说含有指向苏轼的意蕴和维度,就在于诗中这句"箫增嫠妇泣",它可以由苏轼《赤壁赋》"客有吹洞箫者,倚歌而和之。其声呜呜然,如怨如慕,如泣如诉;余音袅袅,不绝如缕。舞幽壑之潜蛟,泣孤舟之嫠妇"概括而来。而所谓"嫠妇",亦即俗话所言之"寡妇"。这不仅与《诗经·大田》之所谓"彼有不获稚,此有不敛穧;彼有遗秉,此有滞穗,伊寡妇之利"暗合,还与陶渊明的"南山之见"暗合。由此不难理解引文中"只要套得妙"、"犹觉幽娴活泼"的意味了,故而贾政也只能笑着说"岂有此理"。

如此看来,无论是"衡芷清芬"还是"蘅芜苑",作者试图表达的是自汉武帝"独尊儒术"以来,人的主体性与知性化的提升受到极大压抑,造成了中华传统文化中的非儒传统随着时间的推移而越来越荒芜,甚至有边走边丢失之虞的忧虑。值得庆幸的是,尽管现实生活并不如意,但还是有那么一群先贤以其独特的方式,一直默默传承其意。故而这个群体也可以说是薛宝钗在《红楼梦》八十七回所言的"同盟欢洽,属在同心"这样一个拥有共同人文情怀的精神情感共同体,而具体上就是这样一段可以以小见大的文字:

> 妹生辰不偶,家运多艰,姊妹伶仃,萱亲衰迈。兼之猇声狺语,旦暮无休。更遭惨祸飞灾,不啻惊风密雨。夜深辗侧,愁绪何堪。属在同心,能不为之恻恻乎?回忆海棠结社,序属清秋,对菊持螯,同盟欢洽。犹记"孤标傲世偕谁隐,一样花开为底迟"之句,未尝不叹冷节遗芳,如吾两人也。感怀触绪,聊赋四章。匪曰无故呻吟,亦长歌当哭

---

① 如《陶渊明全集》之《荣木》,陶澍注云:"《记》(《礼记》)曰:'礼先贤于西学。'至唐,始以周公为贤圣,孔子为先师。又以孔子为贤圣,颜渊为先师。其后遂专称孔子为先师,而别无先圣之祭。"从中不难发现,随着尊孔尊儒力度的加大,非儒传统日益撂荒的态势。实际上,后来清代至雍正时虽把陶渊明纳入随祭之列,表面上看似有重视陶渊明之意,实则把陶渊明的非儒传统及其重大思想贡献淹没了。但妙不可言的是,或许正是雍正这种鬼使神差的无心插柳之举,恰好遇上乾嘉学派的严谨考据功夫,使陶渊明的思想被世人再度识得,并且在学人中暗自流传,致使大观园的作者加以使用,借冤明渊,最终成就了《红楼梦》这部伟大的历史文化人文小说。

之意耳。

薛宝钗所言"家运多艰,姊妹伶仃,萱亲衰迈。兼之狺声狺语,且暮无休",指的就是她的哥哥薛蟠新娶的嫂子夏金桂。至于"夏金桂"之喻,前文已作阐释,这里就无需赘言了。需要强调一下的是,宝钗"匪曰无故呻吟,亦长歌当哭之意耳"之言,未尝不是《红楼梦》一书或曰大观园叙事的一个重要基调。

为什么这样说呢?因为作者不但发现了陶渊明在中国思想史和文化史上的重大意义,也通过陶渊明发现了《诗》《书》中的非儒传统在中华文化和中华文明之中的重大意义。令人痛惜的是,这种非儒传统长期以来一直没有得到应有的重视。而且,正是有意或无意地忽视和撂荒了这种非儒传统,才是历朝历代陷于循环往复、盛衰迭代的根本原因。故而所谓"长歌当哭"者,不其然乎?想来实则为一文化、一文明、一民族而哭耳!而此前的两千多年前,屈原已发出"长太息以掩涕兮,哀民生之多艰"的慨叹,实际上,这已经是"长歌当哭"了。在这里,薛宝钗只不过是将之转换了一下,用不同的方式和言辞来表达而已。鲁迅先生曾用"长歌当哭"来记念刘和珍君,而同样令人感到可惜和痛心的是,直到一百年前的五四新文化运动时,人们仍然未能深刻明了地理会到《红楼梦》对近现代中国社会的重大启蒙意义。是以时至今日,想来同样亦让人不得不"临文悲悼"。这中间究竟存在一些怎样的思想和观念的问题,一直在"衡止清芬";或曰究竟是什么问题,致使清芬一直受到这样那样的衡止?很值得我们做进一步的省思和检讨。

例如,贾政在工部一直充任员外郎之职,然而,贾政懂得"百工之学"吗?那么,真正懂得"百工之学"的人为什么一直没有得到应有的重视?长此以往,这样的学问难道不会渐渐荒芜而撂荒吗?诸如此类,当下的我们细想一想,春秋战国以至于汉初仍然拥有的许多源自"百工之学"的技术,诸如长城的规划与建造技术,都江堰的规划与建造技术,先秦的许多兵器的工业化规范化制造技术,长沙辛追夫人墓葬的高超防腐技术和纺织技术,《考工记》所记载的许多先秦技术等等,所有这些,后人却早已不得而知。这难道不是汉武帝独尊儒术之后所造成的非儒传统的"'衡止'清芬"吗?我们由此不难想到,中华传统文化中许多极为重要的较优加速度优势是如何被撂荒,并且越往后越趋向衰微的根本原因。而接下来贾政斥责宝玉"也竟有不能之时了",这又岂止是对宝玉的斥责?实际上就是对那些千百年以来居其位而不谋其政的当道者的斥责。是以所谓"贾政"者,既是《红楼梦》设计的一个独特角色,又是一个非常重要的隐喻。他跟书中的许多重要角色一样,都生动地演绎着我们过去的许多历史和史实,其要在于启示和警醒后来者,进而使后世能够真正进入《尚书·舜典》所言的"黜陟幽明"("黜幽陟明")之境。

同样值得我们注意的是,这种叙事技巧与司马迁的"项羽之考"是甚相仿佛的。一旦明了这种叙事技巧,我们对自己之前的自以为是的理解和认知,难免会觉得汗颜不已。这无异于当头棒喝。相应地,对于作者的天才妙想和苦心孤诣,你又不得不倍加敬佩,以至于由衷地生发出深深的敬意。

(五)蓬莱仙境(天仙宝境)

在大观园题对额叙事中,"蓬莱仙境"是比较独特的情形。就表面的叙事而言,这就是宝玉目睹此景时,"心中忽有所动,寻思起来,倒像那里曾见过的一般,却一时想不起那年月日的事了",故而成为贾政所言的"也竟有不能之时了"。这中间究竟有什么样的奥义,很值得我们去细加思索和探究。

说着,大家出来。行不多远,则见崇阁巍峨,层楼高起,面面琳宫合抱,迢迢复道萦纡;青松拂檐,玉栏绕砌,金辉兽面,彩焕螭头。贾政道:"这是正殿了,只是太富丽了些。"众人都道:"要如此方是。虽然贵妃崇节尚俭,天性恶繁悦朴,然今日之尊,礼仪如此,不为过也。"一面说,一面走,只见正面现出一座玉石牌坊来,上面龙蟠螭护,玲珑凿就。贾政道:"此处书以何文?"众人道:"必是'蓬莱仙境'方妙。"贾政摇头不语。宝玉见了这个所在,心中忽有所动,寻思起来,倒像那里曾见过的一般,却一时想不起那年月日的事了。贾政又命他作题,宝玉只顾细思前景,全无心于此了。众人不知其意,只当他受了这半日的折磨,精神耗散,才尽词穷了;再要考难逼迫,着了急,或生出事来,倒不便。遂忙都劝贾政:"罢,罢,明日再题罢了。"贾政心中也怕贾母不放心,遂冷笑道:"你这畜生,也竟有不能之时了。也罢,限你一日,明日若再不能,我定不饶。这是要紧一处,更要好生作来!"

这里众清客提出了"蓬莱仙境"一词,宝玉并没有给出自己的想法,因为"宝玉见了这个所在,心中忽有所动,寻思起来,倒像那里曾见过的一般,却一时想不起那年月日的事了"。这显然是一个很隐晦的描述,既可以让人联想到宝玉之前梦游太虚幻境时所见,又可以是别的作品所描述的有关情景。贾政却撂下这样一句话:"你……也竟有不能之时了。也罢,限你一日,明日若再不能,我定不饶。"而后却没有这一桩事的叙述了,只是元春省亲时,原来的"蓬莱仙境"变成了"天仙宝境",而元春则因之改成了"省亲别墅"。但从元春省亲时,"且说贾妃在轿内看此园内外如此豪华,因默默叹息奢华过费",以及前文众人所言，这倒是很像《史记·高祖本纪》这种情形："萧丞相营作未央宫，立东阙、北阙、前殿、武库、太仓。高祖还，见宫阙壮甚，怒，谓萧何曰：'天下匈匈（汹汹）苦战数岁，成败未可知，是何治宫室过度也？'萧何曰：'天下方未定，故可因遂就宫室。且夫天子四海为家，非壮丽无以重威，且无令后世有以加也。'"对此，我们不妨理解为上述叙事具有映射或暗示人们联想起这一历史情景的含蕴，进而暗示人们把元春当作代表汉朝这一历史维度之想。当然，由于它的不确定性，作秦始皇的"阿旁宫"，甚或唐代的"大明宫"也未尝不可。

但多少让人心存尴尬，这看似最重要、最壮丽的主殿，其意蕴确实有"蓬莱仙境"那种如真似幻、虚无缥缈和捉摸不定的意味。而让人觉得"山重水复疑无路，柳暗花明又一村"的是，在元春接下来让众姊妹们赋诗时，李纨那篇《文采风流》却露出了一些蛛丝马迹，让人们进一步去思考作者的意图和思想价值取向：

秀水明山抱复回，风流文采胜蓬莱。
绿裁歌扇迷芳草，红衬湘裙舞落梅。
珠玉自应传盛世，神仙何幸下瑶台！
名园一自邀游赏，未许凡人到此来。

留意的话，就会发现有几个词让人觉得似曾相识，如"蓬莱"、"落梅"、"瑶台"、"芳草"，而且最容易让人联想到的就是李白的三首诗：其一，《宣州谢朓楼饯别校书叔云》："蓬莱文章建安骨，中间小谢又清发。"① 其二，《黄鹤楼闻笛》："一为迁客去长沙，西望长安不见家。黄鹤楼中吹玉笛，江城五月落梅花。"其三，《清平调》："云想衣裳花想容，春风拂槛露华浓。若非群玉山头见，会向瑶台月下逢。"以及崔颢的《黄鹤楼》："昔人已乘黄鹤去，此地空余黄鹤楼。黄鹤一去不复返，白云千载空悠悠。晴川历历汉阳树，芳草萋萋鹦鹉洲。日暮乡关何处是，烟波江上使人愁。"由此观之，结合元春省亲叙事，这座主殿为元春省亲时所题的"省亲别墅"，原来还有这样一座事先没有提及，此时元春顺带名之曰"大观楼"的主楼，而其最堪比附的天下名楼竟然是武汉的黄鹤楼。这样一来，稍想一想，所谓"天仙宝境"的意味也有了。其中的"仙气"从何而来？从黄鹤楼的民间传说中的"昔人"而来（而所谓"袭人"者，应当也会有随之有更多的遐想和解释）。相应地，其时长跨越汉代、魏晋和唐代，这中间

---

① 需要注意的是，所谓"蓬莱文章建安骨，中间小谢又清发"，其实是李白非常重要的文学史观，但后世尤其是近百年来对这种文学史观的重视显然是不足的。

的意味实可谓悠远深长了。

　　更为可怪的是,陶渊明同样可以跟"黄鹤楼"扯上一些似有若无的关系。如《归去来兮辞》之序中所言:"犹望一稔,当敛裳宵逝。寻程氏妹丧于武昌,情在骏奔,自免去职。"也就是说,陶渊明本来已有辞官之意,就是缺少一个较为恰当的借口。接着恰逢听闻"程氏妹丧于武昌,情在骏奔",触动了陶渊明,连夜挂冠辞官而去①。这是一种怎样的真性情啊!不得不说,这应古今中外绝无仅有的一桩情事了,陶渊明亦可谓千古第一情圣了。而《红楼梦》的作者发出这样的感慨:"一场幽梦同谁近,千古情人独我痴。"这未尝不是一个殊为重要的触点(关于"借口"这一点,在黛玉去世之后,宝玉曾胡思乱想而又心生窃喜的情形,或许就是呼应陶渊明这种心情和心理维度)。甚至可以说,"林黛玉"之名的灵感来源,应当都与陶渊明这一举动和情分存有莫大的关系。例如,陶渊明自号"五柳先生",而"五柳"就蕴含着"五柳"成"林"的语义;而"黛玉"或者所谓的"林妹妹"者,也可能是"程氏妹"的代称。与此同时,所谓宝钗者,大观园的那些姊妹也称其为"杨妃",其取意于《诗经》"昔我往矣,

---

① 陶渊明《祭程氏妹文》:"维晋义熙三年,五月甲辰,程氏妹服制再周。渊明以少牢之奠,俛而酹之。呜呼哀哉!……谁无兄弟,人亦同生;嗟我与尔,特百常情。雌雉早逝,时尚孺婴,我年二六,尔才九龄。爰从靡识,抚髫相成。咨尔令妹,有德有操。靖恭鲜言,闻善则乐。能正能和,惟友惟孝。行止闺中,可象可效。……寻念平昔,触事未远。书疏犹存,遗孤满眼。如何一往,终天不返。寂寂高堂,何时复践?藐藐孤女,何依何恃?茕茕游魂,谁主谁祀?奈何程妹,于此永已。死如有知,相见蒿里。呜呼哀哉!"读了这篇祭文,再看《红楼梦·引子》"开辟鸿蒙,谁为情种"以及之后的几篇曲文和《芙蓉女儿诔》,会让人觉得陶渊明太贾宝玉了,或者说贾宝玉太陶渊明了。另一方面,如果我们从大文化观、大历史观和大文学观的角度来看,在文学史上,陶渊明这篇祭文所书写的对象和情感表达,无疑是特具革命性的,可谓是对男尊女卑的儒家传统的颠覆;更何况程氏妹(陶渊明自小一起长大的同父异母妹妹,嫁于程氏人家,故曰"程氏妹")的逝世还是直接触发陶渊明辞官"敛裳宵逝"的原因。

杨柳依依"之意，也是说得通的，因为在传统文化中，柳树也"姓杨"①。同样让人称奇的是，《归去来兮辞》这篇序，也可看作陶渊明的一篇自叙"情文"，进而作为宝玉侍女"晴雯"而其死后称为"芙蓉女儿"之所托（李白也因深受陶渊明诗文风格的人文惠及性影响而吟咏出"清水出芙蓉，天然去雕饰"之名句）。

无独有偶，宝玉后来又有一名侍女，是柳家的小女孩，跟晴雯的样貌相似，排行第五，故名"五儿"。这里含蕴的应当就是"五柳"之意（另外，陶渊明共有五个儿子。故"五儿"者，或许也隐含着借陶渊明《责子》一诗表达对帝王君主政制——"父终子及"和"子不类父"的巨大隐忧与致命缺陷的思考）。故绕过来绕过去，其实都围绕着陶渊明的人生及其诗文来转。这很好地说明，宝玉的人文底蕴和人物雏形就有不少源自陶渊明的成分。基于这样的理解，宝玉和黛玉之间的恋情，在最初的构思中，应多少就含有作者对陶渊明与"程氏妹"之间的情分的揣测。所谓"闺阁中本自历历有人"者，不其然乎②？而宝玉所谓"倒像那里曾见过的一般"，与他后来跟林黛玉初次见面所言"这个妹妹我曾见过的"，二者的气韵实际上是相通的。相应地，黛玉刚见到宝玉时也"心下想道：好生奇怪，倒像在那里见过一般，何等眼熟到如此"（这样一来，尽管《红楼梦》已经是高度文化学的作品，但宝黛不能成婚应当就是基于陶渊明与程氏妹之间的这种事实。这同时还表明，陶渊明的贡献在于他的思想和文化认知的共性，而不是他的个人情感生活的个性。）

另外，黛玉的《问菊》："孤标傲世偕谁隐，一样花开为底迟？"也可看作作

---

① 宝玉宝钗的婚姻更多是一个隐喻，意味着没有感情为基础的婚姻会让人很难过，甚至很痛苦。让人动容及羡慕的是，苏轼被贬谪到黄州时，正是人生最艰难时刻，一天傍晚，他与友人兴之所至，欲再游赤壁，奈何有鱼没酒，于是转而与其妇王闰之商量。王闰之则言："我有斗酒，藏之久矣，以待子不时之需。"读之让人觉情致感人、心海流香。他们的人生无疑说明，一个人幸福与否，不一定要拥有多么富足的物质条件和显赫的地位，要在相知相守，顺境逆境皆能相协体贴，故虽难犹福。试想，如果不是有这样的佳人相协体贴于内，世上可能就没有苏轼那些字字珠玑的诗文辞赋了。相应地，这未尝不是《红楼梦》作者对邢岫烟以及她与薛蝌之间的婚姻做高度肯定所抱的寄寓所在；而通过宝钗与邢岫烟关于佩饰的对话，我们不难理解其"克谐以中"之意。这里含蕴的应当就是辛弃疾"稻花香里说丰年，听取蛙声一片"的辛氏美学价值取向，一言以蔽之，"真情无价，平淡是福"而已。故需要注意各角色的设计所含有的隐喻性特征及其含蕴上的丰富性。

② 这样的理解和阐释，对我们接下来进一步思考陶渊明对崔颢、李白、白居易、欧阳修和苏轼等后世文人的人文惠及性影响，也许是大有裨益的。毕竟，陶渊明与他的程氏妹的这种情分，远比那些仙人的故事要来得更切实可信、凄美动人。

者代"程氏妹"所发的感慨。而"玉带林中挂"者,则由贺知章《咏柳》之所谓"碧玉妆成一树高,万条垂下绿丝绦"而来。又如,黛玉的侍女"紫鹃",实际上就是通俗所言的杜鹃鸟,清明农耕时节,其鸣叫之声如人们常说的"不如归去",亦暗含着陶渊明《归去来兮辞》的意蕴。再如,王凤姐自娘家带来的侍女"平儿",其名亦可套在陶渊明在该文中所言之"瓶无储粟"上。而所谓"咏絮才"者,人们常常会联想到古代文坛佳话谢道韫"未若柳絮因风起"之才,这不足为奇。但因柳而更为出名的,应当是陶渊明与贺知章;苏轼的柳絮词,更是罕有过之者。"停机德"则是"晴雯"含蕴的另一个维度,指向《孔雀东南飞》里刘兰芝与焦仲卿的婚姻悲剧,寄寓其"风流灵巧招人怨"的维度。"金簪雪里埋",则指向薛宝琴在桃花诗社因"柳絮"所咏《西江月》词中所谓"三春事业付东风,明月梅花一梦"。它跟黛玉《唐多令》之"嫁与东风春不管"一起指向《春秋》而揭开谜底。而这也是黛玉《问菊》的诗中最后说的"休言举世无谈者,解语何妨片语时"。是以"雪雁"之谓,实则蕴含高适那首《别董大》所言:"千里黄云白日曛,北风吹雁雪纷纷。莫愁前路无知己,天下谁人不识君。"成为《红楼梦》作者的一份深情寄寓。如此看来,作者所谓"满纸荒唐言,一把辛酸泪。都云作者痴,谁解其中味"确非虚言①。所谓贾府、贾赦、贾政者,

---

① 至于林黛玉、贾宝玉的绛珠仙草、神瑛侍者的角色含蕴,显然可以使他们变得更富传奇性色彩。这一点,应当与《红楼梦》的成书过程存在着比较大的关系。《红楼梦》第十七十八回至第九十七回林黛玉逝世的这八十回,是该书的核心和精华部分,也是大观园叙事的根本所在。它跟此前和此后的格调是很不同的。没有这八十回的大观园叙事,《红楼梦》一书就是一部传奇性小说,而且是一部很平庸的小说;有了这八十回的大观园叙事,它才是一部文化性历史人文小说,具有了天才的价值和意义。故从总体上看,这八十回大观园叙事更像是某位作者借助此前的基础增补进去的部分,且对前十六回进行了相应的改写。九十八回之后至第一百二十回的部分,则是另外的作者增补进去的,从行文叙事和运思来看,比此前的部分显然要平庸许多。简言之,很多东西是可以假冒的,唯有才情和才气是无法假冒的,除非他比前者更富才情和才气。但不可否认的是,九十八回之后部分的作者比后来的许多红学研究者都能更好地理解前面部分的内容以及作者的思想和意图,故不排除前面部分的某些地方也经该作者修改过,或者将某些内容掺入其中(例如有关理学方面的理解与价值取向),但这并非毫无意义,其作用就是把整部小说装扮成一部传奇小说。这在当时的社会人文环境下,对于小说的流行是有一定的作用和意义的。毕竟,中间八十回的大观园叙事尤其是其中的含蕴,确实是太石破天惊了。另外一种可能的情形就是,大观园叙事的作者在原来的基础上插入中间的八十回,并对此前的十六回进行了相应的改写,九十八回之后却没能来得及改写便"泪尽而逝"了;故后面部分可能是原有和没来得及进一步改写的,也可能是经过后来者整理而来的。这与书中的交代大概是比较接近或比较吻合的。

其基本含义就是虽是假设却又假而可证，反映着《红楼梦》作为一部历史文化人文小说，既有其历史和现实的假设性，又有其历史和现实生活的可证性，是艺术源于生活又高于生活的生动呈现。故总的来看，陶渊明及其家族的兴衰可视为《红楼梦》一书关于贾府和大观园叙事的基础素材，《红楼梦》实质上就是陶学（陶渊明学）的文学化书写，以及由此所作的历史和文学文化向度的拓展。

（六）红香绿玉（崇光泛彩）

在大观园题对额与元春省亲叙事中，宝玉的"红香绿玉"以及接下来元春将之改成"怡红快绿"，算是一部重头戏。这中间的道理，上文阐释"崇光泛彩"时已经讲明了一部分，但不能就此认为"崇光泛彩"没有意义，它是"红香绿玉"变成了"怡红快绿"的一个过渡。故元春还以此为基础提出"怡红院"这一院落名称，之后怡红院则成为宝玉在大观园里的居所。现将其中的重要叙事过程引录如下：

> 于是一路行来，或清堂茅舍，或堆石为垣，或编花为牖；或山下得幽尼佛寺，或林中藏女道丹房；或长廊曲洞，或方厦圆亭，贾政皆不及进去。因说半日腿酸，未尝歇息，忽又见前面又露出一所院落来，贾政笑道："到此可要进去歇息歇息了。"说着，一径引人绕着碧桃花，穿过一层竹篱花障编就的月洞门，俄见粉墙环护，绿柳周垂，贾政与众人进去。
>
> 一入门，两边俱是游廊相接。院中点衬几块山石，一边种着数本芭蕉，那一边乃是一棵西府海棠，其势若伞，丝垂翠缕，葩吐丹砂。众人赞道："好花，好花！从来也见过许多海棠，那里有这样妙的。"贾政道："这叫作'女儿棠'，乃是外国之种。俗传系出'女儿国'中，云彼国此种最盛，亦荒唐不经之说罢了。"众人笑道："然虽不经，如何此名传久了？"宝玉道："大约骚人咏士，以此花之色红晕若施脂，轻弱似扶病，大近乎闺阁风度，所以以'女儿'命名。想因被世间俗恶听了，他便以野史纂入为证，以俗传俗，以讹传讹，都认真了。"众人都摇身赞妙。
>
> 一面说话，一面都在廊外抱厦下打就的榻上坐了。贾政因问："想几个什么新鲜字来题此？"一客道："'蕉鹤'二字最妙。"又一个道："'崇光泛彩'方妙。"贾政与众人都道："好个'崇光泛彩'！"宝玉也道："'妙极！'"又叹：只是可惜了。"众人问："如何可惜？"宝玉道：

"此处蕉棠两植,其意暗蓄'红'、'绿'二字在内。若只说蕉,则棠无着落;若只说棠,蕉亦无着落。固有蕉无棠不可,有棠无蕉更不可。"贾政道:"依你如何?"宝玉道:"依我,题'红香绿玉'四字,方两全其妙。"贾政摇头道:"不好,不好!"

说着,引人进入房内。只见这几间房内收拾的与别处不同,竟分不出间隔来的。原来四面皆是雕空玲珑木板,或"流云百蝠",或"岁寒三友",或山水人物,或翎毛花卉,或集锦,或博古,或卍福卍寿,各种花样,皆是名手雕镂,五彩销金嵌宝的。一槅一槅,或有贮书处,或有设鼎处,或安置笔砚处,或供花设瓶、安放盆景处。其槅各式各样,或天圆地方,或葵花蕉叶,或连环半璧。真是花团锦簇,剔透玲珑。倏尔五色纱糊就,竟系小窗;倏尔彩凌轻覆,竟系幽户。且满墙满壁,皆系随依古董玩器之形抠成的槽子。诸如琴、剑、悬瓶、桌屏之类,虽悬于壁,却都是与壁相平的。众人都赞:"好精致想头!难为怎么想来!"

原来贾政等走了进来,未进两层,便都迷了旧路,左瞧也有门可通,右瞧又有窗暂隔,及到了跟前,又被一架书挡住。回头再走,又有窗纱明透,门径可行;及至门前,忽见迎面也进来了一群人,都与自己形相一样,却是一架玻璃大镜相照。及转过镜去,越发见门子多了。贾珍笑道:"老爷随我来。从这门出去,便是后院;从后院出去,倒比先近了。"说着,又转了两层纱橱锦槅,果得一门出去,院中满架蔷薇、宝相。转过花障,则见青溪前阻。众人咤异:"这股水又是从何而来?"贾珍遥指道:"原从那闸起流至那洞口,从东北山坳里引到那村庄里,又开一道岔口,引到西南上,共总流到这里,仍旧合在一处,从那墙下出去。"众人听了,都道:"神妙之极!"说着,忽见大山阻路。众人都道"迷了路了"。贾珍笑道:"随我来。"仍在前导引,众人随他直由山脚边忽一转,便是平坦宽阔大路,豁然大门前见。众人都道:"有趣,有趣,真搜神夺巧之至!"于是大家出来。

引文中的各个题额都有一定的道理,关键在于谁的道理与事实更加贴近。题额"崇光泛彩"或者"红香绿玉"或者"怡红快绿",文中都是有其相应的描述的。例如,"院中点衬几块山石,一边种着数本芭蕉,那一边乃是一棵西府海棠,其势若伞,丝垂翠缕,葩吐丹砂"。因为有了这样的事实基础,故而有人说题"蕉鹤",接着又有人说"'崇光泛彩'方妙"。"蕉鹤"的"鹤"或许取意于丹顶鹤头上那一小撮丹红之意,但"蕉"显得太直白,而"鹤"则转弯太多,很不好理解。"崇光泛彩"则取其意蕴，虽然抽象，但一望即知；缺点正如宝玉所言："此处蕉棠两植，其意暗蓄'红'、'绿'二字在内。若只说蕉，则棠无着落；若只说棠，蕉亦无着落。固有蕉无棠不可，有棠无蕉更不可。"故"红香绿玉"可谓得其两全。

问题是，元春后来为什么还要把它改成"怡红快绿"呢？从字面而言，宝玉的"红香绿玉"属于景物的描写与凝练；"怡红快绿"也有这个层面的内涵，不同的是，后者的意义要更胜一筹。这就在于"怡红快绿"已经具有了主体性的审美和美学层面的价值倾向与维度，"红香绿玉"则没有。其中的奥妙就在于"怡红快绿"中蕴含的"怡"字——愉悦的动词词性和"快"字——快意的动词词性。因而"怡红快绿"的基本含义就是，既对"红者"愉悦之，又对"绿者"快意。

很显然，前面部分是对"怡红院"的外部环境的描写和题咏，接下来的一段就是对内部装潢的刻画。但意味深长的是之后的那段话。在那段话中，尤其需要注意的是这些描述："未进两层，便都迷了旧路。""回头再走，又有窗纱明透，门径可行。""至门前，忽见迎面也进来了一群人，都与自己形相一样，却是一架玻璃大镜相照。""贾珍笑道：'老爷随我来。从这门出去，便是后院；从后院出去，倒比先近了。'""转过花障，则见青溪前阻。众人咤异：'这股水又是从何而来？'贾珍遥指道：'原从那闸起流至那洞口，从东北山坳里引到那村庄里，又开一道岔口，引到西南上，共总流到这里，仍旧合在一处，从那墙下出去。'众人听了，都道：'神妙之极！'说着，忽见大山阻路。众人都道'迷了路了'。贾珍笑道：'随我来。'仍在前导引，众人随他直由山脚边忽一转，便是平坦宽阔大路，豁然大门前见。"

这段文字叙述可谓一波三折、跌宕起伏，记得陶渊明《桃花源记》和《饮酒》尤其是其中"采菊东篱下，悠然见南山"这联诗的人，也会觉得多少有些熟悉感。但这只是其中的一个层面，更重要的指向还是《尚书·舜典》这句话："纳于大麓，烈风雷雨弗迷。"虽然文中没有"烈风雷雨"的景象，"大麓"和"弗迷"这两个词的含蕴则是显而易见的。与此同时，行文中还有"镜鉴之喻"、"后院之喻"。所以，总的来看，这个题对额的行程犹如让人经历了一番精神上的幻境神游。

所谓"镜鉴之喻"、"后院之喻"，可谓意蕴深远。一般而言，"镜鉴之喻"可理解为以史为鉴，因而要关注有关的历史记载；"后院之喻"则颇费思考。这时，如果我们结合前面的"崇光泛彩"、"红香绿玉"和"怡红快绿"等，应当可以理出一些头绪,那就是对有关的文学作品及其思想意蕴和价值取向的关注。首先,"崇光泛彩"之用典源自苏轼这首《海棠》诗,其怡红色彩可谓别具一格:

> 东风袅袅泛崇光,香雾空蒙月转廊。
> 只恐夜深花睡去,故烧高烛照红妆①。

从苏轼的言论及其作品来看(苏轼有不少和陶渊明的作品),他受陶渊明的人文惠及性影响是非常大的。之前的"碧桃"和"绿柳",再加上"崇光泛彩",其实就有了这三个题额的色彩成分了。这样一来,"怡红快绿"不仅在文学作品上有其直接审美价值所指——亦即"桃红柳绿"(陶渊明的《桃花源记》和《五柳先生传》及有关作品)在审美和美学层面的升华;具体的历史人物也有其相应的直接所指,那就是陶渊明和苏轼。如果说这里还有一些推定的成分,那么第七十六回,湘云和黛玉于中秋之夜在凹晶馆联诗,在关键时刻,亦即湘云出上联"寒塘渡鹤影",而黛玉对之以"冷月葬花魂",妙玉②从后山转出来,终止了这场在大观园叙事中最富才情的对决,则是可以互证的。妙玉出现并随之结束这场联诗对决,而后补全《中秋夜大观园即景联句三十五韵》③,这首诗含蕴的两个

---

① 白居易有《惜牡丹花》二首,其一云:"惆怅阶前红牡丹,晚来唯有两枝残。明朝风起应吹尽,夜惜衰红把火看。"不难看出苏轼此诗与白诗的叠言与借意。不同的是吟咏对象,前者是牡丹花,后者是海棠花。需要注意的是,白诗所使用的笔法属于"瘦笔",凸显其"惜";苏诗所使用的是"富笔",凸显其"爱"。所谓"富笔"和"瘦笔",可以根据不同抒写对象加以使用,有时还反映着诗人的个人偏好。例如李白言喝酒,都是美酒或清酒;而杜甫言喝酒,无不是"浊酒",这就是所谓"富笔"与"瘦笔"的典型反映,不应认为李白喝的都是好酒,杜甫喝的都是劣酒。许多景物描写也是如此。当然,在文学艺术上,除了所谓"富笔"、"瘦笔",也有写实的白描笔法。苏轼受白居易人文惠及性影响颇深,其号"东坡"就源于白居易的"东坡诗"。其诗说的是种花这种"花事",反映的其实是多元包容的思想,如孔子所言:"无可无不可。"或如贾谊所言:"通人大观,物无不可。"

② 妙玉是大观园题对额叙事与元春省亲叙事之间插入的一个角色,在大观园整体叙事中起着摆渡性人物的作用。例如一方面,她既可以与此前章回的语义和语境氛围显得有所衔接与融合,另一方面则增加了大观园叙事的空间维度,甚至因此赋入一些佛家和传奇性色彩。这里需要注意的是:其一,"寒塘"是否有"汉唐"的蕴含,需要进一步的考证;其二,梦觉本《红楼梦》,"冷月葬花魂"作"冷月葬诗魂",这种改动或变化,仍需更多的讨论和阐发。

③ 当然,妙玉之妙不止于此,还有她与惜春下棋时,宝玉闯入并且在旁观看,她对宝玉说的"你从何处来"这个发问。其所指应有屈原《天问》之"女娲有体,孰匠制之"的意蕴维度。而更具体的维度,应当就是指向文化渊源的维度。

人物其实就是苏轼和陶渊明。另外，在大观园叙事中，还有两个重要事件指向苏轼和陶渊明：一个是海棠诗社，它与这里提示的"崇光泛彩"源自苏轼的《海棠》诗是有暗合或呼应关系的。但奇怪的是，海棠诗社最著名的诗会居然是咏菊题材。另一个是桃花诗社，这显然与陶渊明的《桃花源记》是相互呼应的。但同样可怪的是，其诗会吟咏的却是柳絮，可以跟苏轼的《水龙吟·次韵章质夫杨花词》相照应。而这样的交互映衬与暗示，显然不是巧合，而是一种独具匠心的设计和巧妙的结构安排，从而成为大观园叙事中最精彩并且特具意义和历史文化含蕴的部分。实际上，倘若没有或者删去这两个诗社的内容，所谓大观园叙事不仅失去其相应的深度、广度和高度，也将失去其思想灵魂；相应地，《红楼梦》也难以成为一部旷世杰作。

> 关于"惜春"的取意，可以审视一下《红楼梦》第四十一回这段话："妙玉另拿出两只杯来。一个旁边有一耳，杯上镌着'瓟斝'三个隶字，后有一行小真字是'晋王恺珍玩'，又有'宋元丰五年四月眉山苏轼见于秘府'一行小字。妙玉便斟了一斝，递与宝钗。"我们姑且不管那些稀奇古怪的器物，且把注意力集中于"宋元丰五年四月眉山苏轼"这句话。
>
> 查证一下就会发现，"宋元丰五年（1082）"是苏轼因"乌台诗案"被贬谪到黄州任团练副使的第三年，这一年不仅对苏轼本人的一生独具重大意义，对中国古代文学史也具有重大意义。为什么这样说呢？因为这一年正是苏轼创作的大丰收之年、巅峰之作频出之年（据东坡年谱所记，这一年四月并没有创作什么作品，故"四月"反而是意在提醒）。正是这一年，在上年才盖好的"东坡雪堂"（薛宝钗于大观园居住的"蘅芜院"那"雪洞"一般的寒意，就与苏轼在"雪堂"中曾经有过的感受颇相仿佛）之上，苏轼不仅在寒食节这一天创作出了被称为继王羲之《兰亭序》、颜真卿《祭侄文稿》之后的"天下第三行书"《寒食帖》，更是创作了他的代表作"一词二赋"（前后《赤壁赋》和《念奴娇·赤壁怀古》）等名篇，而它们都是中国乃至世界文学艺术史上的瑰宝。其中，《寒食帖》所写的其实就是两首"寒食诗"，其一有这样的话："自我来黄州，已过三寒食。年年欲惜春，春去不容惜。"这里所谓"惜春"以及"春去不容惜"，应有苏轼自己的心曲寄寓与劳心焦虑，对《红楼梦》而言则更加独具意蕴。

同样值得参详的还有两首词，一首是这年三月游清泉寺时所写的《浣溪沙》："山下兰芽短浸溪，松间沙路净无泥。萧萧暮雨子规啼。　　谁道人生无再少？门前流水尚能西。休将白发唱黄鸡。"其序云："游蕲水清泉寺。寺临兰溪，溪水西流。""唱黄鸡"隐言反省其鸣之太过，故需以"休"抑之。《周易·中孚卦》上九云："翰音（鸡鸣之声）登于天，贞凶。"而词里中这联"谁道人生无再少？门前流水尚能西"既是苏轼的名句，也很值得我们重视。另一首是这年正月写的《水龙吟·黄州梦过栖霞楼》，其序云："同丘大夫孝终公显尝守黄州，作栖霞楼，为郡中胜绝。元丰五年，余谪居黄。正月十七日，梦扁舟渡江，中流回望，楼中歌乐杂作。舟中人言：公显方会客也。觉而异之，乃作此词，盖越调《鼓笛慢》。公显时已致仕在苏州。"词云："小舟横截春江，卧看翠壁红楼起。云间笑语，使君高会，佳人半醉。危柱哀弦，艳歌余响，绕云萦水。念故人老大，风流未减，独回首、烟波里。推枕惘然不见，但空江、月明千里。五湖闻道，扁舟归去，仍携西子。云梦南州，武昌东岸，昔游应记。料多情梦里，端来见我，也参差是。"

　　长期以来，大家对《红楼梦》一名的来源有颇多揣测，而根据书中这段话的暗示以及这首词，我们可以做出这样的判断：所谓"红楼梦"者，即苏轼所言"小舟横截春江，卧看翠壁红楼起"、"念故人老大……月明千里……料多情梦里，端来见我，也参差是"也。是以"石头记"者，"史里头记"（或"诗里头记"）之谐音是也；实际上，"石头里（碑刻）也记"，实可谓"三记合一"。人物设计上，史太君代表史，黛玉则代表诗，宝玉代表额联碑刻；相应地，史湘云（史上说[云]）代表小史（非官方的稗史、子集、文人笔记等），香菱则代表诗与史相连而开的并蒂莲，故曰"根并莲花一茎香"。王熙凤、秦可卿、李纨、宝钗、宝琴、妙玉、邢岫烟、晴雯、袭人、平儿等，则主要是隐喻性、烘托性和摆渡性人物。至此，所谓"金陵十二钗（猜）"的关键谜底，可谓"吹尽狂沙始到金"了。与此同时，还需要注意各个角色的精神情感内蕴与维度的丰富性与复杂性，对陶渊明思想欲复燃其炽的核心价值取向更需关注。故而《红楼梦》隐隐然有其非正式的思想与文学文化史的基调及启蒙向度的命意。

鉴于《红楼梦》或者大观园叙事主要在于揭示和弘扬中华文化中的非儒传统，所谓"后院之喻"可以理解为儒家传统的后院，亦即不但看儒家或儒家传统怎样说，还要看其所秉持的中华元典怎样说，从而发现哪些是它没有传承下来的。例如《尚书》和《诗经》的抒情传统和百工之学，或《诗经·小雅·鹤鸣》的"鹤鸣之喻"——"他山之石，可以攻玉"——的开放与包容性，又或《诗经·大雅·文王》的"新新之道"——"周虽旧邦，其命维新"等，所有这些，在儒家传统中都是比较弱的，也难以通过"以礼解诗"得到阐发。在汉武帝独尊儒术之后，甚至有更多的中华元典的文化传统被持续弱化和撂荒。有了这样的理解，就不难发现引文中最后那段话尤其是最后几句话的含蕴之妙了，并且能感受到"原从那闸起流至那洞口，从东北山坳里引到那村庄里，又开一道岔口，引到西南上，共总流到这里，仍旧合在一处，从那墙下出去"以及"山脚边忽一转，便是平坦宽阔大路，豁然大门前见"这样的快意。

"怡红快绿"具体指向的陶渊明和苏轼，那么陶渊明和苏轼在中国思想史和文学文化史上具有怎样的独特优势和地位？陶渊明在中国思想史和文学文化史上的独特优势和地位，正如前文所阐述的那样，就是他的诗文对中华文化的儒家传统之外的非儒传统的抒发，其表现为人民性（人民立场）的人文关怀和人民情怀的价值凝聚。笔者将此表述为"南山之望"和"风骨之忧"的思想理念和价值情怀。这在秦汉之后的中国思想史和文学文化史上，无疑有其独特的价值优势和历史地位。很显然，陶渊明的独特价值优势和历史地位既不是可有可无的，也不是谁可以替代的。如果没有他或者忽视他，中国思想史和文学文化史的完整性就会有一种历史性的遗憾和缺失，而陶渊明也正是由此拥有了其可久可大的历史地位。

苏轼的贡献是非常丰富而复杂的，并且由此形成了他的独特优势和地位。但正如陶渊明的情形那样，并不是因为他取代了谁，而是因为没有谁能够取代他。苏轼最令人瞩目的贡献应当就是他的《题西林壁》所蕴含的辩证观山思想。这里或许可以做一下比较：陶渊明的思想贡献在于他的诗文中蕴含的中华元典本有的人民性及其非儒家传统的确实性，这是继屈原和司马迁之后的一次非儒传统的聚焦和凸显。苏轼的独特贡献在于辩证观山思想的哲学性和哲学意义，它不仅具有特有的思想价值意义，还有独特的方法论意义。而且，这也是它与《诗经》"鹤鸣"之喻——"他山之石，可以攻玉"——的开放与包容性有所不同的地方，其气韵与易哲学的多元一体、和谐共生是相通的。可以这样理解，这既是前面题对额叙事中关于"女儿棠"的讨论及其指向的意蕴所在，又是最后所谓的

"'迷了路了。'贾珍笑道:'随我来。'仍在前导引,众人随他直由山脚边忽一转,便是平坦宽阔大路,豁然大门前见"的意蕴与意趣所指。如此看来,苏轼的辩证观山思想,实可谓开辟了中华文化和中华文明的新境界,堪称中华文化和中华文明之中一等一的智慧结晶,其可久可大性便自不待言了。

三、桃花诗社与上巳节文化

在中国,有一个节日对于秦汉以降的中国社会和中华文明的文运兴衰来说富有象征意义。而这个节日与《诗经》的一首诗有密切的关系,这就是《溱洧》。《溱洧》属于《诗经》十五国风中的郑风,是一首非常优秀的作品。它描写的是先秦时代上巳节的风俗习惯,即每年三月的第一个巳日,相当于现今人们所谓的情人节。这一天,少男少女们身着节日衣装,热情洋溢,带着兰草、芍药等,到溱、洧两水岸边戏谑玩耍,交流漫步,遇到自己的心仪对象时还可以赠花以表爱意,而天地间则随之弥漫着一派其乐融融、愉悦活泼的青春气息,可以说是参与者人生历程中可圈可点的美好记忆。其爱而未嫁之美意与爱而未嫁之青春梦想,可谓只可意会不可言传而又魅力无穷。

溱 洧

溱与洧,方涣涣兮。士与女,方秉蕑兮。女曰观乎,士曰既且。且往观乎?洧之外,洵訏且乐。维士与女,伊其相谑,赠之以勺药。

溱与洧,浏其清矣。士与女,殷其盈矣。女曰观乎,士曰既且。且往观乎?洧之外,洵訏且乐。维士与女,伊其将谑,赠之以勺药。

上巳节是一个非常古老的节日。在传统文化中,上巳节的"巳"对应的生肖是"蛇"(小龙)。据传,农历三月三是轩辕黄帝诞辰,所以这个节日跟祭祀中华人文始祖黄帝有密切关系。司马迁《史记》记载:"殷契,母曰简狄,有娀氏之女,为帝喾次妃。三人行浴,见玄鸟堕其卵,简狄取吞之,因孕生契。"[1]这时,正值暮春时节,人们结伴去水边沐浴,洗秽除晦,故又称为"祓禊"。在

---

[1] 《史记·殷本纪》。

中华大地上，这个节日可能因各地风俗而有所不同，《论语》所记就比《溱洧》质朴得多："暮春者，春服既成，冠者五六人，童子六七人，浴乎沂，风乎舞雩，咏而归。"①

汉朝人似乎不怎么热衷过上巳节，或与刘邦斩杀白蛇起义的传说有关，如司马迁引《易》所言："'井渫（洁净）不食，为我心恻，可以汲。王明，并受其福。'王之不明，岂足福哉！"刘邦建立汉朝之后，在他的父亲太公面前洋洋自得地炫耀自己比哥哥更会"治产业"。如："未央宫成。高祖大朝诸侯群臣，置酒未央前殿。高祖奉玉卮，起为太上皇寿，曰：'始大人常以臣无赖，不能治产业，不如仲力。今某之业所就孰与仲多？'殿上群臣皆呼万岁，大笑为乐。"② 此举大概让天下无数英雄豪杰和国人感到悲哀。从这个角度来看，就难怪黛玉和妙玉那样似乎无缘由地讨厌刘姥姥了。不过，刘姥姥在《红楼梦》中之所以占有一席之地，她的维度更多应是指向那些我们曾经拥有但已经失落的一些传统，以及历史上的隐者或没有得到更好发展机遇的人。在现实生活中，她和她所代表的群体本身也是弱者和受害者。但这是一个怎样的群体啊？可以说，冬天给你格外的严峻和凛冽，你却报之以春风之吻。

魏晋以后，上巳节固定在每年农历的三月初三，又叫春浴日、女儿节、桃花节等。历史上著名的兰亭雅集，就是上巳节以王谢世家为主体的一次活动，活动中还增加了曲水流觞、赋诗宴饮等内容。后世尤其是唐宋仍旧沿袭③，其影响远及韩国、日本等东亚国家，是人们一年之中集体精神文化生活的重要组成部分，对培养人们的精神情感共同体意识，有着润物细无声的独特人文惠及性影响。但宋代以后，上巳节和花朝节一样，其气息和气氛越来越淡，在有些地方成为郊外踏青活动，有的地方甚至不再过这个节日。究其原因，应当与中国思想和哲学在

---

① 《论语·先进》。

② 《史记·高祖本纪》。

③ 如杜甫《丽人行》："三月三日天气新，长安水边多丽人。态浓意远淑且真，肌理细腻骨肉匀。绣罗衣裳照暮春，蹙金孔雀银麒麟……"又如辛弃疾《新荷叶·曲水流觞》："曲水流觞，赏心乐事良辰。兰蕙光风，转头天气还新。明眸皓齿，看江头、有女如云。折花归去，绮罗陌上芳尘。　　能几多春。试听啼鸟殷勤。览物兴怀，向来哀乐纷纷。且题醉墨，似兰亭、列序时人。后之览者，又将有感斯文。"它们都反映了上巳节在当时的盛况。辛弃疾比朱熹小十岁，可谓同时代之人，这首词或许也反映了辛弃疾对程朱理学的一些看法，故曰："后之览者，又将有感斯文。"陶渊明的《归去来兮辞》落款"乙巳岁"，不知是否也有此意？还需注意，对于文学在中国古代思想和哲学发展中的贡献，宋明理学家的理解与认识是非常欠缺的。

宋朝发生了一场巨变有关。此后，在官方思想意识形态中，程朱理学取得了主导地位。

为什么这样说呢？因为朱熹注释《溱洧》时就说这是一首"淫奔诗"。这未尝不是对《论语》这句话的误解，是一个穿错衣服的答案："颜渊问为邦。子曰：'行夏之时，乘殷之辂，服周之冕，乐则韶舞。放郑声，远佞人。郑声淫，佞人殆。'"① 加上历代帝王的推波助澜，使之成为文化史上的一个千古奇冤，在社会生活中压抑着人的生动性、活泼性与天赋灵性。《红楼梦》的作者对"弱红"的历史应当进行了细致深入、追本溯源的思考和研究，是以《红楼梦引子》云："开辟鸿蒙，谁为情种？都只为风月情浓。趁着这奈何天、伤怀日、寂寥时，试遣愚衷。因此上，演出这怀金悼玉的《红楼梦》。"《红楼梦》第七十回的描写无疑更富有深意：

> 正说着，只见湘云又打发了翠缕来说："请二爷快出去瞧好诗。"宝玉听了，忙问："那里的好诗？"翠缕笑道："姑娘们都在沁芳亭上，你去了便知。"宝玉听了，忙梳洗了出来，果见黛玉、宝钗、湘云、宝琴、探春都在那里，手里拿着一篇诗看。见他来时，都笑说："这会子还不起来，咱们的诗社散了一年，也没有人作兴。如今正是初春时节，万物更新，正该鼓舞另立起来才好。"湘云笑道："一起诗社时是秋天，就不应发达。如今恰好万物逢春，皆主生盛。况这首桃花诗又好，就把海棠社改作桃花社。"宝玉听着，点头说："很好。"且忙着要诗看。众人都又说："咱们此时就访稻香老农去，大家议定好起的。"说着，一齐起来，都往稻香村来。……已至稻香村中，将诗与李纨看了，自不必说，称赏不已。说起诗社，大家议定：明日乃三月初二日，就起社，便改"海棠社"为"桃花社"，林黛玉就为社主。明日饭后，齐集潇湘馆。

但接着接到贾政的书信，说六七月回京，而且亲戚王子腾之女要办婚事，许多人需要去帮忙，而宝玉的习字功课更是不能向贾政交差，于是众姐妹就帮着宝玉写字，好让宝玉在贾政检查时能够过关。这样，过了一段时间，史湘云偶成一阕《如梦令》，黛玉看了才召集大家来开展第一次活动。

需要注意，桃花社成立的日子刚好是上巳节前，应当有应节之意。这次活动

---

① 《论语·卫灵公》。如果注意到《周易·咸卦》中"人道"常识教化的描写，不知是否要来一句"放《周易》"？

中，黛玉所填之词就是《唐多令》，宝琴（宝钗之妹）的词是《西江月》①，宝钗的词是《临江仙》。宝钗的作品一反常态，多少显得豪气干云，并发表了一番感言，于是有了这样的场景描写：

"……我想柳絮原是一件轻薄无根无绊的东西，然依我的主意，偏要把它说好了，才不落套。所以我诌了一首来，未必合你们的意思。"众人笑道："不要太谦。我们且赏鉴，自然是好的。"因看这一首《临江仙》道是："白玉堂前春解舞，东风卷得均匀。"湘云先笑道："好一个'东风卷得均匀'！这一句就出人之上了。"又看底下道："蜂团蝶阵乱纷纷。几曾随逝水？岂必委芳尘？　万缕千丝终不改，任他随聚随分。韶华休笑本无根，好风频借力，送我上青云！"众人拍案叫绝，都说："果然翻得好气力，自然是这首为尊。缠绵悲戚，让潇湘妃子；情致妩媚，却是枕霞②。小薛与蕉客今日落第，要受罚的。"

这时，我们不要被场景中的热闹气氛所干扰，要注意的是黛玉的词中这联"嫁与东风春不管，凭尔去，忍淹留"以及宝琴的"三春事业付东风，明月梅花一梦"。黛玉的这句"嫁与东风春不管"，虽是化用李贺《南园十三首》其一"嫁与春风不用媒"③，但"春不管"只是字面意思吗？还有宝琴的"三春事业付东风"，又有怎样的意味？如果把思维和注意力转向《春秋左氏传》，开篇"鲁隐公元年"传和经的记载，就会把人吓一跳：

---

① 宝琴《西江月》："汉苑零星有限，隋堤点缀无穷。三春事业付东风，明月梅花一梦。几处落红庭院，谁家香雪帘栊？江南江北一般同，偏是离人恨重！"宝琴之词是对王维《送沈子归江东》这首送别诗的暗用："杨柳渡头行客稀，罟师荡桨向临圻。唯有相思似春色，江南江北送君归。"根据宝琴烘托与协助黛玉的作用，这是否暗含黛玉的使命已经完成的寓意？相应地，黛玉那"休言举世无谈者，解语何妨片语时"的工作，在这里业已得到了呼应与完成。这似乎也暗示了黛玉与宝玉的婚姻是一种精神之恋，而非一般世俗意义的婚姻之义。在这个大观园的精神世界和精神生活中，她是因使命而生、因其使命而来，使命圆满完成就是她最好的归宿，而且她已经与我们同在。

② 史湘云号"枕霞"，其咏絮词就是这首《如梦令》："岂是绣绒残吐，卷起半帘香雾。纤手自拈来，空使鹃啼燕妒。且住，且住！莫使春光别去。"用语确实带有几分史湘云的个性气质。

③ 另参苏轼《蝶恋花》："蝶懒莺慵春过半。花落狂风，小院残红满。午醉未醒红日晚，黄昏帘幕无人卷。　云鬓鬅松眉黛浅。总是愁媒，欲诉谁消遣。未信此情难系绊，杨花犹有东风管。"

第五章 精神园林

【传】惠公元妃孟子。孟子卒,继室以声子,生隐公。宋武公生仲子,仲子生而有文在其手,曰"为鲁夫人"。故仲子归于我。生桓公而惠公薨,是以隐公立而奉之。

【经】元年春王正月。三月,公及邾仪父盟于蔑。夏五月,郑伯克段于鄢。秋七月,天王使宰咺来归惠公、仲子之赗(助葬仪物)。九月,及宋人盟于宿。冬十有二月,祭伯来。公子益师卒。

这说明《红楼梦》的一些重要角色确实含有某些历史和文化人物的所指。从上述资料来看,至少元妃及"三春"是这样的,可谓"言有宗,事有君。是以圣人被褐而怀玉"①。但经与传比较,经即《春秋》原文只提到鲁惠公的三个配偶(元妃孟子、声子、仲子)之中的仲子,而且让人觉得似乎是不得已而提及,因为天子遣使送来助葬仪物所致。故"嫁与东风春不管",可谓言简意赅地指出了这一点。而司马迁早有此言:"夫《诗》《书》隐约者,欲遂其志之思也。……《诗》三百篇,大抵贤圣发愤之所为作也。此人皆意有所郁结,不得通其道也,故述往事,思来者(冀望后来者予以激活)。"② 此时如若想到黛玉的《问菊》诗:"休言举世无谈者,解语何妨片语时。"对其具体指向和寓意就会恍然大悟了。如此看来,对于某些已经完成了零起跑的工作,接下来的后继者要做好接力跑也非易事。

这里隐含的重要历史信息是:"宋武公生仲子,仲子生而有文在其手,曰'为鲁夫人'。"这显然是一种连续发力、不合常理而有意造假的丑陋政治婚姻的作态。所谓"贾宝玉"这一名字以及宝玉出生时口衔"通灵宝玉",上面有铭文,以及所谓"金玉良缘"等,应当就含有这种历史人物的内蕴及其指向性的向度。而前后三位女性皆来自宋国,更凸显了鲁惠公虽然身为一国之君,却受到内部权臣和外部势力的胁迫,自己的婚姻因主体性空心化而不能自主的事实。这应当就是当时所谓"礼崩乐坏"、"政由大夫"的具体现实的写照,实可谓"嫁非其爱"、"娶而非爱",故有"嫁娶皆非其爱"。而其中还有一个更加诡异的情况:"孟子卒,继室以声子,生隐公。"隐公的名字居然是"息姑",如果不是一个女儿,作为君主继承人来说就未免太不正常了。接下来在位十一年被权臣所杀,这自然是很悲哀的事情,但可能是因为无法再隐匿其女儿身份了,故而被杀。而这会不会就是"惜春"所隐约指向的信息?这个问题,除了前文从苏轼

---

① 《道德经》第70章。
② 《史记·太史公自序》。

的《寒食帖》得到的灵感之外，值得我们做更多和更进一步的历史和文化史相关的探讨。例如，从实质性的内核来看，所谓"礼崩乐坏"、"政由大夫"，其实就是周朝长子文化已经寿终正寝的反映，但真正触及并阐明这一点的思想却有待深化。这同时说明，春秋战国的百家争鸣对一些重要现实问题的思辨及讨论是不够精准和彻底的；在国家政体的思考上，儒家也只是泛泛给出了"祖述尧舜，宪章文武"之说。相应地，在此后两千多年的帝制政治中，诸如此类的思想不仅成为朝代不断更迭的主要历史根源，而且实际上也是相同政治生态的零起跑持续重复进行的主要历史根源。

这时人们难免会问：鲁国的国君还是周公的后人吗？如果不是，那些世卿权臣和官僚，除了自身物权利益最大化这一目的之外，所谓效忠君主就显得非常荒谬，而道义和情义也显得无从说起。那么，这种情况是个案吗？虽然还需更多的研究，但肯定不是。齐国后来的"齐田氏"就不是姜太公的后人。

政治婚姻受害的是女儿，作恶的是那些只为自身利益着想的君主权臣，故"红颜祸水"是找"替罪羊"，是误导。因为在社会历史演进过程中，不排除女性曾经有过负面作用和影响的情况，但以此否定女性的作用无疑是以偏概全的，因为女性也起着独特的作用和影响。进而言之，如果"红颜祸水"之说成立的话，反过来说"男人祸水"也是可以的。那么，是哪里出了问题？是当时的社会人文环境使然，还含着谁拥有权力谁说话算数的寓意。

由此观之，杨贵妃被赐死于马嵬坡，同样是"替罪羊"。故而在这次活动中，宝钗能够表现得如此大度豁达，因为她代表的角色（隐喻杨贵妃）所受的冤屈可以由此得到昭雪（就宝钗的词而言，她这句"几曾随逝水"就暗用典于孔子"逝者如斯夫"之言）。这说明人的精神状态和精气神与社会人文环境具有密切的关联，并由此而生发相应的变化。《红楼梦》的作者无疑是有这样的洞察力的。从这个角度来看，苏轼《念奴娇·赤壁怀古》"遥想公瑾当年，小乔初嫁了，雄姿英发。羽扇纶巾，谈笑间，樯橹灰飞烟灭"，是很有意味的。也就是说，在苏轼看来，在现实社会生活中把女性的作用与贡献边缘化是不切合实际的，至少需要肯定女性对男性的事业和成功是非常有帮助的。

如果进一步思考的话，苏轼与理学家程颐的矛盾与思想交锋，可能远比一般想象的要尖锐得多。而这首词亦可谓饱含着苏轼诸多爱而未嫁与爱而难嫁的复杂情感。进一步说，无论是夫妻还是君臣，都要"嫁其所爱"、"爱其所娶"。唯其如此，方有牢固的精神情感作为基础而相互得其欢洽。然此非理，奚其为理？这中间反映的是"君君、臣臣"的复杂性,尚不能简约成为"礼"与"忠"的关系①,还需要拥有精神情感与命运共同体的情怀作为共同基础。换言之,君主帝王政治及其继统之制,所行皆非大道,皆是于错误前提下讨论对错,所立者更非以德位相胜为度,缺失的恰恰是命运与共的精神情感关怀,故不免君臣相怨、臣僚相怨、上下相怨,得过且过,最终走向跃不出的历史轮回。

陆唐启示

关于陆游与唐婉的凄惨爱情,他们所写的词已是最真切的表达。陆游游览沈园时再见到唐婉,写下《钗头凤》:

红酥手。黄縢酒。满城春色宫墙柳。东风恶。欢情薄。一怀愁绪,几年离索。错、错、错。　春如旧。人空瘦。泪痕红浥鲛绡透。桃花落。闲池阁。山盟虽在,锦书难托。莫、莫、莫。

传说,后来唐婉再来沈园时,看见陆游题词,也和了一首《钗头凤》:

世情薄,人情恶,雨送黄昏花易落。晓风干,泪痕残。欲笺心事,独语斜阑。难、难、难!　人成各,今非昨,病魂常似秋千索。角声寒,夜阑珊。怕人寻问,咽泪装欢。瞒、瞒、瞒!

题完这首词后不久,唐婉便抑郁而终,年仅二十八岁,让人唏嘘不已。我们或许可以感到,《红楼梦》刻画的不少情景,都晃动着陆游和唐婉这两首词的影子,《终身误》就比较明显:

---

① 《论语·八佾》:"定公问:'君使臣,臣事君,如之何?'孔子对曰:'君使臣以礼,臣事君以忠。'"古代社会的许多思想以及国家制度安排的缺陷,根本就在于没有把国家当作人们共同的精神情感与命运共同体作为基础。这样一来,相应的价值观例如"以大救小"的价值理念以及相互间命运的高度相关性和共同性缺失,也就不足为奇了。针对其弊病与缺陷,我们不难想见,苏轼所言"多情却被无情恼",何其精准而一语中的。而"嫁其所爱、爱其所娶"亦可谓补其不足了,甚至在某种程度和意义上为新政治学的创建奠定了基石。

都道是金玉良姻，俺只念木石前盟。空对着、山中高士晶莹雪；终不忘、世外仙姝寂寞林。叹人间、美中不足今方信。纵然是齐眉举案，到底意难平！

在我们熟悉的历史人物中，陆游无疑最堪为其所指的。这里需要注意的是，人是富有情感的社会动物，无论是"礼"还是"理"都必须以人的快乐、幸福和美好为依归，而过度琐碎繁缛的礼节势必导致个体的主体性虚化和缺失的问题。"齐眉举案"的"礼"或"理"，是无法取代人的"意"尤其是"情意"或"情义"的，故曰"到底意难平"。四十年后陆游写《沈园二首》："城上斜阳画角哀，沈园无复旧池台。伤心桥下春波绿，曾是惊鸿照影来。""梦断香消四十年，沈园柳老不飞绵。此身行作稽山土，犹吊遗踪一泫然。"仍然可见其刻骨铭心。既然如此，理学所谓"理即心，心即理"还站得住脚吗？可谓无情之祸猛于虎啊！

在造成陆游和唐婉爱情婚姻悲剧的原因中，除了陆母的主观逼迫外，其实还有更深层的思想观念的潜在影响，这就是唐婉婚后一直未能生儿育女。在古代社会，"不孝有三，无后为大"，是人们共同的生活信条，在早期社会，这种思想观念对族群的繁衍与存续中确实起着非常重要的作用。但毋庸讳言，这才是造成陆游和唐婉爱情婚姻悲剧的根源，而陆游和唐婉都吃了这个哑巴亏，尤其是唐婉。这种思想观念不接受自然界和人世间确实存在一些先天的缺陷或不足，为了掩盖这些缺陷或不足，便让一些人来承受由此而来的不幸，所以存在着合理性与公平性的问题。由此辩证来看，只有承认与接受自然界和人世间存在不可避免的缺陷和不足，才会有更大的关怀与包容。这也说明传统文化中某些思想观念并非尽善尽美，有其与时俱进的必要性，需要祛弊成新。让人感到困惑与伤感的是，一些人由于缺乏教养和同情心，对别人的不幸幸灾乐祸，似乎以为自己什么都比别人更幸运。这不仅显得浅薄，甚至需要大加挞伐。在我们熟悉的历史文化名人中，像唐婉那样存在生育问题的，李清照应是一个，所幸的是李清照没有发生唐婉那种悲剧。唐婉也是一个有才华的人，倘若有个较好的人生际遇，她应当能够为中华诗词宝库增添不少光彩。在那样的人文与制度环境中，陆游的心中无疑也是非常苦楚的，但他没有说也不敢说阐发这种思想观念的圣人有错，我们的人文和制度环境存在不合理、不公平的缺陷。

又如"仁"和"礼",相较之下,仁无疑具有更为根本的意义,故所谓"克己复礼,天下归仁"之说,实有逻辑性错误,至少它假设了礼已臻于至善的境地。应当说,这是中国古代社会一个挥之不去的困局,并使不少人陷于其中。从有关资料来看,陆游后来的家庭生活还是过得不错的,这里至关重要的是,陆游没有沉湎于他与唐婉的爱情悲剧之中,而是把悲苦转化成自己的人生经验,转化成他作为诗人的创作情愫。这同时还说明,在当时的人文与制度环境中,男性确实比女性享有更多的优势和社会发展空间。

客观地说,陆游是宋代仍然带有唐代新古典现实理想主义风格而同时又不失宋代自身风格的少数几个大诗人之一,并且留下了不少经典作品,例如《游山西村》:

> 莫笑农家腊酒浑,丰年留客足鸡豚。
> 山重水复疑无路,柳暗花明又一村。
> 箫鼓追随春社近,衣冠简朴古风存。
> 从今若许闲乘月,拄杖无时夜叩门。

又如《卜算子·咏梅》:

> 驿外断桥边,寂寞开无主。已是黄昏独自愁,更著风和雨。
> 无意苦争春,一任群芳妒。零落成泥碾作尘,只有香如故。

让人更为感动的是他的《示儿》诗:

> 死去元知万事空,但悲不见九州同。
> 王师北定中原日,家祭无忘告乃翁。

这首《示儿》诗,实际上就是他的临终遗嘱,在中外文学作品中,这是非常罕见的。但如果从中华传统文化来看,这又是中国古代文人士大夫家国情怀的一个比较典型的表达,属于陆游式的个性化爱国主义表达形式。从这个典型个案中我们不难理解,无论是家国情怀还是爱国主义,在中华传统文化中往往是以文人士大夫的个性化表达来呈现的,而它们的特征就是同一性与多样性和丰富性并呈,而这也是知识分子或说文人士大夫社会良心的重要体现。进而我们还会发现,这其实是一个非常悠久的传统,

> 是中华文化和中华文明拥有如此旺盛生命力和韧性的重要根性所在。而所谓延绵不断者，不其然乎？所谓以大救小者，不其然乎？所谓中国、所谓中华民族，其实就根源于自己的文化，打不烂、割不断，因为这是个文化国家，这是个文化民族，这是个诗的国度。

我们都知道，社会人文环境对人的认知尤其是表达方式是有影响的。某些认知和表达方式一旦获得了公共性的意义和地位，还会继续作用和影响后世。这说明在社会历史演进过程中，要对历史和传统文化进行必要的梳理和综合。这也显示出《红楼梦》作者对此确实持有正本清源之想。但处于当时的社会环境和政治生态下，他能做的也只能是隐约其词了。

前面引文中之所谓经就是传统所言的《春秋》，所系之传是左丘明对于经文的阐释演绎。其中所涉"郑伯克段于鄢"，被系于文后的传文做了精彩纷呈但未尝不是过当的演绎，其结果就是把人们的价值向度引向"红颜祸水"观。应当说，这是一个贻害两千多年的穿错衣服的答案。

当然，《左传》并非就因此失去了价值，它在史学和文学史上仍然有着不可替代的地位，不可一是而尽是之、一否而尽否之。同时，《左传》虽然说是左丘明所作，但对照《论语》中孔子的一些言论，别人认为它符合孔子的意图也是合理的。这说明，在孔子的思想体系中，还存在某些没有被后人触及或理解不到位的社会生活内涵。例如人的性情、个性与人品之间的关系。以人的性情、个性去评价人品和品格，显然会有以偏概全的问题，是不恰当的。《论语》中有这样的记载："子见南子，子路不说。夫子矢之曰：'予所否者，天厌之，天厌之！'"① 这显然就是缺乏相应的人性思考所导致的一种个人情绪化反应。与此相关涉的是，孔子居于卫国时，南子让他坐在自己的车上，招摇过市，以张扬一下自己。虽然这不合那个时代的礼仪规范，但不能因此说"唯女子与小人为难养也。近之则不孙，远之则怨"②。这可能只是当时的气话或情绪化语言，奈何却成为人们立论的依据。孔子对自己的个别言论应当早已有所反思，否则就不会这么说："加我数年，五十以学《易》，可以无大过矣。"③ 对《春秋》也有他的担

---

① 《论语·雍也》。
② 《论语·阳货》。
③ 《论语·述而》。

忧,如:"后世知丘者以《春秋》,而罪丘者亦以《春秋》。"① 其实,对孔子思想的某些不足,先秦的一些儒家贤哲已经做了一些重要工作,如《孟子》《中庸》和《大学》等。

《礼记·礼运》中的《大道之行》也值得我们注意,它可谓中国先秦时期政论文的巅峰之作。文章借言偃与孔子对话展开阐述,思想基础是孔子的"仁爱"思想,但如果认为这是对孔子言论的原样记录,显然是没有认识到口语和文本语言(述与作)之别。这篇儒家的重要文献的成文,言偃也许是有重大贡献的。它是先秦儒家思想的一次重大集成,其意仁情怀和精神情感共同体意识也比较饱满,是儒家以至于先秦中华文化关于理想社会和社会理想的集中表达。而且,由于其典型性和代表性,实际上它也成为中华民族共同的集体理想,亦可谓先秦古典现实理想主义的重要内涵和伊人主义的具体化及类型化的展现。其精神内蕴不仅仅是一个物质生活富足的社会,实际上还是一个人人都有较高的教养、人人都有高度的道德水平和社会大情怀的社会形态。如若不然,所谓"人不独亲其亲,不独子其子"的目标是不可能达成的。这说明,正是理想给现实增加了不一样的亮度和色彩,照亮了现实之中那些不完美,让不完美变得更完美成为可能,而不是越来越不完美;理想不仅是一种价值观、人生观,甚至还是一种世界观,或者是这三者叠加在一起的一种三位一体的精神追求。

《红楼梦》通过"以情悟道"的方式,跳出了后世儒家的传统套路,充分发挥文学艺术刻画人物和具体生活情景的优势,将需要克服的微观现实生活问题显现出来,无形中暗喻了理想生活从可能通向必然的转化过程中需要加以克服的地方,是以取得了重大的突破,可谓"为无为,事无事,味无味。图难于其易,为大于其细。天下难事,必作于易;天下大事,必作于细。是以圣人终不为大,故能成其大"②,因而值得做更多的研究。也就是说,要让《大道之行》所阐述的"大同小康社会"在现实中成为可能,大观园就是一个很好的参照系:具体实践上不仅需要制度的支撑与完善,共同体中的个体也还有许多教养和精神情感上的不足需要予以克服和改善。只有克服了其中的问题和不足,去除不必要的羁绊,告别不悟,迎新力行,理想才可能转化成为现实③,如《诗经》所言:"周虽旧

---

① 《史记·孔子世家》。
② 《道德经》第63章。
③ 这从另一个侧面说明,自清初汉族文人精英遭到清廷毁灭性打击与摧残之后,能够如此通观中华传统文化与文明的人几乎丧失殆尽。由此造成的文化与文明的断层可想而知。故曹雪芹们和黛玉之悲,岂是个人和小群体之悲,亦一国、一族、一文化之悲也。

邦，其命维新。"① 又如商汤盘铭所言："苟日新，又日新，日日新。"无论是人还是环境，皆日新又新，日有新进。

《左传》对于"郑伯克段于鄢"详加阐述，或许是试图通过郑国这件"红颜祸水"的史实，来暗喻鲁国自身的问题，让给人的感觉却是"嫁与东风春不管"。而且，这里真正的问题并不是"红颜"，根源是君主制度本身的问题。进一步说，女儿不能掌握自己的命运，实乃古代社会的一大乱根。从人文惠及性影响的角度来看，"为君父贤者讳"的思想和礼制无疑是造成文化向度扭曲和歧异化发展的重要根源。

上述引文还含有一个重要的历史信息，那就是"邾仪父"之"邾"。这是鲁国的附庸小国。其孙邾文公因迁都之事发表过一番言论，让人觉得这才是国君该有的样子，并成为中国古代政治思想史上的一个亮点：

> 邾文公卜迁于绎。史曰："利于民而不利于君。"邾子曰："苟利于民，孤之利也。天生民而树之君，以利之也。民既利矣，孤必与焉。"左右曰："命可长也，君何弗为？"邾子曰："命在养民。死之短长，时也。民苟利矣，迁也，吉莫如之！"遂迁于绎。②

邾文公这种思想大概就是《红楼梦》的基本政治价值取向所在。它与《道德经》的政治价值取向和政治价值观是高度一致的：

> 圣人常无心，以百姓之心为心③。
>
> 弱之胜强，柔之胜刚。天下莫不知，莫能行。是以圣人云："受国之垢，是谓社稷主；受国不祥，是为天下王。"④
>
> 故贵以身为天下，若可寄天下；爱以身为天下，若可托天下⑤。

老子这种王者观不仅有其现实的针对性，而且还有其超越时代的价值，可谓人民至上的人民性和人民情怀。这种政治价值观与明末清初一些思想家的思想也具有内在一致性⑥。但毋庸讳言，要想使统治者与天下百姓的心智和需要相一致，无疑需要创建一套与之统一的政治制度，这是历代启蒙者未能给出的答案。

---

① 《诗经·大雅·文王之什》。
② 《左传·文公十三年》。
③ 《道德经》第49章。
④ 《道德经》第78章。
⑤ 《道德经》第13章。
⑥ 例如黄宗羲《明夷待访录》："为天下之害者，君而已矣。"

这也很好地说明了,《诗经》"他山之石,可以攻玉"的思想理念是不可以轻易丢弃的。但无论如何,《红楼梦》借"桃花社"并通过黛玉和宝琴的词句,在某种程度上替天下女儿讨回了一个公道,其中的学理可以据此得到梳理。而对于相关涉的其他问题做进一步梳理,无疑也是非常有价值的。它还让我们明白,上巳节文化的衰落是极少数人的错误思想和观念造成的,是一个穿错衣服的答案,应当予以拨乱反正。其艺术韵致,正如苏轼的深夜千尺断崖之水所发出的冲击效应:"赤壁之下,江流有声,断崖千尺,山高月小,水落石出。"[1] 而贾母史太君中秋之夜听笛,唤人从远处吹弄,其心中想望的应当就是这番景象吧。

兼美兼爱,万物相宜

后世如郏文公这样不信邪,而以民生福利为依归进行施政的著名历史人物,还有白居易等人。白居易任杭州刺史时治理西湖,当地人说西湖蓄水将不利于主官,而白居易偏以民之利为利,一意把西湖治理好,以水利造福百姓,成就了一段政史佳话。由于拥有如此高标的价值观和生命意识,白居易不仅留下了"青出于蓝而胜于蓝"的显赫政绩,使西湖成为中国文学史上永不枯竭的一泓上善之水,并且铸就了自己更加丰满和高蹈的诗意人生,成为个人仕途上一个永志难忘的政治春天,可谓千古一皓白,上善铸永生。

苏轼则可以说是白居易最忠实同时又是最著名的隔代传承人,他不仅曾在杭州为官,并且继白居易之后,把西湖治理得更加诗情画意,为当地人民所赞颂和铭记。通过《饮湖上初晴后雨》一诗,"水光潋滟晴方好,山色空蒙雨亦奇。欲把西湖比西子,淡妆浓抹总相宜",苏轼以其超凡的艺术才情,把西湖的钟灵毓秀刻画到人而弗能二的地步,由此不难想见宋代的社会发展水平和人文之盛。以西湖比西子,美人与美景交相辉映,仿佛造化早有此番安排,从容赋予了西湖丰盈的人文底蕴和诗意。进一步体味,西施作为春秋时越国的美女,为了越王勾践复国大计而嫁给吴王夫差,这首诗一方面表达了苏轼对其巾帼不让须眉的报国精神的敬重,另一

---

[1] 苏轼《后赤壁赋》。

方面则有助于从观念上破除人们对女性的偏见,并且从一个侧面反映了苏轼"以诗铸魂,作新斯民"的胆识和勇气。由于有了这种高贵的内在美,"淡妆"或"浓抹"这些外在的装扮就有了怎么样都好的审美效果了。故总的来看,"总相宜"既是苏轼的美学追求,又是其从政的价值追求。而后者,苏轼虽然自感颇有不合时宜之见,实质上却把宜人宜物、乐群利物作为其毕生的政治理想、政治追求和哲学追求。简言之,可谓"克谐以中,万国咸宁。天地位育,万物相宜"。这一点,若与刘禹锡《竹枝词》之"东边日出西边雨,道是无晴却有晴"相勘验,应当是有所助益的。例如,与其说"道是无情却有情",毋宁说"道是万物共生总相宜"。这或许就是传说中的"蜀学"的基本理念,也是宋明理学所未达之境界。相宜或相宜性很重要,这也是传统文化诸如和谐、与时偕行、与时俱进、因地制宜等理念的内核所在。有了这些,才能拥有开放包容、兼美兼爱的中允眼界与襟怀。

话又说回来,在古典时代,"以百姓之心为心"与"哀民生之多艰"不仅是同质的,在精神情感的气质上也是高度契合的。这样来看,司马迁说屈原"推此志也,虽与日月争光可也"也就不难理解了。这还很好地说明了,无论是居官为国还是创业处事,一旦丧失人民性,就难免失去灵魂,难免成为无源之水、无本之木。白居易和苏轼的人生表明,个人的人民性表达拥有非常丰富的维度,而且不一定非要居官或得意之时。

进一步引申,从世界史或世界文学史的角度来看,拥有如此深厚的思想与文学底蕴,西湖应当也是独一无二的。所谓"上善若水",不其然乎?

另外,王羲之的《兰亭序》不见得如一般传说的那样,是一时即兴创作的。这个上巳节活动在事前应当有过一番准备和筹划,其结尾"后之览者,亦将有感于斯文",大概含有迫于时势只能这样言说的意味,实则隐含着以清激浊并试图以此拯救文化命脉的苦心和忧思。在当时的政治尤其是文化蜕变和嬗变的背景下,举行这次郑重其事而富有仪式感的活动,客观上已经完成了一次让人艳羡的文化与思想精神情感的接续和递延。经过之后的传播,唐宋时期,上巳节这个人们开展公共文化生活、培育共同精神情感的节日得到了较好的恢复。但让人遗憾的是,后来程朱理学又把它弄得奄奄一息。更为严重是关闭了《诗经》文化

"他山之石，可以攻玉"① 的开放性大门，还有把儒家思想过于窄化、狭义化、利己化和物欲化的问题，使得个体的生命意识诸如主体性与知性化等受到诸多人为的压抑、伤害与弱化。这或许就是《红楼梦》关于诗魂之死的重要指向之所在。《红楼梦》通过思想和哲学的多元一体的本真显示，激发人们对理学进行反思和检讨；同时也对历代统治者过度利用儒家思想而变得僵化和教条进行了揭示。上巳节文化在后世的式微还说明，中华传统文化和中华文明的元气在先秦，需要我们用心用力去维护与呵护。让人扼腕痛惜的是，自秦汉以来，它常受到人为的算计、耗损与弱化。这或许是黛玉有"孤标傲世偕谁隐，一样花开为底迟"的感慨的原因吧。在精神情感的某种维度上，黛玉这两联诗"孤标傲世偕谁隐，一样花开为底迟。休言举世无谈者，解语何妨片语时"，未尝不是在类似陶渊明"相知何必旧，倾盖定前言"以及白居易"同是天涯沦落人，相逢何必曾相识"的心情和语境下，所生发的同样悲怆的喟叹和表达。

如果说更富韵律的诗意，可以想一想白居易的《琵琶行》，其诗本身亦可谓"大弦嘈嘈如急雨，小弦切切如私语。嘈嘈切切错杂弹，大珠小珠落玉盘"了。经过这样一番思想奋斗，不妨暂时放松，欣赏一下《琵琶行》：

> 浔阳江头夜送客，枫叶荻花秋瑟瑟。主人下马客在船，举酒欲饮无管弦。醉不成欢惨将别，别时茫茫江浸月。忽闻水上琵琶声，主人忘归客不发。寻声暗问弹者谁，琵琶声停欲语迟。移船相近邀相见，添酒回灯重开宴。千呼万唤始出来，犹抱琵琶半遮面。转轴拨弦三两声，未成曲调先有情。弦弦掩抑声声思，似诉平生不得志。低眉信手续续弹，说尽心中无限事。轻拢慢捻抹复挑，初为《霓裳》后《六幺》。大弦嘈嘈如急雨，小弦切切如私语。嘈嘈切切错杂弹，大珠小珠落玉盘。间关莺语花底滑，幽咽泉流冰下难。冰泉冷涩弦凝绝，凝绝不通声暂歇。别有幽愁暗恨生，此时无声胜有声。银瓶乍破水浆迸，铁骑突出刀枪鸣。曲终收拨当心画，四弦一声如裂帛。东船西舫悄无言，唯见江心秋月白。……我闻琵琶已叹息，又闻此语重唧唧。同是天涯沦落人，相逢何必曾相识！……今夜闻君琵琶语，如听仙乐耳暂明。莫辞更坐弹一曲，为君

---

① 《诗经·小雅·鹤鸣》。当然，从较大历史尺度来看，朱熹对诗经学特别是把《诗经》从汉儒的阴霾笼罩下解放出来，是做了很大贡献的。只可惜的是，他还是受传统诗经学的一些观念的束缚，未能全然达到以《诗》言《诗》的通脱之境。这中间既有个人的局限，又有历史和时代的局限。

翻作《琵琶行》①。

不同凡响的开始往往有着不同凡响的收束。《红楼梦》叙事中，黛玉在"海棠诗社"以其咏菊诗夺魁，又是"桃花诗社"的社主，这本身就暗示了大观园的思想与陶渊明《桃花源记》的桃花源世界思想含有承继关系，同时还暗示了陶渊明诗文艺术的两个极致：一是绚烂之极，一是平淡之极。这中间还隐含着这样的妙喻：桃花盛开于春天，菊花盛开于秋天。这一春一秋实际上就直指"春秋"——如"妙玉"之问"你从何处来"那样妙不可言。而经过后来者的重塑，此"春秋"已非彼"春秋"，正如王羲之《兰亭序》所言："及其所之既倦，情随事迁，感慨系之矣。向之所欣，俯仰之间，已为陈迹。"如果进而联想到李白《赠汪伦》："李白乘舟将欲行，忽闻岸上踏歌声。桃花潭水深千尺，不及汪伦送我情。"便不难理解《红楼梦》创作者的深情寄寓了。而这里的关键是"李白"——你明白了吗？你明白这番深情厚意与良苦用心，那你就是李青莲了。这时如果听到轰隆隆的巨响，那其实就是李贺所谓"女娲炼石补天处，石破天惊逗秋雨"。如此一来，对作者伟大的意仁情怀与关爱，难道我们能不为之肃然礼敬、不为之动容而泪流吗？或许更多是一番悲喜杂糅，亦如李贺（确实值得庆贺一番）在诗中所言："芙蓉泣露香兰笑。"而此时，无论是死去的晴雯还是活着的晴雯，抑或大观园的儿女们，应当都可以会心一笑了。这里不妨赋诗以志之，曰《红楼群芳赞》：

> 细画奇文探由然，钓出大贤见春天。
> 爱而未嫁虽青涩，最是人间美少年。

是的，不是什么东西都能在当时就感受到，不是什么东西都能从当时就得到。就如人生的味道，有许多是经由咀嚼过去的岁月才能感受到当时所没有的回甘；又如酒，只有经过历史岁月的窖藏才有神奇的芬芳。这是经由岁月沉淀才能有的东西，经由岁月沉淀才能有的价值。人生如此，历史和文化何尝不是如此。而所谓经典，这些无疑是其意义所在、价值所在。对于我们来说，这或许也是一种越来越深沉的思忆与依恋，就如唐代诗人崔护的《题都城南庄》："去年今日此门中，人面桃花相映红。人面不知何处去，桃花依旧笑春风。"或如毛泽东所

---

① 赋诗以志之曰《此时无声胜有声》：心海划过/你们奋力挥楫的桨声/舟虽远去 水已无痕/而那曾经 却化成了/不朽的历史留言/无穷的精神力量。

红楼群芳赞

> 细画奇文探由然，钓出大贤见春天。
> 爱而未嫁虽青涩，最是人间美少年。

在中国文学史上，《诗经》可谓"嫁娶文化"之祖，尤其是其首篇《关雎》，虽不曾有一个"嫁"字，但通篇无不洋溢着婚庆嫁娶时的欢乐祥和气息。而专门拈出"嫁"字，直与"爱"字相承接，用之于诗文而呈现出独具意味者，当属唐代大诗人白居易和《燕子楼》诗序之"爱而不嫁"。

至北宋时，苏轼独具慧思，在原有意义（过于偏重具体和个体）上，借景立言，开出新面，通过《念奴娇·赤壁怀古》一词，用于宏大历史叙事，使内涵与外延都含有君臣或上下之间政治关系，从而使"嫁"字的意蕴拥有了气壮山河的雄浑伟力，还隐含着深沉而横决古今的忧思，拥有非凡的历史纵深与厚度。在《诗经》嫁娶文化与思想的传扬上，苏轼可谓居功厥伟，以至于为新政治学的创建奠定了基石。

继苏轼之后，《红楼梦》作者应是最得力的传扬者，除了结构与谋篇的规模宏大外，具体上则表现为借黛玉之口，吟出"嫁与东风春不管"，再加上宝琴"三春事业付东风"的烘托，一方面呼应了黛玉此前《问菊》诗所言"解语何妨片语时"的伏笔，另一方面实有一语成史的凿通之效。是以黛玉这句诗虽化转自李贺诗"嫁与春风不用媒"，由于"春不管"的翻转之力及其所蕴含的更浓烈饱满的情感色彩，指向深阔，其思想规模与情感温度都要远超李贺之诗。相类似的是唐代张籍"恨不相逢未嫁时"，北宋贺铸托莲所咏"当年不肯嫁春风，无端却被秋风误"，其中所用"嫁"字各有其妙，亦堪斟酌于《红楼梦》作者所受人文惠及性影响。

纯属机缘巧合，笔者幸得群贤启发，悟出此中之妙，仿佛探骊得珠，喜不自胜；而后吟成此诗，用于概括大观园情景刻画之微言大义。故跋之以明其由，寄来者，克庸其谐。

言:"往事越千年,魏武挥鞭,东临碣石有遗篇。萧瑟秋风今又是,换了人间。"①

《红楼梦》是一部伟大的人文文化小说,这是完全可以确定的。仍需注意的是:多元一体是历史对中华传统文化和中华文明的客观定义,是历史对中国的客观定义,任何窄化与狭义化都难免损害其固有的格局以及万物和谐共生的包容性,而且是不得要领的无谓之举。同理,历史这样定义了中国,同样适于定义世界。这应是中国最简明的世界性意义。而学会"开放包容、兼美兼爱、克谐以中、乐群利物",不仅是苏学和《红楼梦》给我们的重要启示,实际上也是人类成长史上的一门必修课②。

总的来看,中国古代文学史遭遇过三次较大的情殇,一次是春秋战国时诸子对情的怠慢;一次是汉代儒学经学化所造成的对

开放包容兼美兼爱
克谐以中乐群利物

杨尚懂句丁显端书

---

① 毛泽东《浪淘沙·北戴河》:"大雨落幽燕,白浪滔天。秦皇岛外打鱼船,一片汪洋都不见,知向谁边？　往事越千年,魏武挥鞭,东临碣石有遗篇。萧瑟秋风今又是,换了人间。""东临碣石有遗篇"指的是曹操的《观沧海》。

② 《红楼梦》众多重要角色给我们一个独特而有意义的启示就是,他们都不是理想化的完人,但又都独具魅力,既有其不足的一面,又有其摇曳多姿并殊为可爱的一面。而其缺点并不妨碍我们去喜欢他们、欣赏他们（可能特别喜欢其中一个）。这相当于告诉我们,人性有其复杂性和不足之处,且有随着环境和地位的变化而变化的特点。故不能以完人的范式去考察每个个体,我们很难找到这样高度理性化的人。那么,要怎么办呢？承认人性有其复杂性和不足,并加以镜鉴、克服,努力往好的方面靠近,相信明天会有更加美好的自己和更加美好的别人。这样一来,无论是个体还是整体,道德水平都会不断提高,并越来越臻于完善之境。这或许就是"开放包容、兼美兼爱、克谐以中、乐群利物"的根本意蕴所在,同时也是红楼美学与苏学高度契合与相通之处。很显然,拥有这样的人生观和美学观也有助于我们更好地迎接人生过程中难以预料的风风雨雨、晴天阴天,并帮助我们不断地提升自身与群体、社会和环境的相宜性及欣赏能力。这对于不同文化与文明之间的交流互鉴也是很有意义的。但是,中华文明所追求的哲学高度和境界还不止于此,倘若借助苏轼的万物相宜论并勉强概括一下的话,或许可以做这样的表达:"开放包容,克谐以中;乐群利物,兼美兼爱;协和万邦,万国咸宁;天地位育,万物相宜。"

《诗经》文化的扭曲解读；一次是随着宋明理学的兴起，传统文化的道学化与窄化。《红楼梦》则是一座隐含着巨量中华传统文化内蕴的精神宝库，隐含着清初一代学人的心血，其中还有许多文化信息和启示需要做更多更仔细的品鉴、挖掘和梳理。其中"以情悟道"可谓开辟了补充传统文化之缺的新路径，取得了许多重大的突破，并且开启了五四新文化运动的先声。当然，需要注意的是，五四新文化运动正值国家和民族危难时刻，当时学人在继承与弘扬中华传统文化方面的工作还有不少不足和需要纠正的地方。本书所做的也不过一些力所能及的事，有些地方的阐释或许还需要更多的思考、斟酌与论证，欢迎大家予以指正。相信接下来会有更多拥有意仁情怀的人，发现更多中华传统文化和中华文明的正能量，将其激发出来，忧思敬慎，以大救小，德将无醉，富有之、日新之。

第四节　永远的希望和理想

——伊人主义新文学

南宋于1279年灭亡，其标志性事件就是崖山海战兵败，左丞相陆秀夫背负着小皇帝赵昺投海自尽身亡。此后六七百年间，中华文明陷入了相当于西方中世纪那样的低迷期①。其原因无疑是非常复杂的，就大的方面而言，宋朝之后，由蒙古人建立的元朝其实是一个彻头彻尾的少数民族政权，对占人口绝大多数的汉族人采取民族歧视政策。这使得元蒙政权不仅在文化上缺乏必要的代表性，各族难以逐渐走向融合，甚至使它日益自拘其闭而迅速走向灭亡。在元朝八十多年间，虽然出现了不少戏曲和其他文学作品，但总的来看，中华文明的精神气质不仅没有得到承扬，相反走的是一条下坡路。

朱元璋推翻蒙元政权后建立明朝，但自建政之初就显现出其政治格局的狭隘性。朱元璋在读《孟子》时就说："此老如活到今日，也应该杀头！"他为什么

---

① 当然，中世纪（约476—1453）之前，西方主要指的是罗马帝国（包括西罗马和东罗马帝国，此时的古希腊已被罗马帝国消灭）。在进入近现代建立民族国家之前，除了古希腊和罗马帝国之外，所谓西方（或者欧洲），大多还是一道道四处留白的填空题，缺乏可比性。在这样的史实面前，真不知道"西方中心论"是怎样制造出来的？实际上，没有中国的郡县制和文官制度的引进，西方的现代民族国家是难以建立的；同样地，没有中国的造纸术、印刷术就不可能有现代教育的兴起，而所谓现代社会也是难以想象的。于今，世界文明正在生成过程中，拥有这样的视野和向度，应当能更好地理解和主动参与构建人类的未来。

这样说呢？因为《孟子·尽心下》赫然写着："民为贵，社稷次之，君为轻。""诸侯危社稷，则变置。"在《孟子·梁惠王下》中还有这样的对话："齐宣王问曰：'汤放桀，武王伐纣，有诸？'孟子对曰：'于传有之。'曰：'臣弑其君，可乎？'曰：'贼仁者谓之贼，贼义者谓之残，残贼之人谓之一夫。闻诛一夫纣矣，未闻弑君也。'"不但如此，朱元璋甚至开了中国历史上当庭杖责大臣的先例，这种举措无异于对文人士大夫的人格进行折辱。这说明朱熹耗费那么多的心血注释"四书"以及理学所追求的"内圣外王"，在专制帝王面前是多么的脆弱和不堪一击。仅凭这两点就足以说明，明朝政权与中华传统文化的许多重要价值观存在着严重冲突；相应地，文人士大夫与朝廷基本上是比较单一的功利与物欲利益关系，在精神情感上缺乏深层的凝聚力与亲和力。明朝耗费了巨大的国力去修筑长城，但缺乏更为重要的精神长城的构建，因此虽然产生了《三国演义》《水浒传》《西游记》等文学名著，其精神气质却并未达到唐宋那样开放豪迈的现实理想主义的精神高度，最终因驻守山海关的总兵吴三桂引清兵入关而最终走向败亡。

满清入主中原建立政权，并不是因为满人强大或文化先进，而是缘于明朝官僚体系深度锈化和腐败，而这些的根源正是明朝建政之初政治和文化格局与中华传统存在内在的冲突与疏离。清廷吸取了蒙元政权的教训，逐渐走向汉化，但其采取的文字狱政策、对汉族人才的处处压制和防备的小家子格局，以及它入关前就形成的奴化政治文化生态等，都使得中华文化和中华文明的精神气质受到了极大的窒息。事实上，正是这种人文与政治环境，催生了《红楼梦》的创作，使得《红楼梦》成为中华文化发展史上一个极为重要的事件。

到清中叶，能够代表中华传统文化文人士大夫精神，延续人民情怀文脉的要算郑板桥。郑板桥既是画家又是诗人，他的这两首诗都于寻常中裁出新意：

竹　石

咬定青山不放松，立根原在破岩中。
千磨万击还坚劲，任尔东南西北风。

潍县署中画竹呈年伯包大中丞括

衙斋卧听萧萧竹，疑是民间疾苦声。
些小吾曹州县吏，一枝一叶总关情。

在中华传统文化中，竹子的主要文化寓意就是"气节"，《竹石》表达的就是这种思想和价值意蕴。郑板桥因画竹而出名，《潍县署中画竹呈年伯包大中丞括》虽然也是以竹子为题材，其思想意蕴却是传统文人士大夫关心民间疾苦或"哀民生之多艰"的个性化表达，这首诗同样得到人们的喜爱与称道。

林则徐可视为继郑板桥之后，发扬中华传统文化文人士大夫精神，延续人民情怀文脉的另一位代表人物。他有一联诗"苟利国家生死以，岂因祸福避趋之"[①]，较好地体现了传统士大夫为了大家不惧生死的家国情怀，每每被人称赞。但从整首诗来看，我们不难感受到林则徐的悲哀和屈辱，以及无意中暴露的清廷皇权与国家利益的矛盾和冲突。为什么这样说呢？因为林则徐虎门销烟，代表的是国家利益，是一个了不起的英雄壮举，事后却遭到贬谪流放，而且还要说"谪居正是君恩厚"，这反而从一个侧面表明，在清廷统治下，中国社会的积贫积弱已经到了难以为继、国将不国的地步，接下来的丧权辱国就在所难免了。

实际上，到19世纪中叶，清廷统治下的中国已步入《红楼梦》所演示的末世，而中华传统文人士大夫的人文精神则得到进一步的复苏。龚自珍的《己亥杂诗》之五，就堪作代表：

浩荡离愁白日斜，吟鞭东指即天涯。
落红不是无情物，化作春泥更护花。

"己亥"乃清道光十九年，公元1839年。当其时，龚自珍虽然位卑言轻，却主张革除弊政，抵制列强侵略，支持林则徐销烟。正是这一年六月，林则徐在虎门销烟。这首诗的可贵之处就是它展现了诗人拥有的大情怀。首先，首句的"白日斜"隐喻的是清廷日薄西山的现实政治气候与政治生态，并且反映了龚自珍辞官的原因和情怀；接下来的"吟鞭东指"与"白日斜"是对应展开的句式，隐喻他难以忍受，要远离清廷那龌龊而死气沉沉的官场，而且离开得越远越好。最能体现龚自珍思想情怀的是第二联："落红不是无情物，化作春泥更护花。"这是对第一联诗的进一步升华，同时也是这首诗的创意及其独特价值所在，蕴含着不顾个人的利害得失而不惜以身殉道、舍身求法的精神。可惜没过多长时间，龚自珍便在江苏丹阳云阳书院暴病身亡。

上述几首诗代表的或许就是中华古典诗词在古代社会的最后一抹余晖，而后便进入近现代社会了。

戊戌变法失败后，梁启超逃亡日本，并且创办了《清议报》，于1900年2月

[①] 林则徐《赴戍登程口占示家人》其二："力微任重久神疲，再竭衰庸定不支。苟利国家生死以，岂因祸福避趋之？谪居正是君恩厚，养拙刚于戍卒宜。戏与山妻谈故事，试吟断送老头皮。"

10日发表《少年中国说》。鉴于全文较长，这里萃选如下：

> 日本人之称我中国也，一则曰老大帝国，再则曰老大帝国。是语也，盖袭译欧西人之言也。呜呼！我中国其果老大矣乎？梁启超曰：恶，是何言！是何言！吾心目中有一少年中国在。
>
> 欲言国之老少，请先言人之老少：老年人常思既往，少年人常思将来。惟思既往也，故生留恋心；惟思将来也，故生希望心。惟留恋也，故保守；惟希望也，故进取。惟保守也，故永旧；惟进取也，故日新。惟思既往也，事事皆其所已经者，故惟知照例；惟思将来也，事事皆其所未经者，故常敢破格。老年人常多忧虑，少年人常好行乐。惟多忧也，故灰心，惟行乐也，故盛气。惟灰心也，故怯懦；惟盛气也，故豪壮。惟怯懦也，故苟且；惟豪壮也，故冒险。惟苟且也，故能灭世界；惟冒险也，故能造世界。老年人常厌事，少年人常喜事。惟厌事也，故常觉一切事无可为者；惟好事也，故常觉一切事无不可为者。老年人如夕照，少年人如朝阳；老年人如瘠牛，少年人如乳虎；……老年人如秋后之柳，少年人如春前之草；……此老年与少年性格不同之大略也。任公曰：人固有之，国亦宜然。
>
> ……
>
> 任公曰：造成今日之老大中国者，则中国老朽之冤业也；制出将来之少年中国者，则中国少年之责任也。……少年智则国智，少年富则国富，少年强则国强，少年独立则国独立，少年自由则国自由，少年进步则国进步，少年胜于欧洲则国胜于欧洲，少年雄于地球则国雄于地球。红日初升，其道大光；河出伏流，一泻汪洋；潜龙腾渊，鳞爪飞扬；乳虎啸谷，百兽震惶；鹰隼试翼，风尘翕张；奇花初胎，矞矞皇皇；干将发硎，有作其芒。天戴其苍，地履其黄。纵有千古，横有八荒。前途似海，来日方长。美哉我少年中国，与天不老；壮哉我中国少年，与国无疆！

梁启超写作《少年中国说》，一方面是为了反击经明治维新而国力正在上升的日本嘲笑我"老大帝国"，同时也是振臂高呼同胞觉醒自强，振奋民族昂扬向上、奋发有为的精神斗志。在中华传统文化的思想意识结构中，至少在公共文学表达上，此文可谓人文层面上生命意识的新觉醒，赋予了中华民族新的价值观、人生观、世界观。由此可见，梁启超虽是清末维新变法派的重要人物，但文中蕴含的思想价值取向和精神情感诉求，客观上预示着进行一场摧枯拉朽式的革命已是中国社会的一种需要①。

　　从艺术角度来看,《少年中国说》的行文有类乎唐代比较流行的歌行体,同时又是唐宋以来难得一见的集设景抒情、说理、立言于一体的大文章,洋溢着鲜活的生命力和青春气息,让人隐约感到唐宋现实理想主义精神的回归与闪耀,其为民族的重光与新生而铸魂之心,可谓昭昭可见。而文章结尾处则栩栩然让人觉得,一群群气宇轩昂的中国少年正扑面而来。

　　而所谓"老大帝国"说,实际上是一个彻头彻尾的穿错衣服的答案。为什么这样说呢?因为这种说法就是简单地基于表面现象——中国和中华民族的历史悠久性——而做的肤浅言说。它忽视了任何民族和国家的主体都是人,并且因"人生代代无穷已"(文化的共同性与行为主体的主体性的辩证统一)而传承下来。而且,无论是个体、民族还是国家,都不能以年龄来简单判断是老还是年轻,关键在于是否拥有健康而积极向上的生命意识。如果没有健康而积极向上的生命意识,即便比较年轻也会暮气沉沉,毫无生机与活力;如果有健康而积极向上的生命意识,即便年龄再大,也会气贯长虹、生机勃勃。这一点,两千多年前的老子用他高蹈的哲学智慧,已经做出了很好的阐释:"物壮则老。"② 也就是说,辩证地看,任何生命体只要总能够处于"壮而不老"的状态,就不能称为老。又如他关于"道"的阐述:"道冲,而用之或不盈。渊兮,似万物之宗;湛兮,似或存。吾不知谁之子,象帝之先。"③ "道"永远是年轻的,不仅在有上帝神明之前已经存在,而且永远处于"子"亦即年轻的状态,故总能生生不息地生成万物。由此我们不难理解,"老子"一名就隐含着永远年轻之意,也可以作为"道"的别称或代名词。

---

① 实际上,这场革命早已在酝酿之中,就是孙中山等人领导的民主革命。在这场革命运动中,还涌现出一位中国现代妇女解放运动的先驱秋瑾。秋瑾可谓封建婚姻及"三从四德"的受害者,而像她那样的受害者实难以计数。秋瑾的杰出就在于她不沉湎于个人的不幸,而是转而挺身而出,投身改变国家和民族命运的革命斗争洪流,可谓"以大救小"的具体体现。她有一首《满江红》,反映了她投身革命前的一些心路历程:"小住京华,早又是,中秋佳节。为篱下,黄花开遍,秋容如拭。四面歌残终破楚(此当隐喻其婚姻源于被迫之意),八年风味徒思浙(她于1896年从浙江绍兴嫁到湖南,此时已结婚八年)。苦将侬,强派作蛾眉,殊未屑!　身不得,男儿列。心却比,男儿烈!算平生肝胆,因人常热。俗子胸襟谁识我?英雄末路当磨折。莽红尘,何处觅知音?青衫湿!"后来,秋瑾参加起义,因组织不慎而被捕并英勇就义,但其标志性意义无疑是划时代的,值得我们永远铭记和敬重。

② 《道德经》第30章。
③ 《道德经》第4章。

叠题张若虚《春江花月夜》

张若虚的《春江花月夜》充满哲思,以此称他为诗哲亦未尝不可。可怪的是,前半部分呈现了宏大的宇宙生命意识,后半部分却只用一个"情"作收结,这确实不容易理解。而仔细想想,此前屈原在《天问》中曾问:"女娲有体,孰匠制之?"这未尝不是时隔千年而与之匹配的一个天才回答。而且,如"此时相望不相闻,愿逐月华流照君。鸿雁长飞光不度,鱼龙潜跃水成文"这几句所反映的心理活动,与后来李之仪所言"只愿君心如我心,定不负相思意"的情感形态相似,于缜密中显现出张若虚千古情痴的底色及可爱,可谓"相知何必旧,倾盖定前言"。每每读起这首诗,都会引发诸多共鸣,故而赋诗以志之,曰"叠题张若虚《春江花月夜》",以此表达笔者对他以及这首诗的敬意:

> 春江滟滟情万里,月涌潮生江海平。
> 江畔见人人见月,谁家院落落花轻。
> 江水流情情未老,明月照花花常新。
> 人生代代无穷已,斯文世世有传人。

有感于此,乘兴跋之:

时间是自然给每个人的见面礼。不过,无论你用或不用,或用得怎样,它都是要收回去的。一般来说,每个人都会使用自己的时间。不同的是,有的人使用得等值,有的人使用得超值;而有的人居然能够让它与时间同在,让它不断地与人分享,与许许多多的人分享,一直这样"人生代代无穷已"下去。于是,随着历史的延伸,他们的时间和精神生命便有了几何级数的增长和延长,生生不息。不知这算不算人与时间的最大奥秘?也许是,也许不是。但诗歌似乎应许了这种可能。同样奇妙的是,读诗时,你并没有打扰他,而是激活了他留给你的礼物。这从一个侧面表明,虽然文明常常给人过于抽象而难以捉摸的感觉,但我们都是文明的受益者,每个人都享受着前人留下的馈赠。"人不只为己",不其然乎?"一善万有",不其然乎?鲁迅先生有言:"无穷的远方,无数的人们,都和我有关。"说的应当也是这个道理吧。

如此看来，西方人因对中华文化涉入尚浅而有所歧见在所难免，但千百年来日本一直深受中华文明的孵化与滋养，却还是有很多人参透不了中国哲学的深邃，倒是让人很是遗憾。简言之，只要中国处于"道"的状态，纵是万年之久，夫何老之有？无时不青春耳！所以，尽管漫长的历史中难免遭遇艰难坎坷，但事实说明，随着主体性与知性化程度更高的"新青年"的觉醒，集聚新的力量而朝气勃发的中国，又重新回归到了自己更为光明的大道上，如黄河长江，横绝千古，浩浩而来，这就是青春中国。

"新青年"可谓五四新文化运动的号角和主力军。而五四新文化运动的著名文人和学者都是《红楼梦》的读者，大都受其有形或无形的人文惠及性影响。这种影响中最为精微的应当就是"怡红快绿"四个字所蕴含的巨量的中华传统文化信息。正如《道德经》所言："道之为物，惟恍惟惚。惚兮恍兮，其中有象；恍兮惚兮，其中有物。窈兮冥兮，其中有精。其精甚真，其中有信。"[①] 从这个角度来看，"怡红快绿"甚至已经成为中华传统文化和中华文明的重要基因密码，并且在城市、乡村的一盏盏灯火中闪闪发光、催人奋进，在中华传统文化的精神谱系中有其独特的润溉作用和意义。这时如要问何谓"穷神致化"，为学为文抵达这样的境地，其实就是"穷神致化"了，如王羲之所言："后之览者，亦将有感于斯文。"

这说明中国社会的现代性觉醒，除了西学东渐的影响外，内生性的生成作用同样是不可低估的。从精神层面而言，这无疑是内生的、自觉的，至少首先是内生的、自觉的。同时还需要注意，中华传统文化本身就隐含着不少具有超越自身时代的现代元素，只是有些思想理念是遵循自己的文化特色而进行的表达。关于这一点，前文尤其"怡红快绿"一节以及依据《红楼梦》的暗示对上巳节文化的梳理，无疑已经展现了一些基本脉络。作为伊人主义新文学的典范之作，无论是艺术高度还是思想高度和精神气魄，刘半农《教我如何不想她》、艾青《我爱这土地》《大堰河——我的保姆》都具有代表意义。《大堰河——我的保姆》是一首很长的抒情诗，这里不便引录，另两首引录如下：

[①] 《道德经》第21章。

教我如何不想她①

天上飘着些微云，地上吹着些微风。啊！微风吹动了我头发，教我如何不想她？

月光恋爱着海洋，海洋恋爱着月光。啊！这般蜜也似的银夜，教我如何不想她？

水面落花慢慢流，水底鱼儿慢慢游。啊！燕子你说些什么话？教我如何不想她？

枯树在冷风里摇，野火在暮色中烧。啊！西天还有些儿残霞，教我如何不想她？

我爱这土地②

假如我是一只鸟，
我也应该用嘶哑的喉咙歌唱：
这被暴风雨所打击着的土地，
这永远汹涌着我们的悲愤的河流，
这无止息地吹刮着的激怒的风，
和那来自林间的无比温柔的黎明……
——然后我死了，
连羽毛也腐烂在土地里面。
为什么我的眼里常含泪水？
因为我对这土地爱得深沉……

众所周知，中国是一个多民族国家，中华民族是由五十多个民族融合而来的

---

① 在新文化运动中，刘半农创制了专门指代女性的第三人称"她"字。该诗被谱曲传唱，使得"她"为社会所广泛接受。这首诗不仅具有非常高的思想性和艺术性，并且直接切入现代妇女解放运动的主题和需要，得到了文学界的广泛认同，在中国文学史上亦可谓怡红文学和伊人主义的一个独具象征意义的里程碑。

② 艾青是中国现代诗坛的巨擘，这首诗写于1938年末，当时国家和民族正处于抗击日本侵略者的危难时刻。诗人以深沉的爱国热忱抒发了个人的悲愤之情感，由于诗歌蕴含着巨大的共情性，极大地激发了同胞奋起反击、慷慨赴难的救亡热忱，把诗歌之于人们心灵和精神的独特人文熏及性影响与作用发挥到了极致。其他如《黄河大合唱》《义勇军进行曲》《歌唱祖国》《我的祖国》等，也都是中华民族精神的爆发，可谓"以诗铸魂，作新斯民"的现代经典。

大家庭，数千年来一直都在融合演进过程中。所以，毋庸讳言，历代统治者中没有"贱彼贵我"心理作祟的还是比较少的。把国家当作一个命运共同体的精神情感和思想意识并非主流，甚至几乎总是处于"处弱"状态。但深藏于人们心中那似曾相识或一见如故的共同情怀还是很容易被激发出来，如陶渊明所言："相知何必旧，倾盖定前言。"从这个角度来看，五四新文化运动的社会性和共同性的共情叙事不仅已经有了历史性的超越，做出了历史性的贡献，也是现代中国发生了巨大进步的重要标识。只有理解了她的苦难和不易，才会因她的不幸和荣光而热泪盈眶。

具体来说，这三首诗各自都有情景上的具象化描写，而在风格上都可以看作伊人主义新文学的具体表达。但更重要的是，它们在精神层面的蕴藉都有共同的伊人情怀指向，这就是哺育我们这个民族生生不息的文化——我们共同的精神母亲。诗人的抒发是那样的可亲和感人，既不孤高，也不傲世，怀抱和书写的就是命运共同体而同命运、共情怀的思想意识，可谓那个时代的精神情感和人文温度的重要代表与表达。如果说《红楼梦》大观园情景下的中华诗魂因羸弱抑郁而死去的话，这时我们就会发现：她复活了！而且变得更加质朴、深沉、浑厚而正大。她既是中华文化新生的结果，又是新文化超越的结果，以命定式的生命意识和担当，以天下苍生为念的意仁情怀，绝地奋起，迎新力行，为中国这个硕大无比的精神园林、为我们的精神情感共同体，注入了新的思想、新的养分、新的气象、新的情怀。

在新文学的创作中，尤其在诗词创作上，作为诗人的毛泽东可谓自成一格、超迈千古，他的《卜算子·咏梅》可说是伊人主义的典范之作：

风雨送春归，飞雪迎春到。已是悬崖百丈冰，犹有花枝俏。
俏也不争春，只把春来报。待到山花烂漫时，她在丛中笑。

毛泽东的诗词很好地说明了这样一个事实：文学作品有相应的思想和精神蕴藉是非常重要的。而同样有意义的是，文体不管是新还是旧，只不过是形式而已，更重要的还在于创作者对生命意识是否有新的觉悟。很显然，这就是人们常说的作品是否有新意的重要所在。而对于伊人主义新文学，笔者写了一首诗《春风》，表达自己的希冀。

对中国人而言，诗歌是雅俗共美的国民艺术，关涉人们精神情感的方方面面，是永远萦绕于国人心中的生活旋律。年年岁岁，迎来朝霞送走夕晖，巍峨矗立于天地，嘤鸣和合于四季。简言之，诗即是中国人精神寄寓的重要方式。只要有诗意，人虽穷而意自芳。只要有诗的陪伴，处境再穷，人都会有一份精神的洁净、一份精神的高贵；心富而乐，处陋不陋。而这正是中华传统文化为人们的日常生活提供诗意安顿的魅力所在、中华文明正能量的重要所在。所以，无论爱或不爱，爱就在那儿，并且为你流光溢彩。这就是诗意中国。

　　同时我们还需要看到，经过百年艰苦卓绝的奋斗，中国已取得了举世瞩目的伟大成就。中华文明发展至今，实可谓"雁阵一字排空响，碧波万顷踏歌行"。再造经典、再创高峰，正当其时。

春　风

2018 年 4 月 15 日

有人说　你是绿色的
轻轻一吹　整个江南　就绿了
我觉得　你还有一颗善意的心
拥有诗一般的逻辑和性灵
让万物长成　自己满意的样子
甚至让莺儿　婉转的一声啼鸣
那一树树的桃　一树树的杏
就开满了　自己欢喜的花
旁边站着　贺知章的柳树
丰神隽永　意态婆娑
是以杜牧　大笔轻轻一挥
曰"千里莺啼绿映红"

如果还有点缺憾的话
在燕子呢喃的烟雨中
她的身影还显得过于依稀
也许是更喜欢另一个季节
待莲叶　铺陈好田田翠碧
她才亭亭而立　立意常新
宛如一支　神奇的彩笔
寻常中　层层翻出新意
所以啊　除了即兴的诗
暗地里　春风还酝酿着
准备登场的　锦绣华章

第六章　卓立此春

　　《诗意中国》本来于去年底已算基本定稿，但由于种种原因没有出版。让人根本无法想到的是，2020年春节期间，武汉发生了举世震动的新冠疫情。在此期间，笔者在精神情感上也颇为投入，并陆续创作了一些诗作，从中感触和感悟良多。3月10日，全国包括湖北武汉的疫情已有明显的好转，于是跟编辑联系，谈了打算把原来的第一至第四章改成一章，且以"导论"名之的想法。尽管原书稿已进入编校阶段，但还是得到了编辑的支持，在此表示感谢！正是经过这样的变化，才有前文呈现出来的结果。但从目前的情况来看，篇幅上还是没有压缩下来（反而思考再三，把原来的后三章压缩和整合成了第五章。为了照顾篇幅与结构关系，有部分很不错的观点和内容没有纳入，多少有些遗憾），再增加《卓立此春》作为第六章，或许是比较好的结构安排。这确实完全出乎先前所料。

　　所谓"卓立此春"，是从下面所选诗作中的一篇诗题而来。顾名思义，题目明显含有称颂此次疫情中以钟南山院士为代表的医务工作者卓然屹立于此春之意。而从笔者自身的角度来看，"卓立此春"之"立"，还含有记下这个不平凡的春天之意。下面所选诗作，一方面反映了笔者的所思所记；另一方面，通过注释也可以发现前面章节得以成文的某些心路历程。从这个角度来看，疫情固然不是什么好事，但又让笔者深感自己因此领悟到了许多此前多少年来都无法理解到的事情，内心可谓百感交集。

　　例如，此次疫情虽然还没有完全结束，但思及我们国家能够如此快地控制住，各行各业陆续进入复工复产阶段，日常生活也基本回归常态，这中间固然有我们国家坚强的领导核心和现行体制机制所起的作用，然而与此同时，倘若从历史和文化史的角度来看，是否还因为有某些文化基因，一直澎湃在我们中华民族血脉里呢？不得不说，这是个既复杂而又很值得思考的问题。正因如此，笔者逐渐注意和思考此前未能参透的"人文儒家"，而在前文的"导论"阐释中，则将其称为楚风和非儒传统。这一转换确实非常重要，堪称一次不小的理解和认识的飞跃。而让笔者更觉得得意的是，在此基础上，经过一番的上下求索，最终把"人文富集加速度优势"提炼出来，并将之视为一直澎湃在我们中华民族血脉里的一个尤其重要的文化基因。当然，推而言之，以此解释人类的社会性特征和人类社会发展演进的内生力量及基本态势也是可以的。

这里还需明确一点，在"导论"释出"人文富集加速度优势"时，此前有关长子文化和才子文化的论述中所含有的"零起跑"和"接力跑"这两个理念，也已经有了些微的萌发，或者说已在暗暗酝酿之中，只是过程中的微妙性不容易感知而已。实际上，"人文富集加速度优势"的释出，就是在进一步完善其中的两个模式的含蕴时演绎出来的。再加上"贤人文化"的阐释、释出和演绎，特别是之后反过来的催化，也都是很有作用的。

很显然，"加速度优势"这个理念较注重对个体成才成贤的解释，但在实际运用上，也可以以此类推来阐释一定的群体、社会和族群的演变。由此不难想见，无论是一个群体还是一个民族抑或一个国家，一旦拥有了较优的加速度优势的赋能与激发，其磅礴之势的规模效应是一种怎样的光景，更何况拥有如此巨大体量而凝聚力、执行力又这样强的中国和中华民族。如此看来，中国目前能够这样快速控制住新冠疫情，确实在情理之中了。

有鉴于此，不得不说，借助这次疫情的切身感触和觉悟，并通过撰写前面的导论把"加速度优势"这个理念释出，确实是笔者得到的一个极大的意外收获。而行笔至此，已是4月25日深夜了，思及三个多月前，多少有些恍如隔世之感。

第一节　人生的生态效应序

2020年1月31日—2月2日

"人生的生态效应序"是笔者在修订原"人生的生态效应"一章时补写的一个题解，因其可独立成文，故名之为"序"。加上最后那段文字，可用作下面几首近日创作的诗作的总序。

前面这段文字写于2020年2月23日，当时曾发给同学和朋友阅读，这里作为序时性痕迹，不妨继续留用。或许当时，笔者已开始思考和酝酿将《诗意中国》书稿中原来的前四章改写成导论了。下面选入的作品，时间截止至2020年3月21日。此时，湖北包括武汉疫情已经趋稳并开始呈下降之势了。

人生是一个很大的论题，而人生的生态效应也是如此。那么，何谓人生的生态效应呢？由于它的广度和复杂性，我们不妨这样说：人生的生态效应就是从艺术和审美的角度来审视人生。譬如：心中有海，偶尔澎湃。只要内心丰盈，诗意的波澜就会不时涌起。

其间的人文寓意是："海"是一个隐喻，指的是个体拥有的生活及其厚积和人文内在规模；"波澜"则是由此生发而来的诗意和美感。"澎湃"表达的是海水掀起的波涛的气韵，是海浪较大律动的反映，有一种雄浑壮阔之美。故人生的生态效应也可视为个体对一定群体或族群的人文惠及性影响（包括个体的自我生发能力和响应能力），而有的影响比较大，有的影响比较小；有的影响比较短促，有的影响比较深永。

有鉴于此，个体较早地做好自己的人生规划，并为此不懈地努力，所具有的重要性和意义便自不待言了。进一步说，每个人降生到世间，都必然是一定群体或族群中的分母，但要从分母上升成为其中的优秀分子，就必须必比一般人更努力地做好自己，不断地升华自己。唯其如此，个体方能从分母中脱颖而出，在作为分母中一员的同时，又是特定百分比中的优秀分子。

这些天，举国上下积极响应习近平总书记和中共中央的号召，万众一心、众志成城应对新冠肺炎疫情；看着一队队、一批批医务人员纷纷奔赴抗击疫情第一线，迎难而上，为大家，舍小家，展现出一幅幅的感人场景。不得不说，他们都是我们之中的优秀分子，而且，像他们这样的优秀分子，或台前或幕后，还会不断地涌现。这让我们更加相信，这场疫情不但不会击垮我们，反而还会把我们中华民族锤炼得更加优秀、更加强大。这既是我们的底气，也是我们民族的性格和自信。

【注】①：这篇序的写成与春节前一位同学发到同学群里的文旅作品有关。那位同学的作品有这样一个题目："面朝洱海，春暖花开"，当时随手写了"心中有海，偶尔澎湃"去点赞。春节那几天，笔者自感思路似乎有些闭塞，但还是想着给《诗意中国》那尚缺一个题解的章节写个题解。思及春节前"心中有海，偶尔澎湃"这句话，不承想开笔之后便写成了这篇序的前半部分。接着又写了下来的那三首诗，而后想了想，何妨以此作为这三首诗的一个序呢？于是加上最后那段话，便成了这个序。

这里需要特别提一下的是，3月21日创作的《中国孩子，武汉》这首诗，对笔者进一步思考、酝酿以至于产生"非儒传统"这个理念的帮助特别大。当

---

① 接下来的各小节皆以作品之名为名称，标注的时间是作品的创作时间，并且每篇下面以"注"的形式做进一步的阐释。

时正从辞章之学的角度阐释帝尧的"怀山襄陵"而"下民其咨"式的人民性和人民情怀，由于这首诗引用了帝尧历练年轻的舜时的这句话，"纳于大麓，烈风雷雨弗迷"，从而更进一步加深了对《尚书》中儒家传统所没有完整继承，但在非儒传统中却有很好继承的情感与抒情传统，以及"仁而有方"或者"仁而多方"的贤能培养方式和精神内蕴的理解和认识。

思及当下，我们不难认识到，当今的中华民族不仅有革命年代的各种革命精神；社会主义建设初期的自力更生、艰苦奋斗精神；改革开放孕育而来的现代化建设的开放与包容精神；新时代社会主义核心价值观，以及中国共产党十九大以来激人奋进、昂扬向上的使命与担当精神等；对中华传统文化的继承，也不仅仅是儒家传统，还有非儒传统，这才是对中华优秀传统文化的全面继承。

正因如此，面对这场新中国成立以来最严峻的疫情，中共中央以习近平总书记以人民利益为中心、人民至上、生命至上的价值理念为指引，果断决策，坚持全国一盘棋，领导有方有力，充分发挥我国制度优势，全面动员，展开一场规模浩大的人民战争、总体战、阻击战；武汉"封城"两天后，中国内地有病例的30个省区市迅速启动疫情应急一级响应，要求各级官员守土有责、守土担责、守土尽责，对失职渎职者严肃问责；全国人民万众一心，众志成城，举国应战，每个人都是战士，不惧任何艰难险阻和风险挑战，采取历史上最勇敢、最灵活、最积极的防控措施。一时间，来自全国各地的四万多精锐医务人员和各种医疗物资云集湖北和武汉；一方有难，八方支援，社会各方爱心力量迅速集聚；健康所系，性命相托，国家的医保和财政投入不计成本代价，改建新建医院超常规迅速建成——以至于仅10天左右分别建成火神山和雷神山两座应急医院，每1.5天新建一座、共建成16座方舱医院，根据"坚定信心、同舟共济、科学防控、精准施策"与"四早"要求——早发现、早诊断、早隔离、早治疗，使冠肺炎患者和密切接触者应收尽收、应治尽治；广大军地医务工作者甘于奉献，以生命守护生命，精细化治疗与护理，与时间赛跑，同病魔较量，无惧生死，以命相搏，无论老幼，不放弃任何一个病患者的生命；19个省份对口支援湖北省除武汉市之外的16个市州；数以万计的党员干部下沉基层，广大社区工作扎实细致有力；全国14亿人，全民自觉隔离，配合有关防控部署。这才会让我们乃至整个世界，看到那排山倒海和气势磅礴的中国精神、中国智慧、中国规模、中国伟力和人民力量，看到中国抗击新冠疫情这幅史诗画卷，在较短时间内成功控制住这场来势汹汹的疫情。很显然，这是中国历史上从未有过的高赋能结构，并且在具体应对上因时因事而制之，可谓大观识通、仁而有方、仁而多方的生动展现。实质上，这就是新时代中国特色较优加速度优势的集中运用与呈现。所以，这场历经艰苦卓绝的大考，我们合格了；而且不仅仅是合格，甚至堪称优秀！

这篇序并不是要表示笔者对战胜这场新冠疫情有什么预见性，而是笔者对我们国家、对我们民族抱有充分信心的显示。

还需要稍做说明，贤人文化最终能够释出，虽然有着非常复杂的人文内蕴因素，包括笔者许多年以来的苦苦求索，但此前写成的这个序的潜移默化的作用，应当是不可低估的；相互间的理路，读者不妨细细体味。例如，个体的优秀和先进性与个体的成才成贤，确实存在其内在的逻辑一致性；与此同时，这还使得个体的成长及其社会性与社会发展性，达成最可能大的互动性和相互促进的内在一致性，并使个体与社会之间的命运与共的共同体关系得以合逻辑性地呈现出来。而在某种程度和意义上来说，连笔者自己都觉得甚为讶异，甚至多少有苏轼代拟《王安石赠太傅制》所言的"灼见天命"的感慨。因为这是千百年来不知多少先贤一直默然相继而生生不息的中华文脉啊！更何况还可以从司马迁所言"夫《诗》《书》隐约者，欲遂其志之思也。……《诗》三百篇，大抵贤圣发愤之所为作也。此人皆意有所郁结，不得通其道也，故述往事，思来者（冀望后来者予以激活与活化）"中到佐证。

进而不难明了，在中华传统文化中，确实存在非儒传统这个文化脉络，而且其非凡的气韵和生命力也远比儒家传统浩大。这里不是要炫示什么天命论，而是在于表明，贤人文化的释出，确实揭橥了含蕴于中华传统文化中的客观存在的一个重大文化事实。用传统文化的语词来说，就是"天命之年见天命，中华之光耀中华"。概而言之，大道正行而中华民族伟大复兴正兴的国运而已。

2020年4月4日，正值传统的清明节，也是国家确定的这次疫情的国丧日。当天上午10时，全国人民默哀三分钟，向这次战"疫"中牺牲的烈士和疫情中逝世的同胞致哀。笔者当时正在家中在撰写前面的"导论"，也停了下来默哀。或许是情之所至吧，致哀结束后，心中颇有感触，于是顺手写下这首简短的《祭歌》："举国上下，清且明矣。大喜同乐，大哀同悲。"兹系于此，也算是为这次疫情留下一个印记。

第二节 卓立此春

——致敬以钟南山为代表的抗击新冠肺炎疫情的"逆行者"
2020年2月4日立春之日

> 立春时节又逢君,揽入春风花草薰。
> 常羡先贤诗意醇,何妨我辈更青春。

【注】用典是古诗词的重要特征,其作用就在于扩大语言的历史和文化内蕴,以至于价值取向或指向的维度。"立春时节又逢君"乃化用唐代大诗人杜甫的《江南逢李龟年》"正是江南好风景,落花时节又逢君"。他们相逢的时间维度正值暮春,地点是江南某地。需要注意的是,"落花时节"是一个较长时间段的指称,就如"清明时节"的时长要大于"清明节"那一天的时长那样。李龟年是唐代宫廷的大音乐家,诗中没有交代杜甫为何跟他在江南相逢,实际上他们是因躲避"安史之乱"去江南的。《卓立此春》接下来的"揽入春风花草薰"这一句,也包括对杜甫在成都时创作的《绝句》"迟日江山丽,春风花草香"的化用。

很显然,《卓立此春》对杜诗的用典或化用,有两个不尽相同的维度和价值取向:一个是时间维度,《卓立此春》是"立春时节",是早春;而杜诗是"落花时节",是暮春。另一个维度是价值维度,杜诗抒发的是他在江南遇到躲避"安史之乱"的李龟年,暗含这样的言外之意:"虽然是避乱,但还好,我们还能在江南如此美好的景色中相遇,这也是值得庆幸的。"而《卓立此春》的价值维度是从时间维度引申而来的,亦即刚刚立春，许多地方还寒风刺骨，说不上"春风"到来的时候，故而"揽入春风"就含有了主观和主动作为的价值取向了，所谓"花草薰"更是一种寄望。但这里并不在意于现实中的"花草"，而是精神上对"美好愿望"所表达的寄寓，以及对特定行为所带来的"希望"的抒发，只是艺术上借用"花草薰"（正处于冬天萧瑟状态的草木遇到春风的沐浴便变得生机盎然、芬芳扑面）来表达而已。这从一个侧面表明，艺术所表达的"真"跟人们日常生活中所指之物的实在性是不尽相同的，有其托物上的"假于物"而言之的假借性和迂回性一面，并在此基础上表达其意在言外的意蕴以及韵致、意境、情景和情致上的诉求，否则就很难称得上"艺"了。

另外，这里不是要指责李龟年和杜甫他们面对安史之乱不挺身而出去平乱，因为那个年代的知识分子，在国家和社会动荡时往往就是这样或者也只能这样。但我们由此可以意识到，当代中国人尤其是面对新冠疫情的医务工作者，无疑是迎难而上的"逆行者"，展现出了当代中国知识分子勇于担当的卓异精神风貌和家国情怀。在遣词造句上，"揽入春风花草薰"尤有这样一种精神风度和思想意味。接着，"常羡先贤诗意醇，何妨我辈更青春"，既有诗意的抒发，实际上也是对现实情形的叙事了。但"更青春"这个短语，亦有其含蕴之妙。一方面就是对时间维度的事实——"立春"比"落花时节"确实更早的凝练，另一方面则是精神维度上的含蕴，是精神上的"更青春"。也就是说，战疫情期间这些一线医务工作者代表的就是当代知识分子，他们比我们常常引以为自豪的唐代知识分子更有勇于担当的精神和家国情怀。这同时还说明，无论是一个国家还是一个民族，无论她的历史如何古老，只要她的人民不畏艰难险阻，总能保持勇毅担当的精神，拥有朝气蓬勃的活力和积极向上的生命力，她就是一个青春国家，就是一个青春民族。是以从社会主体的文化特征与价值取向来看，我们所处的时代就是贤能辈出、激情澎湃的贤人时代，因而又是充满青春活力和生命力的时代；相应地，我们的国家就是青春之国家，我们的民族就是青春之民族。

钟南山院士是当今中国乃至世界范围的名人，他在 2003 年亦即 17 年前"非典"（SARS）疫情中就做出过重要贡献。在这次新冠疫情中，他的名字更是让人如雷贯耳。春节前夕，他接到国家指示，以 84 岁高龄逆行武汉。因疫情风险，他告诉人们没有什么要紧的事就别去武汉，而他自己却毅然前往；随后，在整个武汉疫情期间，他发挥着国家高级专家组组长的中流砥柱作用。所以，《卓立此春》中所谓"又逢君"，当时主要指向钟南山院士"武汉逆行"的维度。但正如后来广为人知的那样，除夕之夜，不少医务人员就已星夜向武汉驰援进发了。这也是这首诗歌采用副标题的重要原因。而今不时想起这些情景，还常常情不自禁地热泪盈眶。尽管这场战疫情行动没有硝烟，但他们却是以身许国，为我们国家、为我们中华民族去拼命啊！又因这首诗刚好创作于2020年的立春之日，是以名之曰"卓立此春"。

这里有必要提及，钟南山院士虽然是当代知识分子，他讲的一句话却很有文化和历史底蕴，这就是"武汉是一座英雄城市，相信它一定能够挺过来"。在最艰难的时刻，这样的精神激励无疑是非常重要的，也获得了许多人的共鸣和点赞。所谓"医者仁心"，并不仅仅体现在医术上，还包括精神上的人文关怀和激励。笔者当初创作这首诗以及接下来的诗作，这种理念的秉持显然是一以贯之的。

新冠疫情期间，有位学者写了一篇文章，说钟南山院士是一名岭南耿介之士。窃以为是。耿介者，风骨也。而后人们常说，他是国士无双。窃以为是。笔者年轻时曾对钟南山院士略有耳闻。三十多年前刚毕业出来工作，单位有位同事跟他是北京医学院的同学。有时周末，那位同事和单位的其他专家会去跟钟南山交流一些学术和工作经验。有一次，他们回来后进行讨论，笔者刚好在一旁，听着好奇地，便问钟南山是什么人。那位同事郑重其事做了简单的介绍，表情很是敬重。因为那时，他已经是国际上名气不小的呼吸道疾病方面的专家了。从此，笔者心目中有了这是一位很让人敬佩的"牛人"的印象。可惜自己学的不是医学专业，不然就有机会跟同事们一起去见识一下他的风采了。说实在的，在某种意义的精神启蒙上，这或许多少有些"盈盈一水间，脉脉不得语"的况味？又或是一粒种子对天空中无意洒下的雨水的感恩？

第三节　战荆州

——致敬驰援荆州抗"疫"的广东和海南医务工作者

2020年2月19日

粤海精英战荆州，肆虐疫情一时休。
楚天云冷黄鹤泣，南国意暖汉江流。
关山千里急飞度，赤诚报国争上游。
且待鸣金凯歌日，与君同庆慰神州。

【注】荆州是一座古城，因《三国演义》描写的"刘备借荆州"的故事，在

中国可谓家喻户晓。现在的荆州市隶属湖北省,与武汉市紧紧相连,在这次新冠疫情中是广东和海南两省对口支援的地方。实际上,自除夕之夜起,在国家的统筹安排下,广东已开始派遣医疗队星夜驰援武汉了;之后还陆续派出一批批医疗队驰援武汉和荆州,共计近二千五百人。

  创作这首诗时,正是湖北和武汉的疫情吃紧的时候。而就在前些天,我们单位也有同事奔赴荆州一线。记得当时送一位同事下电梯,跟她说:到战疫一线去要注意做好个人的防护,毕竟那里现在是疫区,而且只有这样才能做更多的工作。同时也要好好珍惜,虽然到一线去很凶险,但这不比平时,这是参加国家行动,对人生而言也是一个很光荣的时刻;而人生也因此有了国家层面的意义,因而要好好努力,好好展现自己的能力和才干。祝愿你们都平平安安胜利归来!其实,这么重大的疫情突然袭来,虽然我们身处广州,但不仅我们单位,甚至整座城市都显得很是凝重,是以跟同事话别时本来要讲一些激励的话,语义上还是免不了有些沉重。但无论如何,所有这些都成为创作这首诗的重要背景和生活基础。

  说实在的,笔者是不擅长写七律这种古典诗歌体裁的,只是当时想写点什么就开了个头,然后又想到毛泽东的《七律·长征》,故而接下来的个别地方,在遣词造句上有相仿佛之处。例如诗中的"冷"、"暖";又如"关山千里急飞度",如果把"关山千里"改成"万水千山",可能就更让人熟悉了,在对仗上或许还会更好些。但最终还是选用了"关山千里",因为这样跟"急飞度"连起来,气韵上更顺畅,更能够增添语境上的急迫感。这或许就是古典诗词创作中比较注重的"不以词害意"所讲的道理吧。

  总的来看,诗歌中含蕴的首先是对红军长征精神不畏任何人间困难险阻而敢于胜利、善于胜利的传承,同时也是战疫中展现出来的新时代红军长征精神。继而,与红军长征精神有所不同而更主要表达的,就是新中国在和平年代"一方有难八方支援"的人民情怀和国民精神。但我们需要清醒认识到,这些都还不足以完全凸显我们国家对于抗击这场新冠疫情特有的精神内蕴。习近平总书记在会见世界卫生组织总干事谭德赛时讲了一句话:"中国政府把人民的生命安全和身体健康摆在最高位置。"而贯彻落实到具体的行动中,或许就如广东支援湖北荆州医疗队前方指挥部总指挥黄飞所言,我们行动的一切就是为了"救人、救人、救人"。

  当然,荆州不是武汉,荆州也不能等同于湖北。但作为一种文化符号,就像黄鹤楼之于荆楚大地那样,荆州的文化符号意义仍然是不可低估的,"汉江"或

"江汉"也是如此。故而这首诗虽然写的是"战荆州",在某种程度和意义上也蕴含着在武汉和湖北战新冠疫情所可以互见的共性和共情,就如前面所言的"救人、救人、救人";或如当时广为流传的"白衣执甲,披坚执锐"等,都有其内在的共情和共性意义。这应当是符合艺术审美广义化所允许的尺度的。这还从一个侧面说明,文化或文化的潜能不能过于功利地看待;平日里,我们可能不觉得她有多大的意义,但在关键时候,她却是我们精神上的重要支撑和人文底气的重要所在,是一个民族一时间得以爆发出较优加速度优势的重要力量来源。

而让笔者始料不及的,因为《战荆州》这首诗用了"黄鹤"这个典故,是以随后进一步对崔颢《黄鹤楼》一诗之于后世的人文惠及性影响进行思考,并因此提炼出"崔颢之问",继而用来考察李白和苏轼的有关作品。这才渐悟到,这三位历史上的著名先贤,居然有过那样一场刻骨铭心的精神纠结。套用孟子的话来说,可谓"深其源而左右有逢焉"①。很显然,这些温故而知新所得到的感悟,进而为贤人文化的阐释提供了殊为难得的历史人文滋养。推而言之,从文化史与文化学的角度来看,如果要问这次战疫情过程中所集中体现的中华传统文化是什么,笔者认为莫若如中华传统文化中的贤人文化,尤其是其中的爱国主义精神、同呼吸共命运的国家命运共同意识以及与人民同忧乐的人民性与人民情怀。在这里,许多人都找到了自己的"心安之地",并为此感恩和感动不已。从这个角度来看,新冠疫情固然不是什么好事,但客观上却锤炼了我们这个民族进一步走向成贤的成长和强大。

同样有意义的是,这次战疫情还有助于我们对某些中华传统文化进行思考和升华。例如,如果对《论语》较为熟悉,我们就会发现其中既有"见义不为,无勇也"②的名言,又有"危邦不入,乱邦不居。天下有道则见,无道则隐"③的申说。那么,这是怎么一回事?这时我们不得不说,孔子的思想有其需要进行系统性梳理的必要,有的甚至不乏其历史局限性。同时还需要考虑到,孔子所处的春秋时期,国家治理体系仍然属于领主分封制的邦国体制,与秦汉之后大一统的郡县制国家治理体系,显然有较大的不同。这样,孔子拥有的天下观和国家命运共同体意识与精神情感还有较多客观的政治藩篱,也就不足为怪了。正因如此,人们在邦国小社会观和国家大社会观面前,有时难免会遇到这样那样的思

---

① 《孟子·离娄下》:"资之深,则取之左右逢其原。"
② 《论语·为政》。
③ 《论语·泰伯》。

想、情感和理念的纠结，这也实属正常。这些应当是我们理解、解读乃至于接受儒家理念时需要注意的地方。而有了这样的认知，我们便不难发现，儒家传统的出路与非儒传统的价值取向其实是趋同或一致的。例如《礼记》记载的"大道之行"思想，就可视为儒家传统的各种思想理念的最终出路，也因此与非儒传统的人民性和人民情怀达成最大的重叠和交集。

这从一个侧面说明，做一名毫无作为而默默无闻的人并不难；而要做一名贤人或者大贤，就必须拥有必要的思想觉悟，拥有较好的整体观和系统思维，拥有较高的文化站位、历史站位、社会站位和政治站位。但是，我们也不宜对历史人物责备求全，既不一是而尽是之，亦不一否而尽否之，道理说清楚了就好，应有后来者乃站在先贤肩膀上的气度和眼量。另一方面，这反而反映了楚风和非儒传统确实有其弥足珍贵的地方，因而值得我们善知之、生生之、善善之、美美之。相比之下，今天我们中华民族拥有如此勇毅与自觉担当的精神面貌和如此深厚的家国情怀，难道不是更值得我们自豪的吗？是以仅此而论，已经足以"与君同庆慰神州"了。

第四节　南山吟

2020 年 2 月 21 日

随着新冠肺炎疫情战役的迅速展开，"南山"已经不仅仅是一个人、不仅仅是医务工作者，而是一个拥有相同情怀并涵盖范围广泛的巨大群体了，故咏之。

> 东篱可采菊，南山不欲归。
> 非关名与利，心有苍生泪。

【注】《南山吟》这首诗是疫情期间与一位同学交流时随手写下的，而后觉得这对一线战疫情医务工作者和各类社会参与人员来说具有群体意义，于是又珍重起来。让笔者始料不及的是，为了阐释贤人文化，转而转向陶渊明的有关作品，竟然得来如许的解悟。笔者甚为感动和感慨，大有惠风和畅、阴霾尽去而天朗气清之感。甚至可以说，因为这场新冠疫情战役中的因缘际会，笔者居然终于参悟出中国思想史和文学文化史这段旷世情缘。这是一种怎样的幸运啊。或许就如天空无意洒下的一滴雨，竟然让一粒正需要它的种子遇上了吧。相应地，评价陶渊明的思想和文学与文化地位，也有了更客观和确切的价值尺度。

对于陶渊明，笔者的感受正如武汉湖北疫情处于关键时期网上流行的一句话那样："世上没有从天而降的英雄，只有挺身而出的凡人。"而他们有的"在家里原本还是孩子，但穿上防护服就是战士了"。就这样，一时间，他们都成了国家的儿女，都成了手足情深的中国孩子。往事越千年，陶渊明未尝不是这样，只是他把历史、哲学、文化和文学领域当作自己的战场，在自觉成贤的路上，不仅升华了自己的人生和生命价值，还使自己一举成为念兹在兹、手足情深而可久可大的中国孩子。

更有意义的是，陶渊明当时的"南山之见"所隐喻的人民情怀和人民群体，尤其是后者，今时今日已经不再靠谁的恩赐来生活了。他们不仅靠自己的努力来创造自己的生活，而且靠自己的努力来共同维护与守护自己的生活。如果从较大的历史尺度来看，他还让我们更加确切地看到，中华元典和中华传统文化中一直都存在着一种堪称人民性和人民情怀的传统，而且这种传统主要隐含于非儒传统之中；但另一方面，它又一直在历史上过于尊儒的政治生态中受到弱化。当今人民的这种国家主人翁和社会主体地位的获得，实属不易。历史上，既有不少先贤努力去维护这一传统，也有不少人（有的甚至不能说不是贤人）在自觉或不自觉去遮掩这一传统。由此我们不难理解，范仲淹在《岳阳楼记》中为何如此慨叹："噫！微斯人，吾谁与归！"

在中华文脉的历史传承中，人们比较偏爱用朝代的粗线条来叙事。这几乎成为一种习以为常的传统。而依据精神情感的脉络来加以阐释，则常常是阙如的。在前文的贤人文化的阐释中，除了这种习以为常的传统之外，我们还看到了另外一种超越朝代史的隐性传统，这就是延绵不断的贤人文化和精神情感的成贤与贤人传统。但毋庸讳言，寓于其中的人民性和人民情怀变得越来越弱。

导致这种变化的原因无疑是非常复杂的，其中一个重要原因应当与诗词歌赋的叙事对象的变化有很大的关系，具体上表现为两大倾向性变化：其一，A类变化，叙事对象越来越倾向于个人或私人精神情感的叙事；其二，B类变化，亦即社会叙事、历史叙事、思想和文化叙事相对地变得越来越少。以此来考察汉朝至魏晋南北朝，诗歌的总体数量虽不算多，但B类作品的比重是比较大的。相比之下，无论是唐五代和宋代，A类作品都要比B类作品多得多。这说明个体主义的审美活动与审美需求越来越普遍，社会群体和族群的价值取向的审美活动与审美需求则越来越趋向于弱化。如果我们说这是汉武帝独尊儒术的结果的话，难免有人会问，为什么这种情况不是出现在汉代，而是出现在唐宋？或许要作如是观：文化的变迁往往是渐变性，而且，即使是唐宋，儒家的思想理念和儒家传统仍然起着主导性的作用，例如维护帝制政治及其权威的儒家礼制和皇权继统制的君父主义中，就是儒家的思想理念和儒家传统起着决定性的主导作用。

当然，除了这种粗线条的描述之外，我们还需注意的是当时社会人文环境与人文风尚的变化。例如汉代最著名的学问，汉初，鉴于秦朝焚书坑儒的影响，对典籍的收集和整理就是一项非常重要的工作。与此密切相关的是，除了所谓的今文《尚书》之外，还出现了篇幅上远大于今文《尚书》的古文《尚书》。但汉代的显学主要还是对《春秋》的注疏与传授，并且出现了两个系统，一个是《春秋》之《公羊传》《谷梁传》，一个是董仲舒的《春秋繁露》。相对而言，前者比后者著名。除此而外，《诗经》学和《易》学也都有所发展，但受最高统治者的偏好和儒家思想理念的思维定式的制约和牵制则是显而易见的。从结果及其对后世社会的人文惠及性影响来看，司马迁所著的《史记》、班固所著的《汉书》以及许慎所著的《说文解字》应当是最大的。唐宋诗词的繁荣和叙事对象的变化，则与诗词在个人的科举考试和声望的取得中的作用有着密切的关系。从中不难发现，一方面，非儒传统的撂荒皆与统治者的偏好有莫大的关系；另一方面，诗词歌赋叙事对象的变化与统治者偏好的变化也有着密切的关系。

让人饶有兴味的是，在《红楼梦》一书的角色设计中，秦可卿可谓令人印象深刻，在精神层面她是警幻仙子之妹，在现实层面她却是其养父秦业从养生堂收养来的孤儿，后来嫁入贾府。在贾府中，她不仅病因备受猜疑，其死亡实际上也是被一群庸医乱开药方导致的。如果从大文学观的角度来看，秦可卿的历史人文内蕴应当与贾谊的命运及其文学文化的贡献有着较为丰富的关联。换言之，如果把她当作一个隐喻的话，秦可卿的命运所蕴含的贾谊人文底蕴的维度，意味着汉初比较好的文化开端，尤其是现实政治生活中的"与人休养生息"政策；但最后却被一群接一群的"庸医"给医死了。这让人在慨叹《红楼梦》作为一部文化小说之文化学含蕴之深、叙事方式之奇特的同时，未免也深为叹惋。当然，这中间应当还隐含着《红楼梦》作者对"秦亡"原因的独特见解，亦即不仅仅是贾谊所言的"仁义不施"，根本上还在于秦朝的"刻薄寡恩"和无情。这不仅反映在秦朝将民众改称"黔首"之名上，对朝廷的重臣和三公九卿亦复如此。

此外，《红楼梦》中还有一个重要的角色设计，这就是自小命运多舛的"香菱"。她的乳名叫"英莲"，是乡宦望族甄士隐家的女儿，年方三岁就在元宵节看花灯时被人贩子拐走，稍大之后被卖。在被卖的交易中，经过一番争抢，落入薛蟠之手，成为他的小妾；而"香菱"之名则是薛宝钗所起。奇妙的是，考虑到《红楼梦》一书惯用的谐音笔法，所谓"香菱"者，笔者曾百思不得其解，却因前文追溯人民性和人民情怀的历史典籍之起源至《尚书·尧典》时，才豁然悟到它竟然源自帝尧"怀山襄陵"而"下民其咨"之喻（此前朦胧中曾对此有所揣测，因理不顺其中要义而作罢）。故其判词中所谓"根并荷花一茎香"，实与楚风亦即"潇湘妃子"黛玉存在着密切关系。作为还泪而来的"绛珠仙草"的角色，黛玉的文化蕴藉的维度，其中非常重要而且显而易见的，就源于屈原《离骚》中的名句："长太息以掩涕兮，哀民生之多艰。"

至《红楼梦》第四十八回，便叙述了香菱跟随黛玉学诗的情景。香菱说很喜欢王维《辋川闲居赠裴秀才迪》之句："渡头余落日，墟里上孤烟。"黛玉则直接指出这是套用陶渊明《归园田居》其五之"暧暧远人村，依依墟里烟"。一方面，这显现了陶渊明与王维之间的前后相继的人文惠及性影响关系；另一方面，诗中意境所展现的乃是源自陶渊明自身生命意识深处对生活、对社会、对人生的诗意审美，并且在一定意义上反映了陶渊明的人生所具有的"香远益清，亭亭净植"之美，而不应误解他是不食人间烟火的逃避或隐逸，不然又何来"暧暧"、"依依"之情呢？而这未尝不是黛玉或《红楼梦》作者之"南山之望"和"风骨之忧"更为深潜之思的告白与显示。故"香菱"之名，后来被薛蟠所娶的一天不"闹妖"就无法过日子的夏金桂改成"秋菱"，可谓是意味深长。

《庄子》中有这样一句话："儒以诗礼发冢。"① 话虽说得有些刻薄，却反映了儒家某些重要思想理念的根底和来源。而通过前文的阐述我们不难明了，《礼记·礼运》所阐述的"大道之行"说中的"小康社会"，就源于《诗经》"民亦劳止，汔可小康。惠此中国，以绥四方"②。而所谓的"大同"理念，"故人不独亲其亲，不独子其子；使老有所终，壮有所用，幼有所长，矜寡、孤独、废疾者有所养；男有分，女有归。货恶其弃于地也，不必藏于己；力恶其不出于身也，不必为己。是故谋闭不兴，盗窃乱贼而不作"，可视为源于《信南山》以及相类篇什所做的进一步抽象和发挥。同时，又因其与《尚书》之《尧典》和《舜典》的人民情怀和精神情感蕴藉相承接，故千百年来，它也成为儒家最具号召力的社

---

① 《庄子·外物》。
② 《诗经·大雅·民劳》。这里需要注意的是，先秦或者说周秦之际的许多典籍文献，是当时诸子百家所共有的历史文化遗产，并非专属于儒家。后来所做的过度儒家化的解读，难免有失文本的原意，或者对于原意有所曲解。这在某种意义上说明，汉河间献王刘德（汉景帝刘启第三子）提出"实事求是"的方法，可谓意义重大，无奈在汉武帝尊儒之下被淹没。这让人觉得历史的轨迹有时确实显得有些诡异，其表现为看似取直而实曲，或者看似取曲而实直，可谓充满了作用力与反作用力同在的历史辩证关系。

会学思想和价值理念。这从一个侧面说明，司马迁所言"《诗》《书》"之"述往思来"说，诚为信实之言。

如此看来，陶渊明在《归园田居》之所谓"少无适俗韵，性本爱丘山。误落尘网中，一去三十年。羁鸟恋旧林，池鱼思故渊"，实际上就是他自觉成贤之心路历程的写照，亦即所谓"性本爱丘山"指向的其实就是他的儒家之学，但也因此虚耗了不少的青春年华；所谓"池鱼思故渊"者，反映的是他辞官归园田的人生价值取向乃效法颜渊之安贫乐道，以弄清楚中华文脉的根本所在。而基于他的博大精思，最终有"南山之望"和"风骨之忧"的精辟见解也就不足为奇了。

综上所述，在中国思想史和文学文化史上，陶渊明的地位无疑是非常突出的。但令人遗憾的是，长期以来，这一点却一直没有被比较透彻地阐述出来。如果说这是因为存在着什么缺陷的话，那应当就是缺乏相应的大文化观、大历史观和大文学观，因而过于孤立地看待和阐释陶渊明的有关作品，并使得阐释者常常处于"矮人观场"的处境而不自知。这难免让人唏嘘不已。

笔者以前读《易传》，每每读至"圣人南面而听天下，向明而治"，总以为"南"指的是南方的大火星（朱雀），"向明而治"则由此引申而来。于今看来，这未尝不可视为其中的一个维度，但此外应当还可以加上陶渊明所指向的"信南山"之喻——对人民的人民情怀和人文关怀；进而还可以增加其历史人文底蕴，亦即加上陶渊明的"南山之望，风骨之忧；有之则兴，无之则衰"的思想理念。而思及当下，实可谓"南山可见"了。其意义正如前文所言：大道正行而中华民族伟大复兴正兴！

第五节　江城行

2020 年 2 月 22 日

武汉又称江城，"行"乃乐府文体。当爱面对那么多深爱之时，托物以言未尝不是一个方便的办法。

江城有名花，而今仍幽独。
嫣然难相近，乃因罹疫毒。
凄怆风雨中，泪目不欲哭。
天姿犹楚楚，愿汝早康复。
寄语端午日，凌波龙舟渡。

【注】"江城有名花"的笔意,最初缘于得知孙春兰副总理作为中央指导组组长自春节以来一直坐镇武汉。具体而言就是此前看央视新闻报道,国务院副总理孙春兰出席武汉肺炎疫情全面排查动员会,有一句话尤其让笔者印象深刻:"要以战时状态落实落细各项防控措施,……战时状态决不能当逃兵,否则就会被永远钉在历史的耻辱柱上。"心中感觉,这确实是在关键时刻非常有力的一句关键的话,可谓掷地有声,铿锵有力。临驭大事,非此不可。实际上,新中国成立以来,应对重大灾难时由中央派出如此高等级的工作组坐镇当地,即使不是绝无仅有的话,也是非常罕见的。这很好地体现了中共中央对湖北和武汉新冠疫情的高度重视,以及所采取措施的力度之强。笔者在脑海中便油然生出这样一句话:江城有名花!

奇怪的是,这句话在之后一段时间总时不时萦回于脑海中。2月22日这天,刚好是周六,想起苏轼在黄州时曾写过一首咏海棠诗,但内容已经记不起来了,随后上网查询,才又明了这是苏轼自怨自艾有才难嫁时所作的一首诗①。而出乎意料的是,苏轼咏海棠这首诗虽然与自己所想创作的并不合拍,但其中的语词却甚堪采用,以至于有预先准备好的感觉,例如其中的江城、幽独、嫣然、凄怆、天姿等。就这样,以"江城有名花"作为首句,采用"行"的文体,"而今仍幽独"便脱口而出了,接下来也很是顺遂。但最后两句写出之前,总觉得意未能尽,忽然想起曹植的《洛神赋》②以及此乃荆楚大地和屈原的故乡,这才得到"寄语端午日,凌波龙舟渡"这一联做收结。这时,这"名花"在具体上是什么花就不重要了,是"名花"就好,因为香草美人本来就是中华诗词文化的传统抒写对象。艺术手法上则是采用传统的托物抒情的拟人化写法,赋比兴兼用,是以人、花、城三厢交互辉映,浑然一体。

需要特别解释一下的是"泪目不欲哭"这句诗,它实则缘于央视采访中山三院护士朱海秀,让她跟家人打声招呼,她却不敢对着镜头,而是说:"我不想

---

① 苏轼《寓居定惠院之东杂花满山有海棠一株土人不知贵也》:"江城地瘴蕃草木,只有名花苦幽独。嫣然一笑竹篱间,桃李漫山总粗俗。也知造物有深意,故遣佳人在空谷。自然富贵出天姿,不待金盘荐华屋。朱唇得酒晕生脸,翠袖卷纱红映肉。林深雾暗晓光迟,日暖风轻春睡足。雨中有泪亦凄怆,月下无人更清淑。先生食饱无一事,散步逍遥自扪腹。不问人家与僧舍,拄杖敲门看修竹。忽逢绝艳照衰朽,叹息无言揩病目。陋邦何处得此花,无乃好事移西蜀。寸根千里不易致,衔子飞来定鸿鹄。天涯流落俱可念,为饮一樽歌此曲。明朝酒醒还独来,雪落纷纷那忍触。"

② 曹植《洛神赋》:"凌波微步,罗袜生尘。……含辞未吐,气若幽兰。"

第六章 卓立此春

哭，哭花了护目镜没法做事。"在家里还是个孩子，做事时却如此懂事认真，如此专注当下最重要工作，这种敬业精神让人感动不已。"泪目不欲哭"就是从这个情景中转化而来。至今不时想起当时的情景，仍禁不住热泪盈眶。这次全国驰援湖北的医务工作者，女医生、女护士占比特别多。这也让笔者想起钱锺书赞扬杨绛的这句话："最贤的妻，最才的女。"平日里，她们在家中何尝不是要么是"最贤的妻"，要么是"最才的女"；或者既是"最贤的妻"，又是"最才的女"。三八国际妇女节那天，在单位的微信群中，笔者把这些话发给了正在荆州一线的同事们。正因如此，"江城有名花"也获得了更丰富的含蕴。

平日里他们是我们熟悉的平凡人，在重大灾难面前却挺身而出，所展现出来的意义无疑是非凡的。故而后来救援队离开湖北时，人们说了这样一句话："谢谢你，为湖北拼过命！"这确实再精准恰当不过，以"英雄"称呼危难时充满人性光辉的人，方可堪其重！在装备上，和平年代的英雄与战争年代的英雄确实各有不同，但行为的实质却是一致的，他们都是以身许国。

湖北武汉战疫情中的诸如此类的动人场景，在多大程度上激发了笔者后来对贤人文化的阐释，显然是无法说清的。但是可以说，正是她们使得"由才而贤的人生成长历程"这种理念和判断具有了现实的可证性。不但如此，这次战疫情还表现出这样一种具有社会学意义的群体成长模式：一代人领着，一代人跟着，一代人经历风雨的淬炼，又茁壮成长起来了。过去是这样，今时今日更是这样，从而成为我们中华民族成长的一种基本模式。如果说这有什么独特性的话，那就是他们既是新时代的英雄，又是新时代的贤人。

另外，还需要说明的是，创作这首诗时，正处于武汉疫情的至暗时刻。正所谓"气可鼓而不可泄"，是以写出"寄语端午日，凌波龙舟渡"，才觉得于心稍安。至于端午、龙舟，作为文化符号，皆与荆楚大地的孩子屈原有着浓厚的人文关系。说实在的，在当时的情形下，谁也不敢保证疫情能够那么迅速控制住。最后这联诗，更多是一种祝愿与期盼，希望武汉能够在端午节之时，复原从前的矫健体魄。

在中华文明数千年的历史长河中，武汉地处腹地，天生就是一座具有大文化气韵和大文化格局的城市，故而又有大武汉之称。九百多年前，苏轼在湖北黄州写成著名的《赤壁赋》，吟咏出"东方之既白"这一名句，也可以拿来诠释这个古老而年轻的地方。它意味着，这是一方洒满温柔曙光的土地，这是一座充满希望之城。同样，他那"莫听穿林打叶声，何妨吟啸且徐行"的名句，所蕴含的"风有风精神、雨有雨精神"的精神气度，也可以用来诠释武汉这个中国孩子的强健与无畏。是以武汉这座英雄城市，既有历史上的精神维度，又有现实中的精神维度，更有文化上的精神维度。

收笔时正值五一假期，花儿正艳；平芜尽处，春山渐远。细细想来，此春实属不易，却也卓尔不凡。而经历过这个春天的人们，无论距离远近，或感动，或躬行，或惆怅，想必没有谁枉此一行。

第六节　庚子木棉歌

2020年2月26日

顾盼而波颜如酡，一树新红向天歌。
粤卫医者排山过，荆州英勇驱瘟魔。

【注】创作这首作品时，广东还在继续派遣医疗队和各种医疗物资驰援湖北。而根据新闻媒体报道的数据，笔者的感觉是，此时的疫情控制就如早春草色，已露出看似淡然却已有几分真如的曙色，是以心中不能说已无沉重之感，却生出了淡淡的喜悦。但在这关键时刻，谁也不敢有小小的松劲或出现什么样的粗心大意；相反，再加一把劲才是正路。

正是基于这样的心理原因，这首作品虽说是一首抒情诗，情是基调，却显现出一种昂扬向上的精气神。"顾盼而波颜如酡"，表达的是木棉花在春天盛开时的颜色和春风沐浴下的醉人心魂的情态。"一树新红向天歌"，则以木棉花充满朝气和积极向上的生命气息，寓意这次新冠疫情战斗中，新时代共产党人响应中共中央号召，以冲锋的姿态刚毅直前，从而展现出气壮山河的气魄和先锋模范作用；既有革命者的精神气概与豪迈的家国情怀，又有爱国主义和英雄主义有机结合的爱国英雄主义，因而有其独特的形象意义和生动的画面感。第一句与第二句之间，实际上是前后有机联动和互为关照的。但是，这毕竟是依据当时的背景和语境所做的设喻，是隐含性的，只有这一联而没有下一联，其情感色彩和价值向度就仍然是模糊的。

很显然，这里不是要说这首诗写得有多好，但对笔者的创作实践而言它确实是一个新的提高的体现。为什么这样说呢？因为无论是绝句还是律诗，由于文体简短，都要求言辞凝练简洁，要在这样非常有限的结构中使用比兴，无疑是很考验人的。而这首作品几乎是在很自然的状态中使用了比兴的笔法，具体来说就是作品的第一联。表面看来，第一联似乎只是写物，实际上却因其蕴含着设喻以及拟人的运笔，对于下联有着起意的铺排，亦即要表现出已有立意和意在言先的先导作用。但是，如果下联的语义和气韵接不上来的话，也是很被动的；反之，若能接上，因为它对上联具有反观与诠释的作用和意义，整首作品就会显现出意蕴相贯、严丝合缝的美感。是以上下联之间虽然语义和象征隐显不一，实则同气相求、浑然一体。

而通过这次创作实践，笔者深深感受到，如果仅局限于个人精神情感的抒发，而不是面向现实社会中的火热生活，要创作出这样的作品无疑是不可能的。这在某种程度和意义上说明，通过更多的现实实践而不是局限于理论和理念，"行可为师"不仅是可证的，在具体实践上还会从中受益，得到"原来如此"的心得体会[①]。

其实，在这首作品最终成形之前，还有一个小曲折。第一句原本是"目眇而波颜如酡"，而后一想，虽然自己理解"目眇"的原始语义并非后来通常所说的"眼瞎"，而是愁思等情感状态下"泪目"所造成的"泪眼模糊"的写照，但还是有所顾虑，故为了避免"险词"（用词过于险僻）带来的不必要的误会，便改成更通俗和常用的"顾盼"。而这样一改，反而显得更自然了。这也可以说是一个意外的收获。

但更大的收获在于"目眇"这个词。该词出自《湘夫人》，笔者转而对《湘君》和《湘夫人》做了进一步的思考。此前虽然也认识到，在《红楼梦》的角色设计上，黛玉那"爱哭"性格中蕴含着屈原"长太息以掩涕兮，哀民生之多艰"的人民情怀及其文化维度，同时也认识到了宝玉和黛玉之间其实是一场精神情感之恋，他们两人没有达成最终的婚嫁，也在作者的思想理念的逻辑之中。黛玉只是因其使命而生、因其使命而来，使命完成就是她最好的归宿。但那时的思考还是局限于《离骚》那两句诗上。再经过此番思考，更加确切地理解到，黛

[①] 说一千道一万，笔者倒很是希望行文中多少能透露出《诗经·秦风·无衣》的精气神和无所畏惧的气息："岂曰无衣？与子同袍。王于兴师，修我戈矛。与子同仇！岂曰无衣？与子同泽。王于兴师，修我矛戟。与子偕作！岂曰无衣？与子同裳。王于兴师，修我甲兵。与子偕行！"因为从媒体和同事们的偶语中得知，无论是武汉还是荆州抑或湖北其他地方，疫情早期，各种医疗物资是非常紧缺的，以至于他们赶赴到当地时，需要跟当地的医务人员共用出发时带去的物资，尤其是口罩和防护服。而此前，许多当地医务人员是相当于在病毒中裸奔的。故所谓"以身许国"，其实毫不夸张。也正是全国各地四面八方驰援而来的医务人员抵达后，当地的医务人员才稍有休息时间。每每想及此情此景，就无法不为他们为我们国家、为我们民族舍命相拼而热泪盈眶。是以总觉得自己的笔力远无法表达其力度和烈度，并且因自己的无力感而常常心有不安。

玉和宝玉之间的精神情感之恋，其文化意蕴更是指向于尧舜之间的精神契约，而这同时也是屈原《离骚》中所谓"美政"的指向所在——尧舜之世时无论是作君的还是作臣的，皆注重和自觉遵循其德位相配的政治法度和政治理想。故所谓"宝黛之恋"，实际上就是《红楼梦》作者将《湘君》和《湘夫人》这两首屈原的作品，借助小说的文体再做角色化的设计与刻画，从而将中华元典以及有关的非儒传统蕴于其中并加以演绎，试图让读者理解到，在中华传统文化中，除了儒家传统，还有非儒传统，而后者更加珍贵。正是基于这样的理解和再认识，前文的非儒传统理念的确立得到了更为坚实的典籍文本的支撑。这不禁让人慨叹匪夷所思，同时也对《红楼梦》作者的天才和奇思妙想产生深深的感佩。

在某种意义上可以说，早在两百多年前，《红楼梦》的作者冒着身家性命不保的风险，已经开始了中国近现代化的思想启蒙，为中国社会和中华民族走向伟大复兴做了自己最大可能的工作。尽管作品蕴含的思想和价值指向过于隐晦而不容易让人理解，但长期以来我们主观的努力有所偏颇，造成对其理解不到位，甚至远远不够，还是令人遗憾和需要检讨。值得庆幸的是，作者和《红楼梦》书中的思想光华，毕竟还是冲破了重重迷雾，如晨曦一般照射了出来，而且正当抗击这场来势汹汹的新冠疫情时，奇迹一般地得到了揭橥。这或许就是时代风云际会具体而微的表现吧，又或如辛弃疾所言"我见青山多妩媚，料青山见我应如是"，有其相应的客观主动与主观主动的内在逻辑和辩证统一。是以笔者有"天命之年见天命，中华之光耀中华"的感慨，进而更清晰地意识到，我们当下正逢大道正行而中华民族伟大复兴正兴的国运！两千多年前老子曰"祸兮福之所倚"，此正其所谓了。这还从一个侧面表明，中华文化是一种蕴含着较优加速度优势的文化。

今年是农历庚子年。对近代中国而言，庚子年是个带着耻辱印记的年份。但众所周知，一百多年前，武汉不仅是近代洋务运动的重要发源地，同时也是中国现代革命的首义之城。经过无数先烈浴血奋战，七十年前，中国人民建立了自己的新中国——中华人民共和国。经历了前期的社会主义建设和四十年前开始的改革开放，我们取得了举世瞩目的辉煌成就。这是谁都无法否认的。这时，如果谁还以为当今的中国依然是一百多年前的中国，用当下流行的俗话来说就是：那他大概是脑子进水了。

谁也无法预料的是，恰逢庚子年的2020年，正值春节，我们却遭遇了这场来势凶猛的新冠肺炎疫情的骤然袭击。毫无疑问，这是一场大考。在这场大考中，大家都迎难而上，不畏任何风险挑战，没有谁临阵退却，因此得以迅速控制住疫情，成功渡过难关。所以，在这场大考中，我们合格了，甚至堪称优秀！我们足以自豪地告慰这古老的神州大地，足以自豪地告慰那些曾经浴血奋战的无数先贤先烈，足以自豪地告慰我们伟大的祖国母亲了！不因为什么，只因为我们都是拥有共同精神情感的中国孩子。

第七节　探花辞

2020 年 2 月 27 日

> 踟蹰向南园，问花红未了？
> 灼灼孼其华，春寒应已少。

【注】诗中所言之花，是广州市市花木棉花。木棉是一种乔木，树形高大，性喜光照，近观时往往需要仰视。一般而言，若连那些光照没那么充足的古木棉树都盛开了，倒春寒的天气就比较少了。故在物候上，木棉花实乃广州地区的标配，有一种天然的亲和力，是生活中的邻居。

在一个共同的时空下，人与木棉树生在一起，长在一起。每当过完春节，人们就会不禁想起，那邻居的孩子又要盛装出来与大家见面了。而且，无论是清晨的晨曦中，还是傍晚的雾霭里，抑或是绵绵的春雨下，她都那样美艳动人。由于身材健硕，朵儿酡红，春天总是被她捧得很高、很高；又像在很高的地方挂出来的灯笼，一时间春天都给她照亮了。不了解的人难免以为她太自炫，仿佛春天只有她家才有似的，心里有些不爽。但这也是没办法的事，因为她是天生的。况且，她既没有矫情，也没有娇气，落落大方，很有一番巾帼英雄的大格局、大气度。只要你喜欢，随时随地，你都可以看个够。

今年不比以往。这首诗写成之前的一段时间，很多人还在居家办公，或自行居家隔离。而我们单位，有的人正在支援上级部门的疫情控制工作，有的人已经驰援湖北荆州，有的人则留守值班。

这段时间，平时很热闹的一座城市，显得出奇安静，安静得令人心生忐忑。路上行人稀少，宛如一座空城。故得空时，偶尔会到附近一个地方看木棉花。想想平常年份，在这"吹面不寒杨柳风"的时候，四处可见赏花人，正怡然自得，人花竞美，黄发垂髫，和谐共生；而眼下如此情形，让人不由心生感慨。当时想写点什么，却没能写出来。这一天，忽然间，意蕴和语感都来了，就像早先开出来的花朵，在微风吹拂下坠了下来，于是便信手写了下来，心中颇有拾起刚坠在眼前的花朵那种窃喜。前些日子因新冠疫情下的社会生活情景做了几首，相比之下，这首《探花辞》是比较淡雅精致的；然悠悠之心，庶几可寄，其含蕴之美，让笔者多少有些敝帚自珍。

依据传统上对疫情的看法，随着气温升高，疫情的烈度也会随之好转。当然，这并不说积极的干预工作没有作用或者意义，相反，我们的积极干预工作才是疫情得到迅速和成功控制的根本。但心中还是希望，疫情真的能够随着气温升高而趋缓。所以，《探花辞》寄寓的就是这样一种良好的祝福和期望。

这次疫情尤其是疫情的至暗时刻，致使日常生活发生了重大的改变。这甚至让我们疑惑，地球文明一时间是否成了神话传说中的月球文明，并因之感受到嫦娥的那份凄清和悲凉。很显然，这不是人类禀赋所喜欢和需要的。人类是喜欢群居、喜欢热闹的种群。这是一种天然的本性。这要求我们对平日里的寻常，要有新的觉悟和认知。这份寻常，才是我们日常生活之基；这份寻常，才是我们得以发展之本。且爱且珍惜。

后来，有些同事们结束居家办公，于是我搭上了同事的便车上班。经过东风西路广州医科大学时，发现门口的木棉花，今年开得格外鲜艳，整个树冠都红彤彤的，仿佛要诉说一份热切的期望。虽然行色匆匆，一晃而过，但总想多看几眼；有时甚至想下车，走过去看看。

这确实有点奇怪。以前每年都可以任由我去看，却没有这般想着要下车的感觉。这是一种爱却不容去亲近的切身滋味。由此不难发现，任由你去亲近而不去亲近，本身已是一份拥有了，只是平时不觉而已；爱而不容亲近，则蕴含着不可逾越的规矩和距离。故而可知，拥有本身是一种无需太多言说的福分。不觉，并不意味着我们没有拥而有之；觉之，应能让我们倍加珍惜。爱而不容亲近，你就只能遥望，并且要学会去接受，哪怕其中还有些微的酸涩，有时可能还有莫名的泪，又或是"盈盈一水间，脉脉不得语"的思与念。那这意味着什么呢？意味着平日里，我们必须接受并遵守一些不可逾越的规矩和距离。唯其如此，我们才能拥有更多的亲近，才能拥有更多的福分，才能拥有更多的自由。

有了这些新的感悟，而后再经过广州医科大学时，倒是感觉那美艳如斯的满树花朵，都在为钟南山院士以及战疫一线的广大医务人员默默点赞，都在为广州、为武汉、为湖北、为我们整个国家和人民默默点赞。这场新冠疫情不是暴风骤雨，却希望它在精神情感和生命意识方面，给我们或者说给整个人类举行一次集体洗礼，举行一次拥有如许意义的集体赋能。

第八节　樱许之地

2020年2月29日

半城烟水半城霞，霓裳可种江汉家。
黄鹤衣披云间落，不随仙人去天涯。

【注】这首诗是笔者看着一张武汉的全景式照片创作的。那张照片聚焦的是武汉的黄鹤楼、绚丽的樱花、东湖和水汽朦胧的长江，当时也不觉得它有怎样的好，只不过是情之所至，信手写出来，随手发到同学微信群中。有位在大学教中文的同学说，这首诗很有意境[①]。说实在的，笔者倒不怎么在乎作品有什么意境，更在乎的倒是作品所蕴含的文化。

如果说有什么新颖的意境，或许就是把樱花比作霓裳羽衣，她不同于通常用丝线纺织出来的面料，而是江汉人家在庭前院后种出来的；也不是为了在宫廷中炫耀其云霞一般的绚丽，只是为了装点日常的生活环境，确实是纯天然的霓裳羽衣。至于文化，其实就是古诗词通过用典来加大言辞的历史和文化意蕴，例如诗中的"黄鹤"、"仙人"。诗中想象，当年骑着黄鹤在此地歇息的仙人，走的时候想把樱花一起带走，樱花却由于眷恋故土，恍如云霞般从空中翩翩然飘落下来，不愿意跟着仙人去什么地方享受世外桃源的生活。这倒是很有一番飘逸而下的美感和情致上的含蕴之美。或许正如李白那首著名的《黄鹤楼送孟浩然之广陵》所言"烟花三月下扬州"那样，并不是当时李白看见了扬州之景，而是以眼前之景——黄鹤楼所处的武昌此时正是烟花烂漫——去想象扬州之景的美好。这首诗是一篇先有立意、意在言先的作品，故行文中并没有"樱"或者"樱花"的字眼，但细味之下不难想见其内在的含蕴。

常言道：一方水土养一方人。这里要说的，主要还是环境和生活对当地人的文化性格养成的影响。是以在笔者心目中，这樱花也有屈原《橘颂》中橘树的那番情怀："后皇嘉树，橘来服兮。受命不迁，生南国兮。""秉德无私，参天地兮。"抑或如《离骚》所言："亦余心之所善兮，虽九死其犹未悔。"这又能说明什么问题呢？说明文化之中还有许多需要我们进一步去理解和阐释的内蕴。例如，传说中某些有道之士能修炼成身轻如燕、临风飘举的本领，故能骑着黄鹤周

[①] 在此向邓伟强、李惠娟两位同学致意。

游世界，轻轻松松去他想要去的地方。这确实是古人对人类自身的潜能所做的超乎一般的浪漫想象和遐想，虽不现实，却让人有"虽不能至，心向往之"的艳羡。

那么，这又说明了什么呢？说明人类有一种禀赋，那就是通过想象中的可能，引发对现实中不可能甚至是虚无缥缈的美好事物的向往和追求。故而需要注意，文化的一个非常重要的意义就是，引领人们向往、追求美好事物和美好生活。有些虽然一时间难以实现，但在较长的历史时期中却有可能成为现实，例如现代科学技术就将古人所想的"千里眼"、"顺风耳"变成了现实；又如古人所谓的"嫦娥奔月"，在现代社会不也实现了吗？但这些我们姑且不论，这里更注重的是文化的生成性及其新新之道。

很显然，无论是传说中的黄鹤，还是巍峨耸立的黄鹤楼，都是武汉的文化标识和文化符号，历史上也有许多文人墨客由此创作了名篇佳作。其中蕴含的重大文化学意义是，原本仅仅是浪漫的想象和遐想，却在历史的传承过程中产生了许多脍炙人口的文学作品，从而生动地反映了文化的原生性与后来者的生成性的历史绵延。例如崔颢著名的《黄鹤楼》，以及前文阐释的"崔颢之问"，当我们面对崔颢的作品时，黄鹤和仙人的故事固然还是那样姑且听之、姑且传之，但由此生发出来的"崔颢之问"却是触及人类灵魂的问题。正如前面所阐述的，诗仙李白为此焦虑了一辈子，苏轼也是通过人生的诸多曲折和磨难才最终得到自己的解悟。而苏轼的解悟，对我们来说无疑具有极大的现实意义，甚至堪称一种"吹尽狂沙始到金"的人生哲学。

这样的人还有多少？虽然难以一一计数，但数千年来，规模肯定不会太小。正是他们构筑起了中华文化和中华文明的贤人矩阵，其中的不少人堪称"红楼圣人"。那这又意味着什么呢？这意味着他们一直都在默默地做一件事，这件事就是以他们的不懈努力，把中华民族淬炼成为一个拥有共同文化滋养和精神情感认同的精神情感共同体。所以，但凡受过中华文化滋养的人，都会成为中国孩子。其实也正是基于这样的理解和领悟，书中并没有使用习惯上常用的"同胞"一词，而更偏向于使用"中国孩子"。因为"同胞"这个词比较注重血缘关系，"中国孩子"这个词则更多是基于文化和精神情感的含蕴。

"文化"一词常常给人一种无处不在但过于抽象的感觉，但如果叙事时具体指向某一类文化形态的话，例如《橘颂》这类的楚风又或《国殇》中的楚雄精神，其中含蕴的爱国主义和家国情怀就不难想见了。由此我们明了所谓"古老而年轻"是怎么一回事。所谓"古老"，往往是基于历史和文化这种共同性而言的，故就其客观性而言，没有谁能够说，拥有数千年历史的中华文化和中华文明不古老；所谓"年轻"指的是文化和文明传承的主体性，它们是由一代接一代的主体传承下来的，并且持续将之激活，而这一代接一代的主体无疑都是年轻的，与数千年的历史相比更是如此。无论是文化还是文明，都有其历史过程的绵延性和历史发展的新的生成性与创造性以及由此而来的动态性，故而具有多种维度的蕴含。所谓"苟日新、日日新"者，不其然乎？正因如此，这种共同性和主体性的现实综合，共同成为中华文化和中华文明生生不息的韧性和生命力的根本意蕴所在，成为中华文化和中华文明新新之道的根本意蕴所在。

由此不难想象，由千千万万具有共同性和主体性的主体汇聚而来的气势上的磅礴和律动上的澎湃，是一种怎样的力量。前文阐释的中华文化和中华文明中蕴含着的具有中国特色的较优加速度优势，应当也不会那么难以理解了。以此去理解历史和文化的现实意义，大概也是大有裨益的。平日里，我们会遇见有些人在为一些鸡零狗碎的事情争吵不已，但谁能说这不是日常生活中的一种常态呢？当然，这样说不是鼓励人们放纵自己，而是我们还需要看到另一方面：在大灾大难面前，谁都知道大是大非是什么，大是大非在哪儿。而这其实就是我们自己都不能那么确切地感受的精髓所在，一个文化和文明之所以拥有持久的韧性和生命力的根本所在，一个文化和文明的可久可大性的根本所在。正是这些文化的正能量，帮助人们在现实生活中做出文化成贤的自觉行动。

那么，这里可以列举一二吗？是的，虽然一一列举很难。概括一下，我们不妨称之为"文化的预留果"。例如，前面所说的《橘颂》《国殇》《黄鹤楼》，以及苏轼那首《定风波》所言的"此心安处是吾乡"等，它们早就在人们的文化记忆之中了，只要适时把它激活，或者稍作一下强调，就具有了相应的价值赋能。你不能说它们是专门为这次疫情预先准备好的，它们只是浩如烟海的传统文化中极小的一部分，是一种恰好可资使用的文化和思想精神资源，于是就用上了。就像前面所说的那样，天上无意洒下的一滴雨水，恰好遇到了一粒需要用它来发芽的种子。这从一个侧面表明，文化的多样性和丰富性也是非常有意义的。让笔者感受颇深的是，在创作前文那首《江城行》时，苏轼的《寓居定惠院之东杂花满山有海棠一株土人不知贵也》中居然就有所需的语词。在内心深处，这时你就不得不对此既感动又感恩，并且感受到在这场战疫情工作中，在场的不仅仅是一线的人，也不仅仅是二线和后方的全国各地的人民，甚至还有一种无形的力量，一种给予我们这种无形力量的先贤们。理解和体会到这一点，你不仅会感动和感恩，甚至还会激动得热泪盈眶。那么，这神秘吗？不神秘。只要愿意或正在这样做，都会对此深有体会。又如，战疫情初期，日本捐赠物品的包装箱上所书写并一时间广为人知的"山川异域，风月同天"，就是唐代中日文化交流的生成性与再创造的结果，其精神情感含蕴与唐代诗人王昌龄的《送柴侍御》"青山一道同云雨，明月何曾是两乡"可谓异曲同工。而它们给人们带来的精神慰藉和温情，显然不是什么物品可以随便替代的，都有其独特的无形力量，都可以视为现实生活中文化预留果的生动体现。

如果说文化叙事对许多人来说还比较陌生，那么我们可以转换一下视角，来看价值引领。大家都知道，习近平总书记说过这样的话：以人民利益为中心，人民至上、生命至上。这意味着什么？意味着中国这场战疫情工作，在具体层面尽管纷繁复杂、千头万绪，但无不在这一价值引领下开展和进行。正因为有了这样明确的最高价值的引领，以及强大的执行力的推动，才使得任何私人和利益团体的算计都丧失其正当性的意义，至少不会成为主流，从而使得广大的参与者在物质上、思想上、智力上，形成了最大可能的力往一处使的强大动能。所谓举国上下，万众一心，众志成城，不其然乎？事实上，在中华文化和中华文明中，国家和政府肩负着保护人民生命和财产安全的道义责任；一旦丧失了这种责任，就会失去其道义上的正当性与合法性。故而无论是其中的价值引领还是责任和使命担当的意识，都成为中国人民对自己的国家和政府如此信任的精神契约的内容。所以，前文我们讨论的大是大非，在现实生活中，其实是非常具体的。现实到怎样的程度，正如世卫组织官员布鲁斯·艾尔沃德所说的那样：

> 如果我们不能谦卑地对待其新特点，那我们就陷入了要么是SARS要么是流感的定性思维中，没有办法像中国一样如此灵活地去思考问题、如此果敢地采取相关的措施，没有办法去应对这场疫情。关于新冠状病毒的知识变化如此之快，而中国又如此快地掌握了新的知识，并采取相应的调整措施。疫情应对的七个星期，我们看到中国的新冠肺炎的诊治指南已经更新到第六版，如此之快地根据新的知识进行调整，对于一个拥有14亿人口的大国来说是了不起的优势。……国际社会明显在思想上和行动上，尚未做好准备采用中国的方法，而中国的方法是目前我们唯一知道的、被事实证明成功的方法。在全球疫情应对做准备的过程中，我曾经像其他人一样有过偏见，对非药物干预的态度是模棱两可的。很多人会说，现在没有药物，没有任何疫苗，所以我们没有办法。而中国的方法是，既然没有药，也没有疫苗，那么我们有什么就用什么，根据需要去调整，去适应，去拯救生命。

说实在的,他经过这么简短的实地考察,就能如此精准把握到中华文化在现实实践中的精髓,笔者是非常感佩的。

正因为有着简明的最高价值引领,一线的医务人员就成为一个组织效能和执行力极高的强大组织矩阵。具体到个体的名字,除了大家熟知的钟南山院士及其团队,还有李兰娟、张伯礼、王辰、陈薇院士及其团队;又如人们熟知的张定宇和重症三剑客邱海波、童朝晖、杜斌以及张文宏等,都是业内响当当的人物;同时还有许许多多的医护人员,诸如过年时听到消息就马上骑着自行车,四天三夜疾驰两三百公里赶回医院的甘如意医生,山东大学齐鲁医院护士张静静(让人遗憾和痛惜的是,她已经成功完成抗疫任务,却在撤回山东的休整中因急病不幸逝世),疫情期间去武汉做志愿者的南京某民营医院护士贾晓月,等等,所有一线的人,说出他们在这场疫情中的具体行动,就是一个个感人的故事。

这段时间,他们的行动也让笔者进一步思考何谓赤子之心。我想,赤子之心是可以这样理解的:一个人对母亲的爱,不是因为能够得到别人的掌声或喝彩,而是情不自禁的、应该的,有其热爱和情感上的纯粹性,这应当就是赤子之心的基本要义。而以此考察一线战"疫"医护工作者,乃至于全国人民,我想,所有人都是以自己的赤子之心来应对这场突如其来的新冠疫情。所以,笔者在疫情开始时就相信:这场疫情不但不会击垮我们,反而还会把我们中华民族锤炼得更加优秀、更加强大。现实中的生动事实则为我们昭示:以武汉为证,以湖北为证,以荆楚大地为证,个人的人生价值和意义,绝不是只为了自己,而是有着我们难以预料的价值和意义,并足以让个体、群体、族群乃至于整个国家淬炼得更加优秀、更加强大。

这场突如其来的新冠肺炎疫情,不仅是对中国的一场大考,也是对世界各国和全人类的一场大考。但这场大考,考的不仅仅是疫情应对本身,还有对人性的考验,因而还含有司马迁的项羽之考。在这场战"疫"的国际过程中,我们看到某些西方政客工于算计,却缺少做人的基本同理心,怠于出台有效措施,在推卸责任和"甩锅"时反而颇有一番的能耐,实可谓"彼君子兮,不素餐兮!"如果司马迁有在天之灵的话,他一定在暗暗地笑。因为他是一位拥有大文化观、大历史观、大社会观和大文学观的伟大历史学家,对于他的考题,那些政客们至今的表现是不及格的。不但如此,我想,惠特曼、狄金森、马克·吐温、海明威等都会笑话他们,他们德不配位,丢自己的脸还不够,还要丢先贤的脸;他们打败自己还不够,还要愚弄和践踏自己的国民。但无论如何,许多人还是希望他们最终能够有像样的表现,毕竟新冠疫情还远没有过去。

这段时间，笔者时不时想起多年前看到的西方学者对中国的看法。他们自以为比中国人更了解中国。当时笔者就觉得哑然：他们居然能说出这样的话，他们怎么能说出这样的话。当时笔者在心中反问的是：老兄，不知你读过几本中国的经典文献，有没有稍微用心研读一下汉语成语词典。那可是漫长历史岁月中，无数先贤用自己的血泪凝聚而来的人生精华，用磨难积淀和升华而来的人类生命意识，中华文化因此具有了高度哲学化的特征。别浅显地理解了其中的个别语义，就自认为理解了中国、读懂了中国。但这也没办法，没有谁能够天生优秀并一直优秀下去。希望他们能够继续努力，毕竟也是受过良好教育的人；况且大家都住在地球村里，山川异域，风月同天，休戚与共，利益相牵。如若不然，难免形成自以为是、自命不凡的偏见，生发出莫名其妙的傲慢。退一万步来说，即便真的理解和读懂了过去的中国，也不意味着就理解和读懂了当今的中国。以静态的思维来理解中国的话，一定会出问题，因为这是个持续与时俱进、总是在奔跑着的中国。跟不上节奏而产生一些不适症或许在所难免，但也应清楚意识到其中的不足，反求诸己。唯其如此，才会使自己更理性、更智慧。放下傲慢和偏见，于己于人都是大有必要、大有裨益的。希望在接下来的全球抗疫情工作中，能有更多人像李清照那样考个满分，或者至少是一个优秀，千万不要不及格。

在这场疫情中，在这场大考中，我们一线的军地医务人员，和跟他们并肩奋战的人——无论是在医疗救治现场还是在社区防控与服务，以至于各条战线的后勤保障、志愿工作和媒体报道人员，既是我们新时代的贤人，又是我们新时代的英雄。正是他们，让我们也让整个世界见证中国跑出了中国特色较优加速度优势。眼下虽然还不好说考了满分，但优秀则是毋庸置疑的。所以啊，我爱他们，爱我们这方热土，爱我们的神州大地。同时，我也爱广州的木棉花，爱湖北武汉的樱花；他们理解我们，我们也理解他们。你爱吗？如果爱，那就大声说出来。

第九节　春天的筏子缓缓而来

2020 年 3 月 3 日

> 春天是一场生命格式的转换
> 有的以哲学的方式来表达
> 有的以文学的方式来表达
> 有的以耕作的方式来表达

第六章　卓立此春

有的以自然的方式来表达
但无不包含着这样的精神
冬天给你格外的严峻与凛冽
而你却　报之以春风之吻

于是　小草钻出了冬天的包浆
宛如一排排初来乍到的光阴
花儿试探着露出红晕的小脸
仿佛戴着御寒的围巾或口罩
鸿雁　夜以继日自南向北奋力飞行
就像一群群奔赴远方救援的天使

要我说　2020年的春天　是撑着筏子来的
一篙一篙地缓缓而来　多少显得有些吃力
谁说不是呢　因为这筏子比往年多装载了
14亿国人对湖北和武汉人民的心情
还有4万多驰援的医务人员的分量
于是　长江的江面上　多了几分沉重
与此同时　也多了几分庄重和敬重
又因为庄重和敬重的分量远大于沉重
因此　春天这方筏子尽管显得有些缓慢
却从未显现出如此大气而平稳的气象
也将因此而镌刻在　我们共和国的史册上

【注】袭击人类的这场新冠肺炎疫情不是我们愿意看到的，但客观上已经对人类社会造成了极大的冲击。有的国际学者如美国著名的弗里德曼已敏锐地意识到，这场新冠肺炎疫情将是人类历史的一个分界线，疫情之前和疫情之后的世界将有很大的不同。借用美国诗人狄金森的诗句来说，就是"昨天已经古老"。

创作这首诗的时候，笔者没有考虑这种"分界线"般的变化，但以春天的名义，是因为多少已经意识到，这个春天不仅会改变许多人的生活乃至于命运，也会让许多人从疫情中觉悟到人生和生命与此前有所不同的价值和意义，进而改变许多人对人生和生命的价值和意义的看法，故而这首诗第一句就说："春天是一场生命格式的转换。"那么，这种人生和生命的价值和意义的改变会是怎样的呢？其中的内蕴也许丰富而复杂，但笔者认为，至少在这场战"疫"中人们表现出来的勇毅、果敢和积极向好向善的价值取向，是非常值得关注和称颂的，这就是以第一段的结尾所抒发的"冬天给你格外的严峻与凛冽，而你却报之以春风之吻"，可谓说理、抒情及精神价值取向三位一体、合而为一了。

从艺术角度来看，我们会发现，对于相同对象的表达，阐述性的语言和抒情性的语言是有所不同的。接下来的一段就是借助托物抒情的笔法，对这场战"疫"过程中的某些比较典型的场景所做的情景化抒发，同时也赋予了诗歌以现实的和新的内容，可以说是前文所阐述的"富有之、新新之"的创作理念的具体实践。如何用比较简洁的语言来表达这场战"疫"的某些宏大情景，也是需要细加思量的。所以，这首作品的一个艺术特色，就是以"筏子"这种历史悠久的运输工具设喻，而不失其"舟之喻"的意蕴。筏子是用一种有风骨、有气节的材料造成的，由此赋予这个不平凡的春天以独特的意象。这样一来，通过这种古老的载具来抒发这场新冠肺炎疫情在这个春天给人们的生活和生产状态造成的影响，心情和情绪的纠结都得到了较为合适的寄寓之物，具体来说就是"缓缓"、"吃力"这些群体的共情，得到了恰如其分的抒发。

我们还会发现，这方春天的筏子如果用于以前的年份，可以是轻松的、愉悦的，但此时此刻却不容作如是观，因为与事实不相符，并因此缺乏相应的相宜性。如果一任个人喜好写出来，难免招来骂声。所以，接下来用了"心情"、"分量"、"沉重"等语词，它们寄寓在这方春天的筏子上，不仅不会让人觉得语境上存在什么不合，反而通过具象化的情景呈现，让人觉得其中的共情悠悠可见。但出乎意料的效果是，"沉重"与"庄重"、"敬重"这些带有情感属性的语词相比较，使得较为凝重的气氛得到了抒发，还给人以更加肃穆而稳重之感，并由此生发出对前景的无限希望。

如果从艺术情景转向现实生活情景，我们就会发现，艺术不等同于现实生活本身，艺术既源于生活又高于生活，是对现实生活的情感和价值的审美。那么，现实生活又是怎样的呢？

真正在疫情防控一线参与医疗救治的人，主要是湖北武汉和驰援湖北武汉的4万多医护人员，在全国总14亿多人口中，这无疑是很小的一部分。但是主战场的成功，对于控制这场新冠肺炎疫情起到了关键作用，他们是毫无疑问的战"疫"功臣。正如习总书记事先所言："武汉胜则湖北胜，湖北胜则全国胜。" 2020年2月中旬至4月中旬置身于国内的人都会切身感受到所处社区严格落实疫情控制措施，没有积极配合而违反有关措施的情况是极个别现象。那么，这说明了什么呢？说明几乎没有人没有参与到这场针对疫情的战斗之中，只是直接参与控制工作的人贡献比较大，配合有关防控工作的人贡献比较小而已。这就是这场战"疫"的"人民战争、总体战、阻击战"的总方针，也是"医疗救治一线"和"社区防控"两个战场同时用力的具体体现①。这些情况其实就是诗歌第三段所表达的内容，并在最后三句进行了总结。所以，在这场新冠肺炎疫情防控过程中，没有谁是旁观者，都是参与者；成功来之不易，也值得珍惜，值得全国人民自豪。笔者将其概括为一种艺术形态和艺术符号："2020年，春天的筏子缓缓而来：在此艰难时刻，我们曾如此共克时艰，同舟共济，守望相助。"

通过上述阐释我们可以得知，艺术既源于生活又高于生活，但艺术无论怎样高于生活，都需要尊重其中的基本事实，并以此为基础再做语言的凝练和意境的营造与升华。这大概就是艺术所需要的良心和良知。

有人说，政治是一门艺术。政治需要使用适当的言辞来表达，从这一点来说，政治确实是一门艺术。但如果说政治是一门艺术，因而枉顾事实的话，那么政治就不是艺术了。那会是什么呢？是谎言。所以，无论是文学艺术还是政治艺术，它们的同一性应当是一致的，那就是都不能枉顾事实，都要讲良心和良知。

略有关注媒体报道的人都会知道，最近西方大国的一些政客，他们是不讲政治艺术的，因为他们都在说谎。为什么要说谎？自己德不配位、自私自利而错失应对疫情的良机，他们要推卸责任。不但如此，他们还居心叵测、包藏祸心，试图把责任"甩锅"给中国，把祸水泼向中国。相比之下，中国政府和人民把国内的疫情控制好之后，就抓紧复工复产，开始派遣医疗队支援他国抗疫，并且为全球抗疫提供了巨大的物资支持。倘若没有中国如此规模巨大的支持，后果将更加难以设想。对此，国际社会可谓有目共睹。这些举动体现的是"同舟共济，守望相助"的中国精神和大国担当，亦可谓"冬天给你格外的严峻与凛冽，而你却报之以春风之吻"。或许他们早已认定，眼下的中国应该疫灾深重，但实际情形与他们的预期很不一致，故而心里因失望而难受，于是才有这样剧烈的反应。但他们也应知道，糟践别人的善良是最不道德的。人类历史一定会记下他们这出拙劣的表现。是的，无论是历史还是现实，都有足够的庄重与严肃；需要检讨的是作为个体的我们是否有足够的敬畏与肃穆。

与其先辈和前贤相比，这些政客的所作所为就像一群破落户，尽管他们拥有

---

① 这中间显然蕴含着中医以及中医辨证论治的智慧，也包括将《道德经》"小国寡民"说现实性活化，亦即把偌大的国家"变小"成为社区来具体治理的智慧等。而所谓中国智慧者，不其然乎？当然，这只是举例而言，实际上，整个战"疫"过程无不充分展现着中国智慧。

很多的钱财,而且还在借这场重大而严峻的疫情大捞一把。我们虽然没有他们那么富有,一时之间某些技术也可能超不过他们;但在精神和道义上,我们却比他们高出许多。正因如此,跟他们相提并论我们都心有不甘。为什么这样说呢?因为他们当下秉持的就是守成和末世心态与末世思维,自己不长进也不允许别人进步。所以,笔者觉得他们有必要去他们的先贤墓前去反省一下,至少要去诗人狄金森的墓前去反省一下,想一想,当年他们那"昨天已经古老"的精神气概哪里去了。

第十节　中国孩子,武汉

2020 年 3 月 21 日

殷殷荆楚大地,浩浩长江之畔,
有一个中国孩子,名叫武汉;
己亥庚子之交,染下疫病重疾。
啊,那可是咱们中国的孩子!霎时间,
消息传遍大江南北,牵动无数国人的心。

谁不知道,同样是荆楚大地,战国之时
这里诞下过一个孩子,他就是声名远播
传颂古今的大诗人屈原。他曾说:
"路漫漫其修远兮,吾将上下而求索。"
"亦余心之所善兮,虽九死其犹未悔。"①
他还说:"诚既勇兮又以武,终刚强兮不可凌;
身既死兮神以灵,子魂魄兮为鬼雄。"②

是啊,那曾经是咱们中国的孩子,
至今英魂犹在,雄姿英发,性灵皎然。
这样的孩子,怎不让人爱、叫人痛呢?
于是,从四面八方的驰援来了。
白衣为甲,勇毅争先;

---

① 屈原《离骚》。
② 屈原《国殇》。

第六章 卓立此春

与时间赛跑,同病魔较量;

以生命守护生命,以大爱抚慰江汉。

于是,武汉这个中国孩子,

终于被从病魔手中拯救出来。

而今,荆楚大地,又复樱花盛开,

宛如霓霞,天姿曼妙,碧水潋滟。

正如此前人们常说:

"只要携手并肩,没有哪个冬天不可逾越;

只要共同守护,没有哪个春天不会来临。"

而中国孩子,从来不惧磨难,

"纳于大麓,烈风雷雨弗迷"①,

在风雨中练就更强筋骨、更高本领。

【注】这首诗创作完成之后,笔者觉得"卓立此春"这个论题的早先立意有了一个比较好的收官。而重写此前那四章书的工作也已经有所进展,"非儒传统"这个概念也逐渐有了一些明确的内涵和边界。但真正把它当作整本书的基本概念,还是进一步思考诗中引用《尚书》"纳于大麓,烈风雷雨弗迷"这句话所含蕴的思想立意之后才确定的。因为它不仅仅是帝尧对年轻时的舜的历练所做的精炼表达,更蕴含着他们之间乃至于他们那个时代的一种精神契约,那就是他们对于德位相配都有一种理所当然的关注,都有一种悲天悯人的人民情怀的自觉。文中无疑还反映出了帝尧和帝舜以及其他许多仁而有方、仁而多方的贤人形象,客观上为我们展现了那个时代(其实就是一个贤人时代)的精神风貌。舜经过一番历练与考验之后,终于被选为帝尧的继任者,于是历史文献有这样的记载:"之中国,践天子位。"②

如果熟悉《孟子》的话,很容易就会想到:"故天将降大任于斯人也,必先苦其心志,劳其筋骨,饿其体肤,空乏其身,行拂乱其所为,所以动心忍性,曾益其所不能。……然后知生于忧患而死于安乐也。"③ 该文在此前还有一段关于"人皆可以为尧舜"的论述。这确实很励志,读之常让人心潮澎湃,故孟子之文亦可谓一代雄文。以此为基础,我们不难发现《大学》一文所谓"修身、齐家、

---

① 《尚书·尧典》。

② 《史记·五帝本纪》。

③ 《孟子·告子下》。

治国、平天下"的学理来源和依据了。

但是也要看到,在千千万万的人中,真正能够像帝舜那样"之中国,践天子位"的人,毕竟是非常少的。因为政府设置的职位有限,而且职位越高,其职数就越少。由此我们应有更理性的认知和判断,上述引用的《孟子》之文,更为重要的意义不是说每个人都要去争做天子,这既不现实也非理性,甚至不是都要进入宦海仕途去做官,而在于借重自己之长,成为一善万有的贤人。如有可能的话,成为一个可久可大的中国孩子,或许是更明智的选择。换言之,"修身、齐家、利国、和天下"更具广泛的意义,也更符合现实的逻辑,亦可谓"人有不同力,各从不同事,故成不同业,乃有世间繁华"而已。这很好地说明,无论是个体还是群体抑或族群,价值导向的引领都是非常重要的,但也要注意其中是否具有更为广泛的恰合性;即使是富有正能量的价值引向,也需要在现实实践中校正和丰富其内涵。例如,儒家对帝舜的孝悌之道无疑是非常注重的,于是孝悌之道也成为儒家思想的重要基础。但这是否意味着只要有孝悌就足够了呢?显然是不够的。于是儒家还有仁义礼智信等价值观。这中间的意蕴我们可以概括为:孝于其家;一善万有,贤于天下。这样一来我们会发现,无论是帝舜还是许许多多的一般人,其内在的共同性都是一致的,并且可以从较为狭隘的小社会走向广阔无垠的大社会,不断提升自身的人生价值和意义。应当说,或许这才是"人皆可以为尧舜"的精神和要义所在,"伟大出自平凡"的精神和要义所在。

在抗疫过程中,有许许多多的动人场面,感动了无数国人的心。例如朱海秀那"泪目不欲哭"的经典画面,而这也代表着许许多多一线医护人员的共情和共同性,以至于无数国人的共情和共同性。如果我们要从古典文学中去找这样的画面,《湘夫人》那句"帝子降兮北渚,目眇眇兮愁予",应当是甚为相似的。进一步去思考其社会学和文化学意义,这其实就是典型性的意义。也就是说,她的社会学和文化学意义就在于,她不仅仅代表自己,也代表着一支队伍,以至于一个民族和一个国家。这时候或许有人会问:为什么是她?没错,这确实是一个很好的反问。

我们不妨思考一下"巧妙"这个词,或者通过"大巧无工"这个成语来思考"巧妙"。这时不难明了,"大巧无工"讲的是物品纯乎天然而毫无人工雕琢成分的美妙状态。这样的"大巧无工",与"巧妙"应当是有最大的一致性的。进而再思考一下,《道德经》为何说"道"乃"众妙之门"。换成现今比较容易理解的语言,前面我们阐释"道法自然"的那句话,"天上无意洒下的一滴雨水,恰好遇到了一粒需要用它来发芽的种子",应当是比较匹配的。如此一来,我们可以说，朱海秀的经典画面和话语，就是恰好遇到天上无意洒下一滴雨水的那一粒种子，而且长出来的芽儿特别鲜美，实可谓不负使命、勇于担当。所以，这里并非要特别或专门赞扬朱海秀，而是她确实具有典型性和代表性的意义。我们还可以从中加深理解"微言大义"的内蕴，亦即它含有特定事物的本质属性，或者说特定事物最大的共情和共同性，因而不仅仅是一种现实的画面或场景，而是一定哲学思想和美学在现实中的生动呈现。进而可以意识到，西方哲学的"自然选择"与中国哲学的"自然选择"是有很大的不同的。这种不同就表现在，中国哲学的"自然选择"隐含着人世间的大情怀和人世间的大美之美。由此我们还可以感悟到，陶渊明那"暧暧远人村，依依墟里烟"的诗句，不仅仅是诗，也是哲学，更是对人世间的大情怀和大美之美的抒发。说实在的，或许只有到了这样的认识程度和审美境界，我们才能真正领会当代大哲学家海德格尔如此倾慕中国哲学和中国哲学之中蕴含的"诗意栖居"的奥义所在了。

有鉴于此，我们需要对某些儒家传统的不足加以关注。例如"人皆可以为尧舜"，如果按照以往的仕途路径，许多人难免遭遇诸如所谓"大任"、"大位"这样的天花板之困。从湖北武汉抗疫的情形来看，目前也只有张定宇院长被擢拔为湖北省卫健委副主任，不排除接下来还会有一些人得到升迁，但也不过是极少数。个人仕途没有收获，是不是就使得抗疫工作者的人生没有价值和意义了呢？不是的。就像前文已经阐述的那样，这是在大灾大难面前由国家组织的一次国家行动，但凡参与一线工作，都是人生之中的一次光荣时刻、高光时刻，人生也因此获得了国家和民族层面的价值和意义。为什么这样说呢？因为在国家和民族的艰难时刻，他们是在为我们国家和我们民族拼命；相应地，个人在人生的成贤路上也走出了一段不同寻常而自带华彩和光环的人生历程，在心灵和精神情感上也因此多了一方心安之地，值得人们尊敬和爱戴。之后该做什么仍旧做什么，已有的好好珍惜，仍没有抵达的则好好努力。平凡之时平凡之，不凡之时不凡之。所谓"君子坦荡荡"者，不其然乎？从中可以感受和享受身有较优加速度优势的人生魅力，或曰"无可无不可"的大度与从容。说实在的，人生能如此，不亦悦乎？这或许也是孟子所谓"充实之谓美，充实而有光辉之谓大，大而化之之谓圣，圣而不可知之之谓神"[①] 的价值指向所在，可谓"唯精神是更永的在，唯意义是更永的在"。这较好地说明了，观念的觉悟和转变有其独特的作用和意义。

如果从中共中央和国家层面来看，"以人民的利益为中心"，"人民至上、生

---

① 《孟子·尽心下》。

命至上"这种最高价值的引领,以及含蕴其中的人民性和人民情怀,在某种程度和意义上,未尝不可视为孟子所言"民为贵,社稷次之,君为轻"、"诸侯危社稷,则变置"①的现实性活化。需要注意的是,中华传统文化的价值性在不同语境下的内在一致性和共同性。同样值得注意的是,在孔子的仁学思想中,是比较注重教化作用而轻慢法制的强制性作用的,例如"导之以政,齐之以德,民免而无耻;导之以德,齐之以礼,有耻且格"②。孟子虽然提出了"诸侯危社稷,则变置"的理念,但具体如何处置则没有精细化的措施,甚或有时难免让人联想到"汤武之征"的价值向度上去,或者让人觉得"迂远而阔于事情"。从近些年的政治实践来看,中共中央从严治党理念中衍生而来的巡视巡察制度及问责制度,在国家治理体系和治理能力完善上无疑发挥着独特的作用,实可谓国之大维,仁而有方、仁而多方了。而在抗疫过程中,我们不难看到这种制度创新与制度安排对那些诸如失职渎职等"临津不悟者"的及时严肃问责。这显然不是什么物质和技术所能代替的,有其临事处变时补短板、强弱项的独特赋能作用。如此看来,孟子所谓"充实之谓美,充实而有光辉之谓大,大而化之之谓圣,圣而不可知之之谓神"不仅可以用于个人层面意义的价值和美学的表达,国家层面亦复如此;同时,这也是中华传统文化新新之道的现实呈现。

相比之下,某些西方大国,主政的政客将私人和小团体的利益凌驾于公共利益之上,工于算计与盘算,抗疫期间有责不担、举手无措、自乱阵脚,其弊其失却没有得到及时而应有的严肃问责。须知,位越高,社会公共性越大,需要担负的社会责任也越大,因而需要与之相匹配的社会襟怀与眼界。否则就是德不配位,就是失职渎职。所谓临津不悟者,其悟也乎?由此观之,在人命关天的大是大非面前,在人类健康与安全遭遇强烈威胁之际,先进与落后、孰优孰劣,可谓有目共睹、公道自在人心了。让人痛惜的是,他们的国民遭受这样的苦难,竟然还有那么多的人被忽悠得如此自以为是、洋洋自得,真是情何以堪。故其当务之急不仅是同心勠力于眼下的疫情,还需要在观念和思想理念上的自我觉悟与觉醒。面对此情此景,我们或许能更好领会苏轼"但愿人长久,千里共婵娟"所蕴含的人间世的深沉大爱。所以,觉悟非常重要,而每次觉悟都可能远胜于人们在盲目和迷茫中奔跑千年,实可谓觉悟让人一跃千里,觉悟让人一跃千年。

---

① 《孟子·尽心下》。
② 《论语·为政》。

面对这场新冠肺炎疫情，正如世卫组织官员布鲁斯·艾尔沃德所说："中国的方法是目前我们唯一知道的、被事实证明成功的方法。在全球疫情应对做准备的过程中，我曾经像其他人一样有过偏见，对非药物干预的态度是模棱两可的。很多人会说，现在没有药物，没有任何疫苗，所以我们没有办法。而中国的方法是，既然没有药，也没有疫苗，那么我们有什么就用什么，根据需要去调整，去适应，去拯救生命。"由此不难明了，一国拥有最高价值予以有效地引领和统御是何其重要，实有四两拨千斤之用。同样有意义的是"行以为师，先忧先觉"。如若不然，同样是布鲁斯·艾尔沃德所说的这段话，"关于新冠状病毒的知识变化如此之快，而中国有如此快地掌握了新的知识，并采

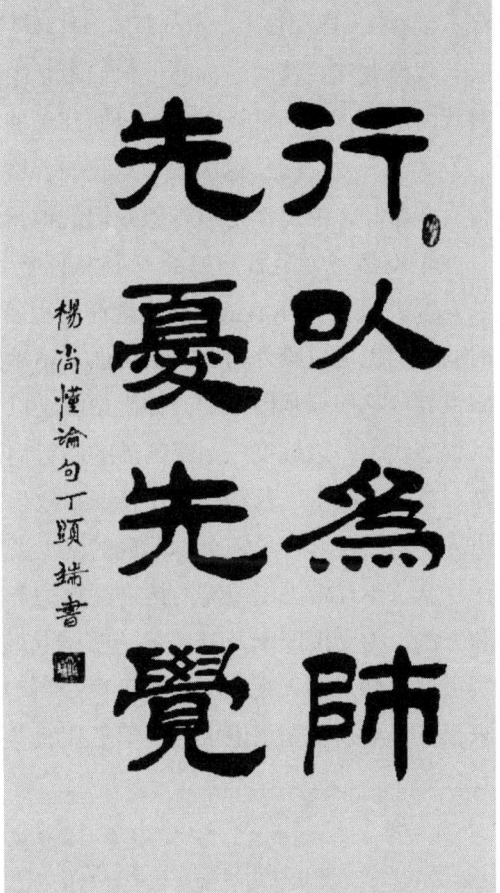

取相应的调整措施。疫情应对的七个星期，我们看到中国的新冠肺炎的诊治指南已经更新到第六版，如此之快地根据新的知识进行调整，对于一个拥有14亿人口的大国来说是了不起的优势"，就会显得无从谈起。而所谓"中国孩子，从来不惧磨难，'纳于大麓，烈风雷雨弗迷'，在风雨中练就更强筋骨、更高本领"，不其然乎？

很显然，武汉是我们这个拥有五千多年文明史的泱泱大国的一个孩子，在迎战这场史无前例而来势汹汹的疫情过程中，为我们呈现的各种画面和场景，无疑涌动出一股排山倒海的磅礴力量。而究其根源，这股磅礴力量其实就源自远古的文化伟力，并昭示着中华民族伟大复兴、中华文明伟大复兴，不仅不抽象、不遥远，甚至就澎湃在我们的血脉里，激荡在我们的现实生活中！而我们既期盼登顶时刻的辉煌，也赞美这个伟大进程中迸发出来的绚丽姿彩。

据媒体报道，截至4月26日，全国各地驰援湖北武汉的医疗队已陆续撤出，

在武汉坐镇了三个多月的中央指导组也于 4 月 27 日返京。而在武汉抗疫的"重症三剑客":邱海波①、童朝晖②、杜斌③,因为境外输入而疫情有所变化,随即又转战黑龙江。这时,你能说他们不是中国孩子吗?是的,他们都是我们这个新时代的中国孩子。推而言之,我们都是拥有共同精神血脉的中国孩子。所以,我们爱武汉、爱中国!这次大考,我们合格了,甚至堪称优秀!中间的过程虽然显得有些悲壮,但仍然足以告慰我们的神州大地、告慰我们伟大的祖国母亲!

2006 年冬,笔者参加了一个为期半个月的短期培训,整个过程几乎都是国外专家讲课(主办单位请两个翻译全程陪着)。后来跟一些同事和同行说,什么时候我们也可以给外国朋友讲讲课。不承想,这次疫情,我们国家不仅第一时间跟世界分享病毒基因序列,钟南山院士以及他的许多一线同事,还通过国际间的远程连线,一边抗疫一边跟国外的同行们讲课,向他们分享中国抗疫的经验、策略、方式、技术、药物的使用情况与效果等。很显然,这个课堂特别大,是整个世界。随后还开办了向全球开放的网上新冠肺炎知识中心,向世界许多国家派出医疗队,不仅带去了急需的抗疫医疗物资,也带去了刚在中国检验过的成功经验和方法,为受援国家及其医务人员的抗疫工作赋能等等④。这中间的世界情怀,实可谓"随风潜入夜,润物细无声"。诸如此类,确实让笔者感触良多。如今想来,疫情早期就立意记录这个不平凡的春天,至少对自己的人生和个人成长是很

---

① 中央指导组成员,国家卫健委专家组成员,东南大学附属医院党委副书记。
② 北京协和医院内科重症医学科主任。
③ 中央赴湖北指导组专家组成员,北京朝阳医院副院长。
④ 据不完全统计,从 2 月 29 日至 4 月 18 日,中国向 18 个国家派出 20 支医疗队或工作组驰援全球抗疫。《光明日报》4 月 24 日的"光明国际论坛笔会"栏目中,中国社科院国家全球战略智库首席专家王灵桂提出"此次抗疫是对人类共同命运意识的一次集体唤醒"的观点;伦敦经济与商业政策署前署长罗思义则有"世界迫切需要思想领导力"的论断。这同时意味着,除了"人类命运共同体"理念,目前人们很难找到其他与此相当的能够对人类和世界进行如此正面赋能的理念。须知,这可是中华文化和中华文明的智慧结晶,并且需要用"微言大义"、"道法自然"、"大观识通"或康德的"道德律令"等哲学维度来加以理解和阐释。当然,我们还可以这样认为:人类命运共同体本来就是早已存在的事实,只是这个理念提出后才上升至理性的认识层面,更具理性的实践与行为活动则由此而来。实践与行为活动是否拥有理念和理性的指引是很不同,资源的投入和效率也有很大的差别。故而当下的人类命运共同体的推动与构建,是在理念和理性的引领下展开的人类历史上的伟大行程和伟大事业,蕴含着深刻的人类社会历史必然的内在规律。当今人们对此的反应无疑是颇为复杂的,既有勇毅直前者,又有临津不悟者,甚或是畏惧折返者。但从趋势而言,它已经具有了常识性的意义,火把已经点亮,因而也就无需多说了。

有意义的。相反，倘若没有做这件事的话，难免会后悔不已。所谓危机是危与机并存，在这次个人经历中无疑得到了很好的印证，前面所阐述的诸多意料之外的感悟就是证明。如若不然，又何来这样的感言：天命之年见天命，中华之光耀中华。或曰：大道正行而中华民族伟大复兴正兴。如此等等，不一而足，确实让笔者很有深入宝山并满载而归之感。

另一方面，这也说明在全球化背景下，人类命运休戚与共的共同性越来越不可回避，因而全世界各国人民都需要有一种全新的大社会观，以跳出目前共同面临的天花板困境。而所谓"山川异域，风月同天"，不外是一种古老而诗意的写照而已。也就是说，人类命运共同体不仅是可以得到实证的，实际上，在这次疫情中，它已经自证了，已经变得不证自明了。是以构建人类命运共同体不仅有其独特的迫切性和重要性，全球治理的理念及有关制度安排也需要有与时俱进的制度创新和新新之道来适应这种变化；其中，共商、共建、共享有着方法论的意义和价值指引的作用。在这个人类历史的伟大进程中，显然还需要有更多的人来为真善美发声，为真善美立言，共同来为人类命运共同体理念赋能，共同构建人类更加美好的家园。

今天，广东宣布自 2020 年 5 月 9 日零时起，全省新冠肺炎疫情防控应急响应级别，从重大突发公共卫生事件二级响应下调为三级响应。笔者作成此记，时当 2020 年 5 月 8 日。

主要参考书目

司马迁：《史记》，岳麓书社，1988年版；上海古籍出版社，1997年版。
乌恩溥译注：《四书译注》，吉林文史出版社出版，1990年版。
老子著，徐澍、刘浩主译：《道德经》，安徽人民出版社，1990年版。
南怀瑾、徐芹庭译注：《白话周易》，岳麓书社，1988年版。
顾宝田注译：《尚书》，吉林文史出版社，1995年版。
李民、王健撰：《尚书译注》，上海古籍出版社2000年版。
《诗经》，安徽文艺出版社，1990年版。
顾宝田、李福林注译：《左氏春秋译注》，吉林文史出版社，1995年版。
《礼记》，北京燕山出版社，1995年版。
《庄子》，北京燕山出版社，1995年版。
张碧波、李宝堃：《唐宋诗词赏析》，黑龙江人民出版社，1982年版。
张家英著：《屈原赋译释》，黑龙江人民出版社，1982年版。
《古代山水诗一百首》，上海古籍出版社，1980年版。
周满江：《诗经》，上海古籍出版社，1980年版。
《唐代三大诗人诗选》，中国少年儿童出版社，1982年版。
顾学颉、周汝昌选注：《白居易诗选》，人民文学出版社，1982年版。
《历代四季风景诗三百首》，北京师范大学出版社，1983年版。
《李白诗选》，人民文学出版社，1983年版。
瞿蜕园选注：《汉魏六朝赋选》，上海古籍出版社，1983年版。
张国光点校：《金圣叹批才子古文》，湖北人民出版社，1986年版。
李淼：《李商隐诗三百首释赏》，长春出版社，1990年版。
王瑶编著：《陶渊明集》，人民文学出版社，1990年版。
〔清〕陶澍集注、龚斌点校：《陶渊明全集》，上海古籍出版社，2015年版。
蓝天、林健、伍岭：《李清照诗词评释》，广东人民出版社，1983年版。
徐北文主编：《李清照全集评注》，济南出版社，1990年版。
叶橹著：《艾青作品欣赏》，广西人民出版社，1986年版。

〔清〕沈德潜：《古诗源》，华夏出版社，1998年版。

莫砺锋、童强撰：《杜甫诗选》，商务印书馆，2018年版。

杨海明著：《唐宋词论稿》，浙江古籍出版社，1988年版。

关永礼主编：《唐宋八大家鉴赏辞典》，北岳文艺出版社，1989年版。

刘义庆著、藏毛松等编译：《世说新语》，新世纪出版社，1995年版。

王国维著、黄霖等导读：《人间词话》，上海古籍出版社，1998年版。

王国维著、彭玉平评注：《人间词话》，中华书局，2015年版。

林语堂著，张明高、范桥编：《中国哲人的智慧》，中央广播电视出版社，1991年版。

林语堂著：《苏东坡传》，湖南文艺出版社，2016年版。

刘泽华主编：《中国政治思想史》，浙江人民出版社，1996年版。

曹雪芹、高鹗著：《红楼梦》，人民文学出版社，1982年版。

张曼菱点评：《红楼梦》，陕西师范大学出版社，2006年版。

浦清江著，蒲汉明、彭书麟整理：《中国文学史稿》，北京出版社，2018年版。

周汝昌著、周伦玲编：《红楼夺目红》，湖南文艺出版社，2018年版。

周汝昌著、周伦玲编：《梦解红楼》，中国工人出版社，2017年版。

郑志坚著：《另解红楼梦》，人民日报出版社，2015年版。

钱锺书著、舒展选编：《钱锺书论学文选》，花城出版社，1990年版。

钱锺书著：《宋诗选注》，三联书店，2002年版。

孙映逵校注：《唐才子传校注》，中国社会科学出版社，2013年版。

张尚仁著：《聊哲学》，云南大学出版社，2012年。

杨尚懂著：《中国古代社会经济制度及其文化内涵》，花城出版社，2010年版。

杨尚懂著：《道德违约与先秦社会的政治变迁》，华夏出版社，2012年版。

杨尚懂著：《个人文明与文明的多元辩证》，华夏出版社，2014年版。

杨尚懂著：《和哲学——和合、和解、和谐之道》，华夏出版社，2018年版。

后记一

上初中三年级的时候,在书店买到一本诗集。看了之后,仿佛发现了一个全新的世界,很是喜欢,并且激发了做个诗人的梦想①。出来工作后仔细思量了一下,在当时生活物资仍然很匮乏的年代,做个诗人,把自己饿死倒不要紧,母亲对自己指望那么大,让她承受这么大的失望,是不能给自己交代的,于是把内心的这份热望偷偷地、郑重其事地收拾了起来,就如藏一件宝贝似的,小心翼翼用缎子包好,再放进一个特制的盒子里。但谁不知道呢,越是小心翼翼收藏好的东西,越是时不时忍不住要拿出来瞧一瞧,顺便还会摩挲一下,爱不释手,中间难保还添些什么小玩意进去。所以本书提出"伊人主义"这个概念,至少是很对自己的味的,而通过借用韩愈的诗"天街小雨润如酥,草色遥看近却无"来诠释其中的意境,更是觉得贴切可爱了。

转眼间,时间就过去了30多年,母亲于去年离开了我们,享年96岁。这本书既算是自己30多年来对诗的感悟和总结,也算是对母亲的一个纪念吧,同时也是对《和哲学》一书的补充②。但愿书中能够闪现出一些"三春晖"的光晕,因为我真的很愿意为母亲年年开花不已(小时候有一次跟着母亲到菜地里玩,她说:"你出生前真希望你是一个女孩,这样就可以早一点帮帮我的手了。")。其实,本书的一些重要理念,例如"心灵的零花钱"、"遇见正确的自己"、"穿错衣服的答案"等,就是母亲离开后那段时间,状态有些缓不过来,转而阅读一些文学性书籍感悟而来的。人们常用水流来比喻时间的流逝,那感觉就是时间如流水那样滔滔不绝地流走。然而,时间流逝一般是以秒来计算的,所以有"瞬间"这个词。而且它很轻快,溜走时又是那样不痛不痒,让人习以为常,因而常常是不知不觉的。有时就像早晨遇到熟人打个招呼问个好,就各自去忙各自的事了。但随着年龄的增长,再回首往事时,才感受到时间确实如滔滔江河,昼夜不舍地

---

① 笔者拥有的第一本诗集其实就是《毛泽东诗词赏析》,前几年还翻阅过,但写参考书目时却没有找到。笔者的旧体诗写作风格受其多大的人文熏及性影响,实在难以说清。因房小而书籍多内外相间杂陈,故不一一编列。

② 亦如附于《和哲学》书中的《韵哉中华》一诗所言:"虽然意犹然,钩沉韵益深。"

逝去。这时对时间的概念和感悟，已不是时钟的秒针那样轻轻跳动了，而是有了过去的时间汇聚在一起的那种厚重与冲击，有了置身洪流之中的湍急之感，有了李白"朝辞白帝彩云间"而轻舟一日千里的快，"两岸的猿声"似乎是从心中发出来的凄恻。

刚上小学一年级的时候，家里还是用煤油灯。有一天晚上写生字，桌子的对面是二哥，三姐站旁边看着我写字，时不时指点一下。记得当时她说："5"字那么难写，却能写得这样好，真行！这情景一直印在我的脑海里。我想，这或许就是看到"长信宫灯"那张图片时很想说些什么的原因，也是写成《掌灯人》这首诗的一种生活底蕴吧。念书前，我一直都是由三姐照看，后来她时不时还说，偶尔没有把我照看好，少不了还要给大姐、大哥他们教训一顿。想一想，既感谢姐姐哥哥们的关爱，又替三姐为我受那么多委屈感到心酸。"掌灯人"这首诗，自然也含有对他们和别的家人的深深感激之情。

一个人的成长，如果没有亲人的关爱与呵护是难以想象的；但如果仅仅只有亲人的关爱与呵护，同样是难以想象的。因为除了血缘至亲，我们还有一个共同的精神母亲——我们伟大的祖国和文化。而且，你越是对她有深深的依恋，就会得到她越多的精神关爱与呵护。例如这几年一直观看央视中国诗词大会、中国教育电视台的诗词节目，从中受益匪浅，在此表示感谢！感谢该节目以及那些主持人老师给予的诗词艺术的滋养和精神润溉①！今年正值我们共和国的七十年华诞，谨以此书作为个人的一份献礼，应当不会过于寒碜吧。2019年的春节就要到了，2018年春节写了一首诗，当时作为祝福送给老师和同学们；而去年国庆假期听着《我爱你中国》写成的一首《青春中国颂》，借此一并附于此记，也算是自己的一份心意和祝福吧！

杨尚懂

2019年1月28日至2月23日于广州

---

① 该书的名字《诗意中国》，其实就是张宏老师的节目名称，在此特别致谢！同时还要感谢董卿以及中华经典资源库的李山、康震、王立群、郦波、方明、雅坤、程翔、彭林、王子今、蒙曼、杨雨诸位老师。需要说明的是，上述所列各位老师，并不涉及才学的高低，只是视其对笔者尤其是本书的人文惠及性影响而记，略表笔者心中的谢意。

春 汛

2018年2月21日

春节的窗口 传来鸟雀新声
除夕 张贴在家门口的心情
已渐渐淡然 剩下的
就交给风吧

让它在树梢 为你轻轻吟诵
让它在刚吐艳的梅花上 为你喝彩
让它站在城阙 为你眺望
风铃铮铮 远方
——山峦踊跃 春潮已潮
未来已来 一切如你所想

青春中国颂

2018年10月4日

序[①]

天地青春 化生万物 人类青春 创生万物 青春是生命力勃发的显现
有生命力 无论年龄大小都朝气蓬勃 无生命力 无论年龄大小都暮气萧然
中国青春是一部辉煌史诗 青春中国是正在上演的锦绣华章
纵览中国青春 蔚然深秀 环视青春中国 风光拥列 拥有青春 四季皆春

[①] 为了不让人觉得过于突兀,《青春中国颂》之后加入一序,以散文诗的形式,叙其学理和背景。其二乃后来所作。

进入新时代 习近平提出人类命运共同体伟大构想
这是中国人新的青春意识 中国人新的青春思想
这是人类生命意识的新觉醒 人类未来的新觉醒 人类文明的新觉醒
这是一轮崭新的壮丽日出 既照耀中国 照耀东方 也照耀世界 照耀未来
奋进新时代 追逐中国梦 中国人民 如雁阵一字排空响 碧波万顷踏歌行

青春与春光相伴而行 风景成为一种背景
青春是最美丽的诗行 迷离的雾 遮不住心中那份明丽
阴郁的风 挡不住向远而行的期冀
青春无拦 想奔就跑 时而穿越中外古今 一跃千里

其 一

　　仿佛千年之前已发出的邀约
　　今天我们都那样准时地赶来
　　一起共赴这灿如春天的盛会
　　啊　我的祖国　我们青春中国
　　虽然有些词还没来得及写好
　　但我们已经禁不住为您朗诵
　　虽然有些曲还没来得及谱好
　　但我们已经禁不住为您歌唱

　　仿佛千年之前已发出的邀约
　　今天我们都那样准时地赶来
　　一起参加这灿如春天的盛会
　　啊　我的祖国　我们青春中国
　　虽然有些词还没来得及写好
　　但接下来我们将把它们写好
　　虽然有些曲还没来得及谱好
　　但接下来我们将把它们谱好

啊　我的祖国　我们青春中国
今天是您千年前发出的邀约
这个期待了千年之久的盛会
我们怎能不全力以赴来参与
我们怎能不豪情满怀地抒发
我们怎能不尽情地把您歌唱
啊　我的祖国　我们青春中国
啊　我的祖国　我们青春中国

其　二

九天之上　不足其高
银汉迢遥　不足其远
洪波涌起　不足其壮
珠穆朗玛　不足其峨
青春中国　横绝千古
一跃千年　重临人间
从蒙古草原到南海之滨
从天山祁连到黄浦江边
云霞冠冕　活力空前
中华大地　高铁绵延
朝辞暮至　天涯无远
昆仑天路　蜀道云天

千里江陵　一日两见
天宫翔宇　经天纬地
嫦娥奔月　已非神话
青春中国　今非昔比
北斗组网　天上人间
港珠澳大桥　劈波斩浪
豪情洋溢　一碧万顷
粤港澳大湾区　天堑已填

青春中国　梦想飞扬
丝路重跨　中欧非亚
五洲四洋　云帆高挂
万吨巨轮　无往不达

青春呼吸　壮如晨曦
托举旭日　冉冉升起
云蒸霞蔚　凤翥龙兴
青春气概　气象万千
目似闪电　声若雷霆
鲲鹏展翅　扶摇万里
伟哉　我们青春中国
盛德大业　万物嘉汇
希望田野　硕果累累
大哉　我们青春中国
天地同俦　日月争辉
天下攸同　大道同归

后记二

该书自初稿完成以来一直处于修改和润饰的状态。就个人的情感和意愿而言，本想去年国庆节之前能够出版，但并没有如愿。而后经过 2020 年这个不平凡的春天，在新冠肺炎疫情防控过程中，精神情感上不由而然地参与其中，种种思考由此而来，转而对此前的前四章进行了重写。这中间可谓有惊、有喜、有悲，五味杂陈，体会、觉悟、收获都足称颇多，并以此增加了第六章《卓立此春》。第五章则由此前的后三章整合而来，在行文中已有所说明和交代，此间不再赘述。这里需要稍事说明的是，第五章的第三节，尤其是"大观园题对额与改题"是新增的。关于这一点，原本有过这样的一些思考，奈何之前还缺乏对陶渊明的更广泛和深入的认知，故未能撰写出来。读者从中不难理解笔者在这段时间的所思所悟及所得到的收获。而私下笔者也曾自问，自己何德何能，居然有如许多的感悟与发现？这确实让笔者难以形容。是以只能以比较传统的语言来表达，将之归诸我们国家的国运所致。

而今细细想来，这本书的撰写（实际上是边撰写边思考、边研究）本来就是一场缘分。缘分未到，心里怎样想也没用；缘分到了，得来的惊喜却大大出乎自己所能预料的范围。这或许就如陶渊明所言吧："相知何必旧，倾盖定前言。"抑或如初唐诗人杨炯所谓："江山若有灵，千载伸知己。"说实在的，但愿这一回真的是缘分到了。作此续记，亦想有助于读者了解该书的成书经过和原因。

总的来看，本书显然还有许多地方有待进一步深入探究和完善，其中的不足可想而知。但鉴于个人的才情和精力等的局限，暂止乎此，这也是一件无可奈何之事。寄望读者和有关方面的方家多多指教；同时感谢出版社和编辑霍本科先生的体谅和大力支持。是为记。

杨尚懂

2020 年 5 月 25 日于广州

图书在版编目（CIP）数据

诗意中国/杨尚懂著. ——北京：华夏出版社有限公司，2021.1
（当代学人文库）
ISBN 978-7-5222-0039-2

Ⅰ.①诗… Ⅱ.①杨… Ⅲ.①诗歌研究–中国 Ⅳ.①I207.22

中国版本图书馆 CIP 数据核字（2020）第 223343 号

诗意中国

著　　者	杨尚懂
责任编辑	霍本科
封面制作	殷丽云
出版发行	华夏出版社有限公司
经　　销	新华书店
印　　装	三河市少明印务有限公司
版　　次	2021 年 1 月北京第 1 版　2021 年 1 月北京第 1 次印刷
开　　本	720×1030　1/16 开本
印　　张	19.75
字　　数	370 千字
定　　价	49.00 元

华夏出版社有限公司　社址：北京市东直门外香河园北里 4 号　邮编：100028
网址：www.hxph.com.cn　电话：010-64663331（转）
投稿邮箱：hbk801@163.com　互动交流：010-64672903
若发现本版图书有印装质量问题，请与我社营销中心联系调换。